WAS EINE FRAU VERDIENT

JUDI FENNELL

MERJINN PRESS

PHILADELPHIA, PENNSYLVANIA

Was eine Frau verdient

Was passiert, wenn drei unwiderstehlich sexy Brüder eine Pokerwette gegen ihre geschäftstüchtige Schwester verlieren? Sie werden für deren Reinigungsunternehmen vermietet. Jetzt stehen Ihnen die Manley Maids zu Diensten. Zufriedenheit garantiert. Es ist das, was eine Frau verdient ...

Der Geschäftsinhaber Liam Manley hat keine Geduld für Frauen wie Cassidy Davenport – Frauen, die liebend gern das Geld eines Mannes ausgeben, ohne sich Gedanken über tatsächliche Arbeit zu machen. Aber um seinen Wetteinsatz einzulösen, muss Liam die in Designerklamotten gehüllte Society-Lady nicht nur ertragen, er muss auch noch hinter ihr herputzen.

Bis Cassidys Vater ihr plötzlich den Geldhahn zudreht. Ohne Geld und ohne ein Zuhause, das Liam putzen könnte, hat Cassidy keine andere Wahl, als ein Jobangebot anzunehmen – als Liams neues Dienstmädchen ... Liam brennt darauf, ihr eine Lektion über die reale Welt zu erteilen, lernt dabei aber am Ende selbst noch ein paar Dinge dazu.

Befreit vom Einfluss ihres Vaters kann Cassidy endlich ihr eigenes Leben führen und zeigt Liam schließlich, wie einfallsreich und entschlossen sie sein kann. Ganz zu schweigen davon, wie sexy sie mit (oder ohne) ihre Designergarderobe ist.

Doch wenn zwischen ihnen die Funken fliegen, wird es wahre Liebe sein ... oder nur eine weitere komplizierte Affäre?

Männerabend... plus eine

»Ich glaube, werte Brüder, ihr müsst alle für eure Manley Maids-Uniformen vermessen werden.«

Liam Manley biss sich bei der Ankündigung seiner Schwester Mac auf die Zunge, als sie ihr Siegerblatt auf dem grünen Filz des Pokertischs ausbreitete. Sie hatte ihn reingelegt – ihn *und* seine Brüder – und sie hatte sie verdammt gut drangekriegt.

Sie hatte verdammt gut *Poker* gespielt. Wer hätte ahnen können, dass sie überhaupt Poker *spielte*?

Und dieser Einsatz ... vier Wochen lang kostenloser Reinigungsservice ihrer Firma gegen ihre Ferienhäuser und teuren Sportwagen. Warum kam Liam sich wie ein Idiot vor?

»Ich ziehe ganz sicher *keine* Schürze an.« – Bryan, der jüngste Manley-Bruder, klang so beleidigt, dass Liam sich noch fester auf die Zunge beißen musste, um ihn nicht auszulachen. Man hätte meinen können, Mac hätte verlangt, dass er... nun ja... eine Schürze trug.

Sean, sein mittlerer Bruder und Mitverlierer, stapelte weiter schweigend die Pokerchips und mied Macs Straight Flush mit dem Buben als höchster Karte wie die Pest.

Bryans Mund stand weit offen. Jeden Moment würde sein Bruder, der Filmstar, anfangen zu schnappen wie ein Fisch auf dem Trockenen. Wo war eine Kamera, wenn man mal eine brauchte? Bry würde alles bezahlen, um *dieses* unvorteilhafte Foto aus der Presse fernzuhalten, und Liam konnte einen neuen Whirlpool für das Haus gebrauchen, das er gerade renovierte – besser gesagt, gerade *fertig* renoviert hatte, was bedeutete, dass er etwas Zeit übrig hatte.

Keine Zeit wie die Gegenwart, um damit anzufangen, den lächerlichen Wetteinsatz abzuarbeiten. »Wann willst du, dass wir anfangen, Mac?«

»Ich habe Ersatzuniformen, also wann immer ihr Zeit habt.«

Ersatzuniformen? Seit wann hatte sie in Bezug auf das Geschäft irgendetwas im Überfluss?

Da war etwas im Busch.

Er hätte nie gedacht, dass Mary-Alice Catherine zu schmutzigen Tricks greifen würde, um ihre älteren Brüder dazu zu bringen, das zu tun, was sie wollte. Verdammt, als sie zu Gran gezogen waren, nachdem ihre Eltern bei einem Autounfall ums Leben gekommen waren, hatten sie sich praktisch gegenseitig die Klinke in die Hand gegeben, um sich um ihre kleine Schwester zu kümmern. Jetzt würde er über Besen, Mopps und Staubsauger stolpern. Ugh.

»Hey, kann ich mein eigenes Haus saubermachen?« Das war Bryan, der jede Chance nutzte, um doch noch irgendwie obenauf zu sein.

»Du würdest Monica arbeitslos machen, nur um dich aus der Wette zu winden? Ernsthaft?« – Jetzt war Mac an der Reihe mit dem offenstehenden Mund.

»Ich winde mich aus gar nichts raus.« Aber Bry sah nicht glücklich aus. »Du kannst am Montag auch mit mir rechnen. Ich habe einen Monat Pause zwischen zwei Projekten und sowieso nach einer Beschäftigung gesucht.«

Liam bezweifelte allerdings stark, dass Bryans Wahl dabei auf den Job als Reinigungskraft gefallen wäre. Seine auch nicht. Aber er war die Wette nun mal eingegangen...

Und sie auch.

Er trank sein Bier aus, sammelte dann die Karten ein und zog Macs Siegerblatt als Letztes über den Filz. Bryans Blick wich währenddessen nicht von diesen Karten. Sean starrte weiterhin auf die Chips. Das waren wahrscheinlich die am zwanghaftesten gestapelten Chips in der Geschichte des Spiels.

»Ich wusste gar nicht, dass du Männer für dich arbeiten lässt, Mac.« Liams Stimme blieb gleichmäßig. Kontrolliert. Und falls ein leiser Unterton mitschwang, nun, dann war es ihm recht, wenn Mac annahm, es sei die Wut über die Niederlage. Aber warum wollte Mac a) so unbedingt mit ihnen Poker spielen, wenn sie sich den finanziellen Verlust gar nicht leisten konnte, falls sie verlor, und b) diese Wette abschließen *und* gewinnen? Irgendetwas war faul im Staate Manley.

»Wa... was?«

Ja, dieser erschrockene Blick in ihren Augen bestätigte genau das, was er gedacht hatte. Es *gab* keine männlichen Angestellten bei Manley Maids, also waren diese Uniformen kein »Ersatz«. Sie hatte sie im Voraus anfertigen lassen. Für sie.

Mac hatte das geplant. Ihr Sieg war kein Zufall gewesen. Er würde sie darauf ansprechen, wenn er einen anderen Beweis als sein Bauchgefühl hätte, aber den hatte er nicht. Und Gott wusste, dass er seinem Bauchgefühl nicht immer trauen konnte. Es hatte ihn schon früher im Stich gelassen.

»Schon gut.« Er mischte die besagten Karten unter die anderen siebenundvierzig und klopfte dann mit der langen Kante des Decks auf den Tisch. »Ich bin am Montag da.«

Und er würde die geistlose Monotonie des Putzens nutzen, um sich einen Weg zu überlegen, wie er es seiner Schwester heimzahlen konnte.

Mit Zins und Zinseszins.

Kapitel Eins

Wenn es etwas gab, das Cassidy Davenport hasste, dann war es Warten. Und wenn es etwas gab, das ihr Vater am besten beherrschte, dann war es, sie warten zu lassen.

»Aber Deborah, ich habe gerade erst mit ihm gesprochen.« Gott, sie musste wegen jedes winzigen Brockens über die Chefsekretärin ihres Vaters gehen, aber so funktionierte das Imperium ihres Vaters nun mal. Niemand gelangte zu ihm, ohne an Deborah vorbeizukommen. Die Frau sollte eigentlich den Titel des CEO einfordern, denn Cassidy bezweifelte, dass ihr Vater jemals eine geschäftliche Entscheidung traf, die er nicht zuerst mit Deborah Capshaw abgesprochen hatte. Sie war seit fast dreißig Jahren an seiner Seite und hielt den Laden am Laufen, während Dad die Beine in die Hand nahm.

Oder besser gesagt: sich anderweitig vergnügte.

»Es tut mir leid, Cassidy, aber er ist in einer Besprechung, aus der er nicht herausgeholt werden kann. Ich bin sicher, du hast dafür Verständnis.«

Oh, Cassidy hatte dafür vollstes Verständnis. Sie fragte sich, wie alt die Neue diesmal wohl war. Wahrscheinlich blond – die meisten »Besprechungen« ihres Vaters waren es – und wahrscheinlich mit einem beeindruckenden Universitätsabschluss. Das war das Kuriose. Irgendwie schaffte es Dad immer, sich die Harvard- und Yale-Absolventinnen dieser Welt zu angeln. Man sollte meinen, dass diese Frauen es besser wüssten, aber Mitchell Davenport besaß etwas, das Frauen den Verstand raubte.

Cassidy war kurz davor, sich in deren Reihen einzureihen.

Sie strich über das weiche Fell ihres Maltesers Titania. »Schon gut, Deborah. Ich verstehe.« Beide wussten, dass sie es *nicht* verstand. »Er soll mich anrufen, wenn er Zeit hat.« *und geduscht ist,* wollte sie hinzufügen, aber Deborah hatte solche Plumptheiten nicht verdient. Die Ärmste musste sich schon täglich mit so etwas herumschlagen.

Oder stündlich.

Cassidy beendete das Telefonat und schmiegte ihre Wange an das weiche Köpfchen des kleinen Hundes. Wann würde sie endlich die Tatsache akzeptieren, dass ihr Vater nur dann für sie da war, wenn es ihm etwas einbrachte? Und die »Besprechung« in seinem Büro brachte ihm gerade wesentlich mehr ein, als sie es jemals tun würde.

Das Mittagessen und, was noch wichtiger war, das Gespräch, das sie mit ihm führen wollte, würden nun zeitlich stark beschnitten werden.

Sie setzte Titania auf den Boden ab und nahm ihr iPad vom Glastisch vor der Glaswand, die den Blick auf den spiegelglatten See zwölf Stockwerke unter ihrer Eigentumswohnung freigab, auf dessen Oberfläche sich ein Meer aus Wildblumen spiegelte.

Sie würde den Tag am liebsten mit Malen verbringen und versuchen, diese Szene einzufangen. Die Ölfarben, die sie gestern gekauft hatte, würden genau das richtige Schimmern der Blumenreflexion auf dem graublauen Wasser hervorbringen. Es kribbelte ihr in den Fingern, zu ihren Pinseln zu greifen.

Cassidy tippte auf die Kalender-App, um sicherzugehen, dass sie heute genug Zeit hatte. Es gab nichts Schlimmeres, als sich voller Vorfreude in ihrer Kunst zu verlieren, nur um dann festzustellen, dass man andere Verpflichtungen hatte.

Und die hatte sie. MANLEY MAIDS war für zehn Uhr eingetragen.

Ah, richtig. Heute war der Tag, an dem Sharon, ihre Haushälterin, das neue Mädchen einarbeiten wollte, das die Agentur schicken würde, aber sie war am Wochenende vorzeitig in den Mutterschutz gegangen.

Cassidy sah auf die Uhr. Neun Uhr fünfundfünfzig.

Sie tippte auf den Kalender und legte das iPad zurück auf den Tisch. Es war immer wieder ein Erlebnis, jemanden in die Davenport-Welt einzuführen, in der sie lebte. Zuerst waren sie alle voller Ehrfurcht – Dad liebte den *großen*

Auftritt im prunkvollen Stil, garniert mit einer Portion *Dekadenz*, nur um sich selbst in gutem Licht darzustellen, und er hatte die Designerin bei dieser Wohnung wahrlich über sich hinauswachsen lassen.

Meist dauerte es weniger als eine Woche, bis ein Neuankömmling hinter die Fassade blickte und anfing, ihr mitleidige Blicke zuzuwerfen – Blicke, bei denen sie so tun musste, als sähe sie sie nicht, denn es ergab keinen Sinn, jemanden zu bemitleiden, der ein so fabelhaftes Leben führte wie sie es tat.

Hatte Dad das nicht immer gesagt?

Eigentlich wusste Cassidy gar nicht mehr, was Dad so sagte. Wenn es keine E-Mails gäbe, würde sie kaum noch etwas von ihm hören.

Punkt zehn Uhr läutete die Türklingel. Cassidy scheuchte Titania in ihr Gehege, strich sich ihre kastanienbraunen Wellen über die Schulter, rückte das Revers ihrer beigen Seidenbluse zurecht und strich den Flechtgürtel am Bund ihrer passenden Leinenhose glatt. Sie würde die Ein-Wochen-Theorie bei dieser hier testen.

Sie öffnete die Tür zum Vorraum der Wohnung. Der Typ in der Manley-Maids-Uniform brauchte weniger als eine *Sekunde*, um damit anzufangen.

Aber seine waren nicht mitleidiger Natur. Sie waren auch nicht lüstern, was eine weitere Reaktion war, die sie mittlerweile gewohnt war.

Nein, wenn sie raten müsste, würde sie seinen Blick als wütend bezeichnen.

Cassidy Davenport stand leibhaftig vor ihm.

Fleischfarbene Hose, fleischfarbenes Oberteil und genug offene Knöpfe, um noch viel mehr Fleisch zu enthüllen.

Liam musste sich beherrschen, um nicht aufzustöhnen. Mac hatte ihm versichert, dass sie nicht hier sein würde. Nicht am Montag. Doch da war sie.

Cassidy Davenport. Verwöhnte High-Society-Lady, deren tägliche Kleider-rechnung wahrscheinlich höher war, als ein Arbeiter in einer Woche verdiente – und er bezweifelte, dass sie einen Arbeiter erkennen würde, selbst wenn er ihr in ihre sündhaft teure Maniküre beißen würde. Die Frau war oberflächlich mit einem großen O.

Mit Oberflächlichkeit war er durch. Er hatte das alles schon erlebt, hatte ein Vermögen für Designerkleidung und strassbesetzte T-Shirts für seine Ex

Rachel ausgegeben, passend zu den Diamantohrsteckern, auf die sie bestanden hatte.

Die Szene in Flannigans Pub kam ihm mit blendender Klarheit wieder ins Gedächtnis. Er sah Rachel wieder vor sich, wie sie für diesen verdammten Schönling von Verbindungstyp einen Lapdance aufführte, der eine Zeche offen hatte, die länger war als sein Schwanz, während eine ihrer Hände in seiner Gesäßtasche verschwand und sie ihre Brust an dem Gesicht des Jungen rieb.

Liam hatte fassungslos danebengestanden und zugesehen, wie ihre geschickten Finger – von denen er gedacht hatte, sie seien allein seinem Vergnügen vorbehalten – die Brieftasche aus der Tasche des Jungen in ihre eigene gleiten ließen, und niemand am Tisch, am allerwenigsten der Junge, hatte etwas gemerkt. Ein Möchtegern-Society-Girl, das Geld stahl, weil *er* ihrer Sucht nach Schuhen und Handtaschen nicht bedingungslos nachgeben wollte.

Er war aus dem Laden gestolpert und ihm war schlecht gewesen vor Enttäuschung über den Verlust dessen, was er für seine Zukunft gehalten hatte. Er hatte alles infrage gestellt, was er zu wissen geglaubt hatte, und war dann wie in Trance nach Hause gefahren, während Schmerz und Desillusionierung alles andere überlagerten.

Schließlich war aus der Asche seiner Liebe Zorn wie ein Phönix emporgestiegen, und als sie später mit dieser neuen Louis-Vuitton-Tasche auftauchte, von der sie behauptete, es sei ein Imitat, hatte er sie zur Rede gestellt. Wegen allem.

Rachel hatte es nicht geleugnet. Sie hatte nicht einmal versucht, ihn mit Tränen zu manipulieren, damit er sie zurücknahm, als er – ausnahmsweise mal konsequent – seinen Schlüssel zurückforderte. Darüber war er fast so überrascht gewesen wie über die Szene in der Bar. Sie hatte bloß mit den Schultern gezuckt, ihm den Schlüssel gegeben, sich für die schöne Zeit bedankt und war den Gartenweg hinunterstolziert, wobei sie sein Herz unter diesen verdammten Manolo-Dingsbums, die er ihr gekauft hatte, zertrat.

Nein, Frauen wie Rachel – und Cassidy Davenport –, Frauen, die von der harten Arbeit der Männer in ihrem Leben lebten... Mit denen war er fertig. Er war einmal reingelegt worden, aber zum Glück nicht bis zu dem Punkt, an dem es kein Zurück mehr gab. Er hatte seine Lektion gelernt: Finger weg von diesen pflegeintensiven Typen, deren Aussehen alles war, was sie zu bieten hatten.

Er würde sich für diesen Job wirklich anstrengen müssen. Und zwar *nicht*, um ihn zu behalten.

»*Sie* sind das Hausmädchen?«

Liam zuckte zusammen. Sicherlich gab es einen besseren Begriff, aber *haushälterische Fee* passte nicht wirklich, während *Haushälter* eher an die Addams Family erinnerte.

Er umklammerte den Staubsauger und straffte die Schultern. Seine Brustmuskeln spannten sich an – rein unwillkürlich natürlich. »Ähm, ja. Das bin ich.«

Er musste kein Akademiker sein – obwohl er einer war –, um zu lesen, was sie dachte, als ihr Blick ihn von Kopf bis Fuß musterte. Mac führte *solch* einen Laden nicht.

»»Man hat mir nicht gesagt, dass Sie einen Mann schicken.««

»Ist das ein Problem?« Gott, lass sie »Ja« sagen, damit er hier verschwinden konnte, denn er verspürte plötzlich das Bedürfnis, etwas zu reinigen – sich selbst. Frauen wie sie gingen ihm unter die Haut, und das nicht auf die gute Art.

Früher war das so, aber wie hieß es noch gleich über das Wiederholen der Fehler der Geschichte? Liam hatte null Absicht, das zu tun.

»Nun ja, nein. Ich schätze, es ist kein Problem.« Sie tippte mit einem dieser sündhaft teuren Nägel auf ihre überraschend nicht mit Kollagen aufgespritzten Lippen. »Wollen Sie nicht hereinkommen?«

»Äh, ja. Sicher.« Mac würde ihn umbringen, wenn er nein sagte. Das hier war der erste Kunde seiner kleinen Schwester gewesen. Deshalb hatte sie ihn für ihn ausgewählt, hatte sie gesagt; sie wusste, dass er ihn ihr nicht vermasseln würde.

Also unterdrückte er seine angeborene Voreingenommenheit gegenüber den Cassidys und Rachels dieser Welt und trat neben sie in das Foyer.

Sie war kleiner, als sie zuerst gewirkt hatte, als sie noch auf gleicher Ebene gestanden hatten.

Dann sah er sich in der Wohnung um. In diesem Leben würden sie niemals auf der gleichen Ebene stehen.

Reichtum tropfte von dem Kronleuchter mit den birnengroßen Kristallen.

Er wob sich durch den Teppich mit Goldfäden, rankte sich über den Marmorboden und erfüllte die Luft mit dem Hauch von Millionen.

Liam hatte Geld, aber das hier... Selbst der kleine Chichi-Hund hatte einen vergoldeten Käfig. Das war auf dem Niveau der Donald Trumps und Conrad Hiltons dieser Welt.

Und Mitchell Davenports. Der Trump-in-Ausbildung hatte in beneidenswerter Zeit und mit großem Erfolg ein kleines Bauunternehmen in eine Firma für Design und Management von Wohn- und Gewerbeimmobilien verwandelt. Aber man durfte nicht vergessen, dass nichts davon Cassidy gehörte. Sie lebte vom Geld ihres *Daddys*.

Liam kontrollierte seinen Griff um den Staubsauger und vergewisserte sich, dass keines der Reinigungsmittel aus dem Eimer gefallen war – so gar nicht seine Art in der Gegenwart schöner Frauen. Aber gut, Cassidy Davenport entsprach heutzutage eher Bryans Typ oder dem ihres Profisportlers Jared als seinem, vor allem weil er ihren Schlag Frau schon kannte – als sie auf ihn herabgesehen hatten... es sei denn, sie wollten etwas von ihm.

Er warf einen Blick auf Cassidys Nase. Perfekt geformt auf diese rhinoplastische Art der Reichen, aber sie würde niemals die Gelegenheit bekommen, auf ihn herabzusehen. Er hatte seine Lektion gelernt, und Frauen wie sie waren zwar keine Dutzendware – weil sie den Einsatz auf etwa hunderttausend pro Dutzend erhöhten –, standen aber so weit unter Frauen, die wussten, wie man sich im Leben selbst durchschlug, dass alles, was er für ihre Art empfand, Wut über eine solche Nutzlosigkeit war.

Aber er war nicht hier, um zu urteilen; er war hier, um zu putzen. Vier verdammte Wochen lang.

Er hätte bei diesem letzten Blatt aussteigen sollen. Seine Verluste hinnehmen und damit leben sollen. Aber ein Manley gab nicht kampflos auf. So hatte er sein eigenes Vermögen gemacht, so unbedeutend es im Vergleich zu diesem Ort auch sein mochte. Dem Ort, den er sauber machen sollte.

Er packte das Saugrohr und stellte es vor sich auf. »Wo soll ich anfangen?«

»Ich denke, das Schlafzimmer ist so gut wie jeder andere Ort.«

Im Ernst jetzt? Glaubte sie wirklich, er würde darauf reinfallen? War sie heute auf Abenteuerreise in die Unterschicht? Sauer auf den Freund oder so? Lust auf ein bisschen Abwechslung?

»Sharon hat immer im Schlafzimmer angefangen und sich dann nach außen gearbeitet. Sie meinte, so würde das, was sie schon geputzt hat, nicht wieder schmutzig werden, bevor sie fertig ist. Erscheint mir logisch, aber wenn Sie eine andere Routine haben, ist das für mich okay. Machen Sie es so, wie Sie es wollen.«

Sharon. Das Dienstmädchen. Diejenige, die er ersetzen sollte.

Liam starrte auf den Putzeimer und den Staubsauger, als hätte er sie noch nie gesehen.

Richtig. Er war hier, um das Haus zu putzen, nicht um *Doktorspiele* zu treiben.

Liam unterdrückte ein Kichern. Als ob sie an ihm in dieser Hinsicht interessiert wäre. Er hatte ganz vergessen, dass er das grüne Poloshirt und die Baumwollhose trug, die die Uniform von Manley Maids ausmachte. Er fühlte sich darin nicht besonders männlich, und bei dem Vibe, den er von Cassidy Davenport *nicht* empfing, sah er wahrscheinlich auch nicht so aus.

Er sollte froh sein. Er konnte diesen Albtraum hinter sich bringen, ohne eine Society-Braut abwehren zu müssen, die dachte, sie könnte ein bisschen Spaß mit dem *Personal* haben. Schon erlebt, schon durch, die *strassbesetzten* T-Shirts vom Leib gerissen bekommen. Und er wünschte, er hätte sie in Stücke reißen können, aber er war derjenige gewesen, der in Stücke gerissen wurde.

Er lockerte seinen Griff um den Eimer, holte tief Luft und ging in Cassidy Davenports Schlafzimmer. Da er mit keiner Frau liiert war, sollte es keine große Sache sein, ihr Schlafzimmer zu betreten. Und da er es nicht ertrug, auch nur im selben Raum mit dieser Frau zu sein, war ihr Schlafzimmer einfach nur ein weiterer Raum.

Dann sah er den seidigen, babyblauen Morgenmantel, der über einen Polstersessel geworfen war. Ein Stück schwarze Spitze, das aus der obersten Schublade der Kommode lugte. Etwas Pfirsichfarbenes und Hauchzartes, das wie eine Pfütze unter der geblümten Bank am Ende ihres zerwühlten Bettes lag. Es war neben einem Paar Schuhe gelandet.

Schwarze Schuhe.

Mit wahnsinnig hohen Absätzen.

Und Knöchelriemchen.

Schwarze Spitze. Pfirsichfarbenes Nachthemd. High Heels. Die mörderische Sorte.

Cassidy stieß von hinten gegen ihn.

Er hatte das *einfach nur einen weiteren Raum* genannt? Er musste ernsthaft seinen Verstand untersuchen und seinen Geruchssinn ausschalten lassen, denn ihr Duft – immer noch nach Millionen, aber diesmal mit einer ordentlichen Portion *Frau* darin – umhüllte ihn so, wie dieser Seidenmorgenmantel ihre Kurven umschmeichelt hatte.

Und diese Kurven, die ihr aufgeknöpftes Hemd erahnen ließ, waren genau so üppig und weich, wie er es erwartet hatte – außer dass er *nicht* erwartet hatte, dass sie üppig und weich waren. Die meisten Frauen in ihrer Einkommensklasse legten sich unters Messer, als wäre es ein Mädelsabend, aber die wenigen Millisekunden, in denen sie gegen ihn gepresst war, reichten Liam aus, um zu erfahren, dass sie diesen speziellen gesellschaftlichen Brauch nicht mitgemacht hatte.

Sie sprang zurück. »Warum sind Sie stehen geblieben?«

Weil das Bild von ihr in diesen Heels und diesem Nachthemd, ganz in Seide gehüllt, ihn am Boden festgenagelt hatte.

»Machen Sie Ihr Bett nicht?« Wut war immer gut, um Spannungen abzubauen, ob sexuelle oder andere, und im Moment wusste Liam, auf welche er sich konzentrieren musste. Oder nicht konzentrieren. Wie auch immer.

»Ich habe vergessen, dass Sie kommen.«

Musste sie unbedingt dieses Wort benutzen? Was war nur *los* mit ihm? Er mochte die Frau nicht einmal.

»Wollen Sie mir über die Schulter schauen, während ich das hier mache?«

Das würden sehr lange, harte vier Wochen werden.

Er wünschte so sehr, er hätte *diese* Worte nicht benutzt.

Und als er den Ausdruck in ihrem Gesicht sah – so flüchtig er auch war –, wünschte er, er hätte diesen Tonfall nicht gewählt. Es war nicht ihre Schuld, dass er so auf sie reagiert hatte.

»Ähm... nun ja, nein.« Sie wich zurück, ihre grünen Augen weit und – verdammt – tränenfeucht.

Gott, er hätte gedacht, er hätte seine Lektion gelernt, was Frauentränen betraf. Rachel war eine Meisterin der Tränendrüsen gewesen und er, Idiot, der er war, war darauf reingefallen. Jedes einzelne Mal, wenn sie sie eingesetzt hatte.

»Ich überlasse Sie dann wohl Ihrer Arbeit.« Sie wirbelte auf ihren höllisch sexy Stilettos herum und schritt aus dem Zimmer, wobei ihre hautenge Hose nichts seiner Fantasie überließ. Was diese auf Hochtouren brachte.

Liam fluchte leise und drehte sich um –

Nur um auf das zerwühlte, ungemachte Bett zu starren, mit Laken, die sich um diesen kurvigen Hintern, diese sündhaft langen Beine und ihre vollkommen natürlichen Brüste geschlungen hatten, und Liam wusste nicht, ob er es an diesem Ort auch nur vier *Stunden* aushalten würde, geschweige denn vier Wochen.

Cassidy schluckte das Pellegrino hinunter und gab der Kohlensäure die Schuld an den Tränen in ihren Augen. Sie rührten ganz sicher nicht von diesem Mr. Manley Maid da drin her. Dieser Mr. Rude, Obnoxious, He-Man Manley Maid, der wahrscheinlich erwartete, dass ihm jede Frau zu Füßen lag, nur weil er ein winziges Fünkchen Interesse zeigte.

Nun, sie hatte das Interesse gesehen – so flüchtig es auch gewesen war –, aber sie stand immer noch auf eigenen Beinen. Mistkerl.

Sie hätte gedacht, er wäre ein wenig netter. Schließlich brauchte sie nur einen einzigen Anruf zu tätigen, und er wäre seinen Job sofort los.

Cassidy nestelte nach ihrem Handy und rief ihre Kontaktliste auf. Ja, sie musste sich seine Art nicht bieten lassen. Für wen hielt er sich eigentlich? Wusste er überhaupt, wer ihr Vater war?

Ihr Finger schwebte eine Sekunde lang über der Telefonnummer von Manley Maids.

Zwei.

Wollte sie wirklich den Namen ihres Vaters benutzen, um sich Respekt zu verschaffen? Ernsthaft? Wo war ihr Rückgrat? Ihr Stolz? Ihr Selbstwertgefühl?

Cassidy legte das Handy auf die Arbeitsplatte.

Sie konnte diesen Anruf nicht tätigen; sie wäre sonst genauso schlimm wie ihr Vater. Ging es bei dem heutigen Mittagessen nicht genau darum? Sich selbst zu beweisen, dass sie ihn nicht brauchte? dass sie ihr eigenes Talent hatte, ihre eigenen Fähigkeiten, und dass sie weder ihn noch diesen künstlich geschaffenen Posten in seiner Firma brauchte, um für sich selbst zu sorgen?

Sie holte tief Luft und freute sich nicht wirklich auf das Gespräch. Es würde ein Kampf werden. Dad erwartete immer, dass jeder nach seiner Pfeife tanzte, sie eingeschlossen.

Man sah ja, wohin sie das gebracht hatte.

Cassidy ging ins Wohnzimmer. Okay, es war kein schlechter Ort zum Verweilen, aber auch wenn es ein riesiger, prachtvoller Raum mit den besten Möbeln und der tollsten Aussicht, die man für Geld kaufen konnte, einem Steinway in der Ecke, einer Soundanlage, die für die Philharmonie gereicht hätte, und genug Kunstwerken, um ein Entwicklungsland zu ernähren, war, war es dennoch genauso leer und bar jeder Wärme und Gemütlichkeit wie all die anderen Penthäuser über den Dächern der Welt, die Hotelzimmer oder Internatszimmer, in denen Dad sie über die Jahre untergebracht hatte.

Wenn er sie ließe, hätte sie aus diesem Ort ein Zuhause machen können. Mit Farbtupfern und persönlichen Kleinigkeiten und dieser Häkeldecke mit den Granny-Squares, die sie im College auf einem Flohmarkt gefunden und seitdem im Überseekoffer in ihrem Schrank versteckt hielt, für den Tag, an dem sie ein eigenes Haus besitzen würde.

Falls sie dieses Mittagessen mit ihm nicht bekam, würde dieser Tag wohl eher später als früher kommen.

In ihrem Schlafzimmer schepperte etwas und Mr. Rude fluchte. Cassidy biss sich auf die Lippe, um nicht zu lächeln. Es war eigentlich nicht lustig, aber es geschah ihm recht, weil er so gereizt war. Normalerweise war ihr Zimmer in tadellosem Zustand, wenn Sharon auftauchte, aber sie war so auf das Essen mit ihrem Vater konzentriert gewesen, dass sie kaum Notiz davon genommen hatte, dass jemand Neues vorbeikommen würde.

Titania knurrte, und das entlockte Cassidy tatsächlich ein Lächeln. Sie hob den winzigen Hund hoch und kraulte seinen Schopf. »Ganz ruhig, Titania. Ich kann ihn nicht fluchen hören, wenn du anfängst zu bellen.«

Titania leckte Cassidys Ohr, während ihr kleiner Schwanz Cassidys Brust streifte, was sie allzu deutlich daran erinnerte, wie sich ihre Brüste angefühlt hatten, als sie gegen den harten, muskulösen Rücken des Typen gepresst waren. Sie hatte zurückweichen müssen, damit er die Reaktion ihres Körpers nicht bemerkte. Er war ein einziges wandelndes Pheromon, ganz anders als

Burton, die rechte Hand ihres Vaters und ihr Gelegenheits-Date der letzten etwa acht Monate.

Mr. Maid fluchte erneut und Cassidy zuckte zusammen, während sie auf das nächste Scheppern wartete. Glücklicherweise blieb es aus, obwohl sie ehrlich gesagt nichts in diesem Zimmer vermissen würde, sollte es kaputtgehen. Sie hatte schon vor langer Zeit gelernt, nichts Persönliches aufzustellen, das nicht von einem Designer ausgewählt worden war, sonst hätte Dad einen Anfall bekommen. Alles musste für ihren Vater perfekt aussehen. Alles. Sie eingeschlossen.

Sie drehte an einem der Diamantohrstecker, die ihr Vater ihr zum Geburtstag geschenkt hatte. Die hatte er in Dubai besorgt. Sie hatte sie gesehen, als Deborah seinen Aktenkoffer ausgepackt hatte. Beide hatten sie angenommen, sie seien für das *Flavor du Jour* gedacht, wobei keine von beiden wusste, wie dieses »Aroma« hieß, da es nur ein *Jour* gehalten hatte. Aber das war alles, was jene Affäre überdauert hatte, und Dad hatte sie ihr gegeben. Was sollte man dazu sagen, wenn man die abgelegten Reste eines Dummchens bekam?

Cassidy seufzte und setzte Titania, das Haustier von Show-Qualität, zurück in ihren Laufstall. Sie musste mit Dad reden; dieses Leben im goldenen Käfig war vorbei. Sie war fast dreißig Jahre alt und hatte sich, nachdem ihre Mutter gegangen war, praktisch im Wartestand befunden und darauf gehofft, dass ihr echtes Leben endlich begann.

Nun, jetzt konnte es beginnen, und Dad würde der Tatsache ins Auge sehen müssen. Er konnte nicht um die ganze Welt jetten und von ihr erwarten, dass sie hier herumsah und Däumchen drehte, Blumen arrangierte oder sich mit Frauen im Alter ihrer Großmutter in irgendwelchen Wohltätigkeitsvorständen traf, um zu besprechen, welche Teekur-Sandwiches serviert werden sollten, während sie auf den Moment wartete, in dem er eine Gastgeberin brauchte. »Event-Direktorin« war ihre offizielle Berufsbezeichnung in der Firma, aber der Titel war so oberflächlich, wie sie es früher selbst gewesen war. Das war kein Leben, und nach neunundzwanzig Jahren als Barbie-Puppe, die er zur Schau stellte, wenn ihm danach war, hatte sie es satt.

Nicht dass Dad jemals verstehen würde, warum. Er würde sie für verrückt halten. Aber sein Leben war ja auch nicht dadurch verändert worden, dass er den Kampf eines kleinen Jungen gegen eine Krankheit miterlebt hatte, die sich nicht darum scherte, wie viel Geld jemand besaß.

Das hatte Cassidys Leben in eine ganz neue Perspektive gerückt, und sie hatte ihr Leben an dem Tag geändert, an dem sie den armen Franklin beerdigt hatten.

Sie zog den Einzahlungsbeleg der Bank für den Scheck der Galerie aus ihrer Hosentasche. Ihr erster Verkauf, und jetzt, da sie tatsächlich ein handgefertigtes Möbelstück verkauft hatte – *ohne* Dads Hilfe oder seinen Namen –, hatte Cassidy endlich den Beweis und die Entschlossenheit, ihm zu zeigen, dass sie mehr als nur ein hübsches Gesicht war.

Dad schuldete ihr dieses Mittagessen, mit wem zur Hölle er sich auch »traf«. Sie schnappte sich ihre Handtasche und die Schlüssel für den Mercedes, ließ eine Karte mit ihrer Telefonnummer auf der Kücheninsel liegen und ging dann zurück zum Schlafzimmer, um Mr. Rude mitzuteilen, dass er nun putzen konnte, ohne unter ihrer Anwesenheit leiden zu müssen. Sie steckte den Kopf ins Schlafzimmer, um es ihm zu sagen.

Das war ihr erster Fehler.

Mr. Manley Maid war vornübergebeugt, und diese grüne Hose spannte sich straff über die schönste Rückseite, die sie seit dem letzten WM-Spiel gesehen hatte. Also starrte sie hin. Schließlich war er da und bettelte förmlich darum, angestarrt zu werden.

Das Starren war ihr zweiter Fehler.

»Brauchst du was?«, fragte er, richtete sich auf und sah über die Schulter zu ihr herüber, und ihr dritter Fehler bestand darin, dass sie ein paar Nanosekunden zu lange brauchte, um ihren Blick von seinem Hintern abzuwenden.

Als es ihr schließlich gelang, blickten seine blauen Augen tief in ihre. Wunderschöne blaue Augen. Azurblau, wie der Himmel, den sie auf die Bombe-Kommode gemalt hatte, die sie gerade verkauft hatte.

»Kann ich etwas für dich tun, Ms. Davenport?«

Sie ignorierte den leichten Sarkasmus bei dem *Ms.* und dankte stattdessen Gott, dass sie keinen vierten Fehler beging und ihm nicht genau sagte, was er für sie *tun* könnte.

»Ich gehe aus«, antwortete sie ruhig und zwang sich, sich nicht zu räuspern, um ihre Verlegenheit zu überspielen. Diese Schweizer Benimmkurse machten sich bezahlt. »Es gibt zusätzliche Putzmittel im Wandschrank im Flur, und falls du weitere Fragen hast, meine Handynummer liegt auf der Kücheninsel. Bitte schließ ab, wenn du gehst.«

Sie zwang sich dazu, herzlich zu lächeln und sich langsam umzudrehen, mit der perfekten Kopfhaltung, die »Ich-habe-alles-unter-Kontrolle« signalisierte, und schritt ruhig aus ihrer Haustür.

Während sein Blick sich den ganzen Weg über in ihren Rücken bohrte.

Herrgott, diese Frau konnte ein Feuer in ihm entfachen. Wie sie da stand, so unglaublich kühl und doch so verdammt heiß in diesem beigen Outfit, mit erhobenem Haupt und diesem verweilenden Blick auf seinem Arsch ...

Er hatte sich umdrehen und sie darauf ansprechen wollen, aber er war nicht in der *Lage* gewesen, sich umzudrehen. Sollte sie doch denken, er sei arrogant – das konnte er durchaus sein –, aber in diesem Fall war es reiner Selbstschutz gewesen. Sie hatte ihn in einen Zustand versetzt, der härter war als das blöde Staubsaugerrohr, das er in der Hand hielt, und genauso dick.

Liam warf das Saugrohr angewidert beiseite. Gott, seine Anatomie mit einem Staubsauger zu vergleichen, weckte nur Bilder von Saugkraft, und das führte in eine Richtung, mit der er geschäftlich nichts zu tun hatte – und an der er auch kein Interesse hatte.

Lügner.

Mist. Ja, er log. Er war definitiv interessiert – zumindest körperlich. In jeder anderen Hinsicht? Kam nicht infrage.

Aber sie versetzte seiner Libido einen ordentlichen Schlag, also hielt er besser die Deckung oben. Bloß nicht daran denken, sie zu küssen, sonst könnte er diesen bescheuerten Job gleich mitküssen. Und das in weniger als vierundzwanzig Stunden. Mac würde ihn umbringen.

Liam ließ sich auf das Bett sinken und fuhr sich mit der Hand über das Gesicht. Er durfte nicht zulassen, dass Cassidy Davenport ihn aus der Fassung brachte. Sie war alles, was er an einer Frau hasserte: verwöhnt, verhätschelt, von sich selbst eingenommen, herablassend ...

Sexy, wunderschön ...

Er atmete aus. Die körperliche Seite war bei Rachel sein Untergang gewesen. Er war so vernarrt in diesen Teil von ihr gewesen, dass er den Rest übersehen hatte – wer sie unter der prachtvollen Fassade wirklich war. Es wurde Zeit für eine Verabredung. Er musste jemanden finden. Jemand Neuen. Jemand *Echtes.* All diese Monate – ganze achtzehn –, seit Rachel hatte er einen großen Bogen um Frauen gemacht, selbst für seine grundlegendsten Bedürfnisse. Rachel hatte seinem Herzen, seinen Zielen und seinem Urteilsvermögen übel mitgespielt. Herauszufinden, dass sie ihn nur wegen der Dinge benutzt hatte, die er ihr bieten konnte ...

Dieser kläffende kleine Staubwedel, den Cassidy Davenport einen Hund nannte, fing an, eine Maus auf Steroiden zu imitieren, was Liam zurück in die Gegenwart riss. Herrje. Mac hatte nichts davon erwähnt, dass man bei diesem Job auch den Hund hüten musste. Er würde das Ding ignorieren, aber im Gegensatz zu seinem Frauchen konnte man dem Hund keine Schuld daran geben, dass er ein verwöhntes kleines Monster war, das es gewohnt war, dass seine Forderungen beim ersten schrillen Kläffen erfüllt wurden. Liam ging nach draußen, um nachzusehen, was los war.

Das Ding rannte in seinem Laufstall im Kreis und sprang auf die Hinterbeine, als er an die Umzäunung herantrat – ein wuselndes Bündel aus weißer Seide, komplett mit einem albernen kleinen Dutt auf dem Kopf und der kleinen rosa Zunge, die heraushing, als hätte Liam ein Steak dabei.

Wahrscheinlich erwartete sie Chateaubriand.

»Was willst du?«, knurrte Liam fast, als sie ihn wieder ankläffte. Er konnte es nicht einmal einen Hund nennen. Hunde waren Tiere mit Substanz. Der beste Freund des Menschen. Retter von Kindern, die in Brunnen gefallen waren. Dieses Ding war ein Staubwedel auf Pfoten. Ein animiertes Accessoire, und er konnte nicht glauben, dass Cassidy Davenport vergessen hatte, ihres mitzunehmen. Die Tasche, die sie getragen hatte, wäre groß genug für dieses kleine Etwas gewesen.

Der Hund kläffte wieder.

»Ich weiß nicht, was du willst, du Hund.«

Das Ding rannte ein paar Mal im Uhrzeigersinn im Kreis, blieb stehen, kläffte erneut und rannte ein paar Mal in die andere Richtung.

Liam ging in die Küche, um ihr etwas Wasser zu holen.

Der Raum sah aus wie ein Mausoleum. Weißer Marmorboden und Arbeitsplatten, makellose weiße Schränke mit Glastüren, alles darin aufgereiht wie in einem Ausstellungsraum. Und *natürlich* war das Geschirr aus weißem Porzellan mit Goldrand. Es würde ihn nicht wundern, wenn Evian aus dem Wasserhahn käme.

Er brachte dem Hund einen Napf mit Wasser. Das Ding schnupperte einmal kurz und rannte dann Kreise darum herum.

Ach, verdammt. Wahrscheinlich musste sie mal raus. Mac hatte definitiv nicht erwähnt, dass Gassigehen Teil seiner Pflichten war.

Aber die andere Alternative war, sie ihr Geschäft auf dem Boden verrichten zu lassen, und das *hätte* er dann wegmachen müssen.

Nein danke. Außerdem hatte er kein Problem mit dem Hund.

»Schon gut, warte. Wo wird sie wohl deine Leine hingetan haben?«

Nach ein wenig logischem Kombinieren – denn er wollte *keinesfalls* ihre Schränke und Schubladen durchwühlen; dieses pfirsichfarbene Nachthemd, das er aufgehoben hatte, gehörte wahrscheinlich zu einem passenden String-Tanga, den er *nicht* zu sehen brauchte – fand Liam die Leine im Schrank im Foyer.

Sie war rosa. Etwas anderes hätte er auch nicht erwartet. Dieser Hund und seine Besitzerin schrien förmlich nach rosa.

Er hätte am liebsten geschrien, als er sah, dass die Leine mit Strasssteinen besetzt war. Gott, er kam vor diesen blöden Dingern nicht zur Ruhe. Was hatten Frauen nur mit funkelndem Zeug?

Er hakte die Leine in das passende rosa Strasshalsband des Hundes ein – das wiederum zu der rosa Schleife um den albernen Dutt passte – und verließ die Wohnung.

Kurz bevor die Tür hinter ihm ins Schloss fiel, warf er jedoch die blöde rosa Schleife zurück nach drinnen. Schlimm genug, dass die Leute ihn mit diesem Stofftier herumlaufen sahen; dieses Band war einfach zu viel.

Der Fahrstuhlführer des Gebäudes lächelte höflich, als er mit dem Hund einstieg, aber in den Augenwinkeln des Mannes lauerte das Lachen.

Liam konnte es ihm nicht verübeln. Es war lustig – *wenn* es jemand anderem passierte.

»Ich nehme an, du kennst den Namen dieses Hundes?«, fragte er den Typen. Marco, stand auf seinem Namensschild.

Marco nickte. »Titania.«

War ja klar, dass Cassidy Davenport ihren Hund nach der Elfenkönigin benennen würde. Adel und Märchen. Könnte eine Metapher für ihr Leben sein. Sie wohnte ja sogar in einem vergoldeten Turm.

»Sie mag das Stück Rasen unter dem Hartriegelbaum«, sagte Marco. »Das ist rechts, wenn Ihr aus der Haustür geht.«

Er wusste wahrscheinlich auch, was Titania zum Frühstück fraß, wann sie das letzte Mal ihr Geschäft verrichtet hatte und in welches Designer-Kostüm ihre Besitzerin sie zu Halloween gesteckt hatte. Das war die Art von Service, die solche Gebäude boten und wofür die Leute Millionen bezahlten.

. . .

Aber der Typ verdiente seinen ehrlichen Lebensunterhalt, also konnte Liam ihm keinen Vorwurf machen. Stattdessen steckte er ein paar Scheine in die Brusttasche von Marcos Uniform, als sich die Türen in der Lobby öffneten.

»Danke.« Liam klopfte auf die Tasche. »Für die Info und dafür, dass du das hier niemandem gegenüber erwähnst.« Er mochte in diesem Teil der Stadt zwar nicht viele Freunde haben, aber wenn irgendwie die Runde machte, dass er mit einem Frou-Frou-Flauschball für eine verwöhnte Socialite Gassi gegangen war – und das an einer rosa Glitzerleine –, würde er das Ende der Geschichte nie mehr hören. Schlimm genug, dass er sich schon Sprüche wegen seines Jobs als Putzfrau würde anhören müssen.

Erfreulicherweise erledigte Titania ihre Angelegenheit zügig und watschelte so schnell zurück zum Gebäude, wie ihre kurzen Beinchen sie tragen konnten, während Liam sich nur ausmalen konnte, was für einen Spaß die Typen an den Überwachungskameras bei diesem Anblick haben mussten. Hoffentlich gab es seitens der Hausverwaltung eine Regelung, die das Posten von Sicherheitsvideos im Internet untersagte.

Er setzte Titania zurück in ihren Laufstall, hängte die Leine zurück in den Schrank und setzte dann seine Arbeit fort, das Schlafzimmer von Cassidy Davenport zu reinigen.

Die Frau war ein echtes Phänomen. Er räumte immer auf, bevor Sharon kam, um seine Wohnung zu putzen. Witzig, dass er hier für sie einsprang, da sie auch sein Haus reinigte. Gereinigt *hatte*. Mac würde wohl jemand Neuen vorbeischicken müssen, jetzt, da Sharons Mutterschutz früher als erwartet begonnen hatte, denn es gab keine Möglichkeit, dass Liam hier die Zofe spielte, um dann nach Hause zu gehen und dasselbe zu tun.

Er jagte das Staubtuch über ein vermutlich sündhaft teures Kunstwerk auf dem Tisch neben ihrem Bett und – Mist! Eine Zinnkugel rollte herunter und unter das Bett.

Liam ging auf die Knie, um danach zu suchen. Er konnte die Frau schon jetzt hören, wie sie sich beschwerte, dass er es kaputtgemacht hätte, und wahrscheinlich kostete es mehr, als er im ganzen Jahr verdiente.

Da war sie, genau unter der Mitte des Bettes. Er legte sich flach auf den Boden und robbte darunter. Mit Kopf, Schultern und praktisch dem ganzen Rücken unter dem Bett erreichte er sie schließlich. Wahnsinn. Was für eine

Bettgröße war das? Es war definitiv größer als sein Kingsize-Bett. Was kam nach dem King? Monarch? Souverän? Diktator?

Wie auch immer. Liam schnappte sich die Kugel und wich zurück.

Doch seine Schulter verfing sich am Bettrahmen. Er hielt inne, da er Macs Uniform nicht zerreißen wollte, versuchte dann, nach hinten zu greifen und das Hemd zu befreien, aber es war nicht genug Platz zum Manövrieren da, und er war kein Kontorsionist, der seine Finger so weit zurückbekam.

Er wackelte ein wenig und schlängelte sich wie eine Schlange. Versuchte, seine Schulter zu drehen, um zu sehen, ob sie so frei käme.

Fehlanzeige.

Verdammt. Liam lag auf dem Boden, und diese schwarzen Stilettos mit den Knöchelriemen befanden sich direkt vor ihm. Perfekte Sichtlinie. Er brauchte dieses Bild gerade *absolut nicht.*

Er schob sich wieder zur Mitte des Bettes zurück und spürte, wie sich sein Hemd löste.

Mit einigem Hin- und Hergewackel schaffte Liam es schließlich, sich aus Cassidy Davenports Bett zu befreien. Er fragte sich, wie viele Männer ihn für dumm halten würden, weil er das überhaupt wollte.

Er stand auf, und etwas fiel ihm zu Füßen.

Ein Foto und noch etwas anderes.

Liam hob sie auf. Das Foto zeigte eine Frau mit einem dunkelhaarigen kleinen Mädchen auf dem Schoß, die irgendwo an einem Strand saßen, Palmen und eine Strohhütte im Hintergrund. Eimer, Schaufeln und Sandburgen überall um sie herum.

Cassidy Davenport, zweifellos. Das Kind hatte dasselbe Lächeln und dieselben strahlend grünen Augen. Er drehte es um.

Mutter. Martinique. Der letzte Urlaub.

Dieses *letzte* beunruhigte ihn.

Offensichtlich hatte Cassidy Davenport eine Mutter gehabt, aber soweit Liam wusste, war Mitchell Davenport nicht verheiratet. Geschieden? Verwitwet? War seine Tochter das Ergebnis einer Liebelei?

Liam hob das andere Teil auf, das herausgefallen war. Ein Armband aus Muscheln. Rissig, die Kordel ausgefranst; es war das Gegenstück zu denen, die die beiden auf dem Foto trugen.

Warum versteckte sie diese Sachen unter dem Bett? Oder hatte sie sie verloren? Würde sie froh sein, dass er sie gefunden hatte? Oder verärgert?

Er hatte keine Ahnung und wollte Cassidy keinen Grund geben, sich bei Mac über den Service zu beschweren, also kniete er sich hin und schob sie dorthin zurück, wo sie hergekommen waren. Aus den Augen, aus dem Sinn.

Aber dieses eine Wort ging ihm nicht aus dem Kopf. *Letzte.* Und die vier anderen Wörter dazu: knapp, kahl. Praktisch frei von Emotionen.

Liam verstaute sie und stand auf. Diese Worte – dieses Bild – waren zu real. Zu echt. Zu ehrlich. Er wollte Cassidy Davenport so nicht sehen.

Es machte sie zu menschlich.

Kapitel Drei

Der erbärmliche Versuch von Cassidys Vater, seine Jugend festzuhalten, war noch schlimmer geworden, seit er die gefürchtete Sechs-Null erreicht hatte. Es war, als kenne er das Datum seines bevorstehenden Todes und wäre fest entschlossen, jeden Punkt auf seiner Löffelliste abzuhaken. Dreimal. Einschließlich jeder Tussi, die er auf den Rücksitz seines Rolls-Royce locken konnte. Es war zutiefst traurig, wie viele es von dieser Sorte Frau gab.

Ein Paradebeispiel: Diejenige, die gerade sein Büro verließ und verzweifelt versuchte, die Tatsache zu vertuschen, dass ihre Bluse falsch zugeknöpft war.

Cassidy verdrehte nur die Augen über das Mädel, das nicht älter sein konnte als sie selbst. Warum sich diese vermeintlich klugen Frauen mit tollen Abschlüssen und guten Jobs dazu entschieden hatten, die Karriereleiter hochzuschlafen, war ihr ein Rätsel. Hatten sie denn gar kein Selbstwertgefühl?

»Vielen Dank für Ihre Zeit, Herr Davenport.« Das arme Ding versuchte tatsächlich, es so aussehen zu lassen, als wäre der Akquise-Besuch nach Plan verlaufen.

Oder vielleicht war ein Quickie auf seinem Schreibtisch von vornherein ihr Ziel gewesen.

Cassidy hätte ihr sagen können, dass es zwecklos war. Dass die Blondinen in regelmäßigen Abständen kamen und gingen – sie hustete, um die Unangebrachtheit *dieses* Gedankens zu übertünchen. Ihr Vater war ein Hund, was den

Spitznamen »Höllenhund«, den die Medien ihm verpasst hatten, so treffend machte. Er war hartnäckig, und wenn er erst einmal ein Projekt ins Auge gefasst hatte, sollte jeder, der ihm im Weg stand, besser das Weite suchen.

Ihre Mutter war sein erstes Opfer gewesen. Oder zumindest das erste, von dem Cassidy wusste. Und das war seit fünfundzwanzig Jahren vorbei.

»Er empfängt Sie jetzt, Cassidy«, sagte Deborah, nachdem sie kurz ihr Headset berührt hatte.

Die arme Deborah. Mitchell hielt sie an einer elektronischen Leine; er konnte sie jederzeit und überall erreichen, indem er ihr direkt ins Ohr summte. Nahm sie das Ding eigentlich jemals raus? Zum Beispiel auf der Toilette oder wenn sie nach Hause zu ihrem Ehemann ging?

Cassidy hoffte nur, dass ihr Vater der Frau zahlte, was sie wert war, bezweifelte es aber. Er war nicht durch Großzügigkeit dorthin gekommen, wo er heute stand. Alles hatte seinen Preis, lautete sein Motto. Einschließlich des Gehorsams seiner Tochter.

Sie stand auf und strich ihre Leinenhose glatt. Ironisch, dass ihr Vater es hasste, wenn sie zerknittert auftauchte, während die Frau, die gerade sein Büro verlassen hatte, aussah wie etwas, das man ein paar Tage zu lange in der Waschmaschine vergessen hatte. Na ja. Nicht ihr Problem. Jedenfalls nicht mehr lange.

Sie holte tief Luft, bevor sie die Tür zum Büro ihres Vaters aufstieß. Glücklicherweise hatte das Mädchen sie nicht ganz ins Schloss fallen lassen; Cassidy widerstrebte es, irgendetwas im Büro anzufassen, aus Angst davor, welche DNA von wem dort noch lauern mochte.

»Hallo, Cassidy.« Ihr Vater vollführte seine übliche Umarmung im Politiker-Stil mit weit ausgebreiteten Armen, während er aus dem großen Badezimmer trat, das er sich extra für sein Büro hatte anfertigen lassen. »Was verdanke ich das Vergnügen?«

Das Wort *Vergnügen* aus seinem Mund ließ sie erschauern. »Das Mittagessen? Weißt du noch, wir sind verabredet?«

»Ah ...« Er schaute auf seinen Schreibtischkalender und tippte darauf. »Ja. Da steht es. Mittagessen mit meiner Tochter.«

Sein Lächeln war herablassend, und es strapazierte Cassidys Nerven. Er sah in ihr immer noch die formbare Sechzehnjährige, die man mit dem Versprechen auf ein cooles Auto und Kreditkarten-Privilegien bei der Stange hielt. Gott, sie war so oberflächlich gewesen. So leicht zu haben.

»Also, wo möchtest du hin? Chinesisch? Thailändisch? Indisch? Italienisch?«

»Das ist mir egal, Dad.« Sie würde sowieso kaum einen Bissen runterbekommen. Sie hatte sich fast ein Jahr lang auf dieses Gespräch seelisch vorbereitet. Jetzt war es endlich an der Zeit, es zu führen.

»Nun gut. Wie wäre es mit Padraic's? Ich war schon eine Weile nicht mehr dort.«

Das lag daran, dass Padraic's für ihren Vater »unter seinem Niveau« war. Was ihr zeigte, welchen Stellenwert er diesem Mittagessen beimass.

Ein Grund mehr für sie, es durchzuziehen.

»Weißt du was? Ich würde gerne ins *La Maison* gehen. Das ist mein Lieblingsrestaurant.« Bevor sie die Worte aussprach, hatte sie keine Ahnung gehabt, dass sie ihm widersprechen würde.

Ihr Vater war genauso überrascht, dass sie endlich ein Rückgrat entwickelte. Mit neunundzwanzig wurde es auch langsam Zeit.

Nein, sie wollte nicht weiter darüber grübeln. Sie war nicht gerade stolz auf sich, dass sie so lange nach seiner Weltordnung gespielt hatte. Die meisten Menschen ließen sich davon einlullen; es war schwer, sich dem zu entziehen, wenn der charismatische Mitchell Davenport seine Pläne in die Tat umsetzte. Das hatte ihn zu einem guten Geschäftsmann gemacht, aber zu einem beschissenen Vater. Und sie, die nach Mamas Auszug nach elterlicher Zuneigung gehungert hatte, hatte sich entschieden, die Tatsache zu ignorieren, dass sie ein Speichellecker-Leben führte. Aber damit war jetzt Schluss.

Es würde ihm nicht gefallen, was sie zu sagen hatte.

Ihm gefiel auch ihr Vorschlag für das Mittagessen nicht – seine linke Augenbraue war fast bis zum Haaransatz hochgezogen. Als Kind hatte sie diese Augenbraue gefürchtet. Enttäuschung, Wut, Desinteresse ... all das schwang darin mit. Und das schon viel zu lange.

Sie hatte das Gefühl, dass es in der nächsten Stunde viel Augenbrauenzucken geben würde.

Er drückte eine Taste an seinem Telefon. »Deborah, lass Charles mit dem Rolls vorfahren.« Er lächelte sein Business-Lächeln, als er das Gespräch beendete. »Ich schätze, das ist heute ein besonderes Mittagessen?« Daher der Rolls.

Cassidy wäre jedes andere Auto lieber gewesen als der Rolls. Er hielt seine »Meetings« in diesem Wagen ab. Aber sie würde ihm das hier durchgehen lassen; er würde im Laufe des Tages noch mit viel mehr fertigwerden müssen als mit ihrem Unwillen, in seinem Liebesmobil mitzufahren.

Aber er musste doch einsehen, wenn sie es ihm erst einmal erklärte, dass dies das war, was sie tun wollte. Sie konnte nicht ewig nur eine Zierde sein; sie brauchte ein Ziel in ihrem Leben. Sie musste etwas *tun*. Ihre Kunstwerke waren gut. Jemand hatte echtes Geld dafür bezahlt – jemand, der *nicht* wusste, wer sie war.

Das Gefühl, dank ihres Talents und ihrer eigenen Bemühungen voranzukommen ... es war berauschend. Es öffnete die Tür zu allen möglichen Möglichkeiten, nicht zuletzt zu ihrer eigenen Karriere und ihrer eigenen Wohnung. Eine, die *sie* sich von *ihren* Einkünften leisten könnte, statt von dem monatlichen Taschengeld, das ihr Vater gerne als ihr Gehalt bezeichnete. Aber sie war keine sechzehn mehr; sie wusste genau, was dieses Geld war. Es war ein Mittel, um sie bei der Stange zu halten und sein Leben einfach zu gestalten. Es war auch die physische Verkörperung ihres bloßen Zeitvertreibs.

Franklins Tod hatte ihr gezeigt, wie wenig Zeit einem Menschen bleiben konnte. Er hatte ein Vermächtnis hinterlassen; was hatte sie vorzuweisen? Die Namensnennung auf den Programmen und Tagesordnungen, die sie für ihren Vater zusammenstellte, und die Fotos auf den Gesellschaftsseiten reichten ihr nicht mehr. Nicht mehr jetzt.

Dad musste es verstehen. Er hatte sich einen Namen gemacht; war es da so verkehrt, dass sie dasselbe tun wollte?

Ihr Vater war auf der Fahrt zum Restaurant äußerst zuvorkommend, hielt ihr die Tür auf und bot ihr im Wagen ein Glas Wein an. Es war noch ein bisschen zu früh am Mittag, um mit dem Trinken anzufangen, obwohl sie ihn bei dem, was sie ihm gleich sagen würde, vielleicht besser *ihn* abfüllen sollte.

Der Doorman öffnete die Wagentür, als Charles unter die Vorfahrt des Restaurants rollte. »Guten Tag, Miss Davenport.«

»Hallo, Dennings.« Sie war so aufgewachsen, dass sie Angestellte im Dienstleistungssektor mit ihrem Nachnamen ansprach, aber es hatte sich für sie nie richtig oder angenehm angefühlt. Doch wenn sie es nicht täte, würde ihr Vater zu einer peinlichen, zum Fremdschämen anregenden »Lektion« ansetzen, wie man sich zu benehmen habe.

Ihm würde *wirklich* nicht gefallen, was sie ihm zu sagen hatte.

Fünfzehn Minuten später, nachdem die Höflichkeiten ausgetauscht und ihre Bestellungen serviert worden waren, nahm Cassidy einen stärkenden

Schluck von dem Wein, zu dem sie sich letztlich doch hatte überreden lassen, stellte das Glas ab, legte ihre Hände in den Schoß – damit er nicht sah, wie sie sie rang – und holte tief Luft. »Dad.«

»Ja, Prinzessin.«

Sie versuchte, sich das Zusammenzucken nicht anmerken zu lassen. Sie hatte diesen Spitznamen schon gehasst, als sie miterlebt hatte, wie jede ihrer Freundinnen von ihren wohlhabenden, nie anwesenden und meist geschiedenen Vätern genauso genannt wurde. Nur ein einziges Mal hätte sie sich gewünscht, dass er sich etwas Neues einfallen ließe. Etwas, das eine Bedeutung hatte. Aber nach neunundzwanzig Jahren griff sie nun endlich nach ihrem eigenen Glück und ihrem eigenen Selbstwertgefühl und verließ sich nicht mehr darauf, dass er für sie in die Bresche sprang. Das war eine Lektion, die sie auf die harte Tour gelernt hatte.

»Ich habe etwas getan, worauf ich sehr stolz bin.«

»Oh?« Er signalisierte dem Kellner, ihren Wein nachzuschenken.

Sie mahlte mit den Kiefern. Er könnte ihr genauso gut den Kopf tätscheln und ihr einen Lolli geben. Ihre Fingernägel gruben sich in ihre Handfläche. »Ich habe mein erstes Kunstwerk verkauft.«

Ihr Vater setzte seine Gabel ab, und zum ersten Mal, seit sie ihn heute gesehen hatte, *sah* er sie wirklich an. »Du hast was getan?«

»Ich habe alte Möbelstücke gesammelt, sie bemalt und verkaufe sie jetzt.«

»Du verkaufst Möbel?«

»Nein, Dad. Es ist Kunst. Ich arbeite alte Möbel auf und mache daraus Sammlerstücke.«

»Wo?«

»Wo ich sie bemale?«

»Nein. Wo verkaufst du sie?«

»In der Galerie Marseault. Auf Kommission.«

»Welchen Namen benutzt du?«

Natürlich. Er sorgte sich um seinen Ruf. »Keine Sorge. Nicht Davenport. Ich nenne mich C. Marie.«

Da war sie wieder, diese verdammte Augenbraue. »Dein voller Name ist oft genug in den Zeitungen abgedruckt worden, Cassidy.«

»Weshalb ich ihn auch nicht benutzt habe. Niemand wird wissen, dass C. Marie Cassidy Marie Davenport ist.«

»Weiß es der Galerist?«

»Nun ja, natürlich, aber –«

»Kein Aber, Cassidy. Der Besitzer weiß es – glaubst du, er lässt sich die Gelegenheit entgehen, aus meinem Namen Kapital zu schlagen? Dieser kleine Einwanderer ist in dieses Land gekommen, um sein Glück zu machen, und du hast ihm die perfekte Gelegenheit auf dem Silbertablett serviert. Mein Gott, wie kurzsichtig kann man eigentlich sein? Nach all den Jahren, die ich in den Aufbau meines Namens investiert habe, hast du ihn jetzt mit irgendeinem Malen-nach-Zahlen-Hobby ruiniert.«

»Es ist kein Hobby!«

Die Gäste um sie herum hörten auf zu reden und starrten sie wegen ihrer erhobenen Stimme an – eine größere Sünde als ihr »Hobby«, wenn man nach der Reaktion ihres Vaters ging, aber das war Cassidy egal. Ein *Hobby*? Wie *konnte* er nur! Sie hatte sich für die Stücke, die sie fertiggestellt hatte, das Herz aus dem Leib gearbeitet und hatte fast ein Dutzend weitere in Arbeit, wobei sie sich die Zeit zwischen seinen »Verpflichtungen« abzwackte, bei denen sie elegant und glamourös erscheinen sollte, als die perfekte Davenport, nur damit er sagen konnte, seine Immobilien seien so schön wie seine Tochter. Sie hatte diesen Werbespruch schon immer geschmacklos gefunden, aber jetzt ...

»Wer hat das Stück gekauft?« Mitchell tupfte sich mit der Leinenserviette den Mund ab, warf sie dann auf den Tisch und griff nach seinem Telefon. Ein Tastendruck und die arme Deborah wurde erneut herbeizitiert. »Ich möchte, dass du ein Möbelstück findest. Nein, Deborah, hör zu. Es gehört einer –« Die verdammte Augenbraue wanderte nach oben, während er sie finster anstarrte.

»Ich weiß es nicht.« Und das stimmte. Jean-Pierre, der Galerist, hatte ihr nicht gesagt, wer das Stück gekauft hatte, nur dass es verkauft worden war.

»Das ist weder hilfreich noch professionell.« Er schüttelte den Kopf. »Nein, Deborah, nicht du. Ich möchte, dass du den Besitzer der Galerie Marseault ausfindig machst und ein von C. Marie verkauftes Stück zurück-kaufst. Ja, ganz recht, du hast mich richtig verstanden. C. Marie, *nicht* Cassidy Davenport. Und mir ist egal, wie hoch der Preis ist, du kaufst es zurück.« Er schaltete das Telefon aus, nahm seine Serviette wieder auf, legte sie zurück in seinen Schoß, nahm seine Gabel und spießte eine seiner Schnecken auf, als hätte er nicht gerade Cassidys Lebenstraum komplett abgetan.

»Nun, da diese Unannehmlichkeit aus der Welt geschafft ist, worüber wolltest du mit mir sprechen?«

Sie sollte eigentlich ihre Gabel über den Tisch pfeffern und hinausstürmen, aber Cassidy war so tief im Herzen getroffen von der gefühllosen Missachtung ihres Vaters für ihre Gefühle und Träume, dass sie die Energie dazu nicht aufbringen konnte. Außerdem hatten er und die Schulleiterin ihres Internats ihr korrektes Benehmen so sehr eingetrichtert, dass sie es niemals wagen würde, eine Szene zu machen –

»Geht es um heute Abend? Ich weiß, Burton musste zu dem ersten Spatenstich in Charleston, aber er hat den Hubschrauber. Er wird es rechtzeitig schaffen, um dich zu begleiten. Das garantiere ich dir.«

Die Gala. Noch eine. Nummer zweiundvierzig für dieses Jahr. Sie wusste es, weil sie gerade einundvierzig Kleider für eine lokale Auktion gespendet hatte, um Geld für benachteiligte Kinder zu sammeln. Das machte sie mit all ihren Kleidern. Dad hatte einen Tobsuchtsanfall bekommen, weil sie Designermode verschenkte, bis die Presseberichte eintrudelten, die ihre Großzügigkeit priesen und dem Namen Davenport überall Lorbeeren einbrachten. Jetzt war es für ihn eine Frage des Stolzes, dass ihre Garderobe den Großteil der Spenden ausmachte.

»Ich mache mir keine Sorgen, dass Burton es nicht schafft.« Denn Gott wusste – und Mitchell ebenso –, dass *nichts* Burton Carstairs davon abhalten würde, zu einer der Pflichtveranstaltungen ihres Vaters zu erscheinen, mit der Tochter des Chefs am Arm. »Aber Dad, wegen meiner Kunst. Du kannst sie nicht einfach zurückkaufen. Was sagt das über mich aus? Jean-Pierre wird nie wieder eines meiner Stücke verkaufen, wenn er glaubt, dass du den Käufer jagst. Das wirft kein gutes Licht auf seine Galerie –«

»Du gehst davon aus, dass mich die Galerie dieses Mannes interessiert. Das tut sie nicht, Cassidy.« Er begutachtete die Schnecke, die er aus dem Gehäuse gezogen hatte, als wäre sie wichtiger als ein Gespräch über ihr Leben. »Er ist ein Geschäftsmann und er hätte die Dinge zu Ende denken sollen. Zumindest wäre ein Anruf bei mir als berufliche Höflichkeit angebracht gewesen. Aber er hat nicht angerufen, also ist das der Preis dafür, dass er die Geschäfte auf seine Art führt. Ich schütze meinen Namen um jeden Preis.«

»Aber es ist nicht dein Name; es ist meiner.«

»Soweit ich weiß, steht mein Name in deiner Geburtsurkunde. Daher *ist* es meine Angelegenheit.« Er steckte sich die Schnecke in den Mund, als wäre damit das Gespräch beendet.

Cassidy hätte fast aufgegeben. Sie hatte in der Vergangenheit zu oft mit ihm zu tun gehabt, um zu glauben, dass er jetzt jemals nachgeben würde.

Aber wenn sie jetzt aufgab, nicht für sich selbst und das, was sie vom Leben wollte, kämpfte, wann dann? Sie hatte den Beweis, dass dies keine Schnapsidee für eine Karriere war. Sie hatte Talent und es gab einen Markt dafür. Wenn sie jetzt klein beigab, würde sie es noch schwerer haben, jemals wieder eine Chance zu bekommen, weil ihr Name durch Dads kleine Aufräumaktion beschmutzt würde.

Sie lehnte sich vor und umklammerte ihre Gabel wie einen Rettungsanker. »Dad, hör zu. Ich habe Davenport mit Absicht nicht benutzt. Ich wollte dich nicht mit hineinziehen, falls es nicht gut liefe.« Sie kreuzte die Finger ihrer anderen Hand, die in ihrem Schoß lag. Das war *nicht* der Grund, warum sie ihren Nachnamen nicht benutzt hatte, aber sie ließ ihn in dem Glauben, um ihm zu zeigen, dass sie immer noch in seinem »Team« war. Ihr Vater legte großen Wert auf Loyalität, und ihr Alleingang würde diese infrage stellen. »Aber die Dinge sind gut gelaufen. Und ich *muss* meinen Nachnamen nicht benutzen. Das ist ja gerade das Schöne daran. Ich habe es alleine geschafft. Jean-Pierre hielt genug von meinem Talent, um meine Stücke aufzunehmen, und jemand anderes hielt genug davon, um eines zu kaufen. Ich kann darin Karriere machen, ich weiß es.«

»Du hast bereits eine Karriere, Cassidy. Du hast nicht die Zeit für beides.«

Sie biss sich die Erwiderung herunter, dass das Tragen von Designerroben und das Geplänkel mit seinen Geschäftspartnern nur dann eine Karriere darstellte, wenn sie für einen Eskortservice arbeiten würde. Denn ehrlich gesagt kam sie sich so ziemlich so vor, seit sie Franklin kennengelernt hatte. Ihr Leben war so oberflächlich gewesen im Vergleich zu dem, was sie in der kurzen Zeit, in der sie ihn gekannt hatte, gelernt hatte; dass es die Verbindungen, die Ehrlichkeit, die Beziehungen zwischen Menschen waren, die dem Leben Bedeutung gaben. Mitchell Davenport benutzte Menschen zu seinem eigenen Vorteil. Und das war für ihn völlig in Ordnung; sein Traum war es gewesen, in seiner Branche ganz groß rauszukommen, und das hatte er geschafft. Aber es war nicht ihr Traum, und jetzt, wo sie endlich einen hatte, *konnte* er sie nicht einfach dafür belächeln.

»Aber ich habe Zeit für beides, Dad. Ich habe es geschafft, das Stück und noch mehr fertigzustellen *und* eine Galerie zu finden, während ich für deine Firma gearbeitet habe.«

»Warum also führen wir diese Diskussion? Warum hast du es mir überhaupt erzählt?«

»Weil ...« Sie holte tief Luft und setzte alles auf eine Karte – und sie hoffte, dass sie das nicht wörtlich meinte.

Ach was, das würde nicht passieren. Dad würde ihr nicht den Geldhahn zudrehen, nur weil sie das wollte. Immerhin war sie seine Tochter, und er würde niemals so etwas Skandalöses tun, das seinen Ruf schädigen könnte.

Sie tippte mit ihrer Gabel auf das Leinentischtuch. »Weil ich mich *doch* voll und ganz auf meine Kunst konzentrieren möchte. Ich kann jemanden einarbeiten, der im Büro den täglichen Kram für mich übernimmt« – nicht dass sie viel zu tun hätte, seit sie aus dem Designteam heraus »befördert« worden war; ihr neuer Job und ihr neuer Titel waren reine Fassade gewesen und jeder wusste das – »und ich kann immer noch bei den Abendveranstaltungen dabei sein.«

Sie hatte alles genau geplant. Sobald Dad ihren gewählten Weg akzeptiert und sie ihre Nachfolge eingearbeitet hätte – wahrscheinlich eine dieser Harvard- oder Yale-Absolventinnen –, dann könnte sie sich langsam von den Events zurückziehen. Dad würde es nicht einmal merken, solange die Frau, die sie ersetzte, in den Kleidern genauso gut aussah und an den richtigen Stellen lächelte, was ohnehin so ziemlich die Stellenbeschreibung war.

Ihr Vater spießte eine weitere Schnecke auf und betrachtete sie erneut. »Das ist ein schöner Plan, aber du hast den wichtigsten Teil vergessen, Cassidy.«

»Was?« Sie hatte sich den Kopf zermartert, um an alles zu denken, weil sie gewusst hatte, dass er sich dagegen wehren würde; sie hatte nichts übersehen.

»Ich stimme diesem Plan von dir nicht zu.« Er zog die Schnecke aus dem Gehäuse und schob sie sich in den Mund. »Nun, zu heute Abend. Habe ich erwähnt, dass ich Corcoran bei den Eiern habe und wenn er heute Abend auftaucht, wird er sehen ...«

Cassidy nickte an den richtigen Stellen und gab bei Bedarf das passende »Mmh-hmm« von sich, aber ihre Gedanken waren weit weg. Er hatte ihren Traum einfach abgetan. Sie hatte nicht *wirklich* geglaubt, dass er das tun würde. Sicher, er würde nicht begeistert sein; das hatte sie erwartet. Aber sie war verdammt noch mal seine Tochter. Sein Kind. Sicherlich wollte er doch, dass sie dieselbe Chance bekam, ihre Träume zu verwirklichen, wie er sie gehabt hatte? Es war ja nicht so, als wäre sie in der Firma unersetzlich.

Das sollte eigentlich ihr *Ausweg* sein. Ihre Unabhängigkeitserklärung. Zugegeben, die Provision für die bauchige Kommode reichte nicht zum Leben, aber es war ein Anfang. Und wenn sich der Name C. Marie erst einmal herumgesprochen hätte, müsste sie nicht mehr auf den Gehaltsscheck von Davenport Properties angewiesen sein und sich wie ein Zwergpudel verkleiden, um auf Gala-Abenden herumzustolzieren.

Gott, sie hatte dieses Leben so satt.

Und nun, da der Galerist ausfindig gemacht und überzeugt werden würde, die bauchige Kommode zurückzukaufen – ein Kunststück, von dem Cassidy keinen Zweifel hatte, dass die Sekretärin ihres Vaters es angesichts der fast grenzenlosen Kassen der Firma ihres Vaters vollbringen würde –, gab es keine Chance mehr, dass sie noch mehr verkaufen würde. Tatsächlich sollte sie wahrscheinlich gleich morgen früh den Rest der Stücke abholen, denn niemand würde ein Stück anfassen wollen, das man früher oder später zurückgeben müsste. Obwohl, wenn Mitchell sie weiterhin zu einem Spitzenpreis zurückkaufte, wären die Käufer vielleicht nicht einmal verärgert darüber.

Aber sie wäre es. Und Jean-Pierre ebenso. Es war rundherum ein schlechtes Geschäft. Und da Jean-Pierre wusste, wer sie war – wusste, wer ihr Vater war –, würde er sie nicht mehr mit der Kneifzange anfassen, sobald Dads Missvergnügen bekannt wurde. Niemand wollte sich mit Mitchell anlegen. Sie war geliefert. Gefangen in diesem Leben, das sie hasste.

»Nachtisch?«, fragte ihr Vater, die erste direkte Frage, seit er ihren Traum abgeschmettert hatte.

»Nein. Ich habe keinen Hunger.«

Er musterte sie. Eher so, als würde er ein preisgekröntes Vollblut begutachten, als wie ein fürsorglicher Vater, der sich fragt, ob etwas nicht stimmt. »Ja, du wirst ein wenig rund im Gesicht. Das macht sich auf Fotos nicht gut. Probier mal eins von diesen Entwässerungsmitteln aus, die mein Trainer mir gegeben hat. Das macht dich bis heute Abend schlanker.«

Sie hatte gedacht, nichts könne sie mehr deprimieren, als dass ihr Vater ihre Berufswahl abtat. Sie hatte sich geirrt.

»Echt jetzt? Du willst, dass ich eine Essstörung bekomme?«

»Hör auf, so dramatisch zu sein, Cassidy. Ich habe deine Rechnungen vom Zimmerservice gesehen. Du wirst nie eine Essstörung bekommen. Weshalb wir ja auch dieses Gespräch führen.« Er legte seine Serviette wieder auf den Tisch und tätschelte ihre Hand. »Nimm das Entwässerungsmittel.

Und achte darauf, dass deine Visagistin dir die Wangen hohl schminkt.« Er stand auf und hielt ihr die Hand hin. »Kann ich dich irgendwo absetzen?«

An einer Klippe. Bei einem Waisenhaus. Wie gerne hätte sie ihm gesagt, er könne es sich sonst wohin schieben, aber die Realität war, dass sie ohne ihre maßgefertigten Möbel immer noch von ihm und seinem Einkommen abhängig war.

Sie hätte diese Reise an die Riviera nicht machen sollen. Und die zum Karneval. Und der Monat auf Fidschi mit der Sommerkollektion ihres Lieblingsdesigners, die sie komplett aufgekauft hatte, war auch völlig unverantwortlich gewesen. Wenn sie das Geld nur gespart hätte, wäre sie der finanziellen Unabhängigkeit ein ganzes Stück näher. Aber es war alles Mitchells Geld gewesen, und sie hatte ihren Weckruf noch nicht erhalten.

Dann war da noch der riesige Batzen Geld, den sie im Krankenhaus gelassen hatte – nein. Sie würde sich niemals wünschen, das nicht getan zu haben. Das war das am besten investierte Geld ihres Lebens.

»Cassidy? Die Zeit läuft uns davon, und du weißt: Zeit ist Geld.«

Genau wie Geschmack und Erziehung und frühes Aufstehen und eine ganze Reihe anderer Dinge, die ihrem Vater heilig waren. Was wohl der Grund war, warum sie nicht auf dieser Liste stand. Ihre Existenz diente für Mitchell einzig und allein einem Zweck: als seine Gastgeberin zu fungieren, damit er nie wieder heiraten und die Hälfte seines Vermögens an Unterhalt weggeben musste.

»Nein, ich nehme mir ein Taxi.«

Seine Augenbraue zuckte erneut nach oben, während er aufstand. »Wie du meinst.« Er schauderte, rückte dann seine Krawatte zurecht und schüttelte den Kopf, als er sich abwandte, um den Tisch zu verlassen. »Ein Taxi. Ich habe eine ganze Flotte von Firmenwagen, und sie will ein Taxi.«

Genau *das* war der Grund, warum sie ein Taxi wollte. Es war etwas, das ihr Vater nicht kontrollieren konnte und bei dem er nicht seine Hände im Spiel hatte. Eines der wenigen Dinge in dieser Stadt, das nicht den Gestank von Davenport-Geld an sich trug.

Sie lachte über sich selbst. *Sie* hatte diesen Gestank getragen und das auch noch bereitwillig getan. Ihn sogar stolz zur Schau gestellt. Bis zu jenem schicksalhaften Abendessen.

Sie schüttelte den Kopf und stand auf, als die Kellnerin die Rechnung brachte. Typisch. Mitchell hatte sie darauf sitzen lassen. Zum Glück hatte sie im *La Maison* ein Kundenkonto, also ließ sie es darauf anschreiben. was Mitchell am Ende sowieso bezahlen würde, also war es eine Art ausgleichende Gerechtigkeit.

Sie verließ das Restaurant und sah auf ihr Handy. Einundfünfzig Minuten, seit sie es betreten hatten. Einundfünfzig Minuten, in denen ihre sorgfältig geschmiedeten Pläne in Flammen aufgegangen waren. Mitchell konnte jedem Segel den Wind nehmen. Sie sollte nicht überrascht sein. Sie hatte gewusst, dass er nicht erfreut sein würde. Aber sie hatte offensichtlich zu viel Wert auf die Vater-Tochter-Beziehung gelegt und die fälschliche Annahme getroffen, dass er wolle, dass sie glücklich ist. Sie hätte von ihrer Mutter lernen sollen: Die einzige Person, von der Mitchell wollte, dass sie glücklich war, war Mitchell.

Sie wollte einfach nur nach Hause gehen, sich zusammenrollen und vergessen, dass dieser Tag jemals stattgefunden hatte, und sie war gerade dabei, ein Taxi heranzuwinken, als ihr einfiel: Der heiße Typ war bei ihr zu Hause. Sie wollte *nicht* nach Hause gehen und ihre Wunden lecken, während sein spöttisches Grinsen sie verfolgte.

Seufzend blickte sie sich um. Sie hatte keine Lust auf einen Latte Macchiato, und Mitchells Geld auszugeben war das Letzte auf ihrer Liste der Dinge, die sie tun wollte. Okay, das Vorletzte. Der heiße Putzmann war das Letzte. Eigentlich *könnte* er auf ihrer Liste der Dinge stehen, die sie *tun* wollte, aber ihr Vater würde an die Decke gehen, wenn sie mit *dem Personal* anbandelte.

Hm ... eigentlich wäre das der perfekte Grund, es *zu tun*.

Außer, dass sie keine Ausnutzerin war wie Mitchell. Nun ja, nicht mehr.

Seufzend bog Cassidy links ab und ging los. Vielleicht würde ein bisschen frische Luft ihren Kopf klären. Der Park lag in dieser Richtung. Im schlimmsten Fall konnte sie ein paar Stunden damit verbringen, Münzen in den Brunnen zu werfen. Auf diese Weise würde Mitchells Geld wenigstens mehr Menschen zugutekommen.

Kapitel Vier

Liam wischte sich mit dem Unterarm über die Stirn, aber das war zwecklos. Sein Arm war genauso verschwitzt wie seine Stirn. Verdammt, wie der ganze Rest von ihm. Die Klimaanlage in diesem Laden lief auf Hochtouren, und trotzdem schwitzte er wie ein Schwein. Das lag an den ganzen verdammten Ecken und Winkeln, die den Innenausbau zu etwas machten, um das ihn jeder beneidete – außer der Person, die damit beauftragt war, ihn zu reinigen. Er würde mit Mac über Sharons mangelnde Gründlichkeit sprechen müssen. Wobei man fairerweise sagen musste, dass das Besteigen von vier Meter hohen Leitern für schwangere Frauen durchaus gewisse Gesundheitsrisiken barg. Trotzdem, vielleicht konnte Mac ihr Angebot um eine Spezialreinigung für Dinge abseits der Norm erweitern. Und dieser Ort war definitiv jenseits der Norm.

Er hatte versucht, sich nicht beeindrucken zu lassen, aber es fiel ihm schwer – von der nahtlosen Granitplatte, die für die Küchenarbeitsfläche gehauen worden war, über den durchsichtigen Kamin zwischen Wohn- und Esszimmer bis hin zu dem architektonischen Wunderwerk, das der Balkon darstellte. Er hätte fast einen Köpfer über das Geländer gemacht, als er versuchte, die Aufhängung zu erkennen. Mitchell Davenport war aus gutem Grund ein Branchenführer, und so sehr Liam es auch hasste, dass Cassidy von der Beute ihres Vaters lebte, so sehr genoss er die Gelegenheit, eines der

Vorzeigeobjekte aus nächster Nähe zu sehen. Die Tatsache, dass er das andere Loft auf dieser Etage übernehmen würde, sobald er hier fertig war, damit Davenport es zum Verkauf ausschreiben konnte, bedeutete nur, dass er mehr Inspiration für sein eigenes wachsendes Unternehmen sammeln konnte.

Liam ging zurück ins Wohnzimmer und schloss die Flügeltüren. Auch sie waren ein technisches Wunderwerk, schwangen bei der kleinsten Berührung mühelos auf und rasteten lautlos ein. Das Glas war gehärtet und doch so kristallklar, wie er es noch nie gesehen hatte. Die Türen kosteten wahrscheinlich so viel, wie er im ganzen letzten Jahr verdient hatte, und in dieser Wohnung gab es gleich drei Sätze davon.

Der Schickimicki-Hund tänzelte auf den Hinterbeinen, als er wieder hereinkam. Wenn man ihm ein Tutu anzog, hätte Cassidy eine Zirkusnummer. »Tut mir leid, Knirps, aber sie hat dich nicht ohne Grund da reingesteckt, und da ich hier gerade sauber gemacht habe, lasse ich dich nicht raus, damit du alles einsaust. Aber ich schätze, du könntest ein Leckerli oder so was vertragen, weil du mir nicht die Ohren vollgekläfft hast.«

Er ging in die Küche, um nach Leckerlis zu suchen, und erlebte einen Schock. Das Innere der Schränke war ein einziges Chaos, ein Durcheinander aus leeren Plastikbehältern, Konserven, Papierprodukten und Hundefutter – ein direkter Gegensatz zum Rest der Wohnung. Sogar das hauchzarte Negligé auf dem Boden in ihrem Schlafzimmer wirkte im Vergleich dazu ordentlich. Die Frau besaß eine Menge unterdrückter Unordentlichkeit.

Ich hätte nichts dagegen, mit ihr unordentlich zu werden ...

Okay, es war Zeit zu gehen.

Er kramte ein Hundeleckerli aus dem Durcheinander hervor, schaffte es, die Schranktür zu schließen, ohne dass der Inhalt herausquoll, und warf dem Hund den radiergummiartigen Brocken zu.

Jetzt fing sie an zu jaulen. Natürlich.

Liam seufzte und ging durch die Wohnung, um sicherzustellen, dass er nichts vergessen hatte. Das wäre ein Anfängerfehler, und Mac stellte keine Anfänger ein.

Der Muffin auf vier Pfoten hörte nicht auf zu kläffen. Es war so schrill, dass Liam es nicht als Bellen bezeichnen konnte, aber es ging ihm mehr auf die Nerven als jedes Bellen, das er je gehört hatte. Sein Nachbar, bei dem er aufgewachsen war, hatte einen Beagle gehabt, und obwohl dieser Hund ein markerschütterndes Geheul draufhatte, kam er gegen dieses Ding hier nicht an. Liam konnte gar nicht schnell genug hier rauskommen.

Was natürlich bedeutete, dass er festsaß, als er den Verlängerungsaufsatz für den Staubsauger nicht finden konnte. Scheiße. Er ging seine Schritte zurück, angefangen in ihrem Badezimmer – ja, ja, das ergab keinen Sinn, da es dort nichts zu saugen gab, aber am besten fing er ganz vorne an und arbeitete sich nach draußen durch.

Er war wieder auf Händen und Knien halb unter ihrem Bett, als sie nach Hause kam.

Das würde kein gutes Bild abgeben. Besonders, weil der Aufsatz ganz hinten an der Wand lag, was bedeutete, dass er diese dämliche Schlangenbewegung machen musste, um ihn zu greifen und wieder herauszukriechen, ohne sein Hemd zu zerreißen oder das Armband und das Foto zu verschieben.

»Was machst du da?«, fragte sie.

»Angeln.« Dumme Frage, schnippische Antwort. Er robbte sich wieder heraus – und blieb erneut mit dem Hemd hängen. »Verdammt!«

»Hast du was gefangen?«

Er konnte das Lächeln in ihrer Stimme hören. Sie wusste genau, was passiert war. »Alles bestens.«

»Aha.«

Das Bett knarrte.

»Was machst *du* da?«

»Ich ziehe meine Schuhe aus.«

Verdammt, das tat sie tatsächlich. Er hatte eine erstklassige Aussicht auf ihre Knöchel. Und das war ein verdammt hübscher Knöchel. Genauso wie das Fußgewölbe. Und der leuchtend blaue Nagellack auf ihren Zehen …

Hm. Sie sah nicht wie der Typ für leuchtend blauen Nagellack aus. Nicht mit diesem fleischfarbenen Outfit. Dezent, unterkühlt, aber stinkend vor Reichtum. *Das* war Cassidy Davenport. Der blaue Nagellack gehörte zu irgendeinem Hippie-Mädchen, mit dem er sich gerne mal für einen Nachmittag voll heißem, verschwitztem, fantastischem Sex im Bett wälzen würde.

Oh, verdammt. Jetzt hatte er das Bild im Kopf, wie er Cassidy Davenport rücklings aufs Bett warf und ihr die dezenten, unterkühlten Klamotten Zoll für Zoll vom Leib schälte und dabei jeden freigelegten Streifen Haut küsste.

Ein Glück, dass sein Schritt gegen den Teppich gepresst war.

Dann kniete sie sich neben ihn. »Hier, lass mich dir helfen.«

Er brauchte ihre Art von Hilfe nicht. Er wollte es ihr gerade sagen, als sie eine Hand auf seinen unteren Rücken und die andere unter das Bett zwischen seine Schulterblätter legte.

Gütiger Himmel, die Berührung der Frau jagte ein Feuer durch ihn hindurch. Ein Feuer, das Liam weder wollte noch brauchte. War ja *klar*, dass sie so eine Wirkung auf ihn hatte. Er hatte gedacht, er sei immun. Dass er seine Lektion gelernt hätte, aber offenbar hatten seine Hormone diese Nachricht nicht erhalten.

»Du hängst fest.«

In mehr als einer Hinsicht. »Hast du studiert, um das herauszufinden?«

»Besserwisser.« Sie bewegte flink ihre Finger und sein Hemd war frei.

Was bedeutete, dass er herauskommen konnte, aber nur, wenn sein Schwanz beschloss, zu kooperieren.

Natürlich tat er das nicht. Besonders nicht, als sie beim Aufstehen stolperte und ihre Hand direkt auf seinem Arsch landete.

»Das hast du mit Absicht gemacht.« Er brachte sich sofort aus dieser Position und drehte den Spieß verbal um, um die Tatsache zu vertuschen, dass er unter dieser dämlichen Hose immer noch einen Harten hatte. Eine Hose, die nichts der Fantasie überließ – weder seinen steifen Schwanz noch das Gefühl ihrer Finger auf seinem Hintern. Mac musste ein neues Outfit besorgen.

»Bilde dir bloß nichts ein.« Sie schaffte es, zurück aufs Bett zu kommen – warum nur? – und strich ihre Bluse glatt.

Ihre Brustwarzen waren hart.

Liam grinste diebisch. Er konnte nicht anders. Er wirkte auf sie wie sie auf ihn.

Ähm, es war wahrscheinlich keine gute Idee, das zu wissen. Jetzt würde es noch schwerer werden, sich von ihr fernzuhalten.

»Bist du also fertig?«

Schätzchen, ich habe noch nicht mal angefangen ...

»Warum? Hast du ein heißes Date?« Verdammt. Warum hatte er das gefragt? Es ging ihn nichts an. Und wahrscheinlich hatte sie eines.

»Tatsächlich ...« Sie stand auf und öffnete den obersten Knopf, der ohnehin schon zwischen ihren Brüsten saß, was bedeutete, dass ihr Dekolleté bald noch mehr preisgeben würde.

Er ging an ihr vorbei. »Dann will ich dir nicht länger im Weg stehen.«

»Ähm, du hast dein Rohr-Dingens vergessen.«

Er blieb abrupt stehen. Sein *Rohr-Dingens*? Soweit er wusste, war sein *Rohr-Dingens* noch in seiner Hose.

Er blickte über die Schulter und sah, wie sie sich bückte, um etwas vom Boden aufzuheben, was ihm einen ungehinderten Blick in ihren Ausschnitt gewährte. Gott, ihre Brüste waren prachtvoll. Und echt.

Er leckte sich über die Lippen. »Mein ... was?«

»Das hier.« Sie hielt den Staubsaugeraufsatz hoch. »Du willst das sicher nicht vergessen, sonst müsstest du morgen wiederkommen.«

Und sie dachte, das wäre eine Qual? »Eigentlich muss ich morgen sowieso wiederkommen. Ich muss noch die Fenster putzen.«

»Wirklich?« Sie warf ihr Haar zurück, während sie ihm das *Rohr-Dingens* hinhielt, das er wohl oder übel annehmen musste, während er versuchte, das Bild aus seinem Kopf zu verdrängen, wie sie sein echtes *Rohr-Dingens* in der Hand hielt. »Sharon schafft es, die Wohnung an einem Tag zu putzen.«

»Nichts gegen Sharon, aber dieser Ort braucht ein bisschen mehr Nachbesserung, als sie leisten kann. Eine schwangere Frau kann nicht so viel körperliche Arbeit verrichten wie ich.«

Wenn er sich nicht irrte – und er irrte sich selten, wenn es um das Interesse einer Frau ging –, ließ sie ihren Blick über ihn wandern.

Scheiße. Das brauchte er nicht. Das wollte er nicht. Und wenn sie sich nur eine Tüte über den Kopf ziehen würde, wäre das alles kein Thema.

Jesus, er musste sich an den Schmerz erinnern, den Rachel ihm zugefügt hatte. Daran denken, wie es war, im übertragenen Sinne in die Zähne getreten zu bekommen, um sie als das zu sehen, was sie war. Und sie war ein kleines Licht im Vergleich zu Cassidy. Rachels Vater hatte es zu einigem gebracht, aber er spielte nicht in der Liga von Mitchell Davenport, also mussten Rachels Erwartungen niedriger gewesen sein als die von Cassidy. Nein, der Mann, der bei Cassidy landete, musste richtig Kohle scheffeln, oder sein Leben würde die reinste Hölle werden. Liam hatte überhaupt keine Lust, sich auf dieses Urteil einzulassen.

Egal, wie sexy sie war. »Ich denke, was Sharon angeht, hast du recht.«

»Ja. Also dann, ich komme morgen wieder. Ist neun Uhr spät genug für dich?«

»Machen wir acht Uhr daraus. Ich bin Frühaufsteherin.« Sie verschränkte die Arme, und verdammt, das drückte ihre Brüste so zusammen, dass sie mehr Dekolleté zeigte, als ein Durchschnittsmann ertragen konnte.

»Glaubst du, dass du das hinkriegst?«

»Prinzessin, um acht habe ich normalerweise schon einen halben Arbeitstag hinter mir. Überhaupt kein Problem.«

»Dann bis dann.«

»Schön.«

»Gut.«

Sie starrten sich einen Herzschlag oder zwei länger an, als sie sollten, und Unbehagen machte sich breit. Cassidy strich sich die Haare aus der Stirn und drehte sich um, während Liam sich das *Rohr-Dingens* so fest in die Gesäßtasche schob, dass der Stoff vorn gegen seinen Schwanz spannte, damit *dieses* Rohr-Dingens sich endlich verdammt noch mal beruhigte.

»Nun, äh, ich muss mich fertig machen für—«

»Äh, ja. Ich verschwinde.« Scheiße. Er wollte ihr am liebsten *an* die Haare. Sie auf diesem monströsen Bett ausbreiten und sie in weniger als einer Minute zum Stöhnen bringen. Das könnte er auch.

So viel zu seinem Vorsatz ...

Lauf, Manley. Das hier ist kein sicherer Ort für dich. Verschwinde verdammt noch mal von dieser Versuchung.

Er folgte seinem eigenen Rat und machte, dass er wegkam, nur um fast über den Knirps zu stolpern, der beschlossen hatte, ihn anzuknurren.

»Das ist jetzt nicht dein Ernst.« Ein gezielter Tritt und—

Nein. Er trat keine Hunde. Oder Katzen. Oder kleine Kinder.

Sexy Brünetten hingegen, die nicht genug Verstand besaßen (oder vielleicht doch), um mindestens hundert Meter Abstand zu ihm zu halten, waren eine andere Geschichte.

»Titania! Hör auf damit! Er war den ganzen Tag hier. Du kennst ihn!«

Das Wollknäuel stieß ein letztes Knurren aus und rannte direkt zu seinem »Frauchen«. Schön. Was auch immer. Gott schütze ihn vor der Versuchung in High Heels ... und ihrem kleinen Hund gleich mit.

Er konnte gar nicht schnell genug hier rauskommen.

Kapitel Fünf

»Du siehst bezaubernd aus, Cassidy. Wie immer.« Burton hielt ihr ein Glas Clicquot hin.

Cassidy widerstand dem Drang, es in einem Zug leer zu machen. Sie und Burton hatten bisher kaum mehr unternommen, als solche Veranstaltungen zu besuchen oder gelegentlich gemeinsam zu essen, also wäre er wahrscheinlich fassungslos, wenn sie es einfach hinunterstürzen würde. Dad – der ihr wahres Ich offensichtlich ebenfalls nicht kannte – würde wegen ihres entsetzlichen Mangels an Kinderstube an die Decke gehen, aber Gott, würde es sich gut anfühlen, sie zu schockieren?

Sie trank immerhin ein Drittel des Glases. Champagnerflöten waren ohnehin zu klein, und nach dem Tag, den sie hinter sich hatte, brauchte sie die angenehme Benebelung, die die Bläschen verschaffen konnten. Nicht genug, um sie betrunken zu machen. Gott weiß, was sie auf ihren Vater loslassen würde, wenn sie einen im Tee hätte und er beschließen sollte, ihre Malerei zu erwähnen.

»Dein Vater hat mir also erzählt, dass du ein neues Hobby hast.« Armer Burton. Er war ohne Vorwarnung in die Falle getappt. Aber es war interessant, dass ihr Vater es für nötig befunden hatte, diese Information mit Burton zu teilen. Dad forcierte diese Beziehung ein wenig zu sehr.

»Eigentlich habe ich keins. Ich habe eine Karriere.«

»Eine Karriere?« Burton lächelte das Lächeln, bei dem sie sich schon immer ein bisschen unwohl gefühlt hatte, auch wenn sie nie genau wusste, warum.

In diesem Moment wurde es ihr klar. Es war Mitchells Lächeln. Dieses herablassende Ist-das-nicht-nett-Schätzchen-Lächeln, das er den meisten Frauen in seinem Leben schenkte. Wenn sie so darüber nachdachte, war Deborah die Einzige, bei der Cassidy es noch nie gesehen hatte.

»Und was ist das für eine neue *Karriere*?« Burton nippte am Champagner, den kleinen Finger leicht abgespreizt.

Gott, was für eine Geziertheit. Warum war ihr das bisher nie aufgefallen? Was war sonst noch alles bloß Fassade?

Sie sah ihn an. Die goldenen Manschettenknöpfe, die Rolex, der Diamantring am kleinen Finger ... Oh mein Gott. Er verwandelte sich in ihren Vater. Burton hatte noch nicht den ganzen Prunk des *Über*-Reichtums besessen, als sie sich kennenlernten. Mitchell hatte ihn direkt von der Wharton School abgeworben, und obwohl sie wusste, dass er darauf getrimmt worden war, in die Firma zu passen, wurde ihr erst in diesem Augenblick klar, dass Mitchell ihn darauf getrimmt hatte, *er selbst* zu sein.

Oh Gott. Ihr Vater baute Burton als seinen Nachfolger in der Firma auf, wenn er in Rente ging. Nicht, dass Cassidy das in absehbarer Zeit kommen sah, aber das hier war plötzlich so offensichtlich wie die Diamanten auf dem Zifferblatt dieser Rolex. Und wenn er *das* plante, verstand sie auch, warum er ihr Burton so aufdrängte. Er wollte Burton als Schwiegersohn, um die Firma in der Familie zu halten.

Eher würde die Hölle zufrieren, bevor Cassidy jemals einen Mann heiraten würde, der von ihrem Vater handverlesen und abgerichtet worden war.

»Was ist es also?« Burton versuchte zu seinem Vorteil, interessiert zu wirken, aber Cassidy sah das nervöse Flackern in seinen Augenwinkeln, während er nach einer vorteilhaften Unterhaltung Ausschau hielt, der er sich anschließen konnte. Er hatte offensichtlich bereits Mitchells Segen erhalten, ihr den Hof zu machen – keiner ihrer anderen Freunde hielt lange durch, wenn Mitchell nicht einverstanden war. Da keiner von ihnen ihr Märchenprinz gewesen war, hatte es ihr nicht viel ausgemacht, aber das hier ...

Burton war ein netter Kerl, konnte eine Unterhaltung führen und schien es anfangs tatsächlich interessant zu finden, mit ihr zu reden, anstatt nur auf ihr Dekolleté zu starren, aber zum Ehemann taugte er nicht.

Vielleicht sollte Mitchell ihn heiraten.

»Cassidy?«

Oh. Richtig. Er hatte eine Frage gestellt. »Ich male.«

»Was, so Aquarelle und so Zeug?«

»Nein. Möbel. Ich verwandle alte Stücke in individuell bemalte Kunstwerke.«

»Du meinst, mit Blumen und Schmetterlingen und Regenbögen?«

Und Einhörnern und Feenprinzessinnen, wollte sie hinzufügen. Glaubte er wirklich, sie sei so oberflächlich?

Vielleicht glaubte er das. In diesem Fall bewies es nur, wie wenig er ihr in den letzten acht Monaten Aufmerksamkeit geschenkt hatte. »Nein, Burton. Ich male Landschaften oder Illusionsmalereien oder Strukturen darauf.«

»Wie Thomas Kinkade?«

Kinkade hatte Talent gehabt und war im Marketing sicher versiert gewesen, aber sie wollte nicht mit ihm in eine Schublade gesteckt werden. »Nein, nicht wie Kinkade. Eher so in Richtung Davenport. Cassidy Davenport.«

Burton schien den Wink nicht zu verstehen, hob aber sein Champagnerglas auf sie an – samt abgespreiztem kleinen Finger. »Na, herzlichen Glückwunsch, Schätzchen. Das ist ein ziemlich praktisches Talent. Du könntest Wandbilder im Kinderzimmer malen. Weißt du, ich habe mir überlegt ...«

Oh Gott. Sie wollte nicht wissen, was er sich überlegt hatte. Nicht nach dieser Einleitung. Und der Champagner und die Manschettenknöpfe und das wissende Lächeln ihres Vaters, der genau in diesem Moment zu ihnen herübersah ...

»Entschuldige mich bitte, Burton.« Ohne hinzusehen, drückte sie ihm ihr Champagnerglas in die Hand und wandte sich ab. Die Damentoilette war immer eine praktische Ausrede, und die Wahrheit war, dass sie etwas kühles Wasser an ihren Handgelenken gebrauchen konnte – um ihr erhitztes Gemüt abzukühlen. Mitchell steckte dahinter. Kein Wunder, dass er sie beim Mittagessen so abgefertigt hatte. Wenn er hoffte, dass sie Burton heiraten und kleine Davenports zur Welt bringen würde, hätte sie *natürlich* keine Zeit für eine Karriere ...

Am besten war es, diese Katastrophe im Keim zu ersticken, bevor sie an Fahrt aufnehmen konnte.

Und dann lief sie Mitchell direkt in die Arme.

»Cassidy. Amüsierst du dich? Warum ist Burton nicht bei dir? Er sieht heute Abend ziemlich gut aus, findest du nicht auch?«

»Er unterhält sich da drüben mit jemandem.« Sie machte eine vage Handbewegung in der Hoffnung, Mitchell würde sich auf die Suche nach ihm machen.

Natürlich tat er das nicht. Stattdessen senkte er die Stimme und trat sogar näher.

Das war niemals ein gutes Zeichen.

»Deborah erzählt mir, dass dieses Hobby von dir mich eine fünfstellige Summe kostet. Du wirst sicher deinen Gewinn dazu beisteuern wollen, um die Kosten zu decken. Ich bin bereit, den Verlust auf dem Papier hinzunehmen, aber nicht unbedingt so viel in bar.«

»Das ist doch nicht dein Ernst. Du kaufst meine Kunstwerke, die ich bereits verkauft habe, und erwartest von mir, dass ich dafür bezahle?«

Diese verdammte Augenbraue wanderte nach oben. »Es hätte gar nicht erst verkauft werden dürfen.«

»Warum nicht? Es ist ein gutes Stück. Gut genug, dass jemand es wertschätzte, eine anständige Summe dafür zu bezahlen und es in sein Haus zu stellen. Du hättest es lassen sollen, wo es war, und dein kostbares Geld behalten können.«

»Mein *kostbares Geld* sorgt dafür, dass du deine Designerklamotten und dieses Penthouse hast, junge Dame. Ich rate dir, das nicht zu vergessen.«

»Als ob ich das könnte«, murmelte sie.

»Wie bitte?« Jetzt hob sich auch die andere Augenbraue und er senkte den Kopf, als würde er über den Rand einer Brille schauen.

»Ich habe gesagt, dass meine Einnahmen aus meiner Kunst meinem Budget helfen würden, damit du es nicht tun musst.«

Darüber lachte Mitchell nur. »Ach bitte, Cassidy. Du könntest kein Budget einhalten, selbst wenn es eine Million Dollar wäre. Du hast keine Vorstellung davon, was es kostet, deinen Lebensstil zu finanzieren. Es ist nett, dass du etwas beisteuern willst, aber mach dir darüber mal keine Sorgen. Ich habe mehr als genug, um für dich zu sorgen.«

Geh. Einfach. Weiter. Sag nichts, was du später bereuen wirst. Heb es dir für später auf, wenn du allein bist.

Cassidy wollte auf ihr Unterbewusstsein hören, wusste, dass sie es tun *sollte*. Aber dieser herablassende Ton erledigte sie einfach.

Sie konnte es nicht einfach auf sich beruhen lassen. Konnte ihn nicht glauben lassen, dass er sie manipulieren konnte, damit sie tat, was er wollte. Sie würde einen Weg finden, zu ihren eigenen Bedingungen zu leben.

»Weißt du, Dad, ich bin *tatsächlich* in der Lage, für mich selbst zu sorgen. Das habe ich gerade bewiesen. Ich habe es bisher nicht getan, weil du mich für die Firma zur Verfügung haben wolltest. *Du* hast mich in dieses Penthouse gesteckt. Im Loft war ich glücklich.«

»Das Penthouse entspricht eher deinem Stil –«

»Nein, das Penthouse entspricht eher *deinem* Stil, und du liebst es, wenn die Leute wissen, dass ich dort wohne. Ich war für dich schon immer nur ein Aushängeschild. Der alleinerziehende Vater, der seine Tochter unter seine Fittiche genommen und in der Firma untergebracht hat. Nur du und ich wissen, dass meine Rolle völlig oberflächlich ist und meine Stellenbeschreibung darin besteht, Größe 34 zu tragen und gut auszusehen. Das könnte jede deiner Tussis genauso gut.«

Ach Mist. Dieser Kommentar war zu weit gegangen. Das sah sie am Zusammenziehen seiner Augen und dem V-Förmigen seiner Augenbrauen. Mehr noch als das Hochziehen bedeutete dieses V gewaltigen Ärger.

»Hör zu, ich sollte gehen. Das ist weder der richtige Zeitpunkt noch der richtige Ort.«

»Da hast du recht. Ich werde morgen früh im Penthouse sein, und dann führen wir das zu Ende.«

»Oh, aber die Haushaltshilfe wird da sein.« Es fühlte sich einfach so komplett *falsch* an, diesen Kerl als Haushaltshilfe zu bezeichnen.

»Dann schick ihn weg. Schließlich bezahle *ich* sein Gehalt. Er wird tun, was ich will.«

Tut das nicht jeder? Cassidy hätte es fast laut ausgesprochen, bevor sie ging, aber sie fand, sie hatte für eine Nacht schon genug Schaden angerichtet.

Morgen war noch Zeit genug, es zu sagen.

Kapitel Sechs

»Mir ist egal, wie das in die Zeitung gekommen ist, ich will, dass die Story verschwindet«, sagte Cassidy in ihr Telefon, während sie am nächsten Morgen die Tür öffnete und Liam hereinwinkte. Sie sah viel zu kunstvoll zerzaust aus, in Shorts, die tief auf ihren Hüften saßen, und einem schulterfreien, professionell zerlöcherten T-Shirt, wie das Mädel aus diesem Schweißer-Tänzer-Film der Achtziger. Sie zeigte viel zu viel Haut für seinen Geschmack und definitiv zu viel Bein.

Andererseits war nichts davon zu viel für eine normale Interaktion zwischen Mann und Frau. Aber bei *ihrer* Interaktion... ja, definitiv zu viel. Er musste sich nicht noch mehr zu ihr hingezogen fühlen, als er es ohnehin schon tat.

»Deborah, für meinen Vater bewirkst du doch auch immer Wunder. Kannst du nicht irgendwas für mich tun? Ich meine, wie schwer kann es schon sein, eine Story zu killen?« Cassidy schnippte gegen die Zeitung, die sie in der Hand hielt, und Liam erhaschte einen Blick auf ein großes Foto von ihr in einem Wahnsinns-Abendkleid.

Okay, *das* war zu viel Haut, um sie *irgendjemandem* zu präsentieren, ganz zu schweigen davon, sie auf der Titelseite der Gesellschaftskolumne zu sehen.

»Aber ich komme darin rüber wie eine verwöhnte Göre.«

Liam wurde hellhörig. Er war noch nie einem Society-Girl begegnet, das sich darüber *beschwerte*, verwöhnt zu sein.

»Aber ich habe nichts von alldem gesagt. Kann ich eine Gegendarstellung bekommen?« Sie stöhnte. »Wie wäre es dann mit einer Richtigstellung?«

»Leg dich niemals mit den Kritikern an«, murmelte Liam. Sein Bruder Bryan, der Filmstar, hatte ihm diese Weisheiten mit auf den Weg gegeben. Man konnte nicht gewinnen, wenn erst mal gelästert wurde. Normalerweise wurde die Story dadurch nur noch größer.

Sie warf ihm einen Blick zu, die Augen zu Schlitzen verengt.

»Ich sag ja nur: Wenn man eine große Sache aus etwas macht, gewinnt es an Bedeutung. Was auch immer in diesem Artikel steht – lass es gut sein.«

»Hör zu, Deborah, ich muss dich zurückrufen. Aber bitte schau in der Zwischenzeit, was du tun kannst.«

Sie hämmerte mit dem Daumen auf ihr Telefondisplay. Eine unnötige Geste, da das Ding mit einem Wischen ausging, aber dennoch konnte Liam die Wut spüren, die von ihr in Wellen durch das Wohnzimmer schlug.

»Wolltest du mir irgendetwas mitteilen?«, fragte Cassidy und klang dabei *genau* wie ihr herablassender Vater.

Liam war auf ein paar Veranstaltungen und Messen gewesen, auf denen Mitchell Davenport als Redner aufgetreten war. Der Mann hatte zu allem eine Meinung, und seine war die einzige, die zählte. Zugegeben, der Kerl *hatte* aus praktisch dem Nichts ein Imperium aufgebaut, aber er sollte niemals die Leute vergessen, die ihm geholfen hatten, die Erfolgsleiter zu erklimmen, denn dieselben Leute konnten ihm die Leiter auch unter den Füßen wegziehen.

Ach, aber was scherte das Liam? Er spielte nicht – und würde es auch nie – in derselben Liga wie Davenport. Und vielleicht war diese herablassende Ich-bin-was-Besseres-Attitüde der Grund dafür.

Für Liam war das völlig okay. Er war mehr als zufrieden damit, sein Geschäft und seinen Lebensstil auf einem Niveau zu halten, mit dem er gut leben konnte. Ein egozentrischer Besserwisser zu sein, war nichts für ihn.

»Ich habe nur gesagt: Wenn man eine Sache aufbauscht, tun das die anderen Leute auch. Lass es gut sein.«

»Gut sein lassen? Weißt du überhaupt, was hier steht?« Sie fuchtelte mit der Zeitung vor seiner Nase herum, wobei die Haut über dem Ausschnitt ihres Oberteils vor Zorn in ein hübsches Rosa überging.

Es stand ihr gut. Ihre grünen Augen funkelten wie Edelsteine, und ihr

Atem beschleunigte sich so sehr, dass diese herrlichen Brüste unter dem anschmiegenden Baumwollstoff auf eine Weise wippten, die nur ein Toter nicht bemerkt hätte. Und selbst das war fraglich.

Gott, es war erst sechzehn Minuten nach acht am Morgen, und schon begehrte er die Klientin.

»Ich verstehe dich ja, aber das ist Verleumdung. Üble Nachrede. Eines von beiden.« Sie strich sich die Haare aus der Stirn, und die perfekt frisierte Haarpracht von gestern war zu einem Durcheinander aus ungezähmten Wellen geworden, die so über ihre Schultern hüpften, dass ein Mann unweigerlich mit den Fingern durchfahren wollte. Daran ziehen. Sie festhalten, während er in sie eindrang –

Scheiße. Acht Uhr siebzehn, und er kam schon wieder ins Schwitzen.

»Ich meine, das sind Lügen. Alles davon ist gelogen.«

»Was steht denn drin?« Verdammt, eigentlich wollte er das gar nicht fragen. Wollte es nicht wissen. Wollte verdammt noch mal nichts mit Cassidy Davenport zu tun haben, außer so schnell wie möglich in ihrer Wohnung fertig zu werden und Mac trotzdem noch die Chance zu geben, sie als Klientin zu führen.

Was man nicht alles für seine Schwester tat.

»Es heißt erstens, dass ich mich verlobt habe.« Sie hielt ihm ihre ringlose linke Hand entgegen. »Siehst du hier einen Ring?«

»Nein.« Gott sei Dank.

Warum er dem Herrn dafür dankte, würde er später analysieren.

»Verdammt richtig, da ist keiner. Burton ist ein netter Kerl, aber definitiv *nicht* der Mann, den ich heiraten werde.«

Es lag Liam auf der Zunge zu fragen: *Burton wer?*, aber eigentlich wollte er es gar nicht wissen. Er hatte kein Interesse an Cassidy Davenport oder daran, wen sie datete.

»Und ich bin nicht vom Gala-Abend davongestürmt. Ich bin ganz normal gegangen. Gelassen. Habe mich verabschiedet. Niemand könnte an meinen Manieren etwas aussetzen. Ich habe keine blasse Ahnung, ob Burtons Ex-Verlobte da war, und es ist mir auch egal. Sie kann ihn haben.«

Er sollte eigentlich nicht die geringste Genugtuung bei diesen Worten empfinden, aber aus irgendeinem Grund tat er es.

Verdammt. Cassidy Davenport bedeutete ihm nichts. Gar nichts. Und das würde sich auch nie ändern.

Ja, red dir das ruhig weiter ein, Kumpel. Das erklärt dann auch diese extreme Überempfindlichkeit ihr gegenüber, wie sie nach Pfirsichen duftet, wie ihre Brustwarzen hart geworden sind und das Flattern an ihrem Bauch, wenn sie Luft holt, um sich zu beruhigen. UND dass du das alles an ihr bemerkt hast. Ja, du stehst absolut nicht auf sie.

»... als wäre ich dieses eingebildete Snob-Girl, das sich nicht herablassen kann, mit dem gemeinen Volk zu reden.« Sie schwenkte die Zeitung vor ihm. »Kannst du das glauben? In dem Artikel wird tatsächlich der Begriff *gemeines Volk* verwendet! Wo leben wir? In irgendeinem mittelalterlichen Dorf? Wer schreibt denn so was?«

Sie drehte sich um und stürmte durch den Raum, wobei dieses Stampfen ziemlich aufregende Dinge mit ihrem Hintern anstellte.

»Das werde ich mir nicht bieten lassen. Einfach nicht. Mein Vater muss zumindest einen Teil der Geschichte lanciert haben.«

»Er will, dass die Leute denken, du seist eingebildet?« Da es Mitchell Davenport nur um sein Image ging und dies sicher keine gute Öffentlichkeitsarbeit war, glaubte Liam das nicht.

Sie wirbelte herum, ihr Haar fächerte sich hinter ihr auf und schwang vor, um sich über eine Schulter zu legen. Die andere blieb nackt und lockte ihn dazu, sich mit Küssen von ihrer Schulter die Kurve ihres Halses hinaufzuarbeiten und sich in diesem Duft nach Pfirsichen zu verlieren.

»Nein. Dass ich mit Burton verlobt bin. Ich hatte gestern Abend gehofft, dass er nicht vorhatte, mir einen Antrag zu machen, und bin gegangen, bevor es peinlich werden konnte. Jetzt zwingt mein Vater mich sozusagen dazu, damit ich ihn nicht zurückweisen kann. Wie sähe es denn aus, wenn die Tochter von Mitchell Davenport Ja und dann Nein zu seinem handverlesenen Schwiegersohn sagen würde? Ich werde als das undankbarste, verwöhnteste und eigensinnigste Kind aller Zeiten dastehen.«

»Du heiratest also nicht?« Warum um alles in der Welt war *das* die Frage, die er stellte? Herrje, ihr Parfüm musste ihm das Gehirn vernebelt haben.

»Nicht Burton Carstairs. Das wäre, als würde ich meinen Dad heiraten, und das ist das Letzte, was ich jemals tun werde.«

»Ja, aber wen willst du außer Papas handverlesenem Handlanger schon finden, der sich diese Bude hier leisten kann?«

Sie stürmte zurück durch den Raum auf ihn zu, ein Finger direkt auf seine

Brust gerichtet. »Ernsthaft? Haben Sie tatsächlich den *Mut*, so etwas zu sagen?«

Liam trat vom tiefergelegten Wohnzimmer auf die Ebene des Foyers hoch, damit sie nicht mehr auf Augenhöhe mit ihm war.

Dieser Finger traf ihn in die Brust. Autsch. Die verdammte Maniküre war spitz.

»Wie *kannst* du es wagen, das zu sagen. Du weißt gar nichts über mich. Glaub nicht alles, was in der Zeitung steht. Die Geschichte von heute ist das perfekte Beispiel für die Lügen, die sie erfinden, um Anzeigen zu verkaufen. Ich bin keine verwöhnte, nutzlose Puppe, die mein Vater ins Regal stellt, wenn er mich nicht gerade in der Öffentlichkeit herumzeigt. Ich habe tatsächlich einen Job in seiner Firma.«

Liam entschied, dass bei dieser Aussage Zurückhaltung der bessere Teil der Tapferkeit war. Von dem, was er über die Jahre von ihr gesehen hatte, *war* ihr sogenannter Job, präsent zu sein und hübsch auszusehen. Genau wie eine Puppe.

Glücklicherweise klingelte in diesem Moment ihr Handy und bewahrte ihn davor, die Sache noch schlimmer zu machen. Sicher, sie konnte so viel sie wollte damit prahlen, dass sie diesen Burton-Typen nicht heiraten würde, aber sie sollte wissen, dass Mitchell Davenport selten eine Schlacht verloren hatte, die er gewinnen wollte. Es brauchte einen speziellen Schlag Mann, um Davenports Tochter zu heiraten, und Carstairs klang nach dem perfekten Speichellecker. Handverlesen und nach dem Vorbild des Mannes selbst geformt. Auf diese Weise müsste er sich nie Sorgen machen, was Carstairs mit seiner Firma oder seiner Tochter anstellen würde.

»Nein, Stacey«, sagte Cassidy ins Telefon, »es stimmt nicht. Burton hat mir keinen Antrag gemacht, also konnte ich ihn auch nicht ablehnen.« Sie fuhr sich wieder mit einer Hand durchs Haar, wodurch ihr Shirt ein Stück hochrutschte.

Scheiße. Diese Kurve ihrer Taille reichte aus, um ihm das Wasser im Mund zusammenlaufen zu lassen.

Völlig unangemessen.

»Ja, ich weiß. Es wird verdammt mühsam, das richtigzustellen. Ich sollte einfach wegfahren und warten, bis die ganze Sache Gras über die Sache gewachsen ist.« Sie tippte sich mit dem Finger an den Mundwinkel.

Ja, Liam beobachtete sie viel länger, als er sollte – aber er dachte gar nicht daran, wegzusehen. Ihre Zehen waren nackt – bis auf diesen blauen Nagellack natürlich – und die Art, wie sie sich in den dicken Teppich krallten, ließ ihn daran denken, wie er sie dazu bringen würde, sich zu krümmen, wenn er sich mit Küssen an ihrem Körper hinunterarbeitete –

Halt dich verdammt noch mal zurück, Manley. Du wirst dieser Frau nicht mal ansatzweise nahekommen. Hast du Rachel vergessen?

Richtig. Rachel. Seine Desillusionierung und sein Beinahe-Absturz.

»Oh, stimmt ja. Ich hatte vergessen, dass du weg bist. Und was ist mit Donna? Fliegt sie nicht nach Monte Carlo? Ich war schon eine Weile nicht meh– Oh. Das wusste ich nicht. Nun, was ist mit Janet? Wollte ihr Vater ihr nicht dieses Haus in Marbella kaufen? Ich liebe diese Stadt. Das Wasser ist herrlich und die Atmosphäre ist einfach —« Sie klemmte sich eine Haarsträhne hinter das Ohr. »Das hat sie gesagt? Nun, ich weiß nicht, was ich ihr getan habe, dass sie —« Sie seufzte. »Schätze schon. Aber Jean ist bei ihren Verwandten auf Long Island, das fällt also flach, und Mary ist am Cape mit ihrem neuen Freund, und Joy ist für den Rest des Sommers in Europa, und da du nach LA fliegst, sieht es so aus, als säße ich hier fest, und das auch noch allein.«

Liam sagte nichts über das arme reiche Mädchen, das nirgendwohin konnte. Die Ärmste; sie musste in diesem schicken Penthouse mit Pförtner, Concierge und Zimmerservice – ganz zu schweigen von einer *Putzkraft* – ausharren, während sie den »schlimmen« Sturm der Publicity um ihre angebliche Verlobung mit einem Mann aussaß, der es sich leisten konnte, ihr diesen Lebensstil zu finanzieren.

Selbst Society-Ladys wurden wohl mal desillusioniert, nahm er an.

Gott, es fiel ihm wirklich schwer, das zu schlucken. Die Frau hatte alles und war verdammt noch mal zu verwöhnt, um es zu merken und ihren Glückssternen zu danken, dass es auf dieser Welt noch Männer gab, die die Frauen an ihrer Seite wie die Porzellanpuppen behandeln wollten, die sie sein wollten.

Aber Liam war keiner von ihnen. Auf gar keinen Fall. Er wollte eine Frau mit Substanz. Ein echtes menschliches Wesen. Eine Partnerin. Jemanden, auf den er sich an seiner Seite verlassen konnte, und nicht jemanden, der sein hart verdientes Geld verprasste und sich beschwerte, dass er sie nie irgendwohin ausführte oder etwas mit ihr unternahm.

Wenn er jetzt nur noch die körperliche Anziehungskraft unterdrücken könnte, die er für sie empfand, könnte er diesen Job vielleicht zu Ende bringen, ohne seinen Verstand zu verlieren.

Cassidy schluckte die Frage hinunter, die sie eigentlich nicht stellen wollte, aber verdammt, alle ihre Freundinnen waren beschäftigt oder im Urlaub und sie würde hier festsitzen. Sie wäre liebend gerne mit Stacey nach LA geflogen, aber Stacey war mit dem Firmenjet ihres Vaters unterwegs, um den Filmstar zu besuchen, den sie gerade datete. Manche Frauen hatten eben das ganze Glück, während sie in dem Vorzeigeobjekt ihres Vaters herumsitzen und Gerüchte abwehren musste, sie sei verwöhnt. Verdammt, an diesem Ort festzusitzen war der Inbegriff von verwöhnt, aber sie wollte ihren Vater nicht um das Strandhaus oder das Anwesen in den Bergen bitten, denn dann hätte er nur noch eine Sache mehr, die er ihr vorhalten könnte. Und kein öffentliches Hotel war so sicherheitsbewusst wie die Gebäude ihres Vaters, also müsste sie sich den Paparazzi nicht stellen, solange sie nicht rausging.

Sie verabschiedete sich von Stacey und schaltete das Telefon aus. Sie saß in der Falle.

Alles war so klar gewesen, als Jean-Pierre wegen des Verkaufs angerufen hatte. Cassidy war nervös gewesen, ihn überhaupt darauf anzusprechen, ihre Arbeiten auszustellen, aber die Erinnerung an Franklin hatte ihr Mut gegeben. Als Jean-Pierre dann begeistert reagiert hatte, hatte Cassidy gespürt, wie die Hoffnung, die sie so lange unterdrückt hatte, aus ihrem Versteck hervorkam und aufblühte. Dann war da der Verkauf gewesen, und sie hatte sich endlich gefühlt, als wäre sie jemand. Als hätte sie etwas beizutragen. Zugegeben, es war nicht das, was die Ärzte und Krankenschwestern für Franklin getan hatten, aber es war verdammt viel mehr, als auf ihrem Hintern zu sitzen, während Modedesigner ihre neuesten Entwürfe vor ihr zur Schau stellten.

»Du wirst also heute hier sein, während ich fertig mache?«

Sie blickte erschrocken auf. Stimmt ja. Der Putzkerl war hier.

Verdammt. Wie war noch mal sein Name? Sie wollte nicht fragen. Sie wollte nicht so oberflächlich rüberkommen, wie alle von ihr dachten.

»Ähm, ja, das werde ich.« Wie sollte sie seinen Namen herausfinden? »Haben Sie zufällig eine Visitenkarte dabei?«

Er zog eine Augenbraue hoch. Komisch, wie das Hochziehen der Augenbrauen bei ihrem Vater nur Grauen auslöste, aber bei diesem Typen... Das war kein Grauen, das ihr Inneres flutete.

Und auch nicht ihre Schenkel.

Was war nur *falsch* mit ihr? Sie hatte gewaltige PR-Katastrophen zu bereinigen und sie lechzte dem Typen hinterher, der ihre Toiletten putzte, nur weil er heiß aussah?

Oh Gott. Sie *war* tatsächlich so oberflächlich.

Trotzdem nahm sie die Visitenkarte entgegen, die er ihr reichte. »Da steht kein Name drauf.« Nur das Logo und die Kontaktinformationen. Schlicht, funktional. Also ganz und gar nicht wie der Typ, der vor ihr stand.

Der Typ zuckte mit den Schultern. »Da muss ich Mac mal drauf ansetzen. Ich schätze, es sollte wohl einer draufstehen, damit die Leute mich gezielt verlangen können.«

Sie würde ihn gezielt verlangen.

»Stimmt. Ich meine, wie sollen die Leute sonst wissen, wer du bist?« Verdammt, sie musste immer noch seinen Namen herausfinden.

Er legte den Kopf schräg. »Du weißt meinen Namen nicht.«

»Was? Natürlich weiß ich ihn. Du hast dich doch gestern vorgestellt.« Sie ließ die Szene in ihrem Kopf immer wieder Revue passieren, aber alles, woran sie sich erinnern konnte, war das Kribbeln, das sie durchlaufen hatte, während er in ihrem Wohnzimmer stand und sie gebetet hatte, er sei ein Stripper, den ihre Freundinnen geschickt hatten – jene Freundinnen, die sie diese Woche so gut wie im Stich gelassen hatten –, und nicht die tatsächliche Reinigungskraft.

Wie falsch sie doch gelegen hatte. Und jetzt zahlte sie den Preis dafür.

»Du weißt meinen Namen *nicht*.«

»Du bist verrückt.«

Er verschränkte die Arme, und, o je, was das mit seinen Schultern machte. Sie hätte nichts dagegen, von denen umschlungen zu werden.

»Okay, beweis mir das Gegenteil. Wie lautet er?«

»Wie lautet was?«

»Mein Name?«

Mist. Sie hatte die Frage vergessen; warum konnte er das nicht auch? »Das weißt du nicht? Das könnte ein Problem sein. Das solltest du vielleicht mal untersuchen lassen.«

»Witzig.« Er löste die Verschränkung seiner Arme und stemmte die Fäuste in die Hüften.

O je, was das mit seinem Waschbrett-Achterpack machte –

»Also, wie heiße ich?«

Verdammt. Sie leckte sich über die Lippen. »Im Ernst, Kumpel, wenn Sie sich nicht an Ihren Namen erinnern, sollten Sie vielleicht einen Arzt aufsuchen.«

Liam machte einen Schritt auf sie zu. »Aus der Nummer kommst du nicht raus, Prinzessin. Entweder du kennst meinen Namen oder nicht. Entweder ich bin wichtig genug, dass du ihn dir merkst, oder eben nicht.«

»Das ist nicht wirklich fair.« Denn sie würde ihn *niemals* vergessen. Vielleicht würde sie sich nicht an seinen Namen erinnern, aber an ihn? Nein, er war definitiv unvergesslich.

»Ist es fair, auf uns arme Arbeitstiere mit deiner modellierten Nase herabzublicken?«

»Meine Nase ist nicht modelliert. Das ist die Nase, mit der ich geboren wurde.«

Die hochgezogene Augenbraue verriet ihr, dass er das anders sah.

»Ist sie wirklich.« Sie verschränkte die Arme. »Nur weil die meisten Leute in meinem sozialen Umfeld Nasen- oder Brust-OPs hinter sich haben, gehen Sie mal nicht davon aus, dass ich das auch habe.«

»Oh, Schätzchen, ich weiß längst, dass du keine Brust-OP hattest.«

Er hatte kein Recht dazu, über ihre Brüste nachzudenken.

Aber verdammt, ihren Brüsten gefiel es, dass er es tat; ihre Brustwarzen wurden hart unter dem Sport-BH und dem dünnen Malerhemd, das sie trug.

Dreh dich um, Cassidy. Geh weg von dem heißen Typen. Dessen Namen du immer noch nicht weißt.

Oh Gott. Sie kannte seinen Namen nicht. Wie verdammt oberflächlich war sie eigentlich?

Cassidy holte tief Luft und schloss die Augen. Sie konnte ja zugeben, dass sie sich nicht erinnerte. Viele Leute hatten Probleme mit Namen. Das bedeutete nicht, dass sie oberflächlich war. Außerdem war in den letzten vierundzwanzig Stunden eine Menge passiert. Sie war wegen des Mittagessens mit Dad nervös gewesen; deshalb konnte sie sich nicht an seinen Namen erinnern. Er hatte ihn wahrscheinlich nur einmal gesagt, und das wahrscheinlich so schnell, dass sie ihn gar nicht richtig mitbekommen hatte.

Dennoch gebot es der Anstand, dass sie ihren Gedächtnisverlust eingestand. Das konnte jedem passieren.

Ein Schlüssel drehte sich im Schloss der Haustür.

Der Kopf des Putz-Typen wirbelte bei dem Geräusch herum.

Cassidys Kopf nicht. Es gab nur eine Person, die den Schlüssel ohne Anklopfen benutzen würde.

Komisch, sie hätte nicht gedacht, dass sie nach gestern Abend froh sein würde, ihren Vater zu sehen, aber wenn seine Ankunft sie vor der Peinlichkeit bewahrte, zugeben zu müssen, dass sie sich nicht an den Namen des Putzmannes erinnern konnte, nun ja, dann gab es für alles ein erstes Mal.

»Wer zum Teufel bist du?«

Dads Frage war zwar zeitlich passend, aber ebenso arrogant, wie es von Cassidy oberflächlich war, seinen Namen nicht zu kennen.

Der Putz-Typ schien jedoch nicht eingeschüchtert zu sein. Er streckte die Hand aus und begegnete Dad auf Augenhöhe. »Liam Manley. Von Manley Maids.«

»Ihre Firma?«

Liam (!) schüttelte seine prachtvolle Mähne. »Die meiner Schwester. Ich helfe nur aus.«

»Du arbeitest für deine Schwester?« Da war es wieder, das verdammte Hochziehen der Augenbraue bei Dad. »Sollte das nicht eher umgekehrt sein?«

Cassidy wollte am liebsten im Erdboden versinken. Wie herablassend konnte Dad eigentlich sein? Sie wollte Liam nicht zappeln sehen, aber eine morbide Neugier zwang sie dazu, ihn anzusehen.

Er sah aus wie ein Liam. Groß und stark und kräftig, wie jemand aus der alten Heimat, auf den man sich verlassen konnte, wenn es hart auf hart kam.

Warum um alles in der Welt hatte sie das jetzt gedacht?

»Ich sehe meine Schwester nicht unbedingt auf Walmdächer klettern oder Isolierungen verlegen, aber ich werde es ihr ausrichten, falls sie das Bedürfnis nach einem Tapetenwechsel verspürt.« Liam beendete den Händedruck und drehte sich um neunzig Grad, sodass ihr Vater die Seitenansicht bekam.

Sie, die Glückliche, bekam die Vorderansicht.

»So, Cass, ich schätze, ich gehe dann mal ins Schlafzimmer, um dort fertig zu machen. Damit ihr zwei etwas Privatsphäre habt, um euer, äh, Problem zu besprechen.«

Cass? Seit wann nannte er sie *Cass?* Seit wann nannte er sie überhaupt *irgendwie?* Nun ja, abgesehen von Prinzessin natürlich, aber das war mit einer gehörigen Portion Sarkasmus gesagt worden, auf den sie gut verzichten konnte.

Dad sah zu, wie Liam in ihr Schlafzimmer verschwand. Dann zog er eine Augenbraue hoch und sah sie an. »*Cass*? Sag mir nicht, dass du die Putzhilfe zu deinem Betthäschen gemacht hast und das sein Spitzname für dich ist.«

Gütiger Gott, ihr Vater konnte so ordinär sein. Was wirklich lächerlich war, wenn man bedachte, dass er jede blonde Mittzwanzigerin zu seinem Dummchen machte. Und selbst wenn sie Liam zu ihrem Betthäschen gemacht *hätte* – was ihren Vater rein gar nichts anginge –, wäre *Cass* das Letzte, was sie ihn rufen ließe. Sie hatte niemanden mehr erlaubt, sie so zu nennen, seit... nun ja, seit Mum weg war.

»Ich gehe nicht mit Liam aus.«

Dad zog nur wieder seine Augenbraue hoch.

Aber diesmal würde Cassidy nicht einknicken. Seine Anspielung war lächerlich, und außerdem hatte sie noch ein anderes Hühnchen mit ihm zu rupfen.

»Warum hast du einem Reporter erzählt, dass ich verlobt bin?«

Ihr Vater seufzte, als könne er sich kaum dazu herablassen, dieses Gespräch zu führen. »Darum ging es bei deinem hysterischen Anruf bei Deborah? Ernsthaft, Cassidy, ich habe eine Firma zu leiten. Menschen verlassen sich für ihren Lebensunterhalt auf mich. Um ihre Familien zu ernähren. Ich kann nicht bei jedem Gerücht, das jemand über dich verbreitet, Gewehr bei Fuß stehen. Habe ich dir nicht gesagt, dass wir in den Gesellschaftsspalten erwähnt werden *wollen*?«

»Aber du willst nicht, dass irgendetwas über meine Malerei nach draußen dringt.«

»Das ist etwas anderes. Wir kontrollieren den Informationsfluss. Dein Hobby bringt meiner Firma nicht das Geringste.«

»Aber meine Schein-Verlobung mit Burton schon?«

»Natürlich.« Ihr Vater hob eines der Zierkissen auf und drehte es etwa drei Zentimeter nach links. Verdammter Perfektionist. Er musste ihr einfach zeigen, dass das, was sie getan hatte, für ihn nicht gut genug war. »Burton ist ein wertvolles Mitglied meines Führungsteams. Ein vertrauenswürdiges Mitglied. Er hat hart gearbeitet, um sich seinen Platz zu verdienen, und er empfindet sehr viel für dich. Er ist der perfekte Mann für dich zum Heiraten.«

»Du lässt das wie ein Geschäftsabschluss klingen.«

Dad blickte aus den großen Glasfenstern. »Liebesheiraten gehen sicher nicht gut aus. Schau dir nur die Scheidungsrate in diesem Land an.«

Er sprach nicht über das Land. Er sprach über sich und Mum. Er hatte nicht mehr über sie gesprochen, seit zwei Jahre nach ihrem Verschwinden vergangen waren. Das war etwa die Zeit, als er anfing, sich nach Internaten umzusehen...

»Ich werde Burton nicht heiraten, Dad.«

Er holte tief Luft, steckte die Hände in die Taschen und drehte sich um. »Doch, das wirst du.«

Zu sagen, dass sie schockiert war, wäre eine Untertreibung. Cassidy hätte in einer Million Jahren nicht gedacht, dass er so kontrollsüchtig sein würde, ihr vorzuschreiben, wen sie heiraten sollte, und tatsächlich von ihr zu erwarten, dass sie es tat. Oder mitspielte.

»Das kann nicht dein Ernst sein.«

»Oh, das ist mein voller Ernst. Und mit der Ankündigung auf der Titelseite der Gesellschaftsspalten *wird* es passieren.«

»Nein, wird es nicht.« Sie würde in dieser Sache nicht nachgeben. Er mochte ihre Garderobe ausgesucht haben, ihr Haus, sogar ihren Namen, aber er würde *nicht* den Mann aussuchen, mit dem sie ihr Leben verbringen würde.

»Es wird passieren, Cassidy, und wenn du dich beruhigt hast, wirst du sehen, dass es Sinn ergibt. Burton ist der perfekte Mann für dich. Du wirst weiterhin so leben, wie du es gewohnt bist, und er wird bei Davenport Properties arbeiten. Es ist alles geplant.«

»Ach ja? Von wem? Denn ich wurde bei diesem Plan jedenfalls nicht um Rat gefragt.«

»Du wirst tun, was ich für richtig halte, genau wie du es immer getan hast, wenn du weiterhin die Vorzüge genießen willst, meine Tochter zu sein.«

»Nun, vielleicht will ich das ja gar nicht.« Sie erschrak selbst über ihre Worte, aber der Gesichtsausdruck ihres Vaters war unbezahlbar.

Schade, dass sie ihn nicht verkaufen konnte. Besonders nicht, als er seinen nächsten Satz aussprach.

»Das liegt ganz bei dir. Und das ist eine Entscheidung, die in den nächsten dreißig Sekunden getroffen werden muss.«

Er schob seinen Jackenärmel zurück und starrte auf die Rolex, nach deren Vorbild Burtons Uhr gefertigt war. »Achtundzwanzig, siebenundzwanzig.«

»Deine Einschüchterungstaktiken werden diesmal nicht funktionieren, Dad.«

Er zog eine Augenbraue hoch. »Das ist keine Taktik, Cassidy. Entweder spielst du nach meinen Regeln oder du spielst gar nicht mit. Und das schließt all den Schnickschnack ein, der damit einhergeht, meine Tochter zu sein.«

»Dad, das ist lächerlich. Wir leben nicht im finsteren Mittelalter. Ich kann selbst wählen, wen ich heirate.«

Er blickte wieder auf seine Uhr. »Fünfzehn, vierzehn.«

Das meinte er nicht ernst. Er würde sie nicht verstoßen, nur weil sie Burton nicht heiraten wollte. Er war es nur gewohnt, seinen Willen durchzusetzen. Außerdem brauchte er sie viel zu sehr. Es war ein Machtspiel. Nun, sie war seit neunundzwanzig Jahren seine Tochter; sie ließ sich nicht einschüchtern.

»Neun, acht.« Er sah nicht einmal zu ihr auf. »Sieben, sechs.«

Sie verschränkte die Arme. »Ich gebe nicht nach, Dad.«

»Vier, drei, zwei, eins.« Er zog den Ärmel wieder über seine Rolex. »Ich erwarte, dass du in den nächsten fünfzehn Minuten hier raus bist. Du wirst natürlich alles hierlassen, was mein Geld bezahlt hat. Außer dem Hund und dem, was du gerade trägst. Ich kann meine Tochter nicht nackt auf die Straße setzen.«

»Aber du setzt sie trotzdem vor die Tür?« Er versuchte sie zu verängstigen, damit sie tat, was er wollte.

»Ganz genau. Das ist das Ergebnis, wenn man meint, man wüsste es besser. Beweis es.« Er steckte die Hände in die Taschen. »Willst du dich nicht langsam in Bewegung setzen, Cassidy? Ich bin sicher, es wird dich mindestens fünf Minuten kosten, die Sachen des Hundes zu packen. Deine eigenen Sachen werden hingegen nicht so lange dauern, da ich alles in diesem Penthouse bezahlt habe. Da ich jedoch nicht völlig herzlos bin, erlaube ich dir, deine Toilettenartikel mitzunehmen. Aber beeil dich. Ich muss jetzt zu meinem Immobilienmakler, um diese Wohnung zum Verkauf anzubieten.«

»Verkauf?« Meine Güte, er zog wirklich alle Register.

»Natürlich. Ich kann keine leerstehende Immobilie herumstehen haben, die mich Geld kostet. Es wird den Verkauf der anderen Einheiten fördern.« Er holte sein Handy heraus. »Beeil dich, Cassidy. Ich habe nicht den ganzen Tag Zeit. Lass uns das kurz machen und ohne unnötige Emotionen, einverstanden?«

»Dad, ich gehe nirgendwohin.«

»Vielleicht habe ich mich nicht klar genug ausgedrückt.« Er drückte eine Taste auf seinem Telefon. »Deborah, ich brauche einen Schlüsseldienst im Penthouse der Davenport Towers. Ja, Cassidys Wohnung. Nein, es ist nichts passiert, es ist nur so, dass Cassidy beschlossen hat, hier nicht länger zu wohnen. Und ruf Shel an, sobald du das mit dem Schlüsseldienst geregelt hast. Ich will ihn sofort mit seinem Fotografen hier haben, um Fotos von der Wohnung zu machen. Die Reinigungskraft ist da und sollte innerhalb einer Stunde fertig sein. Der Ort wird in perfektem Zustand für die Exposé-Fotos sein.«

Cassidy starrte auf das Telefon. Heilige Scheiße. Er sprach wirklich mit Deborah.

Oh mein Gott. Er meinte es *ernst*.

Er warf sie raus.

Nein, das konnte nicht sein. Er würde sein eigenes Fleisch und Blut nicht einfach auf die Straße setzen.

Obwohl er Mum rausgeworfen *hatte*, wenn man Deborahs Erzählungen glauben konnte, und Cassidy hatte keinen Grund zu glauben, dass es nicht stimmte. Vor ein paar Jahren, nachdem Deborahs Schwester gestorben war und Dad auf Safari in Afrika war, wo der Mobilfunkempfang bestenfalls lückenhaft war, hatte Deborah etwas Freizeit gehabt, um Cassidy zu einer Standortbesichtigung für eine bevorstehende Veranstaltung zu begleiten. Aus einem Glas Wein an der Bar waren vier geworden, und ein paar Geschichten über ihren Vater waren ans Licht gekommen. Mum war Teil dieser Enthüllung gewesen.

Mum hatte eine Affäre mit Dads Sicherheitschef gehabt. Cassidy würde gerne sagen, dass die Affäre ihren Vater zu einem kaltherzigen Bastard gemacht hatte, aber die Art und Weise, wie er Deborah Befehle zubellte, um den Schlüsseldienst, den Makler, die Redakteure verschiedener Immobilien- und Architekturzeitschriften und sogar einen Auftritt in der lokalen Morningshow zu organisieren, war nichts, was passiert war, nur weil seine Frau ihn betrogen hatte.

»Cassidy, du hast noch sieben Minuten. Ich schlage vor, du packst, oder du und dein Hund stehen mit gar nichts da.«

Ja, Dad war schon als Bastard geboren worden.

Kapitel Sieben

»Jesus, ist alles okay mit dir?« Liam starrte die zombieähnliche Gestalt an, die wie hölzern ins Schlafzimmer gewankt war. Cassidy sah aus, als hätte sie ein Gespenst gesehen.

Sie starrte zu ihm auf die Leiter hoch, sagte aber kein Wort. Ihre grünen Augen, die eben noch vor Wut gefunkelt hatten, waren trüb und leblos, und sie sah sich um, als würde sie rein gar nichts wiedererkennen.

»Cassidy?«

Sie schien ihn nicht zu hören, während sie ungelenk auf ihr Badezimmer zuging und fast wie nebenbei eine Tasche aus ihrem Schrank griff.

Er sprang praktisch von der Leiter und rannte ihr hinterher. Sie sah gar nicht gut aus.

Er fand sie dabei vor, wie sie Toilettenartikel in die Tasche warf. Sinnlose Dinge wie Duschschwämme, Toilettenpapier und Rasierer.

Er entwand ihr die Tasche. »Cassidy, Schatz, sprich mit mir. Was ist passiert?« Ihr Vater war gerade erst gekommen. War etwas vorgefallen? Ihre Mutter vielleicht?

Sie hob die Waage auf, legte sie in die Tasche und steuerte dann auf den Korb mit Duschgels und anderem Zeug zu. Sie wühlte ziellos darin herum, ohne eine wirkliche Vorstellung davon zu haben, was sie da tat.

Liam nahm die Waage wieder aus ihrer Tasche. Er war sich ziemlich sicher, dass es dort, wo auch immer sie hinfuhr, eine Waage geben würde. Und wofür brauchte sie die überhaupt? Die Frau war so dünn, wie eine Millionärstochter nur sein konnte.

»Cassidy, was ist hier los? Was machst du da?«

Sie sah über die Schulter zu ihm zurück. »Ich packe.«

»Das verstehe ich, aber wofür?«

»Anscheinend für den Rest meines Lebens.« Ein kurzes Lachen entwich ihr.

Ein kurzes, wahnsinniges Lachen.

Er nahm ihr den Korb mit den Badeprodukten aus der Hand. »Erklär mir das.«

Sie starrte den Korb an, als wüsste sie nicht, was das war – was seltsam war, da sie darin herumgepfötelt hatte, als wäre jeder Artikel ein Kronjuwel. Dann sah sie sich im restlichen Badezimmer um und steuerte wackelig auf den Toilettendeckel zu, um sich zu setzen.

»Mein Vater setzt mich vor die Tür.«

Liam stellte den Korb ab und bohrte sich mit dem Finger im Ohr. »Wie bitte?«

»Mein Vater. Er wirft mich raus.«

»Von hier?«

Sie zog die Augenbrauen hoch. »Ist es nicht das, was Rauswerfen bedeutet?«

»Aber warum?«

Wieder entwich ihr ein Lachen, aber dieses hier klang nicht wirklich amüsiert. Eher wie ein Schnauben. »Weil ich nicht heirate.«

Oh. Liam verstand. Papi setzte seinen zweitausend-Dollar-beschuhten Fuß auf den Boden. »Wenn du den Typen nicht heiratest, musst du gehen?«

»Genau.«

»Das kann er nicht machen.«

Cassidys Augenbrauen wanderten noch höher. »Weißt du eigentlich, wer mein Vater ist? Es gibt nicht viel, das er nicht tun kann.«

Das stimmte. »Und warum dann diese Eile?«

»Oh, Mist.« Sie sprang auf. »Ich habe keine Zeit zum Reden. Ich muss meine Sachen schnappen und hier verschwinden.« Sie griff sich die Tasche, knallte sie ins Waschbecken vor ihrem Medizinschrank, schaufelte den Inhalt hinein und warf dann noch ein Sortiment an Haargeräten und Bürsten dazu.

Meine Güte, sie hatte eine Bürste für jedes einzelne Haar.

War ja klar.

Die Haustür schlug ins Schloss.

»Was war das?«

Cassidy hievte sich die Tasche auf die Schulter. »Verdammt. Das war mein Vater. Ich muss sichergehen, dass er Titania nicht mitgenommen hat.« Sie wäre fast hingefallen, als die Tasche gegen den Türrahmen knallte, während sie versuchte, aus dem Badezimmer zu rennen.

»Hier, lass mich das nehmen.« Liam verzog das Gesicht, als er ihr die Trageriemen von der Schulter gleiten ließ. Verdammt noch mal. Er mochte diese Frau nicht einmal; warum zum Teufel half er ihr?

»Ich schaff das schon.« Sie versuchte, sie ihm zu entreißen.

»Geh. Hol deinen Hund. Ich trage *das Ding* nicht auch noch für dich raus.«

Sie sah auf ihre Tasche, dann hinaus ins Wohnzimmer und schließlich ihn an. »Danke.«

Beinahe hätte er gesagt: »Keine Ursache, Prinzessin«, aber jetzt war nicht der richtige Zeitpunkt für Sarkasmus, den sie ohnehin nicht verstehen würde. Er trug ihre Tasche, während sie von dem Mann, der die Rechnungen bezahlte, aus ihrem Penthouse geworfen wurde. Eigentlich sollte er hämisch sein. Endlich bekam eine von *denen* eine Dosis Realität ab.

Schade, dass sich keine dieser Urlaubseinladungen, an die sie sich vorhin klammern wollte, ausgezahlt hatte. Sie hätte warten können, bis Papi seine Meinung änderte, nachdem er seiner kleinen Prinzessin eine Lektion erteilt hatte – wenn ihre sogenannten Freunde sie nicht hängen gelassen hätten.

»Titania, nein!«

Liam zuckte zusammen, als er das Klirren hörte. Er hatte so ein Gefühl, dass es einer dieser Kristall-Nippessachen vom Beistelltisch war, genau dort, wo der Teppich endete und das Marmorfoyer begann. Was bedeutete, dass jetzt mindestens fünftausend Dollar in Scherben lagen – die er würde aufwischen müssen.

»Titania, komm her. Ich habe keine Zeit dafür.«

Liam hörte, wie die Schränke in der Küche zuklappten und Plastikbehälter und diverse Dosen über den Boden schepperten.

»Böses Mädchen, Titania!«

»Ach, bitte.« Liam ging hinein, hockte sich neben den kleinen Terrorbolzen und hob ihn hoch. »Hör zu, Köter, komm mal runter. Deine Mami kann dich gerade nicht als Nervensäge gebrauchen. Sie hat viel um die Ohren und du musst jetzt mitspielen.«

Der kleine Kläffer beruhigte sich, Gott sei Dank.

»Hier, gib ihr eins davon.« Cassidy warf ihm eine Pappdose zu, die mit rosa Filz und Strasssteinen beklebt war.

»Äh, ich bin mir nicht sicher, aber ich glaube, Strasssteine sind nicht gut für ihren Verdauungstrakt.« Gott wusste, für seinen waren sie es auch nicht. Er verabscheute Strasssteine und jonglierte mit der Dose und dem Hund herum wie mit einer heißen Kartoffel.

»Da sind Leckerlis drin. Die mag sie.«

»Ich dachte, man soll schlechtes Benehmen nicht belohnen?« Er setzte den Hund ab. Das Vieh sah ihn etwas zu interessiert an, während er den Deckel abzog. Trotz der Designer-Hülle roch das Innere immer noch nach Leberwurst-Hundekuchen.

»Sie ist ruhig geworden. Das belohne ich.«

»Nein, du ermutigst sie dazu, zu bellen, damit sie ein Leckerli bekommt, wenn sie wieder aufhört. Du gibst ihr die Dinger doch nicht den ganzen Tag über wahllos, nur weil sie ruhig ist, oder?«

»Echt jetzt? Glaubst du, das ist im Moment das Wichtigste?« Cassidy streckte ihren Arm bis ganz nach hinten in den Schrank, die Wange gegen die Schublade darüber gepresst. »Ich habe im Augenblick ein paar wichtigere Dinge im Kopf.« Sie verzog das Gesicht und lehnte sich noch weiter in den Schrank. »Ah, da ist es ja.«

»Was ist das?« Es war eine Art rosa Plastikgebilde mit geschwungenen Kanten und – oh, um Himmels willen – einem eingravierten Diadem an der Rückseite, wie ein Thron. Ein Hundethron.

»Das ist ihr Bett.«

»Und warum war es im Schrank?«

»Meinem Vater hätte es im Wohnzimmer oder in meinem Schlafzimmer nicht gefallen. Es passt nicht zur Einrichtung.«

Das stand verdammt noch mal fest. Das Ding sah aus, als käme es direkt aus einem Disney-Film.

»Da er mich rausschmeißt, denke ich, es spielt keine Rolle mehr, ob Titania jetzt darin schläft.«

»Wenn du meinst.« Er persönlich hätte Albträume, wenn er in so etwas schlafen müsste, aber er war ja auch nicht das verhätschelte Accessoire einer verwöhnten Millionärstochter.

Aber es könnte Spaß machen, ihres zu sein.

Diesen Gedanken unterdrückte er ganz schnell – bis sie aufstand und sich den Staub von den Oberschenkeln klopfte.

Ihren nackten Oberschenkeln.

Wie war ihm das bei all dem Gerümpel, das aus den Schränken fiel, entgangen?

Verdammt, Manley. Du lässt nach.

Eigentlich war das etwas Gutes. Das Letzte, was er bemerken sollte, waren Cassidy Davenports Beine.

Außer natürlich, wenn sie sich am Tresen hochdrückte, um aufzustehen, und sich ihr Oberteil unter ihrer Hand verfing und sie ihm einen kurzen Blick auf einen rosa BH und ihr Dekolleté gewährte – und *das* war definitiv das Letzte, was er bemerken sollte.

Besonders in dieser verdammten Hose, die ihm ohnehin schon viel zu eng war. Und dann musste er darin auch noch aufstehen.

Glücklicherweise hielt er noch ihre Tasche, also verdeckte er damit seine Erektion und hob den Köter auf.

»Hast du also alles, was du für den Moment brauchst, oder willst du die ganzen Schränke leerräumen?«

Ein merkwürdiger Ausdruck trat auf ihr Gesicht und er hätte schwören können, dass ihre Unterlippe zitterte. Aber sie gewann schnell ihre Fassung zurück und straffte die Schultern, während sie entschlossen die Schranktür schloss.

»Nein, ich bin fertig. Das ist alles, was ich brauche.« Sie sah sich in der Küche um, griff sich eine Tüte aus der Vorratskammer und kippte die Futterdosen und Keksboxen hinein. »Oh, und ihre Leine. Die brauche ich noch.«

»Ich hab sie.« Liam ging zum Flurschrank im Wohnzimmer.

Sie folgte ihm, hängte sich die Tasche – eine braune Papiertüte mit Kordelgriffen – über den Unterarm und versuchte, das weite Hemd so zu richten, dass es wenigstens ein paar Stellen verdeckte.

»Wo ist mein iPad?« Sie ging zum Konsolentisch hinter dem Sofa und durchwühlte die Zeitschriften. »Hast du es zum Putzen weggelegt?«

»Als ich es das letzte Mal gesehen habe, lag es dort.«

»Er hat es mitgenommen. Der Bastard.«

Es war wahrscheinlich besser, nicht darauf hinzuweisen, dass der Bastard derjenige war, der das besagte iPad überhaupt *gekauft* hatte. Er hatte keine Lust auf Tränen. Oh, er war vor Jahren dagegen abgestumpft, aber sie würden ihn nur wütend machen, und der Tag hatte so vielversprechend begonnen. Er wollte sich den Rest nicht ruinieren.

»Soll ich dir also ein Taxi rufen oder steht dein Auto hier?« Alles, was half, sie schneller aus der Tür zu bekommen.

»Mein Wagen steht unten.« Nachdem sie ihre Füße in ein Paar glitzernde Flip-Flops geschoben hatte, streckte sie die Hand aus. »Wenn du mir die Leine, meine Tasche und meinen Hund gibst – dann bringe ich uns alle nach unten.«

Er war versucht. Mann, er war echt versucht. Sie einfach mit einem Schwung vor die Tür zu setzen. Das Problem war nur, dass sie aussah, als würde sie jeden Moment zusammenbrechen.

»Ich trage das Zeug. Hast du deine Schlüssel?« Er wartete gar nicht erst auf ihr Nicken, sondern ging zur Tür und hielt sie ihr offen. »Nach dir, Prin —Ms. Davenport.«

Sie reckte die Nase in die Luft, perfektes Gehabe der gehobenen Gesellschaft. »Nenn mich nicht so. Ich werde meinen Namen ändern.«

Hinter ihrem Rücken rollte er mit den Augen. Eine völlig wertlose Drohung, denn es war genau dieser Name, der ihr Türen öffnete und es auch weiterhin tun würde, da war er sich sicher. Türen wie die im Ritz, im Hyatt oder, verdammt noch mal, besonders in den Hotels ihres Vaters.

Marco begrüßte sie namentlich – den Hund eingeschlossen. »Ihr Vater sagte, Sie kämen gleich runter. Soll ich Ihnen ein Taxi rufen?«

Cassidy sah ihn abwesend an. »Ein Taxi?«

»Ja, du weißt schon, so ein gelbes Auto?« warf Liam ein. »Es bringt einen dorthin, wo man hinwill.« Er hievte den Hund hoch und flüsterte ihm demonstrativ ins Ohr, in dem Versuch, die Situation zu entschärfen, weil Cassidy immer noch nicht besonders fit aussah und es keinen Grund gab, die Gerüchteküche anzufeuern. Marco schien ein anständiger Kerl zu sein, aber wer wusste schon, was er tun würde, wenn die Klatschpresse mit der richtigen Menge Schmiergeld nach Schmutz fragte. »Deine Mami scheint vergessen zu haben, wie wir normalen Leute leben.«

»Das ist eine wirklich fiese Bemerkung.«

Gut, er hatte ihren Kampfgeist geweckt. Wut war eine viel einfachere Reaktion als Tränen.

»Hey, Schätzchen, wem der Jimmy-Choo-Schuh passt.«

»Du hältst dich für furchtbar witzig, oder? Benimmst dich so aufgeblasen, nur weil du dabei warst, als mein Vater...« Sie warf Marco einen Blick zu. »Äh, gerade eben.«

Liam zuckte mit den Schultern und reichte ihr das Fellknäuel. »Ich sag ja nur.«

»Behalt deine Kommentare für dich.« Sie hievte den Hund hoch und küsste den albernen Knoten auf seinem Kopf. Das Vieh leckte ihr über die Lippen.

Ja, über die *Lippen*. Aber wahrscheinlich war das kein großes Ding, dachte Liam. Der Hund ging vermutlich regelmäßig zum Hunde-Zahnarzt.

Der extrem schnelle und extrem leise Fahrstuhl legte die zwölf Stockwerke bis zum Straßenniveau im Nu zurück. Marco war der Inbegriff der unsichtbaren und lautlosen Hilfe, während er ihnen die Tür aufhielt. Liam hätte ihm Trinkgeld gegeben, aber da Cassidy keine Anstalten machte, dachte er sich, dass die Tochter vom guten alten Mitch entweder nicht musste oder ein Konto hatte, das zu Weihnachten großzügig ausgeglichen wurde. Er war sich nicht sicher, wie das Protokoll in diesen Sphären des Luxuslebens aussah.

Liam steuerte auf den Haupteingang zu, als Cassidy nach links zu einer anderen Fahrstuhlreihe abbog, wobei sie fest davon ausging, dass er ihr folgte, während ihre Flip-Flops hastig auf dem Marmorboden klapperten. Es geschähe ihr recht, wenn er ihre Tasche einfach hier in der Lobby fallen ließe, weil sie ihn wie ihren Lakaien behandelte, aber – verdammt – er hatte Mitleid mit ihr und wollte nach dem Auftritt eben keine Szene mehr machen.

Die zweite Fahrstuhlreihe öffnete sich zu einer Tiefgarage, wie er sie noch nie zuvor gesehen hatte. Es war nicht einfach *irgendeine* alte Tiefgarage. Die Böden sahen aus wie Ziegel, die Stützsäulen waren ionisch, und es würde ihn nicht wundern, wenn überall gepolsterte Bänke in der Form dieses dämlichen Hundebetts stünden. Der Schoß des Luxus für Luxusautos.

»Dieser Mistkerl.«

Liam stutzte. Man erwartete eine solche Ausdrucksweise nicht von einer Frau aus gutem Hause, die auf den besten Privatschulen gewesen war. Nicht, dass er gewusst hätte, welche Schulen das waren, aber das war jedes Mal ihre Visitenkarte gewesen, wenn sie in der Zeitung erwähnt wurde. Er war sich ziemlich sicher, dass Fluchen 101 nicht auf dem Lehrplan stand.

»Dieser hochnäsige, scheinheilige Bastard.«

Falls es doch ein Kurs gewesen war, bekäme sie für den Vortrag eine Eins, denn die Worte klangen aus diesem engelsgleichen Gesicht so vollkommen unpassend.

Und dann sah er, was sie anstarrte.

Am Mercedes war eine Parkkralle angebracht.

Eine Kralle.

Mann, das ging schnell. Aber Mitchell Davenport hatte wahrscheinlich Leute, die nur darauf warteten, seine Befehle auszuführen.

»Er hat deinen Wagen stillgelegt?«

Cassidy atmete so tief ein, dass sich ihre Brüste gute zehn Zentimeter hoben – was dazu führte, dass auch ihr Hemd ein gutes Stück hochrutschte und eine köstliche Handbreit seidiger, gebräunter Haut entblößte.

Warum konnte die Frau nicht fett und pummelig sein? Warum musste sie wie aus jeder erotischen Fantasie entsprungen sein, die er je hatte, *und* gleichzeitig eine verhätschelte Prinzessin sein? Versuchte das Universum *absichtlich*, ihn zu foltern?

»Wie zum *Teufel* erwartet er, dass ich ohne mein Auto irgendwo hinkomme?«

»Das erklärt Marcos Bemerkung mit dem Taxi.«

Sie verzog die Lippen. »Großartig. Marco weiß es. Ich frage mich, wer es noch alles weiß. Als wäre es nicht schlimm genug, dass mein Vater mich rauswirft, jetzt macht er mich auch noch zum Gespött.« Sie setzte den Puschel ab, zerrte ihre Handtasche von der Schulter und fing an, darin herumzukramen. »Verdammt.«

Er traute sich kaum zu fragen. »Was?«

»Ich habe kein Bargeld.«

Natürlich hatte sie keins. Die Superreichen müssen kein Bargeld bei sich tragen.

»Ich bin sicher, du kannst im Taxi mit Karte bezahlen.«

Sie sah ihn an, als wäre er ein Idiot. »Der Mann hat eine Kralle an mein Auto machen lassen. Es dauert etwa ein Zehntel dieser Zeit, meine Kreditkarten und, oh Gott, meine Bankkarte zu sperren. Du kannst *dein* Geld darauf wetten, dass mein Vater die nicht übersehen hat.«

Liam wettete auf gar nichts mehr. Das Wetten hatte ihn in diese missliche Lage gebracht – und mitten in ihre hinein.

»Was ist damit, bei einer Bank anzuhalten? Du kannst doch was abheben.«

Sie schüttelte den Kopf. »Er wird die Konten aufgelöst haben, wenn er alles andere gesperrt hat.«

»Ich schätze also, das bedeutet, ein Hotel fällt flach.«

»Was?« Cassidys Augen wurden groß. »Oh mein Gott. Wo soll ich denn hin?«

»Der Freund vielleicht?«

»Burton? Ich glaube nicht. Nicht nach gestern Abend.«

»Er weiß doch nicht, dass du ihn nicht heiraten willst, oder? Du hast ihm ja nicht wirklich einen Korb gegeben. Ich wette, er wird kommen und dich retten.« Und sie könnte glücklich bis an ihr Lebensende in einem Schloss leben, das ihr Vater bezahlte. Rachel wäre so eifersüchtig.

»Oh ja klar. Ich rufe ihn an und schaue, ob ich einziehen kann? Das ist *genau* das, was mein Vater von mir erwartet. Und dann kommen die Schuldgefühle und der Druck, Burton nachzugeben.« Sie zerrte das Hemd zurück auf ihre Schultern, aber Liam hätte ihr sagen können, dass sie es sich sparen konnte. Dieses Hemd war so entworfen worden, dass es provokant von einem Paar sehr sexy Schultern rutschte, und Cassidy besaß genau so ein Paar. »Was soll ich denn jetzt machen?«

»Ruf deine Freunde an.« Es musste doch jemanden geben, der ihr noch keine Absage erteilt hatte.

»Habe ich schon. Alle sind weg, und die, die da sind, haben wahrscheinlich schon von gestern Abend gehört. Es wird jetzt keine großmütigen Gesten geben, mich bei ihnen wohnen zu lassen. Der Name und der Einfluss meines Vaters sind in dieser Stadt größer als meine, und wenn sich das erst rumspricht... Keine Sau wird es sich mit ihm verscherzen wollen. Angesichts einer sozialen Ächtung bleibt die Freundschaft mit mir auf der Strecke.« Sie lehnte sich gegen die Motorhaube des blockierten Wagens. »Außerdem...« Sie holte ihr Handy heraus, wischte mit dem Finger darüber und hielt ihm das Display hin.

Den schwarzen Bildschirm.

»Er hat es abgestellt.«

Liam gefiel nicht, wohin ihre Logik ihn führte. Überhaupt nicht. Ihm gefiel auch sein verdammtes, weiches Herz nicht. »Also, wo willst du hin? Hast du keine Verwandten, die dich aufnehmen würden? Deine Mutter?«

Jetzt war sie an der Reihe, mit den Augen zu rollen. »Ich nehme an, du hast nicht *alle* Gesellschaftsseiten gelesen. Meine Mutter ist mit ihrem Liebhaber getürmt, als ich noch ein Kind war. Wollte so weit wie möglich weg vom lieben Papi. Mexiko ist ziemlich weit.«

»Sie könnte dir Geld überweisen.«

Diesmal sah sie weg. »Das ist keine Option.« Ihr Tonfall machte klar, dass damit alles gesagt war.

Es musste eine verdammt krasse Geschichte sein, wenn sie lieber auf der Straße lebte, als die Frau anzurufen, die sie zur Welt gebracht hatte.

Was hatte es dann mit dem Foto und dem Armband unter Cassidys Bett auf sich? Er fand es interessant, dass sie in ihrem fast katatonischen Zustand, in dem sie alles Mögliche in ihre Tasche geworfen hatte, nicht danach gegriffen hatte, aber vielleicht war das auch nicht verwunderlich. Vielleicht wollte sie keine Erinnerungen an ihre Eltern. Sie hatte ja nicht mal persönliche Dinge wie Kleidung mitgenommen –

Oh, verdammt. Alles, was sie noch besaß, war das, was sie am Leib trug und was in ihrer Tasche war. Ohne einen verdammten Cent.

Er würde das bereuen. So sicher, wie er die Wette gegen seine Schwester verloren hatte, würde er das bereuen. Aber er konnte die Worte nicht zurückhalten.

»Komm schon. Du kannst erst mal mit zu mir kommen.«

Kapitel Acht

Cassidy schüttelte den Kopf. Sie konnte unmöglich das gehört haben, was sie zu hören meinte. »Hast du mich gerade eingeladen, mit zu dir nach Hause zu kommen?«

»Ja, habe ich. Und ich bin darüber genauso überrascht wie du.«

»Aber du kennst mich doch gar nicht.«

»Ich weiß, dass du gerade rausgeschmissen wurdest, keinen roten Cent mehr in der Tasche hast, nirgendwo hin kannst und niemanden hast, der dir hilft. Damit bleibe ich übrig.«

»Wie charmant von dir, mein Prinz.« Er glaubte ernsthaft, sie würde dankbar sein, mit ihm nach Hause zu gehen? Hier befand sie sich in ihrer dunkelsten Stunde, und er versuchte wahrscheinlich nur, sie flachzulegen.

»Okay, Prinzessin, wenn du es so willst. Mir scheint, ich bin die einzige Option, die du hast. Aber hey, wenn du lieber nicht ...« Er ließ ihre Tasche auf den geprägten Betonboden fallen. »Lass dich von mir nicht davon abhalten, deinen Prinzen zu finden. Ich bin sicher, Burton wird irgendwann nach dir suchen.«

»Das wird nicht passieren.« Das würde sie nicht zulassen. Sie würde *nicht* hier sitzen und darauf warten, dass Burton auftauchte. Dass er es tun würde, daran hegte sie keinen Zweifel. Es war schließlich der Masterplan ihres Vaters.

Nun, sie würde dabei nicht mitspielen. Nicht dieses Mal. Das hier war zu wichtig.

»Fein. Dann bleib bei mir, bis sich etwas anderes ergibt. Ein oder zwei Tage. Sogar eine Woche. Ich bin sicher, wenn deine Freunde aus dem Urlaub zurückkommen, hat sich die Sache beruhigt und du kannst bei einem von ihnen unterkommen.«

»Auch das wird nicht passieren.«

»Hm?«

»Sobald sie von diesem Rauswurf erfahren, werde ich das Gesprächsthema Nummer eins sein. Ein *Skandal*. Diese Frauen können wie Vipern sein, Liam. Sie *leben* für Skandale. Dafür, über andere Leute zu reden. Dafür, sich selbst besser zu fühlen, indem sie andere fertigmachen. Niemand wird Mitchell Davenports Zorn riskieren, um seine Tochter aufzunehmen. Nein, ich bin jetzt so ziemlich eine Paria.«

Was bedeutete, dass sie verdammt noch mal besser *sein* Angebot annahm und dankbar dafür war.

Und zwar schnell. Bevor er es sich anders überlegte. Oder zur Besinnung kam und beschloss, es sich doch nicht mit ihrem Vater zu verscherzen. »Okay, ich mache es. Ich ziehe bei dir ein.«

Sie wusste nicht, wer überraschter war: sie oder Liam.

»Echt jetzt?«

»Es sei denn, du hast es dir anders überlegt?«

»Was hat dich umgestimmt?«

»Die brutale Realität. Ich habe keinen Ort, an den ich gehen kann.« Verdammt, sie spürte, wie ihr die Tränen in die Augen schossen.

Oh nein. Sie würde sie *nicht* fließen lassen. *Nicht* wegen Va—Mitchell Davenport. Der Mann war es nicht wert.

Stille erfüllte den Raum um sie herum, dickflüssig und unangenehm. Aber das gehörte wohl zur brutalen Realität dazu.

Oh. Mein. Gott! Ihr Vater hatte sie rausgeworfen. Er hatte ihr den Geldhahn zugedreht. Kein Telefon, keine Kreditkarten, nicht ein einziger Luxus. Nicht ihr Auto, und niemand, der ihr nahekommen würde, solange das glühende Gespenst von Dads Zorn über ihr schwebte.

Sie war auf sich allein gestellt. Völlig. Ganz und gar.

Und pleite.

Ein Schauer überlief sie und ihre Knie zitterten. Eigentlich sollte sie nicht überrascht sein. Nicht wirklich. Dieses Gefühl, dieses kribbelige Über-den-Dingen-Schweben und die weichen Knie waren dasselbe Gefühl gewesen, das sie empfunden hatte, als ihre Mutter gegangen war. Dad war damals genauso emotionslos gewesen, ein fades: »Deine Mutter ist weg, Cassidy. Sie will nicht mehr mit uns zusammenleben. Jetzt sind es nur noch du und ich«, als ob er einen Schulausflug bespräche oder was es zum Abendessen gäbe. Dann hatte er ihre Zimmertür ohne ein Jota Mitgefühl geschlossen und sie dort zurückgelassen. Allein.

Sie hatte sich in den Schlaf geweint, angeblich, weil sie ihre Mutter vermisste, aber schon damals hatte sie begriffen, dass es daran lag, dass sie niemanden hatte.

Diesmal würde sie nicht weinen. Nicht jetzt. Rausgeworfen zu werden war lediglich die physische Manifestation der emotionalen Wüste, in der sie sich befand, seit sie vier Jahre alt war.

Und hey, wenigstens würde sie Zeit zum Malen haben. Sie würde es ihrem Vater zeigen. Er hatte keine Macht mehr über sie. Sie würde diese Bilder so schnell produzieren, dass ihm schwindelig werden würde.

Außer ... Mist. Sie hatte ihre Farben im Penthouse gelassen.

»Na gut, dann los.« Liam hob die Tasche wieder auf. »Gehen wir.«

»Äh, Liam?« Sie hasste es wirklich, ihn darum zu bitten, aber sie hatte keine Möglichkeit, an andere Malutensilien zu kommen, so ganz ohne Geld und so. »Könntest du ... ich meine ... also ...«

»Spucks aus, Prinzessin. Ich habe nicht den ganzen Tag Zeit. Ich muss dich bei mir einquartieren und dann hierher zurückkommen, um den Job zu beenden, für den ich bezahlt werde.«

»Deswegen ja. Ich habe mich gefragt, ob es dir was ausmachen würde, etwas von mir zu holen, das ich dort gelassen habe.«

»Ich nehme nichts aus dieser Wohnung mit, damit dein Vater mich nachher noch wegen Diebstahls anzeigt.«

»Oh, glaub mir. Er wird dir wahrscheinlich eine Belohnung geben, wenn du es tust.«

Liams wunderschöne blaue Augen verengten sich. »Was ist es denn?«

»Meine neuen Farben. Ich habe sie in der untersten Schublade der Kredenz im Esszimmer gelassen.«

»Du malst im Esszimmer?«

Sie schüttelte den Kopf. »Ich habe sie dort deponiert, nachdem ich sie neulich gekauft habe. Es ist der am wenigsten genutzte Raum in der Wohnung, also ist es der letzte Ort, an dem Dad danach suchen würde. *Falls* er überhaupt auf die Idee käme, danach zu suchen. Nach letzter Nacht ist er sicher heilfroh, wenn er sie als Erinnerung nicht mehr um sich hat. Wenn du sie mir also holen könntest, wäre ich dir wirklich dankbar. Dann kann ich anfangen, etwas Geld zu verdienen, um dich für den Aufenthalt zu bezahlen.«

Liam rieb sich das Kinn. »Um die Rückzahlung kümmern wir uns später, aber ja, ich hole die Farben. Sonst noch was? Schmuck, Kleider, Schuhe?«

Sie schüttelte den Kopf. »Nein. Nichts. Wenn ich meinen Vater richtig kenne – und leider kenne ich ihn nur zu gut –, wird er Deborah alles gegen die Kreditkartenbelege inventarisieren lassen. Ich will nichts von ihm.«

»Dann solltest du vielleicht auch diese Klunker an deinen Ohren hierlassen.«

Sie berührte die Diamantstecker. »Die behalte ich. Die habe ich mir verdient.«

»Womit? Indem du zu Besuch kommende Würdenträger unterhalten hast? Staatsgäste bewirtet hast?«

Sie blickte weg und blinzelte weitere Tränen fort, die bei seinem Sarkasmus aufstiegen. Eigentlich albern, da er ja recht hatte, aber ach, wie sehr wünschte sie sich, für das geschätzt zu werden, was sie konnte, statt für das, wie sie aussah. Und das Ironische daran war, dass sie sich diese Dinger *tatsächlich* verdient hatte. Smalltalk mit Leuten zu führen, mit denen sie kein Wort wechseln wollte, Veranstaltungen zu besuchen, die sie zu Tode langweilten, und als nichts weiter als ein hübsches Gesicht mit gelegentlichen Tätschel-Attacken auf den Hintern betrachtet zu werden, verdiente eine Entschädigung.

»Hör zu, ich weiß, was du von mir hältst. Ich weiß, was die Leute über mein Leben denken. Dass es nur aus Sekt und Selters besteht und ich glücklich wie ein Schneekönig in meinem vergoldeten Turm mit meinen Kleidern und meinem Schmuck und den schönen Dingen sein sollte. Ich verstehe das. Die Sache ist die: Das war die Person, die er aus mir machen wollte. Ich habe mitgespielt, aber ich bin nicht diese Person. Nicht mehr. In mir steckt mehr als nur das.«

Sie wollte diesen skeptischen Blick aus Liams Gesicht wischen, aber Worte allein würden das niemals schaffen. Sie musste es ihm zeigen. Sie musste es ihnen allen zeigen. Und das würde sie, verdammt noch mal. Das war ihre

Chance. Ihre Möglichkeit, ihr Leben so umzugestalten, wie sie es gestern beim Mittagessen geplant hatte – war das wirklich erst gestern gewesen? – mit Dad.

»Wenn du meinst.« Liam hob ihre Tasche auf. »Na gut. Dann los. Mein Truck steht hier drüben.«

Sie sah ihm nach, wie er vor ihr herschlenderte. Oh, es war kein absichtliches Stolzieren; so etwas erkannte sie meilenweit gegen den Wind. Seines war reine natürliche Anmut und Sportlichkeit, mit einem verdammt knackigen Hintern —

Okay, das waren keine Gedanken, die sie im Moment haben sollte. Sie würde nur bei dem Kerl bleiben, bis sie wieder auf eigenen Beinen stand, nicht bei ihm einziehen. Kein Grund, so etwas anzufangen und zu riskieren, dass er noch dachte, *das* wäre die Art, wie sie ihn bezahlen würde —

Oh oh. Das hatte er doch nicht etwa gedacht, oder? Er hatte so was gesagt wie: »Oh, du wirst definitiv bezahlen.« Er glaubte doch nicht etwa, sie würde ... dass sie ...

Titania wand sich in ihrer Armbeuge und fing an zu winseln. »Ähm, Liam? Könntest du bitte kurz warten? Titania muss mal.«

Liam blickte mit hochgezogener Augenbraue über die Schulter zurück. »Sag mir jetzt nicht, dass du für sie auch so ein thronförmiges Ding hast.«

»Nicht witzig.« Sie hantierte mit ihrer Tasche, ihrer Handtasche, dem Hund und der Leine, um die letzten beiden miteinander zu verbinden. Normalerweise würde Titania nicht weglaufen, aber so wie Cassidys Glück in den letzten vierundzwanzig Stunden gelaufen war, riskierte sie es lieber nicht.

Der Hund zappelte weiter. »Halt still, Titania. Die Büsche sind da drüben.« Sie eilte zum Rand der Garage, wo die Bepflanzung über der brusthohen Mauer lag, und setzte die Süße zwischen die Petunien. »Ganz brav. Mach schön.«

Aus dem Augenwinkel sah sie, wie Liam die Augen verdrehte.

Titania, ganz sie selbst, ließ sich Zeit beim Schnüffeln an den Blumen, bevor sie das perfekte Plätzchen fand.

Liams Fuß fing an zu wippen.

Als sie fertig war, gab Titania ihr süßes, kleines, fröhliches Bellen von sich und leckte Cassidy dann über die Nase, bevor sie ihr praktisch in die Arme sprang. Es ging doch nichts über die bedingungslose Liebe eines Hundes. Das war wohl der Grund, warum Titania ihr kaum von der Seite wich. Der Malteser war sechs Jahre alt, und Cassidy konnte sich an jeden Tag erinnern, als wäre es gestern gewesen – besonders an den Tag, an dem sie sie nach Hause gebracht hatte.

Dad hatte einen Tobsuchtsanfall bekommen. Cassidy hatte den Begriff zwar gekannt, aber nie genau gewusst, was so ein Anfall alles beinhaltete. Einen Hund in sein neues, makelloses Penthouse – den »Höhepunkt seiner Karriere« – zu bringen, löste den Anfall aus. Und das war wahrlich ein Anblick gewesen. Genau das, was sie gestern beim Mittagessen hatte vermeiden wollen, indem sie ihm die Neuigkeiten schonend beibrachte.

Dennoch war er ausgerastet. Sicher, das war in ihrem – *seinem* – Zuhause gewesen, aber trotzdem war es erst das zweite Mal, dass sie diese Reaktion bei dem normalerweise ruhigen und unerschütterlichen Mitchell Davenport gesehen hatte.

Sie konnte immer noch nicht glauben, dass er ihr den Geldhahn zugedreht hatte. Das hatte sie nicht kommen sehen. Wie konnte sie sich so in ihrem eigenen Vater getäuscht haben?

»Sind wir dann so weit? Du hast doch wohl keine sanft duftenden, einzeln verpackten Hundetücher dabei, oder?«

Der Sarkasmus troff Liam förmlich von der Zunge, doch trotzdem hielt der Mann ihr die Wagentür des Trucks offen *und* half ihr hinein. Gott sei Dank, denn das Ding war wirklich hoch, selbst mit den Trittbrettern.

»Das ist ein großer Truck«, sagte sie, nachdem er vorne herumgegangen und auf der Fahrerseite eingestiegen war.

»Ja, das ist er.«

Und das war's. Mr. Liam Manley sprach den ganzen Weg über kein weiteres Wort, wofür sie dankbar war, denn sie versuchte immer noch, die letzte Stunde geistig zu verarbeiten. Dad hatte sie fallen lassen. Er hatte versucht, sie mit Geld seinem Willen zu unterwerfen.

Gott, wie erbärmlich. Für wie oberflächlich hielt ihr eigener Vater sie eigentlich? Wie oberflächlich war *er*? Und Burton? Wie oberflächlich war *er*, sie nur zu heiraten, um Mitchells Erbe zu werden?

Na gut, das mochte ein Anreiz sein, aber wollte er wirklich jemanden heiraten, der ihn nicht liebte?

Vergiss es. Das machten Leute ständig, und CEO des Konglomerats ihres Vaters zu sein, war Belohnung genug für eine lieblose Ehe.

Er. Hat. Ihr. Alles. Gestrichen.

Cassidy schüttelte den Kopf. Ihr eigener Vater manipulierte sie – eine fast dreißigjährige Frau – in eine arrangierte Ehe. Wo waren sie hier, im England des Mittelalters?

Cassidy blickte aus dem Fenster, als Liam in eine ruhige, von Bäumen gesäumte Straße einbog, in der die Häuser nahe genug beieinander standen, um sich Nachbarn nennen zu können, aber weit genug entfernt, dass sie nicht jedes intime Detail der anderen mitbekamen.

Intimität. Burton hätte sie erwartet. Und mit Geld als Grundlage für ihre Ehe würde ihr Vater sie dazu verdammen, eine sehr gut bezahlte Prostituierte zu sein.

Ihr wurde übel. Nie im Leben hätte sie *gedacht*, dass er so etwas tun würde. Sicher, die gelegentliche Bemerkung über das »Pleitesein« war ab und zu aufgetaucht, wenn sie darüber nachgedacht hatte, auf eigenen Beinen zu stehen, aber sie hatte erwartet, dass der »Pleite«-Teil vorübergehend sein würde, während sie darauf wartete, mehr Möbel zu verkaufen, und *nicht*, dass jeder Cent, den sie besaß, wegen der langen Finger ihres Vaters eingefroren würde.

Was sollte sie bloß tun? Als sie sich das ursprünglich ausgemalt hatte, hatte sie damit gerechnet, im Penthouse oder vielleicht in einer seiner anderen Immobilien zu bleiben, bis sie genug Einkommen für eine kleine Hypothek hatte. Sie hatte geplant, einfach zu leben. Mit hundert Quadratmetern auszukommen statt mit den vierhundert, aus denen sie gerade rausgeschmissen worden war.

Ohne Liams Großzügigkeit hätte sie jetzt nicht mal *einen*. Liam fuhr eine lange Einfahrt hinunter. Cassidy musste sich zusammenreißen, um den Mund nicht aufzusperren. Und zwar nicht, weil sie etwas Gemeines sagen wollte, sondern um zu verhindern, dass ihr die Kinnlade herunterklappte. Sie machte sich Sorgen wegen *eines* Quadratmeters? Liam besaß wahrscheinlich selbst vierhundert – und das war nur der Vorgarten.

»Das gehört dir?«, musste sie ihn schließlich fragen, ohne den Blick von der wunderschönen Gartenanlage abzuwenden. Sie hatte nicht gewusst, was sie bei dem Gehalt einer Reinigungskraft erwarten sollte, aber das hier war es ganz sicher nicht gewesen. Alles baumbestanden, bis auf eine kleine Lichtung, die hell erleuchtet war, mit einem Seerosenteich genau in der Mitte und steinernen Bänken drumherum, einer altmodischen Wasserpumpe, die als Brunnen diente, und einer prachtvollen Auswahl an einjährigen Pflanzen am Teichrand – das Anwesen sah tatsächlich wie aus einem Märchen aus. Titania würde es lieben, sich bei den Steinen zusammenzurollen. »Gibt es da drin Fische?«

Liam nickte. »Koi. Ich habe ein paar, die über dreißig Zentimeter lang sind.«

»Wow. Ich bin beeindruckt. Kois brauchen genau die richtige Pflege, um so alt zu werden.«

Schien eine Metapher für ihr Leben zu sein.

Liam fuhr über eine schmale, gewölbte Steinbrücke und bog dann nach links ab, hinter das A-förmige, hüttenartige Gebäude mit einer Glasfront, die sie an das Penthouse erinnerte. Der Unterschied war: A) Es gehörte nicht ihrem Vater und B) es lag mitten in der Natur, nicht darüber. Sie hatte sich schon immer über Leute gewundert, die gerne über der Natur lebten. Die dachten, dass es so viel besser sei, auf sie herabzublicken, anstatt in ihr zu leben. Schließlich konnte ein Wasserfall in Terrassengröße nicht im Entferntesten mit der Schönheit von Liams Oase und seiner gurgelnden Wasserpumpe mithalten, oder mit den Schmetterlingen, die zwischen den Blumen umherflatterten, und den Libellen, die mit surrenden Flügeln in der Stille über der Wasseroberfläche schwebten.

Es war so friedlich. So wunderschön. Ein Ort, an den man flüchten konnte, um dem Stress des Tages zu entkommen und einfach zu entspannen.

»Stimmt was nicht?« Liams Stimme klang scharf. »Ich weiß, es ist nicht das Ritz oder das Hilton oder so was, und das Wasser ist dreckig und die Viecher summen rum, aber mir gefällt es hier. Ich sitze gern auf der Bank und beobachte die Luftblasen der Fische an der Oberfläche oder die Frösche, die nach Insekten schnappen. Oder das gelegentliche Platschen, wenn einer reinspringt.«

»Es klingt friedlich.«

»Das ist es auch. Manchmal gibt es nichts Besseres als ein bisschen Einsamkeit in der Natur.«

Es war verdammt noch mal viel besser als Einsamkeit in ihrem vergoldeten Käfig. Es würde ihr hier gefallen.

Titania zappelte auf ihrem Schoß herum, legte die Pfoten an die Tür beim Fenster und fing an zu kläffen.

»Ach, sieh mal. Sie will spielen.«

»Sie wird doch wohl nicht die ganze Zeit so rumkläffen, oder? Sie schläft doch irgendwann auch mal, oder?«

»Natürlich tut sie das. Sie ist im Moment nur aufgeregt.«

»Und was ist mit Missgeschicken? Ich habe zu viel Geld für den Boden ausgegeben, als dass ich hier ihren Hundetrainer spiele.«

»Titania ist stubenrein seit dem Tag, nachdem ich sie bekommen habe. Du musst dir wegen des Drecks keine Sorgen machen.«

»Oh, ich mache mir keine Sorgen, da du ihn ja wegmachen wirst.«

»Na ja, natürlich werde ich das. Es ist mein Hund. Ich mache hinter ihr sauber.«

Liam fuhr in die Garage und war schon zur Stelle, um ihr aus der Beifahrerseite zu helfen, bevor sie Titania und den Rest ihrer Sachen zusammengesammelt hatte.

»Setz sie ab. Sie kann den Laden hier ruhig von Anfang an kennenlernen.« Liam setzte Titania auf den Boden. Es war so seltsam, ihren kleinen, zierlichen Hund in Liams großen, starken Händen zu sehen. Es erinnerte sie an ein Foto von Anne Geddes, bei dem ein Baby in den Händen seines Vaters liegt.

Oha. Sie wurde gerade viel zu fantasievoll. Liam versuchte nur zu helfen, und sie war diejenige, die die Situation mit ihrer dämlichen Einbildungskraft seltsam machte.

Hebe dir das für die Kunst auf, Cassidy.

Genau — oh oh. Ihre Kunst. Die Möbel. Sie waren in dem Lagerhaus, das sie – ungeschickterweise – auf ihren eigenen Namen gemietet hatte. Die Miete war bis Ende des Monats bezahlt, aber wenn Dad vor Ablauf der Frist davon erfuhr ...

Sie musste all die Stücke dort rausholen.

Gott sei Dank hatte Liam eine Doppelgarage. Wenn er jetzt nur noch einverstanden wäre, dass ihre Möbel auch für ein paar Tage miteinzogen ...

Sie folgte ihm durch die Garage in den Hauswirtschaftsraum, wo sie die Heizung, ein Waschbecken und eine Konstruktion aus Rohren begrüßten, die wohl ein Durchlauferhitzer war.

»Lass deine Schuhe hier im Schmutzfangraum«, sagte er und zog seine eigenen aus.

Wirklich? Der Mann zog in seinem eigenen Zuhause die Schuhe aus?

»Ich versuche, den Schmutz in Grenzen zu halten, damit ich nicht so viel putzen muss.«

»Ich schätze, darauf hast du keine Lust, nachdem du das schon den ganzen Tag beruflich machst, was?« Das ergab Sinn. Sie schlüpfte aus ihren Flip-Flops und stellte sie in die Regale im Schrank an der Rückwand.

»Hier bewahre ich die ganzen Putzsachen auf.« Liam zeigte auf die Regale links. »Besen, Staubmop, ein Wedel für die Jalousien.« Er deutete auf die Dinge, die ordentlich an der Lochwand an der hinteren Seite des Schranks hingen. »Das Zubehör für die Zentralstaubsaugeranlage ist hier drin.« Er öffnete einen Schrank. »Ich habe auch einen Handstaubsauger; die Beutel und Aufsätze sind hier.« Er tippte gegen eine hängende Tasche aus schwarzem Vinyl. »Verlängerungsstange und Greifer für die Glühbirnen, die sind hier oben.« Er öffnete ein Fach im Schrank, um ihr verschiedene Arten von Glühbirnen sowie ein paar große Batterien und Taschenlampen zu zeigen. »Müllbeutel, Batterien, Panzertape, Werkzeug ... hier findest du eigentlich alles.«

Und wofür genau würde sie Panzertape und Hämmer brauchen?

Titania kratzte an der Tür, die, wie Cassidy vermutete, zum Rest des Hauses führte.

»Sie kratzt? Verdammt, ich habe die Türen gerade erst fertig gestrichen.«

Cassidy hob den Hund hoch. »Das macht sie normalerweise nicht. Ich schätze, hinter dieser Tür riecht es nach etwas ganz Tollem.«

»Abendessen.« Er öffnete die Tür. »Ich habe Salsa-Hähnchen in den Schongarer geworfen, bevor ich losgegangen bin.«

Der Duft von Salsa erfüllte die Luft. »Das riecht wirklich gut.«

»Ist es auch. Einfach und lecker. Kochen mit dem Slow Cooker ist ein Segen.«

Cassidy erwähnte nicht, dass sie zwar schon mal von einem Schongarer gehört hatte, aber nicht genau wusste, was das war oder wie man ihn bediente. Es war wohl besser, diese Information für sich zu behalten, da er sich ohnehin schon über sie lustig machte mit seinem »Ja, Prinzessin« hier und »Ja, Miss Davenport« da. Sie musste nicht wissen, wie man einen Schongarer bediente, um allein zu überleben.

Oder vielleicht doch. Kochen mit kleinem Budget war in keinem ihrer Lehrpläne enthalten gewesen. *Kochen* generell auch nicht. Menüplanung hingegen und der Umgang mit Personal schon.

Nun ja, vielleicht war Kochen etwas, das sie lernen konnte, während sie hier war. Männer mochten es doch, wenn Frauen für sie kochten, oder? Liam hätte sicher nichts dagegen. Die meisten Typen setzten wahrscheinlich nie einen Fuß in ihre Küche, außer um Bier und Pizza aus dem Kühlschrank zu holen.

Offenbar machte Liam in der Küche mehr als das. Bei ihm herrschte pures Chaos.

»Was ist denn hier passiert?« Cassidy setzte Titania ab und begutachtete die mit Pappkartons übersäten Quarz-Arbeitsplatten.

Liam seufzte und fuhr sich mit beiden Händen durchs Haar. »Meine Großmutter. Sie schaut alle Nase lang vorbei, um meinen Kühlschrank ›aufzustocken‹, wie sie es nennt. Ich schätze, heute war wieder so ein Tag.« Er schnappte sich einen Karton und begann, ihn zu zerlegen. »Wir haben sie in eine Seniorenresidenz umgesiedelt und sie vermisst das Kochen so sehr, dass sie sich die Küche einer Freundin leiht und wahre Berge an Essen zubereitet.« Er öffnete die Edelstahltür des Kühlschranks. »Siehst du?« Er trat einen Schritt zurück. Plastikbehälter über Plastikbehälter reihten sich in den Regalen aneinander. »Sie glaubt tatsächlich, dass ich das alles esse, bevor es schlecht wird.«

Er griff nach zwei der Behälter und wollte sie ins Gefrierfach schieben – doch das ging nicht. Auch das war bis zum Rand vollgestopft.

»Sieht aus, als wärst du für die Apokalypse gerüstet.«

»Tja, dann kann ich wohl Kochen von der Liste deiner Abzahlungsmethoden streichen.« Er musterte sie von Kopf bis Fuß. »Du kannst doch kochen, oder?«

Fast hätte sie ihn in dem Glauben gelassen, entschied sich dann aber dagegen. Am leichtesten flog man bei einer Lüge auf, wenn man den Beweis antreten musste. »Nicht wirklich. Dad hatte Köche. Die mochten es nicht, wenn ihnen Kinder im Weg herumstanden.«

»Und ich bin sicher, auf diesen Internaten ist es wichtiger, wie man Menüs zusammenstellt, als zu lernen, wie man das kocht, was darauf steht.«

»Ich hatte bei meiner Ausbildung kein Mitspracherecht, weißt du?«

Er griff nach einem weiteren Karton, machte ihn flach und legte ihn auf einen Stapel auf der Kücheninsel. »Und wie alt bist du noch gleich?«

Sie holte tief Luft und wollte gerade zu einer Tirade ansetzen, aber ... ließ es bleiben. Was brachte das schon? Sie konnten streiten, so viel sie wollten, aber Tatsache war, dass sie nicht kochen konnte und es bisher nicht als Notwendigkeit für ihren Auszug betrachtet hatte. Dafür gab es schließlich den Lieferservice.

»Was spielt das überhaupt für eine Rolle? Deine Großmutter hat meine kulinarischen Fähigkeiten – oder deren Fehlen – hinfällig gemacht.«

»Okay, gut. Dann kannst du direkt dazu übergehen, hier aufzuräumen.«

Wie bitte? »In deiner Küche?«

»Für den Anfang. Dann das Wohnzimmer, die Schlafzimmer und die Badezimmer. Es gibt zwei im Erdgeschoss und eines oben.«

»Es gibt ein Obergeschoss? Wo?«

Er deutete mit einem weiteren Karton auf eine Wendeltreppe aus Schmiedeeisen. »Führt zum Loft. Zwei Schlafzimmer und ein Bad. Sollte nicht lange dauern.«

»Was genau soll nicht lange dauern?«

»Putzen natürlich.«

Sie hörte die Worte, aber sie ergaben keinen Sinn. »Warte mal. Was? Du willst, dass ich dein Haus putze?«

»Gleich beim ersten Mal kapiert. Gut. Dann sollten wir ja keine Kommunikationsschwierigkeiten haben.«

Sie schüttelte den Kopf. »Du willst, dass ich dein Haus putze.«

»Hatten wir das nicht gerade geklärt?«

»Aber warum?«

Er sah sie mit hochgezogener Augenbraue an. »Weil es hier dreckig ist?«

»Aber warum ich? Hast du keine ›Manley Maid‹, die das für dich erledigt?«

»Habe ich, aber warum sollte ich jemanden bezahlen, wenn du gesagt hast, dass du mich dafür bezahlen wirst, hier wohnen zu dürfen?« Er stapelte einen weiteren flachgelegten Karton auf der Arbeitsplatte.

Seine Logik gefiel ihr ganz und gar nicht. Ebenso wenig wie seine Abzahlungsmethode. »Warum kann ich dich nicht bar bezahlen?«

»Hast du denn Bargeld?«

»Nun, nein. Aber ich werde welches haben.«

»Dann besprechen wir das, wenn es so weit ist. In der Zwischenzeit kannst du *mir* etwas Geld sparen, indem du es selbst machst.« Er hielt ihr einen Karton hin.

»Aber ich weiß nicht, wie man putzt.«

»Ach, komm schon, Prinzessin.« Er schüttelte den Karton, als sie ihn nicht nahm. »Es ist nicht so schwer. Ich habe dir gezeigt, wo die ganzen Sachen stehen. Du wischt Staub und saugst den Dreck weg. Ein paar Reinigungsmittel im Bad. Das ist keine Raketenwissenschaft. Wenn du kapierst, wie man Pinochle spielt, kannst du sicher auch ein Klo putzen.«

»Woher weißt du, dass ich Pinochle spiele?«

»Ist es nicht das, was all diese Elite-Internate heutzutage lehren?«

»Nun, ja, aber ich mochte es nie.«

»Aber du weißt, wie man es spielt, oder?«

Natürlich wusste sie das. Sie hatte tatsächlich Kurse in Bridge, Pinochle, Mah-Jongg und einer ganzen Reihe anderer Zeitvertreibe belegt, die für die Country-Club-Gesellschaft als angemessen erachtet wurden.

Gott, wie prätentiös das jetzt alles wirkte. Wo blieb die praktische Erfahrung? Wie zum Beispiel ... nun ja, kochen, putzen und mit Geld umgehen?

Und sie würde mit ihrem Geld haushalten müssen. Sobald sie welches hatte, versteht sich.

Liam stellte den Karton – im Ganzen – oben auf den Stapel. »Hör zu, ich muss zurück. Dein Dad will, dass ich mit der Arbeit an dem Loft gegenüber von deinem anfange – also deinem alten –, weil er es verkaufen will. Heute Abend kommt der Fotograf für die Bilder.«

»Ja, Dad steht total auf Mondscheinfotos. Er gibt ein Vermögen für winzige weiße Lichter in all seinen Terrassengärten aus und liebt es, wie sie sich in den Glasflächen spiegeln. Er sagt, es lässt die Räume warm und einladend wirken.«

»Das tut es auch.«

»Von außen vielleicht. Drinnen ist es kalt, streng und völlig ohne Persönlichkeit.«

Liam starrte sie einen Herzschlag lang zu viel an, als dass es ihr behaglich gewesen wäre, also wandte sie sich ab. Sie sollte ihre inneren Ängste wohl nicht einem Mann offenbaren, der ohnehin nicht viel von ihr hielt, aber der aus irgendeinem Grund Mitleid mit ihr gehabt und sie aufgenommen hatte.

Gott, sie hasste Mitleid.

Aber es war das Einzige, was ihr im Moment blieb, denn es gab buchstäblich niemanden, den sie anrufen konnte. Sie hatte vorhin nicht übertrieben. Niemand würde ihr helfen wollen und riskieren, es sich mit Mitchell zu verscherzen. Das wusste sie so sicher, wie sie hier stand.

Aber im nächsten Moment stand sie fast nicht mehr. Das Ausmaß dessen, was ihr Vater getan hatte – *und* wie sie es nicht hatte kommen sehen –, überrollte sie erneut, und diesmal gaben ihre Knie wirklich nach. Sie hielt sich an der Frühstückstheke fest, um nicht zusammenzubrechen, und schaffte es, sich auf einen Barhocker zu hieven. Sie brauchte nur ein paar Augenblicke, um ihre Fassung wiederzuerlangen. Es würde ihr gleich wieder gut gehen. Wirklich.

»Alles okay?« Liam kam um die Bar herum. Die Besorgnis in seinem Gesicht gab ihr ein schlechtes Gewissen, denn er hatte schon genug für sie getan; sie wollte nicht auch noch, dass er sich Sorgen machte.

»Ja. Warum?«

»Weil du gerade für einen Moment kreidebleich warst.«

»Wahrscheinlich, weil ich nicht gefrühstückt habe.«

»Na, dann bedien dich ruhig. Oma hat sicher eine ordentliche Auswahl mitgebracht. Das macht sie meistens. Sie will nicht, dass ich Hunger leide.« Er tätschelte sein Sixpack. »Als ob das passieren würde.«

Cassidy wünschte, er hätte nicht auf diese steinharten Muskeln geklopft. Sie wollte sie an ihm nicht bemerken. Sie wollte eigentlich gar nichts an ihm bemerken. Nicht, wenn sie unter seinem Dach wohnte und mehr Dankbarkeit empfand, als klug war.

»Okay, ich fahre dann mal zurück, um den Job zu Ende zu bringen, und sollte spätestens um sechs zu Hause sein. Das Hähnchen müsste bis dahin fertig sein. Wenn du Lust hast, noch Reis und Gemüse dazu zu machen, wäre ich dir dankbar.«

»Äh, klar.« Sobald sie herausgefunden hatte, *wie* man Reis kocht. Ein wenig gedünsteten Brokkoli würde sie wahrscheinlich hinkriegen.

Vorausgesetzt, sie wusste, wie man etwas dünstet ...

»Hast du, äh, einen Computer hier, den ich benutzen könnte, da ich ja kein Smartphone mehr habe?«

»Im Arbeitszimmer. Du kannst dich mit einem Gastkonto anmelden.« Er ging zum Whiteboard über dem Schreibtischbereich in der Küche. »Ich habe kein Festnetztelefon, aber du kannst mir über den PC schreiben.« Er schrieb etwas an die Tafel. »Hier ist meine Handynummer. Schrei laut, wenn du in Schwierigkeiten gerätst.«

»Eigentlich hätte ich den ganzen Weg hierher schon schreien müssen, oder?«

Ein sexy kleines Lächeln huschte über Liams Gesicht, und Cassidy hätte sich so sehr gewünscht, es wäre nicht so. Sie stand in der Schuld dieses Mannes. Sich zu ihm hingezogen zu fühlen, war keine besonders schlaue Idee.

Das sollte sie mal ihren Hormonen und den blöden Schmetterlingen sagen, die monatelang in ihrem Bauch geschlummert hatten.

»Es wird schon schiefgehen für die nächsten paar Tage, bis sich etwas anderes ergibt. Bring einfach die Bude auf Vordermann, und dann sehen wir weiter.« Er streifte im Vorbeigehen kurz an ihr an, und verflixt noch mal, sie erhaschte eine wirklich umwerfende Note von Sandelholz und Liam. Der Mann war ein wandelndes Pheromon.

Japp ... das Versprechen, dass es hier *echt* interessant werden würde, hielt er jetzt schon.

Cassidy Davenport bei sich zu Hause zu haben, würde *echt* interessant werden. Liam betete nur, dass er sie nicht erwürgte.

Sie wusste weder, wie man kocht noch wie man putzt. Ernsthaft? Wie schwer konnte es bitteschön sein, das herauszufinden? Er und seine Brüder waren noch jung gewesen, aber sie hatten sehr schnell begriffen, dass ein Lappen und etwas Möbelpolitur stundenlange Plackerei bedeuteten. Aber derselbe Lappen und dieselbe Politur bedeuteten auch eine glückliche Groß-mutter, die fantastische Schokoladenkekse buk und sie für all ihre Mühen mit Umarmungen überschüttete. Sie hatten das Putzen gehasst, aber sie hatten begriffen, dass der Dreck, den sie machten, in ihrer Verantwortung lag. Dass sie alle im selben Boot saßen und Oma nicht alles allein schaffen konnte. Also ließen sie sie das machen, was sie nicht konnten – fantastische Dinge kochen –, und sie sprangen in anderen Bereichen in die Bresche.

Cassidy Davenport hatte wahrscheinlich noch nie irgendwo einspringen müssen.

Liam setzte aus seiner Einfahrt zurück und betete, dass er keinen Fehler machte, indem er sie bei sich aufnahm, aber was hätte er sonst tun sollen? Sie hatte keinen Ort, an den sie gehen konnte.

Gott, war das nicht ironisch? Die Frau, die mehr Geld besessen hatte, als er jemals in seinem Leben zu Gesicht bekommen würde, war obdachlos. Und wurde von all ihren reichen, sogenannten Freunden im Stich gelassen. Verdammt, bei solchen Freunden brauchte man keine Feinde mehr. Und die ganze Sache mit ihrem Vater ... begriffen die Leute nicht, wie besonders die Beziehung zwischen Eltern und Kindern war? Dass es kein Zurück mehr gab, wenn diese andere Person erst einmal weg war? Er vermisste seine Eltern jeden einzelnen Tag seines Lebens, und es wäre ihm völlig egal, worum es bei einem Streit ginge, er würde ihn augenblicklich beilegen. Aber Cassidy und ihr Vater konnten es nicht. Oder wollten es nicht.

Traurig. Einfach nur traurig.

Er bog rechts in Richtung Penthouse ab. Nein. Er würde kein Mitleid mit ihr haben. Es war nicht sein Problem, dass sie eine verwöhnte Göre war, die alles für selbstverständlich gehalten hatte. Warum hatte sie kein eigenes Geld? Warum hatte sie nicht einen Teil des Taschengelds von Papi auf ein Konto geschmuggelt, von dem er nichts wusste, genau für so einen Tag?

Wahrscheinlich, weil sie lieber in LA oder Cannes oder an irgendeinem dieser unzähligen Jetset-Orte gefeiert hatte, an denen sich ihre Freunde jetzt ohne sie aufhielten, ohne daran zu denken, dass der Geldregen jemals enden könnte.

Genau wie Rachel. Verwöhnte, selbstsüchtige Ausnutzerinnen.

Und doch hatte er sie gerade bei sich zu Hause einquartiert.

Zum *Putzen.*

Liam konnte ein Lachen nicht unterdrücken, als er in die Tiefgarage von dem Gebäude ihres Vaters fuhr – die für das »gemeine Volk«. Die ohne den gestrichenen Beton und die hübsche Bepflanzung.

Cassidy Davenport war in diesem Moment bei ihm zu Hause und *putzte.* Wahrscheinlich hätte er die Packung Gummihandschuhe im obersten Regal erwähnen sollen. Wäre ja schade um ihre Maniküre.

Er nickte Marco in der Lobby zu, als der gerade in die Pause von seinem Job als Fahrstuhlführer ging. Er fragte sich, wie viel der Kerl dafür wohl bekam? Musste ein hübsches Sümmchen sein, wenn das seine Haupteinnahmequelle war.

Liam schüttelte den Kopf. Er würde die Superreichen nie verstehen. Aber da er selbst nie superreich sein würde, musste er das auch nicht. Er war vollkommen glücklich mit dem Haus, das er renoviert hatte, denen, die er weiterverkaufte, und seinem einzigen Luxus – dem Ferienhaus auf Kiawah Island in South Carolina. Nicht, dass er oft dorthin kam, aber es war da, falls er jemals wollte.

Vielleicht hätte er Cassidy lieber *dort* unterbringen sollen. Auf die Weise müsste er sich keine Sorgen machen, nach Hause zu kommen und sie in seinem Bett vorzufinden.

Wobei das verdammt schade wäre.

Das war mal ein Gedanke. Wie *wäre* es wohl, wenn sie am Ende eines langen Tages auf ihn warten würde?

Er erlaubte sich, dem Gedanken einen Moment lang nachzuhängen. Okay, vielleicht dreißig Sekunden lang.

Es war ein schöner Traum. Eine gute Fantasie. Aber es war Cassidy Davenport, nach der er sich verzehrte, genau die Art von Frau, von der er geschworen hatte, sich fernzuhalten. Genau die *falsche* Art von Frau für ihn. Denn sie mochte zwar sagen, dass sie nicht tun würde, was ihr Vater wollte, aber sobald die Realität sie einholte, würde sie zurückkriechen. Leute ihres Schlags taten das immer.

Im Penthouse war es unheimlich still, als er eintrat. Kein kläffender Hund – Herrje. Er hoffte, das Viech zerkratzte nicht seine Ledermöbel.

Liam ging durch das Wohnzimmer; alles war perfekt wie aus dem Katalog. Niemand würde ahnen, dass dies der Schauplatz eines lebensverändernden Moments für jemanden gewesen war. Eines so gewaltigen Streits zwischen Vater und Tochter, dass sie verstoßen worden war. Kein Telefon, keine Kreditkarten und kein Mercedes.

Okay, wegen des letzten Punktes hielt sich sein Mitleid in Grenzen, aber trotzdem ... es war ätzend, wenn einem von jetzt auf gleich alles unter den Füßen weggezogen wurde, wie er und seine Geschwister aus erster Hand wussten.

Er ging zum Esszimmer, einer gewaltigen Fläche aus Glas und pastellfarbenen Polstern mit einer Kredenz aus Birkenholz an der einzigen massiven Wand im Raum.

Er öffnete die unterste Schublade und sah die Farben, zusammen mit einer Auswahl an Elektrowerkzeugen, die gelinde gesagt überraschend war. Ebenso wie die Tatsache, dass nichts mit irgendeiner Art von Organisation oder Sorgfalt verstaut worden war. Genau wie in ihren Küchenschränken war alles in die Schublade geworfen worden, als wäre sie in Eile gewesen.

Er blickte den Flur hinunter zu ihrem Schlafzimmer. Waren ihre Kommodenschubladen genauso chaotisch?

Nein, er würde nicht herumschnüffeln. Das pfirsichfarbene Nachthemd und die High Heels waren genug gewesen; er musste sie sich nicht in noch mehr vorstellen. Oder weniger. Oder gar nichts –

Verdammt!

Er wandte sich wieder dem Wohnzimmer zu und war schon ein paar Schritte gegangen, als ihm etwas einfiel. Das Foto und das Armband.

Sie mussten ihr etwas bedeutet haben, wenn sie sie all die Jahre behalten hatte, auch wenn er nicht wusste, warum sie sie nicht mitgenommen hatte. Vielleicht war sie zu aufgewühlt gewesen, um sich zu erinnern. Vielleicht hatte sie es sogar verdrängt – von einem weiteren Elternteil im Stich gelassen zu werden, musste hart sein. Wenigstens hatten er und seine Geschwister den Grund gekannt, warum sie ihre Eltern nicht mehr hatten – es war der Unfall gewesen, nicht weil diese sie nicht gewollt hatten.

Liam kniete sich neben Cassidys ehemaliges Bett und tastete darunter herum, bis er die Gegenstände fand. Cassidy und ihre Mutter sahen dort am Strand glücklich aus. Sie hatte das Lächeln ihrer Mutter. Dieselbe Gesichtsform und dieselbe Nase. Die Augen waren allerdings anders; die ihrer Mutter waren viel kleiner und standen enger beieinander als Cassidys große grüne Augen mit Wimpern, die so dicht waren, dass die Leute wahrscheinlich dachten, sie wären künstlich.

Er schob das Foto in seine Gesäßtasche und verstaute das Armband in der vorderen. Genug über Cassidys Aussehen und ihre Tangas und alles andere, was ihn eigentlich nichts anging. Er war hier, um einen Job zu erledigen und dann zu verschwinden. Ein Monat, und dann müsste er Cassidy Davenport nie wieder se—

Außer, dass sie bei ihm wohnte. Verdammt! Worauf hatte er sich da bloß eingelassen?

Kapitel Neun

Sie lag in seinem Bett.

Liam blickte gen Himmel. *Echt jetzt?*

Nach einem langen, ziemlich beschissenen Putztag stand er im Türrahmen seines Schlafzimmers und fuhr sich mit der Hand über den Mund. Wollte sie sich etwa mit ihrem Körper aus der Putzaktion freikaufen? Glaubte sie ernsthaft, er würde darauf reinfallen? Erinnerungen an Rachel stolzierten durch seinen Kopf.

Die Prinzessin hatte wohl beschlossen, dass dies einfacher wäre als ein ehrlicher Arbeitstag beim Saubermachen seiner Bude. Schade nur, dass sie ihn nicht kannte.

Sie bietet dir gerade an, dich sehr *gut kennenzulernen.*

Kommt nicht infrage. Er war nicht mehr derselbe Idiot, der er bei Rachel gewesen war.

Er ging auf das Bett zu. »Wer hat in meinem Bettchen geschlafen?«, fragte er lautstark.

Cassidy schreckte hoch, als stünden die Laken unter Strom. Ihre Haare flogen in einem Wirrwarr aus Wellen um ihren Kopf.

In einem sexy Wirrwarr aus Wellen.

Verdammt.

»Häh?« Sie blinzelte ihn aus diesen grünen Augen an.

Doppelt verdammt. Das war keine Masche; sie war zu schlaftrunken, um ihn verführen zu wollen.

»Ich habe gefragt, wer in meinem Bett geschlafen hat.«

»Ich?« Ihre Augen weiteten sich. »Oh Gott. Es tut mir leid.« Sie krabbelte hastig aus dem Bett. »Es tut mir so leid. Ich weiß nicht, was ich mir dabei gedacht habe. Also doch, offensichtlich dachte ich, ich könnte kurz ein Nickerchen machen, aber da du jetzt hier bist ...«

Sie warf ihre Haare mit dem Unterarm nach hinten, und sie legten sich wie eine flauschige Wolke in ihren Nacken – eine Wolke, in die er am liebsten seine Finger vergraben hätte ...

Verdammt. *Dreifach* verdammt.

Er trat einen Schritt vom Bett zurück. Und sicherheitshalber noch einen. Er versuchte, eine gute Tat zu vollbringen und der Frau zu helfen, und ihre Sexyness verfolgte ihn wie eine Regenwolke. »Und, wurde heute irgendwas geputzt?«

»Ich habe die Küche gemacht, das Wohnzimmer, dein Bad, und ich war hier drin am Putzen, als ...«

»Als du beschlossen hast, Goldlöckchen zu spielen?«

»Habe ich nicht. Ich dachte nur, ich würde ...« – sie gähnte – »... kurz für fünf Minuten wegnicken.«

Er betrachtete das Chaos auf ihrem Kopf und ihre schläfrigen, verquollenen Augen. »Ich tippe eher auf die Option ›ein bisschen länger‹.«

Sie zuckte zusammen und kratzte sich am Kopf. »Es tut mir leid. Ich hatte wirklich nicht vor, dass du mich auf deinem Bett vorfindest.«

Jeder wusste, dass der Weg zur Hölle mit guten Vorsätzen gepflastert war, und sie zerrte ihn praktisch genau diesen Weg hinunter.

»Oh, Liam, ich hatte gehofft, ich könnte dich um einen Gefallen bitten.«

Natürlich. Genau wie Rachel. Wenn er jemals aufhören würde, mit seinem Schwanz zu denken, würde ihm wieder einfallen, dass er Frauen wie Rachel und Cassidy nicht trauen konnte. Das schien seine dämliche Libido allerdings nicht davon abzuhalten, sie trotzdem zu wollen. Verdammte Libido.

»Ich werde es dir zurückzahlen. Versprochen.«

»Hör zu, Schätzchen, in *meiner* Welt dreht sich nicht alles um Geld.«

Sie zuckte zusammen, und er, Idiot, der er war, fühlte sich schlecht deshalb. Vielleicht lag es daran, dass Rachel nie zusammengezuckt war. Nicht ein einziges Mal, also hatte es für ihn nie einen Grund gegeben, sich schuldig zu fühlen. Ihr Anspruchsdenken hatte ihn einfach nur wütend gemacht. Es wäre leichter, wenn Cassidy ihn wütend machen würde, aber nein. Bei ihr bekam er Schuldgefühle.

»Ich ... es tut mir leid. Ich wollte dich nicht beleidigen. Ich wollte nur, dass du weißt, dass ich nicht erwarte, dass du Dinge für mich tust, bloß weil du nett genug dazu bist. Ich werde es dir zurückzahlen. Versprochen. Es ist nur so, dass der Tag heute ... nun ja, ich bin gerade nicht ganz auf der Höhe. Es war irgendwie hart, weißt du?«

»Ja.« Er wollte nicht, dass sie ihn weichklopfte, aber offenbar hatte er über sein Mitgefühl genauso wenig Kontrolle wie über seine dämliche Libido. »Also, was ist dein Gefallen?«

»Ich habe mich gefragt, ob ich mir deinen Truck leihen könnte.«

»Du willst, dass ich dir meinen Truck leihe?«

»Nur für ein oder zwei Stunden.«

»Wofür?« Was wollte eine Frau wie sie mit einem *Truck*? Und wusste sie überhaupt, wie man so was fährt, oder war sie nur Chauffeure gewohnt? Er würde ihr sicher nicht seinen Truck geben, damit sie ihn gegen den nächsten Baum setzte.

Sie drehte den Kopf so ruckartig nach links, dass ihr das Haar ins Gesicht flog. »Es ist für, ähm ...« Mit einem tiefen Seufzer strich sie sich die Haare hinter das Ohr und sah ihn direkt an. »Es ist für meine Möbel.«

»Ich dachte, du hättest gesagt, du wärst nur mit den Kleidern an deinem Leib abgehauen. Und deinen Malsachen natürlich. Die liegen in meinem Truck, zusammen mit deinem Werkzeug. Oh, und ich habe ein paar Sachen für dich zum Anziehen mitgenommen.« Die Unterwäsche war ein Problem gewesen, aber er hatte die Zähne zusammengebissen und einfach eine Handvoll gegriffen, *ohne* den Rest ihrer Schubladen zu durchwühlen – immer noch besser, als zu wissen, dass sie ohne in seinem Haus herumlief. »Da war ein Stapel Kleidung unten in deinem Schrank, an dem keine Etiketten waren, also dachte ich mir, dass dein Vater die nicht nachverfolgen kann.«

»Oh wow. Das ist so lieb von dir. Vielen, vielen Dank!« Sie umarmte ihn.

Sie *umarmte* ihn. Als wären sie beste Freunde.

Oder mehr.

Der Moment wurde schlagartig unangenehm. Besonders als seine Hände – die offenbar genauso wenig unter seiner Kontrolle standen wie seine Libido oder sein Mitgefühl – sich an ihre Taille stahlen und dort verharrten.

Ihr Lächeln verschwand.

Sein Magen zog sich zusammen. Er musste loslassen. Zurücktreten. Weggehen.

Er tat es nicht.

Sie feuchtete sich mit der Zunge die Lippen an und legte den Kopf schräg, wobei sie ein langes Stück verlockender Haut entblößte, das von ihrem Ohr über den Hals bis zur Schulter verlief, wo das Shirt nur noch lose am Ansatz ihres Arms hing. Wenn er nur ein kleines Stück davon zwischen die Zähne nähme und daran zöge …

»Ich, äh …« Sie ließ seine Schultern los. Vielleicht nur einen Finger nach dem anderen, aber immerhin, sie ließ los.

Sollte er besser auch tun.

Er warf noch einen letzten, langen Blick auf die Kurve ihres Halses und nahm die Hände von ihrer Taille. Er machte ebenfalls einen Schritt zurück. »Ich hol deine Sachen.«

Dann verschwand er verdammt noch mal aus seinem Schlafzimmer, bevor er etwas tat, womit sie beide für ein paar Augenblicke glücklich sein mochten, was sie aber letztendlich langfristig bereuen würden.

Sie hätte ihn beinahe geküsst – und sie war sich ziemlich sicher, dass er sie auch hatte küssen wollen. Als ob das Ganze dadurch nicht schon kompliziert genug wäre …

Sie fühlte sich zu ihm hingezogen. Von wegen falscher Ort, falsche Zeit … Ihr Ziel war es, auf eigenen Beinen zu stehen. *Für sich* zu sein. Es *alleine* zu schaffen. Das hier war nur vorübergehend. Nur so lange, bis sie ein oder zwei Möbelstücke verkauft hatte und genug Geld für eine Wohnung besaß. Sie brauchte nur ein wenig Zeit, um wieder auf die Füße zu kommen, und dass er ihr den Boden unter selbigen wegzog, war nicht Teil des Plans.

»Komm, Titania.« Der Hund hatte sich auf dem Kissen zusammengerollt und nicht einmal gebellt, als Liam reingekommen war, die Verräterin. »Verschwinden wir hier, bevor er zurückkommt.« *Und* bevor sie das bisschen Kraft verlor, das sie dazu gebracht hatte, seine Schultern loszulassen. Seine großen, breiten Schultern –

Ja, sie sah zu, dass sie da rauskaum.

Er war nicht weniger anziehend, als sie ihn im Wohnzimmer traf.

»Der Raum sieht gut aus. Hast du prima gemacht.«

»Freut mich, dass es dir gefällt.« Wenn er nur wüsste, wie viel Mühe sie sich gegeben hatte. Sie hätte fast Glasscherben vom Konsolentisch aufsammeln müssen, als Titania beim Wischen helfen wollte. Und dann hatte sie diesen Tisch dreimal polieren müssen.

Ja, dreimal. Zuerst waren Schlieren auf dem Glas, also putzte sie es erneut. Noch mehr Schlieren. Schließlich las sie das Kleingedruckte auf der Dose, nur um festzustellen, dass sie Holzpolitur benutzt hatte, die nicht für Glas gedacht war.

Danach hatte sie die Glaspolitur in diesem gruseligen Etwas suchen müssen, das er Schmutzschleuse nannte und das vollgestopft war mit Gerätschaften, Schläuchen und viel zu vielen Chemikalien für ihre empfindliche Haut, bis sie schließlich Glück hatte und eine Schachtel Gummihandschuhe und Glasreiniger fand.

Dann folgte die ganze »Was-benutze-ich-im-Bad-und-funktioniert-das-auch-in-der-Küche«-Untersuchung, gefolgt von einer Analyse über Nass- und Trockenmopps. Die Sache mit Schimmel und Mehltau hatte ihr den Magen umgedreht. Wenn sie erst ihre eigene Wohnung hatte, würden dafür drei Flaschen Reinigungsmittel, ein Mopp und ein Staubsauger reichen müssen. Alles andere war übertrieben. Wer hatte schon die Zeit oder das Geld für sechs verschiedene Flaschen, einen Mopp für Fliesen, einen Sauger für Hartholz, einen Sauger für Teppich und irgendeinen seltsamen Aufsatz für Treppenstufen? Gott sei Dank waren seine Stufen aus Schmiedeeisen und der Staubwedel reichte dafür aus, denn sie war sich nicht sicher, wie man all diese Aufsätze überhaupt zusammensteckte.

»Wo soll das hier hin?« Er hielt die Tasche hoch, die in ihrem Schrank gestanden hatte. Ein kluger Zug von ihm, denn Dad würde nicht merken, dass diese Klamotten fehlten.

Sie war sich bloß nicht sicher, ob sie sie in Liams Gegenwart tragen konnte, ohne sich unwohl zu fühlen. Es waren ihre Malsachen. Sachen, in denen ihr Dad sie niemals in der Öffentlichkeit hätte sehen wollen, was der halbe Grund für den Kauf gewesen war. Der andere war gewesen, dass sie das krasse Gegenteil von dem waren, was sie sonst trug, und sie sich rebellisch gefühlt hatte. Dieser ganze Ausflug zum Flohmarkt mit Stacey war rebellisch und ein Riesenspaß gewesen. Diese Kleider zu tragen hatte sie glücklich gemacht.

Dieses Gefühl konnte sie jetzt gut gebrauchen.

»Ich schätze, in mein Schlafzimmer.« Welches auch immer das war. Es gab noch eins im Erdgeschoss neben seinem und zwei oben. Der gesunde Menschenverstand sagte ihr, sie solle das unten nehmen, weil es auf der Hauptebene lag, aber der Selbsterhaltungstrieb riet dazu, nach oben zu ziehen.

Er machte es nicht besser, indem er sie einfach nur anstarrte.

»Oder ...« Sie hatte ihn bereits nach dem Truck gefragt; sie sollte jetzt reinen Tisch machen. »Wie wäre es mit der leeren Seite deiner Garage? Ich hatte gehofft, ich könnte sie als Lager und vorübergehendes Atelier nutzen. Ich habe noch ein paar Stücke in einem Lagerhaus, die gestrichen werden müssen, und sobald mein Vater von dessen Existenz erfährt – falls er es nicht schon weiß –, wird er es versiegeln lassen und ich sitze auf dem Trockenen. Daher brauche ich auch deinen Truck. Ich lege eine Plane aus, damit du dir keine Sorgen um den Boden machen musst, außerdem wären der Geruch und der Dreck draußen. Je früher ich an den Möbeln arbeiten kann, desto eher kann ich etwas verkaufen und anfangen, dich dafür zu bezahlen, dass du mich aufgenommen hast. Du wirst gar nicht merken, dass ich da bin, und ich fall dir nicht zur Last, also wäre es wirklich kein großer Umstand ...«

»Stopp.« Liam hob die Hand. »Hol erst mal Luft, bevor du mir hier wegkippst. Ich brauche nicht auch noch eine Fahrt ins Krankenhaus.«

Anstatt tief durchzuatmen, schluckte sie ihre Panik hinunter. Sie hatte verzweifelt geklungen, wie sie alles auf einmal aus sich herausgesprudelt hatte, aber sie brauchte sein Einverständnis für ihren Plan, sonst säße sie hier noch ewig fest.

»Schön. Du kannst den Truck haben. Aber ich lege Polster hinten rein. Ich will keine Kratzer auf der Ladefläche. Schaffst du es überhaupt, die Möbel ohne meine Hilfe einzuladen?«

Oh Mist. Daran hatte sie nicht gedacht. »Nun ja ...«

Er atmete schwer aus und wischte sich mit dem Arm über die Stirn. »Ja, dachte ich mir.« Er stellte die Tasche an der Wand auf den Boden und stemmte die Hände in die Hüften. »Und von wie vielen Stücken reden wir? Kann ich den Truck überhaupt noch in der Garage parken, wenn das dein Kunstatelier wird?«

»Kannst du. Es sind nicht so viele. Vielleicht ein halbes Dutzend.«

»Okay. Na gut. Fahren wir nach dem Abendessen.«

»Abendessen?«

»Ja, du weißt schon. Die Mahlzeit am Ende des Tages? Das Ding im Schongarer?«

Der Schongarer. Oh. Mist. Den hatte sie völlig vergessen. »Ähm, Liam, was das angeht ...«

Er hob abwehrend eine Hand und atmete aus. »Ich mach den Reis dazu. Je schneller wir hier wegkommen, desto eher verhindern wir, dass dein Vater dein Geheimversteck findet.«

War das derselbe Typ, der sie verspottet und *Prinzessin* genannt hatte? Derselbe, der all den Klatsch über ihr Leben geglaubt hatte? Und doch war er jetzt nett zu ihr, nahm sie auf und wollte es ihrem Vater heimzahlen. Das könnte für den Kerl das berufliche Aus bedeuten, falls Mitchell es jemals herausfand.

Wenn er nicht vorsichtig war – verdammt, wenn *sie* nicht vorsichtig war –, könnte sie sich am Ende noch in Mr. Liam Manley verlieben.

»*Das* hier wolltest du retten?« Liam stand nach ihrem hastigen Essen mit offenem Mund im Eingang ihres Lagerabteils. »Prinzessin, ich sage es dir ja nur ungern, aber das Zeug wird dir niemand abkaufen. Das ist ... nun ja ... das ist Schrott.« Er rieb sich die Nasenwurzel. »Ich will nicht hart klingen, aber das sieht aus wie Schei— äh, Mist. Alt. Heruntergekommen. Damit wirst du kein Geld verdienen.«

»Ich möchte betonen, dass das Stück, das ich gerade erst verkauft habe, in einem schlechteren Zustand war als die meisten hier, und es ist für eine fünf-stellige Summe weggegangen.«

»Das ist dein Ernst?«

»Echt jetzt.«

»Und wo ist das Geld? Warum kannst du das nicht nutzen, um dein neues Leben in Gang zu bringen?«

Jetzt holte sie doch tief Luft. Und gleich noch mal. »Ich habe den Scheck eingezahlt. Auf ein Konto bei der Kreditgenossenschaft der Firma meines Vaters. Du weißt schon, das Konto, an dem meine EC-Karte hängt. Und da Dad nicht glaubte, dass Malen und – Gott bewahre – das *Verkaufen* meiner Bilder standesgemäße Beschäftigungen sind, hat er das Stück zurückgekauft, als er davon erfuhr. *Und* er hat verlangt, dass ich auf meine Provision verzichte. Also ja, das Konto ist zu.«

»Du machst Witze.«

»Sehe ich aus, als würde ich Witze machen? Würde ich bei dir einziehen, einem wildfremden Mann, wenn ich Witze machen würde?«

Er fuhr sich mit der Handfläche übers Gesicht. »Wohl eher nicht, aber verdammt.«

Sie atmete aus. »Schon krass, oder? Ich kann nicht fassen, dass er das getan hat.« Oder dass sie es nicht hat kommen sehen. Warum, oh warum hatte sie nicht ihr eigenes geheimes Bankkonto eröffnet? Im Nachhinein ist man immer schlauer. All ihre leichtsinnigen Bemühungen, mit ihren Freunden und deren Familien mitzuhalten ... Hätte sie doch nur vorausgeplant.

Hätte sie ihren Vater doch nur früher so gesehen, wie er wirklich war.

»Ich kann nicht fassen, dass er dachte, die Möbel wären keine gute Idee. Die Leute lieben so was.«

»Ich weiß. Es gibt einen Markt für meine Arbeit. Ein paar Scharniere, ein, zwei Hammerschläge und eine gute Schicht Farbe können ein altes Möbelstück in etwas Nützliches und Dekoratives verwandeln. Nur weil etwas alt ist, heißt das nicht, dass es zum alten Eisen gehört.«

»Da sagst du was. Ich kaufe alte Häuser, richte sie her und verkaufe sie weiter. Davon kann ich ganz anständig leben.«

Genau so hatte ihr Vater auch angefangen. »Was ist mit der Reinigung? Ich dachte, das wäre dein Job.«

»Äh, nun ja, ja. Das mache ich auch. Um meiner Schwester auszuhelfen.«

Was für ein netter Typ. Und fleißig noch dazu. Und dann war da noch diese Sache mit seinem Aussehen ...

Ja, sie sollte wirklich aufpassen, sonst könnte sie sich sehr leicht an ihn binden, und was würde dann aus ihren großen Zukunftsplänen werden? Liam war sowohl zum richtigen als auch zum falschen Zeitpunkt aufgetaucht.

»Hast du dein eigenes Haus auch selbst gemacht?«

Liams Rücken wurde ein Stück gerader, er drückte die Brust etwas mehr heraus. »Habe ich.«

Er hatte allen Grund, stolz zu sein. »Du leistest tolle Arbeit, Liam. Ich meine, ich weiß zwar nicht, wie dein Haus aussah, bevor du es gekauft hast, aber du hast einen tollen Geschmack.«

Ein kurzer Ausdruck von irgendetwas huschte über sein Gesicht, aber er überspielte es mit einem Schulterzucken, bevor sie deuten konnte, was es bedeutete. »Ich such mir einfach aus, was mir gefällt.« Er räusperte sich. »Sollen wir dann mal loslegen, bevor dein Vater auftaucht?«

Ein ganz fettes Ja zu diesem Punkt. »Schnappen wir uns zuerst die Kredenz, aber sei vorsichtig mit dem Vorderbein. Das hängt nur noch an einem winzigen Stück Gewinde der Schraube.«

Er zog eine Augenbraue hoch. »Und du dachtest echt, du kriegst das Ding allein in den Truck?«

»Ich habe nicht nachgedacht, okay?« Offensichtlich über so einiges nicht. »Außerdem falle ich dir schon genug zur Last, da wollte ich nicht auch noch fragen. Ich hätte schon eine Lösung gefunden.«

»Und hättest es dabei erst recht kaputt gemacht. Was hättest du dann davon gehabt?«

Sie klappte die Schranktür auf, die mit einem schiefen *Plopp* auffiel. »Schlimmer als jetzt konnte es ja kaum werden.«

Er starrte das Möbelstück für ein oder zwei Sekunden an, dann sah er sie an. Da war etwas in diesem Blick ... Wagte sie zu hoffen, dass es Bewunderung sein *könnte*?

»Ich bin echt gespannt, wie das aussieht, wenn du fertig bist. Wenn du aus diesem Haufen Schrott echt was machst, das fünfstellig wert ist, schulde ich dir ein Abendessen.«

»Die Wette gilt.«

»Das heißt aber auch: Wenn nicht, schuldest *du mir* ein Essen.«

»Ich mach mir keine Sorgen.« Das tat sie in der Tat nicht, denn so oder so würde sie mit Liam Manley essen gehen.

Wobei ihr *das* vielleicht eher Sorgen bereiten sollte.

Liam behielt den Rückspiegel fest im Auge, als er heute zum dritten Mal von seinem Haus wegfuhr. Die Prinzessin hatte sich in seiner Garage eingenistet, die Plane auf dem Boden – für die sie ihm ebenfalls etwas schuldete –, ihre Möbel um sie herum verteilt. Der Ausdruck in ihrem Gesicht war einer, den er eher an einem Ausverkaufstag in der Mall erwartet hätte, nicht angesichts eines Haufens kaputter Holz- und Marmorstücke, die beachtliches handwerkliches Geschick und verdammt viel künstlerisches Talent erfordern würden. Er brachte es nicht übers Herz, ihr zu sagen, dass der Grund für den fünfstelligen

Betrag ihres letzten Stücks wohl eher etwas mit dem Namen ihres Vaters zu tun hatte als mit dem Kunstunterricht in einem Internat.

Er hoffte, sie würde nicht mehr bei ihm wohnen, wenn sie diese Erkenntnis einholte. Er wollte seine Standhaftigkeit nicht gegen die Tränen einer Frau testen; er bezweifelte, dass er so immun war, wie er es gerne wäre.

Gegen ihr Lächeln war er definitiv nicht immun. Oder gegen ihre nachdenklichen Blicke, wenn sie die Kommode aus jedem Winkel begutachtete. Oder gegen das sexy Heben ihres Kinns, während sie mit dem Stiel eines Pinsels dagegen tippte.

Zum Glück blickte er in diesem Moment gerade nach vorne – gerade noch rechtzeitig, um einem Baum auszuweichen, der nur noch etwa fünfzehn Zentimeter von seiner Stoßstange entfernt war.

Er riss das Steuer herum und verfluchte sich dafür, dass er sich ablenken ließ. Er sollte sich mal untersuchen lassen.

Normalerweise würde er jetzt einen seiner Brüder besuchen, aber er hatte keine Lust auf deren Blicke. Auf die Vorträge. Sie hatten sich schon genug von seinem Gejammer anhören müssen, als Rachel ihre Nummer abgezogen hatte; er wollte nicht schon wieder mit eingezogenem Schwanz zurückgekrochen kommen, nur wegen eines umwerfenden Lächelns und dieser verdammt mutigen Entschlossenheit, die er Cassidy Davenport niemals zugetraut hätte.

War ja klar. Die einzige High-Society-Tussi, mit der er festsaß, begann gerade, das Klischee zu widerlegen.

Kapitel Zehn

Ein T-Shirt mit rosa Strasssteinen, weiße bestickte Caprihosen, eine schwarze Yogahose, ein langer, fließender Batik-Kaftan, bei dem ihr Vater wahrscheinlich befehlen würde, ihn zu verbrennen, Hotpants, bei denen er es *definitiv* tun würde, und eine Lederjacke, die aussah, als käme sie direkt von einem Mädel aus einer Motorradgang ... Cassidy lächelte, während sie die Outfits, die Liam ihr mitgebracht hatte, aus der Tasche zog, und versuchte, wegen seiner Aufmerksamkeit nicht ganz kribbelig zu werden.

Doch als sie auf das pfirsichfarbene Nachthemd, den blauen Seidenmorgenmantel und die schwarzen Stilettos mit den Knöchelriemen stieß, verlor sie diesen Kampf. Nur war es ein Kribbeln der anderen Art. Die Vorstellung, wie er diese seidigen Dinger angefasst hatte, löste in ihrem Inneren etwas herrlich Ungezogenes aus.

Keine gute Idee. Du wolltest auf eigenen Beinen stehen, weißt du noch? Keine Männer. Nicht dein Vater, kein Sugar-Daddy und kein Freund. Diese Zeit ist für dich. Es geht um dich. *Denk daran.*

Sie versuchte es ja, aber er musste ja unbedingt so verdammt nett sein, abgesehen davon, dass er so sexy war.

Titania kläffte an ihrem Knöchel und sprang ihr dann ans Knie. Die Malteserdame war normalerweise ein perfekt erzogenes kleines Fräulein, außer wenn sie Hunger hatte.

»Ist es Zeit für das Abendessen, Titania?« Cassidy fühlte sich ohne ihr Handy nackt. Sie konnte nicht glauben, dass ihr Vater es abgeschaltet hatte. Und er das Auto hatte einziehen lassen. Und sie mit nichts als der Kleidung am Leib hatte gehen lassen.

Sie sah auf den Haufen in der Kommode in ihrem Zimmer und lächelte. Ein Dilemma war gelöst. Dafür hätte sie Liam am liebsten umarmt.

Unter anderem aus anderen Gründen.

Titania kläffte erneut.

»Schon gut, schon gut.« Cassidy schob den Gedanken für eine Weile beiseite, schloss die letzte Kommodenschublade und ging in die Küche, um die Hundefuttertüten zu suchen, die sie von zu Hause mitgebracht hatte. Sie machte Bestandsaufnahme. Es war noch genug für etwa eine Woche da. Das ließ ihr nicht viel Zeit, die Kredenz fertigzustellen, wenn sie sie für das Geld für Hundefutter verkaufen wollte. Ein straffer Zeitplan für einen normalen Tag, und das auch nur, *falls* Jean-Pierre überhaupt in *Betracht* ziehen würde, ein weiteres ihrer Stücke anzunehmen. Was voraussetzte, dass sie all ihren Mut zusammennahm, die Demütigung über die Eskapaden ihres Vaters hinter sich ließ und ihn anflehte, den Zorn ihres Vaters zu riskieren.

Und *falls* er tatsächlich zustimmte, musste sie beten, dass sich die Kredenz so schnell verkaufen würde wie die Truhe.

Das waren eine Menge *Wenns*. Und ihre gesamte Zukunft – wie auch die von Titania – hing davon ab.

Also setzte sie sich ihre mit Strass besetzte Schutzbrille auf und machte sich an die Arbeit.

Ein paar Stunden später war sie über und über mit Sägemehl und getrocknetem Holzleim bedeckt und hatte die hängenden Scharniere an den Türen der Kredenz repariert. Das wackelige Bein drohte nicht mehr abzubrechen, und nach ein paar weiteren Durchgängen mit dem Fensterleder wäre das Stück bereit für den ersten Farbanstrich.

Cassidy nahm Brille und Staubmaske ab, strich sich ein paar verschwitzte, sägemehlverklebte Haare aus der Stirn und blickte nach draußen. Es war dunkel. Sie war immer wieder erstaunt, wie die Zeit verging, wenn sie ganz in ihrer Arbeit vertieft war.

Die arme Titania war in Liams Waschküche eingesperrt gewesen, seit sie hierhergekommen war. Gut, dass die Hündin dem Ruf der Natur gefolgt war, bevor Cassidy sie eingesperrt hatte, aber jetzt war Cassidy an der Reihe. Und sie sollte unter die Dusche gehen, um diesen Dreck loszuwerden.

Sie schaute durch das Garagentor nach draußen. Keine Spur von Liam. Gut.

Sie schaltete das Licht aus, streifte T-Shirt und Shorts ab, da sie keine Sägemehlspur bis ins Badezimmer ziehen wollte, und rannte in Unterwäsche zurück ins Haus.

Liam wusste wirklich, wie man seine Gäste behandelte – oder seine Leibeigenen –, aber sie würde sich davon nicht abhalten lassen, den Luxus einer Marmordusche mit Deckensprinkler und Massagedüsen für den ganzen Körper zu genießen. Nach dem miesen Tag, den sie hinter sich hatte, konnte sie ein bisschen Verwöhnprogramm gebrauchen.

Und als sie mit den Toilettenartikeln, die sie aus ihrem eigenen Bad stibitzt hatte, in den perfekt temperierten, pulsierenden Wasserstrahl trat, fühlte es sich an, als würde sie in den Himmel steigen.

Liam hingegen befand sich in der Hölle.

Er war aus seinem Truck gestiegen – direkt auf einen Kleiderhaufen.

Cassidys Kleider.

Die, die sie vorhin getragen hatte.

Es gab nur einen Grund, warum eine Frau ihre Kleider mitten in einer Garage fallen ließ, besonders wenn sie mit Sägemehl bedeckt waren.

Sie rannte nackt in seinem Haus herum. Oder in Unterwäsche, was – ernsthaft – auch nicht besser war.

Was hatte er getan, um diese Qual zu verdienen? Er hatte versucht, etwas *Gutes* zu tun, und jetzt zahlte er den Preis der Verdammten. Gott steh ihm bei.

Er drückte sich auf den Nasenrücken, ging um die Vorderseite seines Trucks herum in die Waschküche und machte dabei so viel Lärm wie möglich in der Hoffnung, dass sie ihn hörte und in ihr Zimmer oder ins Bad verschwand und sich wenigstens ein Handtuch umwickelte.

»Cassidy?«, rief er hinter der Zimmertür.

Nichts.

»Cassidy?«, rief er etwas lauter und spähte diesmal um den Türrahmen.

Immer noch nichts.

Er ging ins Haus und dann hörte er es.

Sie sang unter der Dusche.

Schief.

Na sieh mal einer an, es gab doch etwas, was man mit Papas Geld nicht kaufen konnte – die Fähigkeit, Töne zu treffen. Er mochte diesen Makel an ihr.

Aber er *wollte* überhaupt *nichts* an ihr mögen.

Sie traf eine hohe Note ... so ungefähr. Ein bisschen daneben, aber das brachte sie nicht zum Aufgeben.

Das mochte er auch an ihr.

Verdammt.

Er machte einen so großen Bogen wie möglich um die Tür zum Flurbad, da er daran vorbei musste, um in sein Zimmer zu gelangen, wo auch er duschen wollte.

Es entbehrte nicht einer gewissen Ironie, dass sie beide gleichzeitig nackt sein würden, aber Liam kannte den besten Weg, um Versuchungen zu widerstehen: die kälteste Dusche zu nehmen, die er kannte.

Leider konnte er sie immer noch singen hören, selbst als ihm das Wasser auf den Kopf prasselte.

Er versuchte, ihre Stimme mit Seife in seinen Ohren zu übertönen, aber diese Stimmlage von ihr ... die würde die Haare in seinem Nacken aufstellen lassen, wenn sie nicht nass wären.

Also wusch er sich so schnell wie möglich ab, brauchte etwas länger, um den ganzen Schaum aus den Ohren zu bekommen, wickelte sich ein Handtuch um die Hüften und warf sich eins über die Schulter. Er würde sich im Schlafzimmer abtrocknen, mit dem Badezimmer als Puffer zwischen ihnen.

Es war eigentlich der perfekte Puffer, da er keinen einzigen Ton hörte, während er seine Boxershorts aus der Kommode nahm.

Das hätte ihm ein Hinweis sein sollen.

Er hatte sich gerade abgetrocknet und die Handtücher auf das Bett geworfen, als er ein »Titania!« hörte, gefolgt von einem unterdrückten Schrei.

Er drehte sich um.

Großer Fehler.

Dort stand Cassidy, eingewickelt in ein Handtuch, das sie von der Brust bis zum Oberschenkel bedeckte, aber für seinen Geschmack immer noch zu nackt war, während er ... er *war* nackt.

»Ach du Scheiße.«

»Tut mir leid.«

»Was machst du—«

»Ich sollte gehen—«

»Ja. Gute Idee.« Er griff nach den Handtüchern und musste halb auf das Bett krabbeln, um die verdammten Dinger zu erwischen. Was ihr mehr zeigte, als ihm lieb war.

Er sah sie an. »Du kannst jetzt gehen, weißt du.«

»Äh, ja. Richtig. Mach ich. Es ist nur—«

Er setzte sich auf das Bett und klatschte das Handtuch auf seinen Schritt. »Prinzessin, falls es dir entgangen ist: Ich bin nackt.« Er wedelte mit dem Handtuch.

»Technisch gesehen bist du das jetzt nicht mehr, und ich glaube, Titania ist hier reingelaufen.«

»Ist das die beste Ausrede, die dir einfällt?«

Sie verdrehte die Augen. »Das ist keine Ausrede. Sie ist aus dem Badezimmer geflitzt und ich habe im vorderen Teil des Hauses nachgeschaut. Deine Wendeltreppe hat sie noch nicht gemeistert, und da sie vorhin hier drin bei mir geschlafen hat, dachte ich, sie wäre vielleicht hierhergekommen. Es würde helfen, wenn du deine Tür zugemacht hättest.«

Sie hatte recht. Er hätte sie auch abschließen sollen. Aber er war es eben nicht gewohnt, mit jemandem zusammenzuleben, und er *dachte*, er hätte sie zugemacht.

»Titania!«, rief er.

Unter seinem Bett war ein Scharren zu hören.

Natürlich war sie hier. Was für ihn noch mehr Qual bedeutete, als Cassidy auf alle Viere ging – erschießt mich jetzt –, um unter das Bett zu linsen. Wenn er in seinem Türrahmen gestanden hätte, würde er jetzt eine Höllenshow geboten bekommen.

»Komm schon, Titania. Komm raus da.«

Das Scharren bewegte sich in Richtung seines Kopfendes.

Natürlich.

»Titania!« Cassidy klatschte auf den Boden. »Komm her!«

Der Hund rührte sich nicht.

Liam verdrehte die Augen. Und stand auf. Und wickelte sich das Handtuch um die Hüften.

Er hielt seine Augen mühsam von der Rundung dessen fern, was sicher eine köstliche Kehrseite war, während das Handtuch fast darüber hochrutschte, und ließ sich neben Cassidy auf den Boden sinken. »Titania. Komm.«

Das kleine Fellknäuel kroch auf dem Bauch direkt auf ihn zu und leckte ihn an der Nase.

Er schlang seinen Arm um sie und zog sie unter dem Bett hervor, wobei er sie wie einen Football in Arm hielt, was bei ihrer Größe gut hinkam.

»Hier, bitteschön«, sagte er, als sie beide wieder auf den Beinen waren.

Cassidy nahm den Hund, wobei sie sie fast fallen ließ, als das Handtuch zu rutschen begann.

Liam wollte den Hund auffangen, erwischte eine Handvoll Brust und riss die Hand zurück, als hätte er sich verbrannt.

»Äh, tut mir leid. Das wollte ich nicht—«

»Ich weiß.« Cassidy hielt ihr Handtuch fest, während der Hund auf ihrem Arm balancierte, und es gab keinen Weg in der Hölle, dass Liam dieses Mal aushelfen würde.

Er drehte sich um. »Sag mir Bescheid, wenn du aus dem Zimmer bist.«

»Danke. Mach ich.«

Er hörte sie aus dem Zimmer rennen und holte tief Luft. Das war zu knapp gewesen. *Sie* war zu nah gewesen. Seine *Hand* war zu nah gewesen. Wie der Ständer unter dem Handtuch bewies. Und das Gefühl ihrer Brust in seiner Handfläche. Das würde man nur schwer wieder vergessen können.

Er schritt zu seinem Kleiderschrank – das Handtuch *sicher* um seine Hüften gewickelt – und schnappte sich ein T-Shirt, die Boxershorts, die er zugunsten des Handtuchs hatte fallen lassen, und ein Paar Basketball-Shorts.

Schade, dass er sich nicht für eine Ritterrüstung entschieden hatte, denn genau in dem Moment, als er auf dem Weg zur Küche an ihrer Tür vorbeiging, schoss der Hund aus ihrem Zimmer und ließ die Tür gerade so weit offen stehen, dass er sah –

Jetzt *war* sie nackt.

Sie hielt sich das Handtuch vor die Brust, sodass er nur einen seitlichen Blick auf ein langes, wohlgeformtes Bein erhaschte und auf einen Hintern, der, ja, köstlich war. Dann war da die schmale Taille, an der er vorhin seine Hände gehabt hatte, plus das zusätzliche Extra der Rundung ihrer Brust, ein

Anblick, den er wirklich nicht brauchte – sein Gedächtnis funktionierte auch so einwandfrei.

Leider funktionierte auch sein Schwanz. Er bekam in zwei Sekunden einen Ständer.

»Titania, komm zurück hierher!« Sie wirbelte herum, presste das Handtuch an ihre Brust und rannte zur Tür – nur um in dem Moment stehen zu bleiben, als sie ihn sah. »Oh.«

»Ja. Oh.« Er schaute hin. Er sollte nicht, aber er konnte nicht anders.

»Ich, äh, muss mich anziehen.«

»Ja. Das musst du.«

»Könntest du also, na ja ...« Sie wedelte mit den Fingern.

Ja. Er wusste Bescheid. Aber der Hund ruhte auf seinen Füßen.

Also hob er Houdini auf, wirbelte herum und trug den kleinen Kläffer – obwohl sie jetzt eher eine kleine Schleckerin war, die die Reste seiner Dusche von seinem Handgelenk aufleckte – hinaus in die Küche.

Er schnappte sich einen Behälter mit Grans Rindereintopf. Der kleine Unruhestifter würde heute Abend standesgemäß speisen. Einfach nur, weil ...

»Oh, du musst sie nicht füttern. Sie hat schon gefressen.«

Eine Cassidy mit klatschnassen Haaren kam in die Küche gelaufen, in einem Batik-Kleid, das an diesen verdammten Kurven viel zu sehr nach seinem Geschmack klebte – nun, das war nicht ganz die Wahrheit, aber der Anblick war gerade zu viel für ihn.

Dann bückte sie sich, um den Hund aufzuheben, und die Qual ging einfach weiter, als er einen direkten Blick vorn in ihren Ausschnitt werfen konnte.

Im Ernst, was war er? Achtzehn? Er sollte wirklich aufhören, sie anzuglotzen.

Aber warum zur Hölle konnte sie keinen BH tragen?

Weil du zufällig keinen eingepackt hast, als du ihre Dessous geholt hast.

Das Knurren der Töle war ein effektiver *Reiß-dich-zusammen*-Weckruf.

»Ich schätze, der Hund hat andere Pläne.«

»Sie hat einen Namen, weißt du. Titania.«

»Ich weiß. Ich habe ihn benutzt, weißt du noch? In meinem Zimmer. Als ich nackt war, erinnerst du dich?«

»Hör zu, ich habe gesagt, dass es mir leidtut. Wenn du die Tür abgeschlossen hättest, wäre das nicht passiert. Ich wusste nicht, dass du zu Hause bist.«

»Hey, schieb das nicht auf mich. Es ist mein Haus. Ich habe das Recht, nackt herumzulaufen, wenn ich will.«

»Warum warst du dann so völlig von der Rolle, als ich reinkam?«

»Hat es dir gefallen, wie ich bei dir reingeplatzt bin?« Er hoffte irgendwie, dass sie Ja dazu sagen würde.

Und mit dem *Warum* zu diesem Gedanken würde er sich später befassen.

»Hör zu, Liam. Es tut mir leid. Es tut mir leid, dass mein Hund in dein Zimmer gelaufen ist, und es tut mir leid, dass ich bei dir reingeplatzt bin. Es ist ja nicht so, als hätte ich es mit Absicht gemacht.«

»Und was ist mit den Klamotten, die in meiner ganzen Garage verteilt sind?«

»Sie sind nicht überall verteilt. Sie liegen auf einem Haufen, voller Sägemehl. Ich dachte nicht, dass es dir gefallen würde, wenn ich das Sägemehl durch dein Haus trage.«

Sie war rücksichtsvoll. Das war etwas, das er nicht vorhergesehen hatte. Wenn sie am Ende noch andere gute Eigenschaften hatte, würde es ihm schwerfallen, ihre Wirkung auf ihn zu ignorieren. »Solange du es wegräumst, kann ich nichts dagegen sagen.«

»Nun, du warst nicht da und ich fühlte mich nicht danach, noch mehr zu putzen, zusätzlich zur Arbeit an der Kredenz. Ich habe übrigens die Tür repariert. Sie funktioniert jetzt einwandfrei. Niemand wird jemals merken, dass sie es nicht tat. Falls es dich interessiert.«

Sie stemmte die Hände in die Hüften und legte das Kinn in den Nacken und—

Ja. Er *war* interessiert.

Cassidy blieb am Eingang des Supermarkts stehen und starrte. Im Ernst? Wie sollte sie hier denn irgendwas finden? Das letzte Mal, dass sie in einem Lebensmittelladen gewesen war, war, als das Kindermädchen krank gewesen war und der Koch noch ein paar Sachen in letzter Minute gebraucht hatte. Jetzt hatte sie eine Liste und etwas Bargeld, und sie sollte die Liste ans Bargeld anpassen.

Ihre Ausbildung an der Höheren Töchterschule hatte in Sachen Alltagstauglichkeit schwer versagt, aber sie strich sich eine Strähne, die sich aus dem Pferdeschwanz gelöst hatte, hinters Ohr und sah sich die Liste an, die Liam geschrieben hatte. Sie konnte das. Das war keine Raketenwissenschaft. Millionen Menschen machten das jeden Tag. Sie musste es irgendwann tun; also konnte es genauso gut jetzt sein.

Sie hatte sechzig Dollar für Dinge, die seine Großmutter nicht gebracht hatte. Sachen wie Milch, Eier, Käse und ... und sie hätte fast losgeheult, als sie das gelesen hatte – Hundefutter.

Selbst jetzt blinzelte sie ein paar Tränen weg. Sie würde nicht weinen. Liam, diese sarkastische Nervensäge, hatte ein Herz. Im Gegensatz zu ihrem Vater, dem Mann, dessen DNA sie in sich trug.

Gerade *wegen* dieser DNA würde sie das hier durchziehen. Und zwar mit Stil. Dad würde nicht sehen, wie sie scheiterte. Sie würde nicht kuschen und reumütig zu ihm zurückkriechen. Oder zu Burton. Sie stand auf eigenen Füßen. Naja, sobald sie Liam verlassen hatte, jedenfalls.

Mit geradem Rücken steuerte Cassidy den Kundenservice an. »Hallo. Ich wollte fragen, ob Sie mir helfen können.«

»Was brauchste?« Das Mädchen hinterm Tresen machte sich nicht mal die Mühe, aufzusehen. Gut. Cassidy wollte nicht erkannt werden. Nicht nur würde Dad wieder mal einen Tobsuchtsanfall kriegen, er wüsste dann auch, wo sie war.

Das Letztere war ihr wichtiger als das Erstere.

»Ich wollte fragen, ob Sie mir sagen können, wo ich Hundefutter und Eier und Milch und—«

»Molkerei ist in zwölf. Tiere sechs.«

»Entschuldigung, aber was heißt das?«

Das Mädchen sah endlich auf und hob eine gepiercte Augenbraue. »Gänge zwölf und sechs?«

»Oh. Okay.«

»Hey, bist du nicht irgendwer?«

Cassidys Magen *plumpste*. »Na klar. Sind wir das nicht alle?«

Das Mädchen richtete sich auf und klopfte mit dem Stift gegen den Tresen. »Nein. Ich meine, *irgendwer*. So berühmt oder so.«

Verdammt. Sie hatte die un-davenportigsten Klamotten aus dem Stapel un-davenportiger Klamotten angezogen, die Haare zurückgebunden und auf Make-up verzichtet. Sie sah überhaupt nicht mehr aus wie ihr früheres Klatschspalten-Ich. »Nö, sorry. Ich bin einfach nur ich.«

Die Lippen des Mädchens verzogen sich. »Also du siehst echt nach jemandem aus. Ich komm nur nicht drauf, wer.«

»Gänge sechs und zwölf, richtig?«, tippte Cassidy auf die Tresenkante. »Danke.«

Sie ging zuerst zum Hundefutter und schaffte es dann, innerhalb einer halben Stunde alles auf der Liste zu finden. Gar nicht mal übel für eine Anfängerin. Sie konnte das. Sie konnte die normalen, alltäglichen Dinge lernen, die für die meisten Menschen selbstverständlich waren, für die Leute aus dem Umfeld ihres Vaters aber »Leute« hatten.

Sie stand gerade an der Kasse, als dieses Hochgefühl über den Erfolg verblasste.

»Hast du von Mitchell Davenports Tochter gehört?«

Genauer gesagt, das Hochgefühl *kippte*. Weit über ein bloßes *Verblassen* hinaus.

»Meinst du die Hübsche, die dauernd in den Nachrichten ist? Mit dem Silberlöffel geboren und ein Leben wie im Märchen?«

Die andere Frau schüttelte den Kopf. »Nicht mehr.«

Cassidy konnte das Gesicht der Frau nicht sehen, aber sie hörte die hämische Freude in ihrer Stimme.

Ah. Eine Haterin. Davon war ihr in ihrem Leben schon mehr als eine begegnet.

»Was meinst du?«

»Hier. Schau dir das an.«

Klatschblätter am Supermarkt. Verdammt. Cassidys Hochgefühl verpuffte in einem *puff* aus Fremdscham.

»Ihr Alter hat sie rausgeschmissen. Sie muss jetzt allein klarkommen.«

»Wurde auch Zeit. Wie lange dachte die denn, dass dieser Selfmade-Mann weiter ihre Partyleben bezahlt? Mann, was ich drum geben würde, wenn mein Alter auch nur die Hälfte meiner Teenie-Partytouren finanziert hätte. Trotzdem, man muss schon Respekt haben vor 'nem Mädel, das's geschafft hat, ihren Vater noch zehn Jahre nach dem Abschluss zahlen zu lassen.«

»Die hätte sich 'nen Sugar Daddy suchen sollen, um die Tradition fortzuführen. In den Kreisen wär das doch nicht so schwer gewesen.«

»Die Nächste.«

Cassidy hörte ein Brummen im Kopf. Sie sah aufs Kassenband, in der Erwartung, dass irgendwas festhing und dieses gottverdammte Geräusch machte, aber sie sah nur die Kassiererin, die sie ansah.

»Die Nächste.«

Oh. Stimmt. Sie. Dieses Brummen war wahrscheinlich der Beginn einer ausgewachsenen Migräne.

»Das arme Baby durfte den Benz nicht nehmen. Und der Reporter hat sogar geschafft, das Auto zu knipsen.«

Cassidy zuckte zur Kasse, brachte es irgendwie fertig, ihre Hände mit ihrem Hirn zu koordinieren, um den Wagen aufs Band auszuräumen, und ihre Finger dazu, im Portemonnaie die sechzig Dollar aufzutreiben.

Der Gesamtbetrag lag bei zweiundsechzig, fünfzig.

Sie hatte es nicht.

Gott. Das war ihr noch *nie* passiert. Wo war denn dieser verdammte Silberlöffel, von dem die Frau geredet hatte? Sie würde ihn verkaufen, um diesen Einkauf zu bezahlen.

»Klar könnte ich mit so 'nem alten Kerl ins Bett gehen für sein Geld«, sagte die Haterin. »Ist ja nicht so, als wär's für ewig, weißte? Ein paar gute Os, und der Kerl kriegt 'nen Herzkasper und kippt mir weg. Dann gehört alles mir.«

»Schade, dass wir nicht in den Kreisen von der Davenport-Göre unterwegs sind. Ich wär nicht mal wählerisch, solange das Konto siebenstellig ist.«

Das machte die Frau zur Prostituierten, aber Cassidy hielt den Mund. Oh, nicht weil sie so ein weiser Mensch war, sondern weil, wenn sie ihn aufmachte, ziemlich sicher etwas rauskäme, das sie nicht sagen sollte.

So war sie nicht. So waren ihre Freunde nicht. Passierte das in ihrem Umfeld? Klar, aber das hieß nicht, dass alle die Moral einer Straßenkatze und das Gewissen eines Flohs hatten.

»Zweiundsechzig, fünfzig, bitte.« Die Teenagerin an der Kasse ließ ihr Kaugummi knacken.

Cassidy schüttelte den Kopf, um das Tohuwabohu von inneren Standpauken zu vertreiben, und konzentrierte sich auf die Summe. Was sollte sie tun? Sie hatte noch nie Lebensmittel zurückgegeben. Ging das überhaupt? Und war es eine Rückgabe, wenn sie's nie aus der Tüte nahm?

»Ähm, könnten Sie drei von den Hundefutterpäckchen runternehmen?« Titania würde dann eben mehr Rindereintopf und weniger Fertigfutter kriegen. Der Hund würde sich nicht beschweren.

Das Gör dagegen offensichtlich schon: Sie rollte die schwer geschminkten Augen und schnaufte so laut, dass die beiden Frauen es mitbekamen.

Sie drehten sich um. Und eine von ihnen bekam den Gesichtsausdruck, vor dem Cassidy sich gefürchtet hatte.

»Hey, du siehst diesem Davenport-Mädchen verdammt ähnlich.«

»Wer? Ich?« Cassidy konnte die Kassiererin nicht schnell genug bezahlen und die Tüten vom Kassenkarussell ziehen. »Das höre ich oft. Gegen ihr Bankkonto hätte ich allerdings nichts.«

»Heutzutage wohl eher nicht.«

»Wette, die kann sich nicht mal deine Einkäufe leisten.«

Genau so war es; konnte sie nicht.

Und es hatte es in die Klatschblätter geschafft. Jeder, den sie kannte, würde es wissen.

Cassidy riss die letzte Tüte praktisch vom Kassenkarussell und steuerte zur Tür, bevor die Frauen einen Blick auf ihre Ohrringe erhaschten. Die wären ein todsicherer Hinweis, und sie wollte nicht hier stehen und sich dafür entschuldigen müssen, mit einem Silberlöffel im Mund geboren worden zu sein, noch ihr Hohngelächter weiter anhören.

Gott, hätte sie Franklin doch früher im Leben kennengelernt. Die Lektionen seiner dreizehn kurzen Jahre waren für Cassidy mehr wert gewesen als jede Privatschulausbildung, für die ihr Vater bezahlt hatte.

Sie blinzelte die Tränen weg. Sie hatte Franklin kennengelernt, als sie anstelle ihres Vaters an einem Charity-Dinner für die Kinderstation des Krankenhauses teilgenommen hatte. Wieder eine Gelegenheit für Dad, sie stellvertretend für ihn vorzuführen.

Nicht, dass es sie gestört hätte. Sie hatte fast alle gekannt und die Gelegenheit gehabt, ihr neues Stella-McCartney-Kleid zu tragen und Champagner zu trinken—bis dahin ihre Grundnahrungsmittel.

Dann hatte Franklin neben ihr gesessen.

Der Junge hatte sie in etwa dreißig Sekunden für sich eingenommen und in den folgenden dreißig Tagen ihr Leben verändert. Er war in der Endphase seiner Behandlung gewesen, ohne Hoffnung auf Remission, aber fest entschlossen, der Welt seinen Stempel aufzudrücken. Er, der jeden Grund gehabt hätte, verbittert zu sein und das Leben aufzugeben—vom Krebs bis zu der Familie, die ihn an die Jugendbehörde abgegeben hatte, weil sie damit nicht zurechtgekommen war—, hatte sich geweigert. Er wollte es genießen, solange er konnte, und sich mit den negativen, kleinlichen Dingen aufzuhalten, war nur eine Verschwendung der ihm verbliebenen Zeit.

Cassidy hatte darauf geachtet, mindestens drei Mal pro Woche vorbeizuschauen, gegen Ende öfter. So viel Zeit mit ihm zu verbringen, hatte die ganzen albernen Zeitfresser wie Shoppen, Tratschen und »gesehen werden« in Perspektive gerückt.

Und dann war er fort gewesen.

Cassidy erinnerte sich an den Schmerz, als wäre es gestern gewesen. Als hätte man ihr das Herz herausgerissen und darauf herumgetrampelt. Als würde sie nie wieder zu Atem kommen. Der einzige Grund, warum sie wusste, dass sie es würde, war, dass sie dieselben Gefühle durchgemacht hatte, als Mom gegangen war.

Aber diese Frauen über sie reden zu hören—*laugh* über ihre harten Zeiten

... In solchen Momenten wollte sie dem Selbstmitleid nachgeben und einfach nur weinen. Aber dann erinnerte sie sich an Franklin, riss sich zusammen und machte weiter. Denn das, womit sie es zu tun hatte, war nicht so schlimm wie das, was Franklin durchgestanden hatte, und er war dem Selbstmitleid nicht erlegen.

Sie auch nicht.

Die Einstellung dieser Frauen, die Launen des Schicksals, die Heimtücke von Krankheiten und das Leben ... nichts davon war fair. Entscheidend war, wie sie damit umzugehen beschloss; das würde sie machen oder brechen. Und Cassidy würde sich, wie Franklin, *nicht* brechen lassen. Sie würde darüberstehen.

Sie hauchte einen Kuss gen Himmel—so tat sie es immer, wenn sie an Franklin dachte. Sie würde nicht zulassen, dass sein Tod umsonst gewesen war.

Sie holte tief Luft, schob die Frauen aus ihren Gedanken und ging zurück zu Liams Truck. Er hatte ihn ihr für den Tag geliehen, da er im Gebäude ihres Vaters eingespannt sein würde. Es war bittersüß gewesen, als sie ihn heute Morgen dort abgesetzt hatte, aber interessant war, dass sie keines der Gefühle von Traurigkeit oder Wut gespürt hatte, von denen sie gedacht hätte, sie wieder dort zu empfinden. Es war, als gehörte das Gebäude zu einem anderen Ort und einer anderen Zeit. Zu einer, in die sie nicht zurückwollte.

Sie verstaute ihre Einkaufstüten auf der Rückbank der viertürigen Kabine, dann stieg sie ein und erinnerte sich daran, wie Liam ihr geholfen hatte.

Verdammt, das ließ es in ihr kribbeln. Es war wirklich seltsam, wie schon der Gedanke, in seiner Nähe zu sein, neben ihm zu stehen, von ihm berührt zu werden ... Cassidy mit ihrer weiblichen Seite in Kontakt brachte, auf eine Weise, wie sie es mit Burton oder Carlton oder Helmsford oder irgendeinem der anderen Männer, mit denen ihr Vater sie hatte ausgehen lassen, nie gewesen war.

Sie verzog das Gesicht, als sie den Truck in den Gang legte. Auf den Veranstaltungen ihres Vaters hatte es immer irgendeinen passenden Kerl gegeben. Einen Vertreter einer anderen »gut erzogenen« Familie, um perfekten Nachwuchs zu zeugen. Sie hatte oft mit ihren Freundinnen gewitzelt, dass der Typ, der ihr ins Gebiss schaute, derjenige sein würde, den ihr Vater für sie zum Heiraten aussuchte.

So weit war Burton nicht gegangen, aber er war überhaupt nicht weit gegangen. Sie hatte es nicht zugelassen. Sie hatte kein Bedürfnis verspürt, mit ihm körperlich zu werden—ein grell blinkendes Neonzeichen dafür, dass er nicht der Richtige für sie war.

Was ist mit Liam?

Sie kurvte um einen herrenlosen Einkaufswagen, der über den Parkplatz rollte. Bei Liam war das anders. Er war ein netter Kerl, der ihr half—und höllisch sexy—aber er war eine vorübergehende Maßnahme. Ein Lückenbüßer.

Der darf meine Lücke jederzeit stopfen—

Oh, um Himmels willen. Cassidy stieß die Luft aus und riss den Truck demonstrativ nach rechts. Im Ernst? Musste ihr Unterbewusstsein so derb sein? So banal?

Hey, werd mit Liam ruhig derb und banal und schau, ob's dir nicht gefällt.

Da musste sie lächeln. Ja, das wäre ziemlich spaßig.

Aber sie hatte einen Job zu erledigen, und der bestand nicht darin, den Hausmeister zu vögeln, egal, wie heiß er war. Es gab Wichtigeres im Leben als Sex.

Aber es macht das Leben schon süß …

Sie fuhr vom Parkplatz und bog rechts in die Davenport Drive ein. Sie konnte ihrem Vater nicht mal entkommen, wenn sie ihm entkommen war. Da gab es den Davenport-Flügel der Bibliothek und die Davenport-Properties-Schilder zur Straßenreinigung und den Spielplatz, dessen Namen sie hatte in Franklin's Field ändern lassen wollen, aber er hatte sich geweigert. Natürlich. Nichts war ihrem Vater wichtiger als der Name Davenport.

Nicht einmal seine Tochter.

Sie bog schnell links in ein anderes Einkaufszentrum ein und wollte gerade hinten durch die Gasse zurückfahren—hauptsache weg von der Davenport Drive—, als ein Schaufenster ihr ins Auge sprang.

Pawn Shoppe.

Ein niedlicher Name für eine hübsche Lösung dieses Minus von 250,– Dollar.

Sie parkte davor und ging hinein, während sie unterwegs die Verschlüsse ihrer Ohrringe abschraubte.

· · ·

Liam las den kleinen Artikel in der Zeitung noch einmal, unter einem Foto von Cassidy in einem umwerfenden Abendkleid auf den Marmorstufen eines noblen Restaurants.

PRINZESSIN WIRD ZUR BETTLERIN

Die hiesige Society-Lady, Cassidy Davenport, lernt dieser Tage, dass das Gras auf der anderen Seite des Zauns längst nicht so grün ist wie die professionell gepflegten Rasenflächen ihres Hochhauses und Country Clubs.

Ein Insider berichtet, dass Ms. Davenports Vater, der renommierte Unternehmer Mitchell Davenport, sie aus ihrem Penthouse-Condo geworfen habe, wodurch sie gezwungen sei, sich unter die Massen zu mischen und einen Job zu suchen.

Freunde sagen, sie hätten zuletzt gestern Morgen vor der Räumung mit Ms. Davenport gesprochen. Seitdem habe niemand mehr von ihr gehört, was die Frage aufwirft, was ihr Vater ihr sonst noch aus ihrem Lebensstil gestrichen hat. Aus der Festung von Davenport Properties im Geschäftsviertel der Innenstadt ist bislang keine Stellungnahme erfolgt.

Stimmt das – oder ist es nur ein weiterer PR-Trick des Mannes, den viele wegen seines Marketinggeschicks und Unternehmergeists als den Höllenhund bezeichnen?

Und falls nicht, wie wird Ms Davenport sich in dieser Herausforderung schlagen? Wo wird sie wohnen? Was wird sie tun? Und wird sie so stilvoll aussehen wie auf diesem Foto von der Todd Best Art Show letzten Herbst?

Verdammte Aasgeier. Noch eine Demütigung für Cassidy. Und dann auch noch öffentlich. Arme Frau.

Ja, er hatte Mitleid mit ihr. Sollte er wahrscheinlich nicht, denn das Leben im Goldfischglas kam auch mit Millionen, schicken Autos und Luxusurlauben, aber er hatte gesehen, wie die Taten ihres Vaters sie verletzt hatten. Jetzt würde sie das alles noch mal durchmachen müssen, diesmal in dem Wissen, dass es für alle sichtbar draußen herumlag.

Er hoffte verdammt noch mal, dass sie nach dem Absetzen heute Morgen nach Hause gefahren war und nicht einkaufen, und so überhaupt nichts davon mitbekommen hatte. Vielleicht könnte er sie so sehr aufs Malen fokussieren, dass sie erst etwas davon erfuhr, wenn der Hype schon wieder abgeflaut war.

Dann sah er durch die Windschutzscheibe – und diese Theorie war im Eimer.

Cassidy war definitiv unterwegs – und geradewegs auf einen Pfandleihladen zu.

Als sie mit den Fingern an dem Eis an ihren Ohren nestelte, ahnte er auch warum, aber die Frau würde über den Tisch gezogen und um jeden Cent erleichtert, den sie nicht hatte. In den Pfandleihladen zu gehen war nicht wie zu einem Juwelier zu gehen. Nicht, dass ein Juwelier die besten Preise zahlte – wie er herausgefunden hatte, als er versucht hatte, das Armband zurückzugeben, das er Rachel gekauft hatte. Er hatte nicht annähernd bekommen, was er dafür bezahlt hatte, aber wenigstens hatte ihn das von Pfandleihen ferngehalten.

»Rechts ran, Jake«, sagte er zu seinem Kumpel, der fuhr. Jake war auf einer nahegelegenen Baustelle gewesen, und sie hatten beschlossen, schnell was zu essen zu holen.

»Danke. Ich besorg mir selbst eine Rückfahrt.« Er klemmte sich die Zeitung unter den Arm und sprang aus Jakes Truck, noch bevor der ganz stand, und war etwa dreißig Sekunden nach Cassidy an der Tür der Pfandleihe.

Er kam fast zu spät.

»Wie viel geben Sie mir für die?« Cassidy stand am Tresen.

»Hey.« Er legte seine Hand über ihre geöffnete Handfläche, auf der die zwei Brocken Diamant im Neonlicht glitzerten, während Vito sie ansabberte. Vermutlich das erste Mal in Cassidys Leben, dass in ihrer Gegenwart ein Kerl nach etwas anderem sabberte als nach ihr, aber Vito hatte ein Auge fürs Geschäft. *Sein* Geschäft. Und er war nicht im Geschäft, damit andere Leute Profit machten, weshalb dies der letzte Ort war, an dem Liam sie sehen wollte.

»Liam? Was machst du hier?« Sie krümmte die Finger unter seiner Hand. Die Diamanten waren fürs Erste sicher.

»Ich hab gesehen, dass du hier reingegangen bist, und wollte sicherstellen, dass du keinen Fehler machst.«

Äh oh. Falsche Wortwahl. Die Prinzessin wurde noch frostiger als die Klunker in ihrer Faust.

»Ich mache *keinen* Fehler. Ich weiß, was ich tue.«

»Nein, tust du nicht. Du willst die nicht an Vito verkaufen.«

»Natürlich nicht. Ich werde sie verpfänden.«

»Das willst du auch nicht.«

»Yo, Manley. Halt dich verdammt noch mal raus, Mann. Ich sag dir ja auch nicht, wie du dein Geschäft zu machen hast.« Vitos Testosteron ging auf Hochtouren.

»Ganz ruhig, Vito. Du nimmst ihr die Diamanten nicht ab.«

»Von wegen nicht. Wenn sie verkauft und die Dinger sind, was sie sagt, dann kauf ich.«

»Sie hat gerade gesagt, dass sie nicht verkauft.«

Vitos wurstdicker Finger schrammte fast an Liams Nase vorbei. »Ich mag dich, Manley. Deine Brüder auch. Und deine Schwester ...« Vito musste nichts sagen, damit Liam kapierte, was Vito von seiner Schwester hielt. »Aber das hier ist Geschäft. Also verzieh dich jetzt, oder ich muss meine Jungs rufen. Du willst nicht, dass ich meine Jungs rufe.«

Nein, das wollte Liam nicht. Er sah Cassidy an. »Können wir bitte darüber reden, bevor du das machst?«

»Warum? Du bist nicht mein Boss.«

»Genau genommen bin ich's schon. Und du bist auf der Uhr, also solltest du gar nicht hier sein. Ich könnte dich feuern.«

Ihre Augen verengten sich, und er stellte sich auf den Kampf ein. Er hob eine Augenbraue.

Sie sah ihn an, dann Vito. Sie zog ihre Hand unter seiner hervor und betrachtete ein paar Sekunden lang die Ohrringe.

Dann schloss sie wieder die Finger darum und steckte sie in die Hosentasche ihrer Shorts. »Okay, was willst du sagen?«

Er sah zu Vito. »Nicht hier.« Er packte sie am Oberarm. »Lass uns rausgehen.«

»Hurensohn«, murmelte Vito unter seinem Atem und schüttelte den Kopf, während er zu seinem Hinterzimmer ging. Dem innersten Hinterzimmer-Heiligtum, in dem wahrscheinlich an jedem beliebigen Tag ein, zwei Millionen gebunkert waren, zusammen mit Vitos bevorzugten Waffen. Sein Laden mochte in der guten Gegend liegen, der Name mit dem extra-»*pe*« am

Ende hübsch rausgeputzt, aber Tatsache war, dass dies Vitos Geschäftsadresse war, und dieses Geschäft war nicht immer so nett. Oder freundlich. Oder legal. Oder alles drei.

Liam führte sie nach draußen zu seinem Truck. Das war das letzte Mal, dass er ihr die Schlüssel gab. Hier hatte er sich über einen Unfall Sorgen gemacht und nie daran gedacht, dass sie selbst ein wandelnder Unfall war, der nur darauf wartete, den richtigen *Shoppe* zu betreten.

»Also, was hast du zu sagen, Liam?« Sie fuhr ihn mitten auf dem Parkplatz an.

»Könnten wir, äh, irgendwohin gehen, wo's weniger öffentlich ist?«

Sie sah sich um und warf die Arme weit. »Du willst Privatsphäre auf 'nem Parkplatz? Viel Glück damit.«

»Die wirst eher du brauchen.« Liam arbeitete sehr hart daran, die Nerven zu behalten. Er hatte keinen schlimmen; im Grunde hatte er *gar keinen* Jähzorn. Er war der entspannte Bruder.

Aber diesmal nicht.

»Gut, Cassidy. Dann wasch deine schmutzige Wäsche in der Öffentlichkeit. Die Schlagzeilen von heute Morgen, dass du aus deinem Zuhause geflogen bist, reichen dir also nicht, ja?«

»Erzähl mir nicht, dass du diese Schmierblätter liest. Jeder weiß, dass der Kram nicht stimmt.«

»Schmierblätter? *The Herald* ist kein Schmierblatt.«

»*Der ... The Herald*? Es hat's in *The Herald* geschafft?« Ihr Gesicht wurde kreidebleich.

»Du wusstest es nicht.« Scheiße. So hatte er nicht gewollt, dass sie herausfand, dass ihr Bild auf der Titelseite der Tageszeitung war, mit deutlich mehr als einer einzeiligen Bildunterschrift darunter. Er hätte am liebsten komplett verhindert, dass sie es erfuhr, aber Mitchell Davenport war in dieser Stadt eine große Nummer, und was er tat oder sagte, landete in der Zeitung.

Er hätte zu gern herausgefunden, woher der Reporter seine Infos hatte. War es Marco gewesen? Der Typ hatte so unschuldig gewirkt, aber vielleicht brauchte er das Geld, das so eine saftige Story einbringen würde.

»Bist du sicher, dass es im *The Herald* steht? Nicht nur in den Klatschblättern?«

Liam packte sie am Arm. »Hör zu, es ist egal, wo es steht. Der Punkt ist, du warst dabei, deine Seele und diese Diamanten an den Teufel zu verkaufen.«

»Ich habe sie nicht verkauft. Ich hab dir gesagt, ich hab sie verpfändet.«

»Kommt aufs Gleiche raus. Wenn du die fünf Riesen nicht hast, die er dir dafür geben würde—*wenn* du überhaupt so viel kriegst—jetzt, warum glaubst du, dass du sie hast, wenn die Zahlung fällig ist? Ganz zu schweigen von den Zinsen, die er dir draufhaut, wenn du zu spät bist. Bist du bereit, diese Ohrringe zu verlieren, nur um mir zu beweisen, dass du weißt, was du tust?«

Eine Vielzahl von Gefühlen huschte über Cassidys Gesicht, und Liam war sich nicht sicher, was er erwarten sollte, als sie sich schließlich zu einer klaren Reaktion verdichteten.

»Bitte sag mir, dass es nicht auf der Titelseite ist.«

Scheiße, Scheiße, Scheiße.

»Cass, fang damit gar nicht erst an. Vergiss einfach, dass ich was gesagt habe.«

»Liam, *sag* es mir.«

Wo war dieses Rückgrat gewesen, als ihr Vater sie rausgeworfen hatte? Hätte sie es damals schon gehabt, säße sie jetzt nicht in dieser Lage, und er könnte den verfluchten Tagesjob abstreifen, wenn er abends heimkam. Aber nein; kaum trat er über seine Schwelle, wurde er wieder mitten hinein in das Chaos gestoßen, das die Davenports in seinem Leben angerichtet hatten.

Er öffnete die Tür zur Fahrerkabine seines Pick-ups. »Steig ein, dann zeig ich's dir.«

Er wartete, bis sie eingestiegen war. Vielleicht war sie wegen der Schlagzeilen durch den Wind, aber wenn dieser Zornesnebel sich verzog, würde sie ihm dankbar sein, dass er sie nicht draußen hatte stehen lassen, wo sie jeder sehen konnte. Für das, was jetzt kam, sollte eine Frau ihre Privatsphäre haben.

Er zog ihr die Zeitung unter dem Arm hervor. »Hier.«

»Du mieser Hund.«

Er hätte nicht gedacht, dass ihr Gesicht noch blasser werden konnte.

Sie belehrte ihn eines Besseren, während sie den Artikel las. »Oh mein Gott. Dieses Miststück.« Sie ließ die Zeitung auf ihren Schoß fallen. »Und ich war gerade dabei, ...« Sie sah zurück zu Vitos Laden.

»Ja. Du warst kurz davor, Vito ganz genau wissen zu lassen, wer du bist. In dem Moment, in dem er's weiß, kapiert er, warum du das Geld brauchst, und passt seinen Preis entsprechend an. Das ist wie jede Verhandlung; du willst aus einer Position der Stärke heraus handeln. Wissen ist Macht, und in der Sekunde, in der Vito weiß, dass du verzweifelt bist, wird er dich runterhandeln. Und jetzt, wo ich dich da rausgezogen habe …« Er wollte am liebsten wieder rein und Vito drohen, er solle seine Klappe halten, aber das hätte Vito nur schneller zu den Klatschblättern getrieben. »Vito will auf jede erdenkliche Weise 'nen schnellen Dollar machen.«

Sie blinzelte schneller und starrte auf irgendetwas durch die Windschutzscheibe, aber sie sagte nichts.

Er wartete auf die Tränen. Sie würden kommen; sie kamen immer. Rachel war eine Meisterin darin gewesen, die Tränen in den Augen stehen zu haben und mit diesen großen, wässrigen Augen zu ihm hochzuschauen, und er war dahingeschmolzen …

»Also.« Cassidy atmete aus, und zu Liams Überraschung räusperte sie sich, *weinte nicht* und drehte sich zu ihm. »Was schlägst du vor, dass ich tue? Es ist ja nicht so, als könnte ich dreißigtausend-Dollar-Ohrringe online verkaufen und einen vernünftigen Preis dafür bekommen.«

Er brauchte einen Moment, um mit ihr mitzuschalten. Sie machte einen Schritt nach vorn. Sie suhlte sich nicht in dem Sumpf aus Schmerz und Wut, den sie fühlen musste.

Verdammt, die Frau konnte ihn überraschen.

»Warum nicht versuchen? Leute verkaufen Autos; warum nicht Schmuck? Ich wette, du bist nicht die Erste.« Dreißig *Riesen*? Sie hatte dreißig Riesen an den Ohren baumeln, und sie schnorrte bei ihm? »Weißt du, dreißig Riesen sind kein Pappenstiel.« Es sei denn, es sind Taschentücher aus Blattgold. »Du musst nicht für mich arbeiten.«

»Das ist *wenn* ich es überhaupt kriege, Liam. Haben Leute einfach so 30.000 fürs Onlineshopping rumliegen?«

»Guter Punkt.« Die, die sich die Ohrringe leisten konnten, gingen dafür wahrscheinlich nicht online. Die gingen zu ihrem persönlichen Juwelier. Wahrscheinlich gefahren von ihrem persönlichen Chauffeur. Nachdem sie in ihrem Club zu Mittag gegessen hatten. Auf einer Jacht.

Okay, der Groll nagte langsam an ihm. Dass Rachel abgehauen war, hätte seinem Selbstwert ganz schön zusetzen können, wenn er dieser Typ gewesen wäre, aber das war er nicht. Er stand gut da, und wenn das Rachel nicht gut genug gewesen war—na schön, zur Hölle, dann war sie auch nicht gut genug für ihn. Er brauchte keine Jacht. Er brauchte keinen Club. Er brauchte nur seine Freunde und Familie und dass sein Laden gut lief. Geld, so wichtig für die Rachels und Mitchell Davenports dieser Welt, war für ihn nicht das A und O.

»Nimmst du sie als Bezahlung?«

»Ohrringe? Was soll ich mit Diamantohrringen? Ich bin nicht so der Schmucktyp.«

»Nein, ich meine, würdest du sie nehmen und verkaufen, und dann sind wir quitt?«

»Du bist bereit, mir Ohrringe im Wert von 30.000 Dollar für Kost und Logis zu geben? Und ich darf behalten, was ich beim Verkauf raushole?« Er hob eine Augenbraue. »Im Ernst, Cassidy, so wirst du nie allein klarkommen, wenn du so unterwegs bist.«

»Ich—« Sie lehnte sich in den Sitz zurück und verschränkte die Arme.

Liam sah, wie ihr die Worte schon auf der Zunge schäumten, aber er hatte recht, und sie wusste es. Klar, er hätte den Schmuck genommen und einen netten Schnitt gemacht, aber auf den Stress hatte er keinen Bock. Es würde nur reichen, wenn Davenport sie als gestohlen meldete, und schon würde Liam die ganzen Fragen von hinter Gittern beantworten. Die 30.000 wären in einer Minute weg, wenn er Anwälte anheuern müsste, um Davenports ganzen Stall davon abzuwehren.

»Du hast recht. Ich sollte sie verkaufen, weil ich jetzt nie wieder zurückge-he.« Sie setzte sich im Sitz ein Stück aufrechter hin. »Aber ich hab null Plan, wie. Hilfst du mir?«

Er wollte Nein sagen. Wollte, dass sie es allein schaffte, aber in ihren Augen lag so viel Sorge und Hoffnung, dass er sich wie der größte Depp der Welt gefühlt hätte, wenn er ihr nicht half. Sich im Online-Bietsystem zurecht-zufinden, konnte schwierig sein, wenn man es nicht gewohnt war, und er hätte seine ganzen 30.000 Dollar darauf gewettet, dass Cassidy Davenport noch nie etwas online gekauft hatte. Warum auch, wenn sie nur den Juwelier anrufen und mit Daddys Namen um sich werfen musste? Das Zeug tauchte wahrscheinlich noch am selben Nachmittag auf, per Hand geliefert, in rosa gepolsterten Schachteln mit glitzernden Schleifen drum.

»Ja. Klar. Wenigstens krieg ich so mein Geld aus dir raus.«

»Keine Sorge, Liam. Ich habe vor, dir alles zu bezahlen.«

Er hatte nicht vorgehabt, so ruppig zu sein. Er war nicht herzlos, und sie ging gerade durch einen Haufen Mist. Vielleicht nicht seine Vorstellung von

Mist—30.000-Dollar-Notlösungen übersieht man nicht so leicht—aber es ging hier um Cassidy. An so was war sie nicht gewöhnt.

Und da bist du schon wieder und willst dich um sie kümmern …

»Und ich werde dein Haus so gut putzen, dass du vom Boden essen kannst.«

»Schon gut, ich bleib beim Tisch, aber nur zu, zeig mir, was du draufhast.«

»Hab ich vor.« Sie knüllte die Zeitung zusammen und schaute aus dem Fenster, wobei sie etwas murmelte, das verdammt nach »Du *und* mein Vater« klang.

Cassidy hatte in ihrem ganzen Leben noch nie so hart gearbeitet.

Sie hatte ja unbedingt ihre große Klappe aufreißen *müssen*. Hatte ihm unbedingt sagen *müssen*, dass sie ihm zeigen würde, was in ihr steckt.

Im Moment fühlte sie sich eher wie eine lasche Nudel und ein nasses Scheuertuch.

Sie warf besagtes nasses Tuch über ihre Schulter und zuckte zusammen, als ein Schwall ekliges, chemikalienhaltiges Wasser an ihrem Shirt herunterlief. Die Bleiche würde garantiert Flecken hinterlassen.

Ach, egal, es war ja nicht so, als würde sie dieses Shirt so bald wieder tragen. Sie hatte es an der Vorhangstange aufgerissen, als sie den Staub aus den Vorhängen geklopft hatte, und es dann in der Ofentür eingeklemmt, was einen Fettstreifen quer über die Mitte hinterlassen hatte.

»Jaul! Jaul!« Titania sprang ihr schon wieder an die Knie –
und hinterließ dreckige Pfotenabdrücke auf den beigen Fliesen.

»Titania, was machst du da?« Sie warf das Tuch ins Spülbecken und hob den Hund hoch – da waren sie, die Pfotenabdrücke auf dem Shirt, das sie nie wieder tragen würde. Der kleine Hund leckte Cassidy über die Nase. »Was? Wo hast du den Dreck an deinen Pfoten her?«

Titania leckte sie erneut ab.

»Ich habe dich vernachlässigt, stimmt's?« Cassidy schnappte sich ein feuchtes Papiertuch, setzte sich auf die Kante des Ledersofas in Liams Wohnzimmer und säuberte Titanias Pfoten. Wahrscheinlich nannte er diesen Raum einen Great Room, da es der einzige dieser Art im Haus war. Kein separates formelles Wohnzimmer im Gegensatz zum Familienzimmer, aber er hatte ja auch keine Familie.

Sie anscheinend auch nicht mehr.

Was für ein Vater verkaufte einen bitte so? Ernsthaft. Dieser Mistkerl.

Aber es hatte seinen Namen in die Zeitungen gebracht, nicht wahr? Und sie unter Druck gesetzt.

Doch ihr Vater kannte sie nicht so gut, wie er dachte, wenn er glaubte, dass öffentliche Demütigung sie in den Schoß der Familie zurücktreiben würde. Wenn überhaupt, machte es sie nur noch entschlossener, es allein zu schaffen.

Sie überprüfte das Prepaid-Handy, für das sie sich Geld von Liam geliehen hatte. Noch mehr Schulden, die sie bei ihm hatte. Aber im Ernst, sie konnte nicht ohne Telefon leben. Und sei es nur, um zu wissen, wie spät es war.

»Hey, Cass, ich bin zu Hause. Was gibt's zu essen?« Liams Stimme hallte durch den großen Raum und jagte ihr einen Schauer über den Rücken.

»Essen?« Sie war zu müde, um ihn überhaupt darauf hinzuweisen, dass sie diesen Spitznamen hasste.

»Du weißt schon, die Mahlzeit am Ende eines langen Tages, wenn einer acht Stunden lang draußen den Lebensunterhalt verdient hat und der andere zu Hause das Kaminfeuer am Brennen hielt.« Das süße Lächeln auf seinem Gesicht nahm seinen Worten die Schärfe.

Sie versuchte, das Lächeln zu erwidern, während sie sich mit dem Arm über die Stirn fuhr. »Hier brennt kein Feuer. Mir ist so schon heiß genug.«

Für einen Herzschlag lang herrschte Totenstille im Raum. Sogar Titania schien den Atem anzuhalten.

Dann räusperte sich Liam. »Nun, gut so, denn draußen ist es heiß genug. Ich schätze, dann hole ich uns einfach etwas von dem, was meine Großmutter gekocht hat. Klingt das gut?«

»Ich habe keinen Hunger.«

»Quatsch. Du hattest einen miesen Tag und warst pausenlos auf den Beinen. Ich bin sicher, du hast dir ordentlich Appetit erarbeitet.« Er winkte sie herüber. »Komm schon. Du musst was essen. Setz dich; ich hol's.«

Sie wünschte wirklich, er wäre nicht so verdammt nett zu ihr. Warum ausgerechnet er? Er kannte sie ja nicht einmal und er war nicht mit ihr verwandt.

O weh. Da wollte sie nicht hin. Sie würde *nicht* anfangen, Mitleid mit sich selbst zu haben oder ihren Selbstwert infrage zu stellen. Ihr Vater war derjenige mit dem Problem – mit einer Menge Problemen, offensichtlich – nicht sie.

Cassidy nahm an der Frühstücksbar Platz, während Erschöpfung und Schuldgefühle in ihr kämpften, während Liam zwei – nein, drei – Schüsseln Rindfleischeintopf aufwärmte.

Titania saß zu seinen Füßen und betete ihn an, als wäre er ein Gott, die kleine Fressmaschine.

Natürlich konnte sie selbst das dankbare Lächeln nicht unterdrücken, das sie ihm schenkte, als er die Schüssel mit einem großen Stück knusprigem Baguette vor sie hinstellte, das wie aus dem Nichts aufgetaucht war.

»Ich habe auf dem Heimweg kurz im Laden angehalten. Ich dachte, das passt super zum Eintopf.«

Da hatte er recht, aber Cassidy konnte es ihm nicht sagen, weil sie bereits ein Stück abgerissen, es in den Eintopf getunkt hatte und den Geschmack genoss, noch bevor er fertig gesprochen hatte. Seine Großmutter war ein Engel. Jeder, der so kochen konnte – außerhalb eines Nobelrestaurants –, war göttlich.

Ihr Vater würde einen Anfall bekommen, wenn er sie jetzt sehen könnte. Verschwitzt, in zerrissenen Klamotten, wie sie sich den Eintopf von den Fingern schleckte.

Cassidy lächelte. Gut so.

»Was grinst du so? Du siehst aus, als wolltest du gleich die Weltherrschaft übernehmen.«

Cassidy sog die Sauce von ihren Fingern und wischte sie dann an der Serviette ab, die Liam ihr reichte. »Ich denke darüber nach.«

»Hast du die Ohrringe also verkauft?«

»Äh, nein. Hab eigentlich noch gar nicht drüber nachgedacht. Ich war zu beschäftigt, seit ich wieder hier bin.«

»Wie viel hast du geschafft?«

»Die Galerie und das Bad oben müssen noch gemacht werden. Das erledige ich morgen.«

»Pünktlich zum nächsten Projekt: die Garage.«

»Die Garage? Niemand putzt eine Garage.«

»Man räumt Garagen *auf*, aber ich meinte den Raum darüber. Ich wollte eigentlich ein Fitnesszimmer daraus machen, aber es ist als Lager geendet. Wenn du es ausmistest und für mich organisierst, hole ich meine Geräte aus dem Keller hoch, damit wir ein Gym haben.«

Er wollte, dass sie es organisierte? Hatte er sich mal ihre Schränke *angesehen*? »Es gibt einen Keller?«

Liam deutete auf die Tür neben seinem Schlafzimmer. »Was dachtest du denn, wo die Tür hinführt?«

Sie hatte Angst gehabt, nachzusehen. Nach der ganzen Nacktheits-Sache hielt sie sich tunlichst von seinem Schlafzimmer fern. Es würde die reinste Hölle werden, es wieder putzen zu müssen.

Mit etwas Glück, wenn ihre Verkäufe oder der Verkauf der Ohrringe klappten, wäre sie weg, bevor sie das tun müsste.

»Ich hatte gehofft, morgen an der Kredenz arbeiten zu können.«

»Und ich hatte gehofft, ausschlafen zu können, aber wir haben beide unsere Aufgaben.«

»Liam, dein Haus ist gar nicht so dreckig. Du bist allein; was für ein Schmutzfink bist du eigentlich?«

Er zog wieder eine Augenbraue hoch und, Mann, das lenkte sie ab. Der Kerl war wirklich attraktiv, mit seinen schwarzen Haaren, die sich weigerten, flach anzuliegen, sondern sich in einer *Fahr-mir-durchs-Haar*-Manier kräuselten, was in ihr genau diesen Wunsch weckte.

»Wir hatten eine Abmachung, Cassidy. Du brichst deine Abmachungen doch nicht, oder?«

Er musste es natürlich so formulieren. »Natürlich nicht. Aber es ist keine so große Sache, wie du es dargestellt hast.«

»Dann spielt es dir doch in die Karten, oder?«

Mist. Er hatte recht. Er schuldete ihr gar nichts; er wollte sein Haus sauber haben. Sie musste ihre privaten Angelegenheiten drumherum planen.

Hätte sie bloß besser geplant, bevor sie mit ihrem Vater gesprochen hatte.

Sie schluckte ihren Frust hinunter und nickte. »Du hast recht. Ich kümmere mich morgen um die Garage.«

»Danke. Ich wollte das Gym schon lange einsatzbereit haben. Und fühl dich frei, die Geräte zu benutzen, wenn sie erst mal stehen.«

War es falsch, dass ihre Gedanken sofort zu den stahlharten Bauchmuskeln wanderten, die sie flüchtig erblickt hatte? Zu den Bizeps, die die Ärmel seines

T-Shirts spannten? Zu der Hose, die eng über wohlgeformten Oberschenkeln saß? Wofür brauchte dieser Mann ein Fitnessstudio? Und nach dem, was sie während des Desasters nach seinem Duschen gesehen hatte, konnte sie das mit Gewissheit sagen.

Wie wäre es wohl, mit Liam zu schlafen, einem Mann, der so maskulin war, dass er die Werbeikone für Testosteron sein könnte?

Cassidy verschluckte sich fast an ihrem Eintopf. Solche Gedanken sollte sie nicht haben. Sie war nicht hier, um Hausfrau zu spielen, sondern um zu putzen.

Titania schlürfte ihre Mahlzeit auf und tänzelte dann auf den Hinterbeinen, wobei sie sich wie eine Ballerina neben Liams Stuhl drehte. Alles, was ihr fehlte, war ein Tutu – und sie besaß eines, aber leider lag es noch im Condo.

»Sieht aus, als hättest du einen Bewunderer.« Cassidy nickte in Richtung ihres Hundes, der vor Glück fast außer sich war; die kleine Zunge huschte vor Aufregung immer wieder in den Mund und heraus.

»Solange sie nicht versucht, heute Nacht in mein Bett zu hüpfen, ist mir das recht.«

Cassidy hielt klugerweise den Mund, denn sie hatte gerade beschlossen, dass das keine gute Idee wäre.

Also nahm sie ihre Schüssel und schlürfte den Rest des Eintopfs aus, wobei sie ihn effektiv aus ihrem Sichtfeld verbannte. Sie brauchte Abstand.

Glücklicherweise verschwand Liam in seinem Zimmer, nachdem er seine und Titanias Schüsseln in die Spüle gestellt hatte. »Ich gehe duschen und gehe dann noch ein paar Unterlagen durch. Ich bleibe in meinem Zimmer, falls du im Wohnzimmer fernsehen willst.«

Fernsehen? Sie glaubte nicht, dass sie ihre Augen noch lange genug offen halten konnte. Und sie hatte gedacht, Shoppen sei anstrengend. Nichts war vergleichbar mit körperlicher Arbeit. Es tat ihr leid, dass sie nicht darauf bestanden hatte, dass Sharon ihre gesamte Schwangerschaft über freibekam. Putzen zu müssen, während man ein Kind austrug...

Für einen Moment regte sich etwas in Cassidys Magen. Ein Baby. Sie hatte gedacht, sie würde irgendwann eines haben – den obligatorischen Erben für irgendeine dynastische Fusion, die ihr Vater schließlich abgesegnet hätte –, aber aus irgendeinem Grund war die Realität, eines zu haben, bis zu diesem Moment nie wirklich bei ihr angekommen. Sie dachte daran, wie Sharon sich immer über den Bauch gestrichen hatte. Sie hatte ihr Kind gestreichelt. Hatte an es gedacht, sich um es gesorgt, es geliebt. Cassidy hatte sie sogar ein paar Mal dabei erwischt, wie sie mit ihm sprach.

Nichts davon war ihr real erschienen; es war ein ebenso fremdes Konzept für sie gewesen wie, nun ja, Diamantohrringe online zu verkaufen oder jemandes Haus zu putzen. Ihre Mutter hatte kein Problem damit gehabt, Hals über Kopf aus der Stadt und von ihr weg zu verschwinden, und ihr Vater behielt sie nur für sein Image in seiner Nähe; es war also nicht so, als wären Kinder etwas, auf das sie sich aus Erfahrung hätte freuen können.

Aber aus irgendeinem Grund wurde hier, in Liams Zuhause, während sie seine Sachen putzte – eine Arbeit, die so persönlich war, dass sie gar nicht anders konnte, als über persönliche Dinge nachzudenken –, die Vorstellung eines Kindes, *ihres* Kindes, plötzlich real.

Genau wie die Frage nach dem Vater des Kindes.

»Willst du ein Auge auf diesen kleinen Staubwedel werfen?« Liam kam zurück in die Küche und blieb etwa fünfzehn Zentimeter vor dem Barhocker stehen, auf dem Cassidy immer noch hockte; Titania kläffte an seinen Fersen und tänzelte wieder wie eine Ballerina. »Sie ist mir nach hinten gefolgt.«

Kluger Hund.

Cassidy bückte sich, um das kleine Genie hochzuheben, und verbarg so die Tatsache, dass sie gerade an das *da hinten* dachte. Daran, was sie gesehen hatte, als sie das letzte Mal *da hinten* gewesen war. Was *er* gesehen hatte...

Nein. Sie würde gar nicht erst daran denken, etwas mit Liam anzufangen. Das würde die Situation nur unangenehm machen. Es könnte sogar dazu führen, dass sie rausflog, wenn es nicht gut liefe. Und es gab sowieso keine Garantie, dass *er* in dieselbe Richtung dachte, also war es sinnlos, sich darauf einzulassen. In ein paar (hoffentlich kurzen) Wochen würden Liam und dieser Ort nur noch eine ferne Erinnerung sein.

Das glaubst du doch selbst nicht, oder?

Sie musste es glauben. Sie musste glauben, dass sie von hier aus in ihr neues Leben ziehen würde. Sie musste an sich selbst glauben.

Denn sonst gab es niemanden, der es tat.

Sie drückte Titania an ihre Hüfte. Sie würde *nicht* anfangen, sich selbst leidzutun. So viele Menschen hatten es schwerer als sie. Heute war der zweite Tag vom Rest ihres Lebens, und auch wenn sie ihn mit Putzen verbracht haben mochte, stand ihr jetzt eine ganze Welt voller Möglichkeiten offen. Alles, was sie brauchte, war der Mut, sie zu ergreifen.

Nun ja, das und Geld.

»Weißt du was? Ich glaube, ich fange schon mal mit der Garage an. Dann kann ich früher mit dem Streichen beginnen.«

Sie *würde* das durchziehen. Sie würde ihrem Vater zeigen, was in ihr steckt. Und sich selbst auch.

Kapitel Dreizehn

Liam konnte nicht schlafen. Das hätte ihn eigentlich nicht überraschen sollen, wenn man bedachte, dass er sein Zuhause mit seinem schlimmsten Albtraum teilte: einem verdammt sexy Vati-Töchterchen.

Die ganz und gar nicht die verwöhnte, egoistische Göre war, für die er sie gehalten hatte.

Dieser letzte Teil war für sein inneres Gleichgewicht weitaus schlimmer als der erste. Mit dem ersten konnte er umgehen. Aber der zweite ...

Gegen den zweiten hatte er kaum Abwehrkräfte. Cassidy Davenport entpuppte sich als ganz anders, als er gedacht hatte. Und genau das ließ ihn heute Nacht nicht zur Ruhe kommen.

Er war definitiv hellwach.

Er warf die Decke zurück und setzte sich auf die Bettkante, wobei sich seine Zehen in den Teppich gruben. Er wollte nicht noch einmal duschen. Schon gar nicht kalt. Nicht um – er zuckte zusammen, als er einen Blick auf sein Handy warf – drei Uhr morgens. Was zum Teufel?

Er kratzte sich am Hinterkopf, was seine ohnehin schon zerzausten Haare noch wilder aussehen ließ. Nicht, dass es ihn kümmerte. Das Beste für ihn wäre es wohl, so unattraktiv wie möglich zu sein, damit Cassidy ihn keines zweiten Blickes würdigte.

Unglücklicherweise hatte er sie dabei erwischt, wie sie ihn deutlich öfter als zweimal ansah. Was diesen Albtraum nur noch verschlimmerte.

Er stand auf. Es hatte keinen Sinn, zu versuchen, wieder einzuschlafen. Nicht ohne die Sache selbst in die Hand zu nehmen, sozusagen, und wie erbärmlich war das denn? Eine wunderschöne Frau im Nebenzimmer und er holte sich allein einen runter. Das kam nicht infrage.

Er konnte ein Bier gebrauchen.

Er schlüpfte in seine Shorts und zog sich ein T-Shirt über – Dinge, die er nie getan hatte, als er noch allein lebte, aber er wollte keinerlei Versuchung riskieren, solange sie in der Nähe war. Dann machte er sich auf den Weg in die Küche.

Nur um zwei Arten von leisem Schnarchen zu hören, die vom Sofa im Wohnzimmer drangen.

Die Prinzessin und ihr Köter waren dort eingeschlafen.

Dreh um und geh zurück in dein Zimmer. Sofort.

Das war ein kluger Rat. Ein guter Rat. Der beste für diesen Moment.

Warum also ignorierte er ihn?

Weil die Neugier über ihn siegte.

Oh ja, sicher. Neugier. Ist das heutzutage der neue Begriff für Sexualtrieb?

Er wusste es nicht. Es war schon eine Weile her, seit er Sex gehabt hatte.

Das ist ein Teil deines Problems. Such dir irgendeine Ische und lass den Druck ab. Dann wird dir auch nicht mehr auffallen, wie Cassidys Finger im Schlaf auf ihrer Unterlippe ruht, wie zerzaust ihr Haar ist, so weich und seidig, dass es über die Haut eines Mannes gleiten und Schauer hinterlassen würde. Oder wie geschmeidig und zart ihre Haut ist. Ihre Beine, die im Schlaf so perfekt geformt an ihren Körper gezogen sind – und die sich im wachen Zustand um ihn schlingen würden. Ihre zierlichen Knöchel würden sich hinter seinem Hintern verschränken und sie würde ihn dazu drängen, in sie einzudringen, tiefer und …

Scheiße.

Ja, das ist so ziemlich der Kerngedanke, Einstein.

Liam stolperte förmlich aus dem Wohnzimmer, bevor er etwas tat, das sie beide bereuen würden.

»Yip.«

Natürlich musste der Hund aufwachen. Großartig.

»Psst.« Er hob die Hand.

Und natürlich hörte der Hund nicht auf ihn. Und er dachte *garantiert* nicht daran, an seinem Platz zu bleiben.

Er wand sich aus Cassidys Armen und hüpfte auf ihn zu, wobei die rosa Zunge genau so schnell schlabberte wie der Schwanz wedelte, und ein weiteres aufgeregtes *Yip* bewirkte genau das, was Liam hatte vermeiden wollen.

Cassidy wurde wach. »Was ...?« Sie strich sich die wellige Haarpracht aus dem Gesicht, als sie sich aufsetzte, und sie fiel ihr so wirr über die Schultern, als hätte er den Großteil der Nacht damit verbracht, mit den Fingern hindurchzufahren.

Was er verdammt gern getan hätte.

»Äh.« Er räusperte sich. »Tut mir leid. Ich, äh, konnte nicht schlafen. Wollte mir was zu trinken holen. Ich wusste nicht, dass du und der Staubwedel hier draußen eingeschlafen seid. Der Hund ist, äh, ein guter Wachhund.«

»Titania?« Cassidy fuhr sich mit den Fingern durch das Haar, was in ihm nur den Wunsch weckte, es ihr gleichzutun. Es hatte etwas an sich, wenn das Haar einer Frau so wild durcheinandergebracht war; es schien ihn geradezu aufzufordern, sie ebenso wild und hemmungslos zu machen.

Gott, wie sehr er das wollte. Genau jetzt. Genau hier. Mit ihr, so wie sie da saß.

Er steckte in ernsthaften Schwierigkeiten.

Der Köter sprang an seinem Bein hoch, und diese rosa lackierten Krallen waren ihm ein wenig zu scharf.

Wenn es allerdings Cassidys wären, die über seinen Rücken kratzten ...

»Ich, ähm, schnapp mir nur kurz ein Bier und, äh, geh dann wieder in mein Zimmer.«

Frag sie bloß nicht, ob sie mitkommt.

»Willst du auch eins?«

Oh, noch besser. Halte den Kontakt bloß aufrecht, Genie. Du hast echt eine tolle Art, der Versuchung aus dem Weg zu gehen.

»Kein Bier, nein.« Sie rieb sich mit der Hand über das Gesicht, und selbst ohne Make-up war sie wunderschön. Verdammt, sie war einfach umwerfend. Das typische Mädchen von nebenan, gepaart mit der Sexyness eines Victoria's-Secret-Models, nur um ihm das Leben zur Hölle zu machen.

Sie folgte ihm in die Küche. »Aber wenn du O-Saft hast, nehme ich den. Oder Cranberry?«

»Hab beides da.« Er stellte die Flaschen und ein Glas auf die Theke. »Such dir was aus.«

Sie tippte auf die O-Saft-Flasche, während sie mit der geschmeidigsten Bewegung, die er je beim Platznehmen an einer Bar gesehen hatte, auf den Hocker glitt. Er hätte schwören können, dass es Absicht war, wäre da nicht das Gähnen gewesen, das die Sexyness eigentlich hätte zunichtemachen müssen.

Beim Einschenken schwappte etwas Saft über den Rand ihres Glases. Cassidy *konnte* Sexyness gar nicht zunichtemachen. Verdammt, die Frau war ein wandelndes Pin-up-Poster.

Sie rülpste wie einer von den Jungs.

»Hoppla. Entschuldigung.« Sie hielt sich den Mund zu und errötete bis zum Haaransatz, als sie das Glas Saft, das sie auf ex geleert hatte, auf die Kücheninsel stellte.

Liam lachte. »Ich habe gehört, in manchen Ländern ist das ein Kompliment für den Koch.«

Er erntete das Lächeln, auf das er gehofft hatte.

»Mir war nicht bewusst, dass *du* die Orangen höchstselbst gepresst hast.«

»Hey, es ist harte Arbeit, diese Flaschen zu heben.« Er ließ seinen Bizeps spielen. »Dafür braucht man eine Menge Muskeln.«

»Nun denn, meine Hochachtung dem Flaschenheber.« Sie nahm das Glas und schwenkte es leicht hin und her. »Besteht die Chance auf eine zweite Runde?«

»Und damit einen weiteren Moment der Würdelosigkeit riskieren?«

Sie zuckte mit den Schultern, wodurch ihr Haar kaskadenartig über ihre Schultern fiel. »Das ist ein Risiko, das ich bereit bin einzugehen.«

Aber würde sie das auch tun, wenn sie wüsste, wie kurz er davor war, sie auf die Kücheninsel zu hieven und dafür zu sorgen, dass sie beide vergaßen, wie durstig sie auf Getränke waren, um stattdessen herauszufinden, wie durstig sie nacheinander waren?

Was war bloß *falsch* mit ihm? Hatte er denn *gar nichts* aus der Sache mit Rachel gelernt?

Nur dass sie nicht Rachel ist, und das weißt du auch. Schwenk ruhig weiter die Rachel-Fahne, aber das ist nicht der Grund, warum du dich von Cassidy fernhältst. Warum hältst du dich eigentlich von Cassidy fern? Sie ist ganz anders als Rachel – zumindest da, wo es drauf ankommt. Könntest du dir vorstellen, dass Rachel ohne Murren dein Haus putzt? Dass Rachel versucht, ein Unternehmen zu gründen? Dass Rachel auf das leichte Geld verzichtet, das sie durch die Heirat mit dem designierten Erben ihres Vaters bekommen würde? Dass Rachel die Kleider trägt, die Cassidy anhat, oder auf einem Sofa schläft? Dass sie Diamantohrringe verkauft?

Nicht die geringste Chance.

Du steckst in der Klemme, Manley, denn das einzige Argument, das du gegen Cassidy hattest, löst sich gerade in Wohlgefallen auf. Was wirst du jetzt also tun?

Er würde ihr noch ein Glas O-Saft einschenken, was er auch tat, und ging dann zurück zum Kühlschrank, um die Flaschen wegzuräumen. Und ja, vielleicht einfach einen Moment die Kälte genießen, um sich ein wenig abzukühlen.

Er griff nach dem Bier, das er völlig vergessen hatte, drehte den Verschluss ab und nahm einen größeren Schluck als gewöhnlich.

In die Küche zu kommen, war keine gute Idee gewesen. Sie auch noch *einzuladen*, mitzukommen, war noch schlimmer. Er wäre so viel besser dran gewesen, wenn er in seinem Zimmer geblieben wäre und sich wie ein Teenager benommen hätte, anstatt hier draußen in ihrer Reichweite wie einer zu denken.

»Titania hat dich aber nicht geweckt, oder? Normalerweise schläft sie tief und fest. Sie rührt sich kaum, wenn ich versuche, sie von meinem Kissen zu schieben. Sie mag klein aussehen, aber sie macht sich auf dem ganzen Bett breit, da kann man kaum schlafen.«

Er hörte zwar die Worte, aber die Bilder in seinem Kopf waren ganz andere. Er sah *Cassidy*, wie sie sich auf einem Bett ausbreitete, und er schlief dabei definitiv nicht.

»Nein. Ich war sowieso wach.« In jeder Hinsicht. »Dachte mir, ein Bier würde die Spannung etwas lösen.«

»Spannung? Bedrückt dich etwas?«

Ja, zum Beispiel die Frage, wie er es zurück in sein Zimmer schaffen sollte, ohne sie von diesem Hocker zu reißen und mitzunehmen. »Nicht wirklich. Mein Bruder Sean hat da so ein Ding am Laufen, an dem ich beteiligt bin, und es könnte Komplikationen geben, aber nichts, was mich nachts wachhalten würde. Jedenfalls noch nicht.« Nein, diese Ehre gebührte ihr.

»Was glaubst du dann, woran es liegt?« Sie fuhr mit dem Finger über den Glasrand, und verdammt, Liam stellte sich vor, wie sie das bei ihm machte.

So viel zur beruhigenden Wirkung von Bier.

»Wahrscheinlich bin ich es einfach nicht gewohnt, jemand anderen im Haus zu haben.« Er kippte noch etwas hinunter. »Ich werde mich schon dran gewöhnen.«

»Ich werde versuchen, so schnell wie möglich hier rauszusein. Ich weiß deine Großzügigkeit wirklich zu schätzen, Liam.«

Ja, er war so großzügig, dass er sie so hart arbeiten ließ, dass sie auf dem Sofa einschlief. Was für ein Märchenprinz er doch war.

»Weißt du, die Garage muss morgen nicht fertig werden. Lass dir Zeit. Kümmer dich lieber um deine Malerei.« Auf diese Weise wäre sie nicht in seiner Nähe und er außer Reichweite der Versuchung. Und war das nicht von Anfang an das Ziel gewesen? Sie wusste jetzt, wie die »andere Hälfte« lebte; er hatte seinen Standpunkt klargemacht.

»Nein, nein. Wir haben eine Abmachung, und ich werde meinen Teil davon erfüllen. Ich mache oben fertig und fange dann mit der Garage an. Das Malen schiebe ich irgendwo dazwischen.«

Er leerte das Bier, damit er dieses Gespräch beenden konnte, denn mit jedem Satz, den Cassidy sprach, riss sie eine weitere Mauer seiner Vorurteile gegen sie ein. Anstatt zu jammern und sein Angebot anzunehmen, sich vor der Arbeit zu drücken, wollte sie noch härter arbeiten. Er hatte diese Frau wirklich nicht mögen wollen, aber so langsam fing er damit an.

Der Hund kläffte zu seinen Füßen.

»Sie will, dass du sie hochhebst.«

»Ich hebe sie nicht hoch.«

»Aber warum denn nicht? Sie will dir doch nur ein Küsschen geben.«

»Und woher willst du das wissen? Sag bloß, du sprichst mit Tieren.«

Sie rollte mit ihren wunderschönen grünen Augen. »Sie wedelt mit dem Schwanz und kann den Blick nicht von dir lassen.«

»Und das soll bedeuten, dass sie mich küssen will?«

Cassidy zog ihre perfekt geschwungenen Augenbrauen hoch. »Komm schon, Liam. Bei deinem Aussehen kannst du mir nicht erzählen, dass du es nicht merkst, wenn eine Frau Interesse hat.«

»In Anbetracht der nicht gerade netten Vergleiche zwischen Hündinnen und Frauen glaube ich nicht, dass ich diese Frage beantworten kann, ohne mich in Teufels Küche zu bringen.« Er stellte die Bierflasche in die Spüle. »Und in diesem Sinne: Ich nenne es eine Nacht.«

»Es ist Morgen.«

»Morgen. Wie auch immer. Ich gehe zurück ins Bett und schlage vor, dass du dasselbe tust.«

Für einen Herzschlag lang glaubte er, ihre Gedanken zu hören. Oder vielleicht waren es seine eigenen. Wem auch immer sie gehörten, ja, er wollte sie in seinem Bett haben.

Kapitel Vierzehn

Alles in allem war das Zimmer über Liams Garage nicht der Albtraum gewesen, den sie sich ausgemalt hatte. Sie hatte danach sogar genug Zeit gehabt, den Großteil der Kredenz fertigzustellen. Noch ein paar Stunden für die Schnörkel um die Blumen, die das Design auf dem gesamten Möbelstück verbinden würden, ein paar weitere Schatten und Highlights sowie der abschließende Firnis, und sie konnte Jean-Pierre anrufen. Falls er sich weigern sollte, sie unter Vertrag zu nehmen, konnte er vielleicht jemand anderen empfehlen.

Sie verzog das Gesicht. Es war nicht der beste Plan, aber der einzige, der ihr im Moment einfiel. Ihr Vater hatte einen langen Arm, und jemanden zu finden, der bereit war, seinen Zorn zu riskieren, würde um einiges schwieriger werden als ein Haus zu putzen, falls Jean-Pierre ihr tatsächlich einen Korb gab.

Nun, darum würde sie sich später kümmern. Jetzt im Augenblick gab sie sich erst einmal mit einer Dusche und einer Massage zufrieden.

Dumm nur, dass jemand an der Haustür klopfte, als sie gerade auf dem Weg in ihr Zimmer war.

Titania drehte völlig durch, hüpfte und wirbelte herum, als würde sie für eine Talentshow vorsprechen. Es bedurfte eines Sprints in letzter Sekunde von Cassidy, um den Hund zu packen, bevor sie Liams Tür zerkratzte.

Cassidy hob ihr Haustier hoch, bevor sie öffnete. Wer wusste schon, ob auf der anderen Seite ein Hundefreund stand?

Wie sich herausstellte, war es eine kleine alte Dame mit blauen Augen und einem Lächeln, das identisch mit dem von Liam war. Cassidy vermutete, dass die Frau keine Lexika verkaufte.

»Hallo?« Die Frau schenkte ihr ein höfliches Lächeln, wobei sie mit einem schnellen Blick ihr zerzaustes Haar und ihre Kleidung musterte, der so viel sagte wie –

Oh Gott. Die Dame dachte doch nicht etwa, dass sie und Liam gerade … Dass sie und Liam …

»Hallo.« Cassidy streckte ihre Hand aus, sah dann die ganze Farbe darauf und schob sie hinter ihren Rücken. »Äm, tut mir leid. Ich bin voller Farbe.«

»Bist du Malerin?«

»Äm … ja.« Ja, das war sie. Verdammt. »Eine Künstlerin.« Das fühlte sich sogar noch besser an.

»Darf ich reinkommen?«

»Oh, entschuldigen Sie.« Cassidy trat beiseite. »Bitte. Ja.«

»Vielen Dank. Ich bin Liams Großmutter, Cate Manley.«

»Hallo. Ich bin –« Sie wollte der Frau nicht sagen, wer sie war. Wer sie *wirklich* war. Die Dinge änderten sich, wenn die Leute wussten, wer sie war. »Cass. Cass Marie.«

Der Spitzname, mit dem ihre Mutter sie früher gerufen hatte, kam ihr über die Lippen. Sie hasste ihn, hasste die Erinnerungen, aber Cass Marie war nicht Cassidy Davenport, also funktionierte es für den Augenblick.

»Es freut mich sehr, dich kennenzulernen, Cass.« Mrs. Manley ging in Richtung Küche. »Ist Liam da?«

»Er arbeitet.«

»Oh. Welches Zimmer lässt er denn streichen? Ich dachte, er wäre fertig mit dem Einrichten.«

»Ich streiche kein Zimmer. Ich arbeite an maßgefertigten Möbeln. In der Garage.«

Mrs. Manley drehte sich um. »Liam lässt Möbel bemalen?«

»Es ist nicht für ihn. Ich werde die Stücke verkaufen.«

»Du mietest den Platz also von ihm?«

»Nun ja, nicht ganz. Ich, äm …« Mist. Sie wusste nicht, wie gut Liams Großmutter informiert war oder was sie davon hielt, dass Cassidy hier lebte.

Trotzdem war eine Lüge bereits eine zu viel.

»Ich putze für ihn als Gegenleistung für ein Zimmer. Zumindest bis ich ein weiteres Möbelstück verkauft habe und mir eine eigene Bleibe leisten kann.«

»Oh. Nun, das ist … neu.« Mrs. Manley sah ein wenig verwirrt aus. Aber glücklicherweise nicht entsetzt. »Verkaufst du denn viele dieser Möbel?«

»Noch nicht. Deswegen bin ich hier.« Cassidy ging an Liams Großmutter vorbei zum Schrank rechts neben der Spüle. »Haben Sie Durst? Kann ich Ihnen etwas anbieten?«

»Danke. Ich hätte gerne einen Eistee. Er steht im zweiten Regal hinten rechts.«

»Ah, ja. Sie haben seinen Kühlschrank aufgefüllt. Ihr Essen ist übrigens fantastisch.«

»Vielen Dank.« Mrs. Manley ließ sich auf den Barhocker gleiten, offenbar in der Absicht, ein Weilchen zu bleiben. »Wie kam es denn dazu, dass du Putzdienste gegen Kost und Logis tauschst?«

»Ich wurde, äh, aus meiner Wohnung geworfen. Der Eigentümer wollte sie verkaufen.« Das war keine Lüge. Technisch gesehen.

»Das klingt nach einer sehr kurzfristigen Angelegenheit.«

Das war noch milde ausgedrückt. »Ja. Das war es.«

»Und du kennst Liam von … der Schule? Einem anderen Auftrag, den er erledigt hat? Über einen seiner Freunde? Oder arbeitest du auch für Manley Maids?«

»Nein, tue ich nicht. Er hat dort geputzt, wo ich gewohnt habe. Er hat die ganze Sache mit dem Rauswurf mitbekommen und war so freundlich, mir eine Unterkunft anzubieten.«

Mrs. Manley lehnte sich mit einem Lächeln zurück. »Schön zu wissen, dass meine Erziehung nicht umsonst war.«

»Wie bitte?«

»Liam. Ich habe ihn und seine Brüder und seine Schwester großgezogen, nachdem sie ihre Eltern – meinen Sohn und seine Frau – bei einem Autounfall verloren hatten. Wegen des Unfugs, zu dem drei junge Jungen fähig sind, haben sie gelernt, im Haus mitzuhelfen, zu putzen, Gartenarbeit zu erledigen und sogar ein bisschen zu kochen. Deswegen mache ich das auch heute noch hin und wieder gerne für sie. Natürlich sagt meine Enkelin, Mary-Alice Catherine, dass ich es übertreibe.« Mrs. Manley zuckte mit den Schultern, während ihre Wangen leicht erröteten. »Ich schätze, das tue ich auch, aber so lange Zeit mussten wir uns um jeden Bissen auf dem Tisch Sorgen machen, dass es jetzt einfach schön ist, großzügig sein zu können, verstehst du?«

Cassidy wusste nun leider aus erster Hand, wovon Mrs. Manley sprach. Vor dem Heirats-Ultimatum ihres Vaters hatte sie sich nie Gedanken darüber machen müssen, woher ihre nächste Mahlzeit kam, wo sie wohnen würde oder ob Kleidung in ihrem Schrank hängen würde.

»Es hat uns zusammengeschweißt. Wir haben gelernt, einander mehr zu schätzen. Natürlich habe ich meine Enkelkinder schon immer geliebt, aber es ist ein Unterschied, ob sie zu Besuch kommen und dann wieder nach Hause gehen, oder ob man in meinem Alter vier kleine Kinder übernimmt. Und ich war eine Witwe, die nur ein Kind großgezogen hatte. Vier waren ein ganz schönes Stück Arbeit.«

»Das kann ich mir vorstellen.« Sie konnte ihn sich als Kind vorstellen, wie er mit seinen Brüdern und seiner Schwester herumrannte ... Kids. Kinder. Familie. Wie es wohl wäre, so etwas zu haben?

»Sie haben großartige Arbeit geleistet, ihn großzuziehen, Mrs. Manley.«

»Och, danke, meine Liebe. Das ist nett von dir. Kennst du ihn schon lange?«

»Nicht sehr lange, nein.« Es würde die ältere Frau wahrscheinlich schockieren, zu erfahren, wie wenige Tage es tatsächlich erst waren. Im Ernst, wer zog bei einem völlig Fremden ein, nachdem man ihn erst so kurz kannte?

Was natürlich auch die Frage aufwarf, wer jemanden einlud, bei sich zu wohnen, den man erst so kurz kannte?

Jemand Besonderes eben.

»Darf ich dieses Stück sehen, an dem du arbeitest, oder gehörst du zu jenen Künstlern, die niemanden zuschauen lassen, bis es fertig ist?«

»Hätte ich den Luxus, dass mir die Leute die Bude einrennen, um meine Arbeit zu sehen, dann vielleicht, aber zum jetzigen Zeitpunkt meiner Karriere zeige ich es jedem, der Interesse hat.«

Mrs. Manley stellte ihr Glas auf die Arbeitsplatte und rutschte vom Hocker. »Dann lass uns mal sehen. Ich wollte schon immer mal eine Kunstmäzenin sein.«

Cassidy kam es seltsam vor, Liams Großmutter durch sein Haus zu führen. Sie musste unzählige Male hier gewesen sein. Viel öfter als Cassidy. Eigentlich sollte es umgekehrt sein. Aber irgendwie fühlte es sich richtig an.

Hör auf damit, Davenport. Du wirst nicht mit Liam »Familie« spielen, also mach dir gar nicht erst Hoffnungen, dass Liams Großmutter auch deine sein könnte. Nur weil deine Großeltern genauso nutzlos waren wie deine Eltern, heißt das nicht, dass du Liams beanspruchen kannst. Du solltest dankbar für Kost und Logis sein und alles andere vergessen.

Sie *versuchte* ja, alles andere zu vergessen. Wirklich. Das Problem war, dass sie Mrs. Manley *mochte*. Jemand, der bereit war, vier Kinder aufzunehmen und all die Jahre großzuziehen, war in Cassidys Augen ein ganz besonderer Mensch.

»Vorsicht, wo Sie hintreten. Ich habe noch nicht aufgeräumt. Ich wollte das eigentlich ...« Nein, sie wollte nicht, dass die Frau sich schuldig fühlte, weil sie sie beim Duschen unterbrochen hatte. »... direkt vor Ihrem Besuch erledigen.«

»Nun gut, dann will ich dich nicht aufhalten.« Mrs. Manley drehte sich um und betrachtete die Kredenz. »Das ist wunderschön.« Sie streckte die Hand aus, um sie zu berühren, zog sie dann aber wieder zurück. »Oh, Entschuldigung. Ich sollte nicht anfassen, aber es ist so hübsch, dass ich einfach den Drang verspürte, mit der Hand darüberzufahren.«

Es gab kein größeres Kompliment.

»Ich muss dieses Stück haben. Für wie viel verkaufst du es?«

Okay, vielleicht war das ein noch besseres Kompliment.

Aber so sehr sie sich über die Bestätigung freute, war dies ein hochpreisiges Objekt. Sie konnte viel dafür bekommen und sie wollte Liams Großmutter nicht so viel abnehmen. Andererseits konnte sie es sich nicht leisten, es zu verschenken, da sie jeden Cent brauchte.

»Es tut mir leid, aber es ist bereits als Auftragsarbeit verkauft. Es passt zu einem anderen Stück und der Besitzer möchte das Set.« Cassidy kreuzte ihre Finger so fest, dass die Durchblutung stoppte. »Ich hätte da aber diesen Beistelltisch, falls du ihn möchtest.«

Mrs. Manley betrachtete den Tisch. Cassidy war überrascht, sie lächeln zu sehen. Die meisten Leute würden das Potenzial in dem abgenutzten alten Möbelstück nicht erkennen.

»Das wäre perfekt. Ich bin vor Kurzem in ein neues Haus gezogen und versuche immer noch, alles einzurichten, weißt du?«

Cassidy nickte, obwohl sie selbst noch nicht einmal damit angefangen hatte, »irgendetwas einzurichten«, weil sie gar nichts *zum* Einrichten *hatte.*

»Er wird wunderbar neben den Sessel passen, den meine Enkelin mir gekauft hat. Er steht vor einem Erkerfenster. Mit einem schönen Tisch dazu wird es der perfekte Platz für die Lampe, die Bryan mir von seiner ersten London-Reise mitgebracht hat. Waterford-Kristall.«

»Ich hatte Wat – äh, ich wollte schon immer eine Lampe von Waterford haben. Die sind bezaubernd.« Puh. Beinahe hätte sie sich verraten. Und *technisch gesehen* war das, was sie gesagt hatte, wahr. Sie *wollte* schon immer eine eigene haben, denn die, die sie besessen hatte, gehörten ihrem Vater.

»Ich habe Bryan gesagt, er hätte nicht so viel für mich ausgeben sollen. Wirklich, ich wäre auch mit einem kleinen Andenken an seine Reise zufrieden gewesen, aber er bestand darauf. Und sie *ist* wunderschön. Eines der schönsten Dinge, die ich besitze. Sie haben es alle weit gebracht, meine Enkelkinder, und sie bringen mir gerne Geschenke mit. Aber mir reicht es schon, dass es ihnen im Leben gut geht. Wenn ich sie jetzt nur noch alle unter die Haube bringen könnte, wäre ich glücklich.«

Der Gedanke traf Cassidy wie ein Blitzschlag: Liam verheiratet. Seine Großmutter wollte, dass irgendeine Frau in dieses Haus und in sein Bett zog und seine Babys bekam. ihr Urenkel schenkte.

Irgendeine andere Frau, die hier lebte ...

Cassidy zwang sich ein Lächeln auf. Eifersüchtig zu sein, war einfach nur lächerlich. Sie hatte keinen Grund zur Eifersucht, denn sie hatte keinerlei Ansprüche auf Liam.

Und zum jetzigen Zeitpunkt in ihrem Leben wollte sie auch gar keine, so nett es auch klingen mochte.

Jaja, ganz bestimmt ...

Cate Manley ließ ihrem Lächeln freien Lauf, sobald Liams Hausgast die Tür hinter ihr geschlossen hatte. Cass Marie – wer's glaubt. Selbst voller Farbe und Schweiß, mit fragwürdigem Modegeschmack und völlig zerzaustem Haar, ließ sich nicht verbergen, dass Liam Cassidy Davenport für sich arbeiten ließ.

Komisch, laut Mary-Alice Catherine sollte eigentlich *er* für *sie* arbeiten. Deshalb war Cate vorbeigekommen: um seinen Eindruck von der Dame aus der High Society zu erfahren, die *sie* persönlich für ihn ausgesucht hatte.

Wie sich herausstellte, hatte sie ihre ganz eigene Überraschung erlebt. Cassidy war ebenso an Liam interessiert, wie Liam an ihr interessiert sein musste, wenn er sie eingeladen hatte, bei ihm zu wohnen.

Cate erlaubte sich ein leises Kichern. Offensichtlich war Gott mit ihrem Plan einverstanden, denn die Dinge schienen sich genau so zu entwickeln, wie sie es sich gewünscht hatte.

Kapitel Fünfzehn

Am nächsten Morgen verlud Liam den Rest der Reinigungsmittel hinten in den Arbeitswagen. Er hatte Cassidy seinen Truck überlassen, weil er gestern den Kredit für Macs ersten Firmenwagen mitunterzeichnet hatte – unter der Bedingung, dass er ihn den Rest des Monats nutzen würde. Wenn Cassidy bis dahin nicht weg war, nun, dann würde er sich eben etwas einfallen lassen.

Wegen einer ganzen Menge Dinge.

In der Zwischenzeit hatte er die zweite Eigentumswohnung für Davenport fertiggestellt und war froh, das erledigt zu haben, bevor er am Montag wieder zurückmusste, um Cassidys Wohnung erneut zu reinigen.

Nicht, dass es eine große Sache wäre, da dort niemand wohnte, aber der Ort war ohne sie nicht derselbe.

Fang gar nicht erst damit an. Sie wird *dein Haus verlassen.*

Stimmt, aber nicht sofort, also sollte er am Montag noch ein paar andere Sachen für sie mitnehmen. Dinge wie Jogginghosen und weite Shirts. Ihre knappen kleinen T-Shirts und langen, wallenden Kleider, die an anderen Frauen wahrscheinlich wie Kittelschürzen aussähen, aber an ihr nur über ihre Kurven glitten, um ihn zu reizen, halfen nicht dabei, den Vergleich mit Rachel aufrechtzuerhalten, an den er sich wie an einen Rettungsanker zu klammern versuchte. Und wenn der riss, hätte er keinen Grund mehr, sie nicht zu begehren.

Er schlug die Heckklappe etwas fester zu als nötig, aber es löste ein wenig von der Spannung. Gott sei Dank war der Abschluss für seine neueste Immobilie früher erfolgt als erwartet, sodass er etwas hatte, womit er sich beschäftigen konnte, anstatt nach Hause zu fahren, wo *sie* war.

Nur dass sie bei seinem Objekt auftauchte.

»Liam?«, klopfte Cassidy an die Haustür des Cape-Cod-Hauses, in dem er gerade dabei war, die abscheuliche grüne Siebziger-Jahre-Farbe, die der Vorbesitzer aus unbekannten Gründen gewählt hatte, von den eingebauten Bücherregalen aus Teakholz abzubeizen.

Er verstand die Entscheidungen mancher Leute nicht.

Wie etwa seine Entscheidung, ihr die Tür zu öffnen. »Was machst du hier, Cassidy? Hast du nicht irgendwas zum Putzen?«

»Immer noch mürrisch wegen deines unterbrochenen Schlafs neulich Nacht?«

»Das war gestern Morgen und mir geht's gut. Ich bin nur beschäftigt und habe nicht damit gerechnet, dich zu sehen«, sagte er. Sonst hätte er sich auf sie vorbereitet. Sie brachte ihn dazu, Dinge zu denken, von denen er meinte, dass er sie nicht denken sollte – und sorgte dafür, dass es ihm egal war, dass er es tat. »Wo ist der Köter?«

»*Titania* ist zu Hause in ihrem Gehege.«

Einen Moment lang stellte Liam sich den weißen Marmorkamin vor, vor dem der vergoldete Käfig des verwöhnten Hündchens in ihrer Eigentumswohnung gestanden hatte, dann wurde ihm klar, dass sie *sein* Zuhause meinte. Es müsste sich seltsam anfühlen, dass Cassidy sein Haus als Zuhause bezeichnete, aber... tat es nicht.

Sie ließ ihre Fingerknöchel knacken, eine Angewohnheit, die so gar nicht zu ihrem Image als Laufstegmodel passte, dass er einen Moment brauchte, um zu begreifen, dass sie immer noch redete. »...mehr Holzleim, also dachte ich, ich springe kurz zum Laden. Ein paar Schwalbenschwanzverbindungen an der Schublade des Stücks, an dem ich arbeite, sind kaputt.«

»Du könntest immer eine neue Seitenschiene anfertigen, um die Stabilität des Stücks zu erhalten.« Er war ein Tausendsassa, was das Bauwesen anging, aber Holzarbeiten waren seine Spezialität.

»Malen ist mein Fachgebiet, nicht Konstruktion. Außerdem habe ich nicht die richtige Ausrüstung.«

»Ich schon.«

»Bietest du mir etwa deine Hilfe an?«, fragte sie.

Anscheinend. »Wenn du sie brauchst.«

Er musste die Zähne zusammenbeißen, als sie ihre Hand auf seinen Bizeps legte. Mit der Sache mit dem ›Zuhause‹, diesem Outfit und ihrer Berührung würde die Frau ihn noch umbringen.

»Liam, wirklich, du hast mehr als genug für mich getan. Du hast mit diesem Haus hier genug zu tun. Ich hole den Leim, aber ähm…«

Sie sah viel zu sexy aus in einem weiteren Batik-T-Shirt mit schrägem Saum, das irgendjemand für eine gute Idee gehalten hatte, was es für ihn aber ganz sicher nicht war, als das Bild vor seinem inneren Auge auftauchte, wie er mit der Zunge über die Haut an ihrer freien Taille glitt, und nicht mehr verschwinden wollte. Dann strich sie sich auch noch das Haar hinter ihr Ohr, und er wollte auch an ihrem Ohrläppchen saugen.

»Ich brauche ein paar Dollar. Ich verspreche, ich zahle es dir zurück.«

Er hatte seine Brieftasche in der Hand, noch bevor er darüber nachdachte. Soviel dazu, dass er aus der Sache mit Rachel gelernt hatte. In vielerlei Hinsicht.

»Hier, bitte. Und ich habe meinen Laptop auf dem Nachttisch liegen lassen. Du kannst ihn gerne benutzen, um die Ohrringe einzustellen. Ich habe das Konto für dich eingerichtet und mit meinem Bankkonto verknüpft. Die Logistik klären wir, nachdem sie verkauft sind.«

»Oh. Richtig. Die Ohrringe. Ich mache es, sobald ich die Schublade eingesetzt habe.« Sie nahm den Zwanziger. »Brauchst du irgendetwas, wenn ich schon im Baumarkt bin? Mehr Abbeizer oder Schleifpapier oder so?«

Ein Schloss für seine Schlafzimmertür… »Woher weißt du eigentlich so viel über Bauarbeiten und das Aufarbeiten von Möbeln?«, fragte er. Er wettete, dass das keine Kurse in ihrer schicken Klosterschule gewesen waren.

»Mein Dad ist im Baugeschäft, weißt du noch? Er hat dafür gesorgt, dass ich jeden Aspekt davon kenne, da es offensichtlich war, dass er niemals den Sohn bekommen würde, den er sich gewünscht hatte.«

Überraschenderweise hörte Liam keinen Sarkasmus heraus. Sie war nicht das Kind, das ihr Vater gewollt hatte, der Mann hatte sie aus ihrem Zuhause geworfen, sie musste zum ersten Mal in ihrem privilegierten Leben für Kost und Logis arbeiten, und dennoch war sie rücksichtsvoll genug, *ihn* zu fragen, ob er etwas brauchte. Ohne Bitterkeit.

Es wurde verdammt schwer, Cassidy Davenport nicht zu mögen.

Und wenn sie noch einmal mit ihrer Unterlippe spielte, würde noch etwas anderes verdammt hart werden.

»Nein. Ich bin versorgt. Behalt das Wechselgeld. Rechne es zu dem hinzu, was du mir schuldest. Ich kassiere, wenn du die Ohrringe verkaufst. Oder deine Möbel. Je nachdem, was zuerst passiert.«

Und dann konnte sie aus seinem Leben verschwinden, damit alles wieder normal werden konnte.

Sie tippte ihm auf den Unterarm. Sogar das erregte ihn. Verdammt noch mal.

»Oh, übrigens, da du gestern Abend so spät nach Hause gekommen bist, hatte ich keine Gelegenheit, dir zu sagen, dass deine Großmutter gestern vorbeigeschaut hat.«

Er war spät gekommen, um sicherzugehen, dass er ihr nicht begegnen würde, und nachdem er seinem Kumpel Jared geholfen hatte, hatte er sich mit einer Menge körperlicher Arbeit auf dem Anwesen ausgepowert, wo Sean seine Wette einlöste. Der glückliche Bastard hatte keine heiße Braut bei sich wohnen, die ihn in den Wahnsinn trieb. Liam überlegte ernsthaft, für den Rest des Monats dort zu campieren. »Gran war da? Warum?«

Da spielte sie schon wieder mit ihrer Unterlippe. Er hätte es für eine Masche gehalten, aber sie hatte es schon im Schlaf auf dem Sofa getan.

»Ehrlich gesagt, weiß ich es nicht. Sie hat nichts gesagt. Ich habe mich vorgestellt und wir haben angefangen, über meine Möbel zu reden, dann wollte sie sie sehen, und dann hat sie ein Stück bestellt. Den Beistelltisch, an dem ich gerade arbeite.«

Liam unterdrückte ein Stöhnen. Gran hatte Cassidy ausgehorcht. Sie machte kein Hehl daraus, dass sie sich Urenkel wünschte. Aber sobald sie Cassidy kennengelernt – und erfahren hatte, wer sie war –, musste sie gewusst haben, dass er kein Interesse haben würde.

Aber er *hatte* Interesse. Und das war ein Problem auf so vielen Ebenen.

Aber Gran musste nichts davon wissen. Es war eine Sache, sich zu der Frau hingezogen zu fühlen, aber Kinder waren kein Thema. Das Letzte, was er wollte, war Mitchell Davenport als Schwiegervater.

Schwiegerva—war er völlig von Sinnen? Wie kam er von Grans Besuch dazu, Cassidy zu heiraten?

»Der Leim ist also für den Tisch meiner Großmutter?«, fragte er.

»Ja, aber mach dir keine Sorgen, Liam. Ich weiß, was ich tue. Die Schublade wird wieder wie neu sein und es bleibt das Originalholz.«

»Mit modernem Leim. Du wirst den Wert mindern.«

»Ich repariere ein kaputtes Möbelstück und lackiere es individuell. Jeglicher Wert des Originalzustands ist sowieso beim Teufel. Aber die Tatsache, dass es ein C.-Marie-Original ist, wird den Wert steigern. Und ich zocke sie übrigens nicht ab. Sie wollte die Kredenz, aber ich habe ihr gesagt, dass sie schon verkauft ist.«

»Ist sie aber nicht«, sagte er.

»Sie wird einen höheren Preis erzielen als der Beistelltisch. Ich wollte nicht mit deiner Großmutter feilschen müssen. Ich könnte es nicht mit meinem Gewissen vereinbaren, so viel von ihr zu nehmen, wie ich eigentlich will, und ich muss dich ja schließlich bezahlen.«

Liam wusste aus erster Hand, dass Mitchell Davenports Moralvorstellungen sich immer so biegen ließen, wie es die Umstände gerade erforderten. Daher war es schön zu sehen, dass Cassidys Moral eine Stufe höher angesiedelt war. Er wettete, sie würde sich nicht dabei erwischen lassen, wie sie einen Lapdance gibt, während sie dem Typen die Brieftasche klaut.

Okay, er musste ganz sicher *nicht* darüber nachdenken, wie Cassidy irgendjemandem einen Lapdance gab. Ihn eingeschlossen.

»Danke dafür. Ich bin sicher, sie hätte jeden Preis gezahlt, den du genannt hättest.«

»Das liegt daran, dass sie eine nette Dame ist.«

»Zu nett.«

»Eigentlich sollte ich beleidigt sein, aber du hast recht. Sie *war* zu nett, obwohl ich glaube, dass sie vielleicht eine falsche Vorstellung von uns bekommen hat. Oder es vielleicht hofft. Sie will dich verheiratet sehen, weißt du.«

»Ja. Ich weiß.« Er fuhr sich mit der Hand über das Gesicht. Wenn Gran wüsste, was er über Cassidy dachte, würde sie Freudensprünge machen.

»Aber das liegt daran, dass sie dich liebt und dich glücklich sehen will.«

Er wusste es. Und das war keine Diskussion, die er ausgerechnet mit Cassidy führen wollte. Erst recht nicht nach den jüngsten Ereignissen. Mitchell Davenport als Schwiegervater... Er musste zu viel von dem Abbeizer eingeatmet haben. »Ich hoffe, du hast ihre Wahnvorstellungen nicht noch genährt.«

»Genährt—?« Cassidy stemmte ihre Hände auf ihre kurvigen Hüften. »Wofür hältst du mich? Ich habe ihr nicht mal gesagt, wer ich bin, damit sie sich keine Hoffnungen macht, dass du den Jackpot geknackt hast.«

»Den Jackpot—?« Jetzt war er an der Reihe, beleidigt zu sein. »Hör zu, Prinzessin, mir geht es alleine ganz gut. Nur weil mein Lebensstil nicht die Baccarat-und-Dom-Pérignon-Ebene erreicht hat wie deiner, heißt das nicht, dass ich nicht gut alleine klarkomme. Ich brauche keine reiche Frau, die für mich sorgt.« Und er würde verdammt noch mal auch nicht für jemand anderen sorgen. »Ich gehe meinen eigenen Weg in dieser Welt.« Und er hatte das Ferienhaus, um es zu beweisen. Zwar keine *Zeit* für Urlaub, aber das tat nichts zur Sache.

Sie hob die Hände und Liam bemerkte, dass der Nagel an ihrem Ringfinger der linken Hand abgebrochen war.

Darin steckte eine ganze Menge Symbolik, aber Liam wollte das nicht genauer untersuchen. Cassidys Liebesleben – oder dessen Nichtvorhandensein – ging ihn nichts an.

»Immer mit der Ruhe, mein Herr. Du kannst mal schön wieder von deinem hohen Ross runterkommen. Ich habe sie in keiner Weise getäuscht, und zu deiner Information: Ich habe ihr nicht mal meinen Namen verraten. Ich habe gesagt, ich sei Cass Marie, was technisch gesehen keine Lüge ist, aber ich dachte mir schon, dass du nicht willst, dass sie erfährt, dass ich bei dir wohne. Glaub mir, ich weiß, wie die Leute reagieren, sobald sie meinen Nachnamen hören. Ich habe es satt, mich mit ihren Reaktionen und Vorurteilen herumzuschlagen. Du magst denken, das Leben in diesem Hochhaus sei ein Vergnügen gewesen, aber diese letzten Tage, in denen ich mir keine Sorgen darüber machen musste, wie ich aussehe oder ob irgendein Paparazzo vor deiner Tür lauert, um einen Blick auf mich ohne Make-up in schäbigen Klamotten zu erhaschen« – sie hielt den ausgefransten Saum ihres T-Shirts hoch – »waren augenöffnend. Auf eine gute Art.«

Er hätte die Kleidung wirklich prüfen sollen, bevor er sie für sie nach Hause gebracht hatte. Cassidys Freizeitkleidung ließ viel zu wünschen übrig – nämlich sie – und überließ nicht viel der Fantasie. Zwei Dinge, die dazu gemacht waren, ihn um den Verstand zu bringen.

»Zum ersten Mal in meinem Leben kann ich ich selbst sein. Wer das ist, weiß ich noch nicht so genau, aber ich bin definitiv *nicht* die Cassidy Davenport, die man in der Zeitung sieht. Es war schön, für deine Großmutter einfach nur irgendeine Frau in deinem Haus zu sein.«

Außer dass es bei ihm noch nie »einfach nur irgendeine Frau« gegeben hatte – Gran hatte nicht mal Rachel in seinem Haus gesehen, weil Liam darauf geachtet hatte, diese Teile seines Lebens getrennt zu halten. Er wusste, dass Gran wollte, dass sie alle vier Partner fürs Leben fanden, wie sie ihn in ihrem Großvater gehabt hatte, also war er extrem darauf bedacht gewesen, *keine* Frauen einzuladen, bis er die Richtige gefunden hatte.

Es war ja *klar*, dass ausgerechnet Cassidy Davenport die Frau war, die Gran bei ihm gesehen hatte. Er wusste sicher, dass Gran sie erkennen würde, egal welchen Namen sie benutzte, denn Mitchell war mit ihrem Vater zur Schule gegangen, und Gran verfolgte gerne die Geschichten vom lokalen Jungen, der zum Tycoon wurde, in der Presse. Sie pflegte ihnen zu sagen, dass sie – genau wie Davenport – alles erreichen könnten, was sie sich vornahmen. Sie wusste viel über den Kerl. Und seine Tochter.

Cassidy hatte wie eine verwöhnte Prinzessin gewirkt, die im vergoldeten Turm aus Grans Geschichten lebte. Komisch, dass er bei Rachel nicht dasselbe gesehen hatte. Oder vielmehr dieselbe Möchtegern-Attitüde. Rachel hatte ihren Ehrgeiz heruntergespielt. Er hatte gedacht, sie sei echt.

Das zeigte mal wieder, wie viel Ahnung er hatte. Sie hatte sich an diesen Ivy-League-Fratboy rangemacht, versucht, als Studentin durchzugehen, und nach jemandem mit einem dickeren Scheckbuch und Zugang zu der Welt gesucht, in der Cassidy lebte. Er hatte es übersehen, bis es ihm direkt ins Gesicht starrte. Oder vielmehr, bis sie ihr Gesicht direkt zwischen die Brüste des Verbindungstypen steckte.

Liam knetete seinen Nacken. Warum konnte Cassidy nicht so sein, wie er gedacht hatte? »Also, toll. Du hast was verkauft. Reicht das, damit du ausziehen kannst?«, fragte er.

Einen Moment lang huschte ein verletzter Blick über ihr Gesicht, aber sie maskierte ihn so schnell, dass ihm klar wurde, dass sie viel Übung darin hatte, ihren Schmerz zu verbergen.

Aber warum sollte sie verletzt sein, dass er sie draußen haben wollte? Es war ja nicht so, als sollte das eine dauerhafte Sache sein. Und sicher, sie genoss momentan vielleicht die Anonymität, aber niemals würde sie die Hochhäuser ihrer Welt langfristig gegen seine Renovierungsobjekte eintauschen. *Nicht*, dass er sie darum bitten würde.

»Was für ein Mensch wäre ich denn, wenn ich deiner Großmutter so viel Geld abknöpfen würde?«

Jetzt verschränkte sie die Arme, und das war auch nicht viel besser, als wenn sie sie sich in die Hüften gestemmt hatte, denn es betonte nur einen Bereich, den er verzweifelt zu ignorieren versuchte.

»Ich habe ihr einen symbolischen Betrag berechnet. Ich kann dir das Geld für den Leim zurückgeben, aber den Rest brauche ich für das Telefon.«

»Okay. Gut. Was auch immer.« Er tunkte den Pinsel wieder in den Abbeizer. Er wollte mit Cassidy nicht über Geld reden. Geld war die Wurzel allen Übels. Bestes Beispiel: Rachel. *Und* auch Cassidy, denn Geld war der Grund, warum sie in seinem Haus war. Die Ironie, dass eine Frau dachte, er habe nicht genug davon, und eine andere das brauchte, was er *hatte*, war zum Lachen.

Schade nur, dass ihm nicht zum Lachen zumute war.

Cassidy kaute auf der Innenseite ihrer Unterlippe. Liam war wohl eine Laus über die Leber gelaufen, aber sie konnte es nicht sein. Sie würde ihm das Geld zurückzahlen und sie war nett zu seiner Großmutter gewesen. Er konnte nicht sauer auf sie sein.

Nun, wahrscheinlich konnte er es doch, da sie quasi in sein Leben geplatzt war, aber sie versuchte, so unauffällig wie möglich zu sein. Ihre Seite der Garage war so ordentlich, wie sie sie halten konnte, ohne ihre Kreativität einzuschränken. Sie hatte sein Haus geputzt, Platz für sein Fitnessstudio geschaffen, Titania von ihm ferngehalten, war nett zu seiner Großmutter gewesen und gestaltete gerade ein Möbelstück für sie zum Selbstkostenpreis mit einem minimalen Aufschlag um. Und dieser Aufschlag war nur deshalb erfolgt, weil sie nicht wollte, dass Mrs. Manley merkte, dass sie ihr einen Sonderpreis machte. Cassidy würde nicht mal annähernd das verdienen, was sie für ihre Zeit und ihr Talent bekommen sollte, aber manche Dinge waren wichtiger als Geld. Ihre Integrität zum Beispiel.

Hm, von welchem Elternteil hatte sie die wohl geerbt? Vielleicht war es ein latentes Gen im Stammbaum.

»Und was hast du mit diesem Haus vor? Willst du hier wohnen?« Sie hatte den friedlichen Ausdruck auf Liams Gesicht gesehen, als er nicht bemerkt hatte, dass sie draußen vor der sechsscheibigen Haustür stand. Er hatte die Farbe von dem Regal geschabt, konzentriert und doch entspannt. Seine Mundwinkel hatten sich leicht nach oben gewölbt und seine Schultern waren nicht so angespannt gewesen wie jetzt.

Sie hatte diese Spannung verursacht. Das musste sie gewesen sein. In dem Moment, als er die Tür mit seinem mürrischen Gruß geöffnet hatte, hatten sich seine Nackenhaare aufgestellt.

Ihr erster Instinkt war gewesen, ihn darauf anzusprechen. Schließlich ließ sich keine Davenport respektlos behandeln. Aber dann fiel ihr wieder ein, dass sie nicht mehr mit dem Namen ihres Vaters um sich warf und dass es ihr in den letzten Tagen nicht viel gebracht hatte, eine Davenport zu sein.

»Ich kann hier nicht wohnen. Die Bebauungspläne in diesem Teil der Stadt haben sich geändert, es ist kein Wohngebiet mehr. Mein Immobilienmakler hat ein paar Interessenten, die das hier als Büro nutzen wollen.«

»Was ist mit einer Kindertagesstätte?«

Liam zeigte auf den Kamin. »Keine gute Idee bei einem Kamin, der noch funktionstüchtig ist. Ich will ihn nicht zumauern. Das ist ein gutes Verkaufsargument, besonders wenn ich erst mal diese Böden nussbaumfarben gebeizt habe.«

»Wie wäre es mit Kirsche? Und einem Hochglanz-Finish?« Es war ein Cape-Cod-Haus; er sollte die Eigenheiten betonen und voll auf das New-England-Jagdhaus-Feeling setzen. »Die Wände in Hunter-Green mit weißer Einfassung streichen und vielleicht die Ziegel um den Kamin mit schwarzem Mörtel neu verfugen? Das würde den Eindruck verstärken, wenn man zur Haustür reinkommt. Es zum Mittelpunkt des Raumes machen.«

Liam sah sie an, als würde er sie zum ersten Mal richtig wahrnehmen.

Diesen Blick erntete sie oft, wenn Menschen sich tatsächlich die Zeit nahmen, sie kennenzulernen – als würden sie nicht erwarten, dass sie ein Gehirn im Kopf hatte. Gott sei Dank war sie nicht blond; sonst würde sie nie die Gelegenheit bekommen, ihnen zu zeigen, dass sie Verstand besaß. »Ich habe Innenarchitektur studiert. Mein Vater wollte, dass ich Teil seines Designteams werde.« Aber dann hatte eines seiner ›Model des Monats‹ (das länger als einen Tag gehalten hatte) ein Problem damit gehabt, dass die Tochter ihres Mitchells ihr Ratschläge gab, und ihr lieber alter Herr hatte Cassidys Status auf ›Aushängeschild‹ herabgestuft. Als das ›Modell des Monats‹ dann abserviert worden war, war Cassidy zu gedemütigt gewesen, um zum Team zurückzukehren. Jeder wusste, dass sie den Job bekommen hatte, weil sie Mitchells Tochter war, und wegen seiner Liebhaberin ersetzt worden war. Schlimm genug, dass ihre Eltern sie wie einen Pingpongball hin- und hergeschoben hatten, solange Mom noch da war; Cassidy wollte das in ihrer Karriere nicht noch mal erleben. Also hatte sie ihr perfektes Lächeln aufgesetzt und war das beste verdammte Aushängeschild gewesen, das man sich nur wünschen konnte.

Und man sah ja, wo sie das hingebracht hatte. Auf den Heiratsmarkt und nun auf die Straße.

Trotzdem hatte sie ihr Talent und ihr Auge für Design. Das konnte Dad ihr nicht nehmen.

»Du solltest ein paar Pflanzenständer mit Farnen aufstellen, wenn du den Raum für die Besichtigung herrichtest.«

Liam zog eine Augenbraue auf eine sexy, verwegenen Art hoch, die ihren Magen kribbeln ließ. »Ich richte Räume nicht her. Der Makler führt die Käufer in einen leeren Raum.«

»Ernsthaft?« Sie befahl den Schmetterlingen im Bauch, Ruhe zu geben. »Du solltest das Staging mal ausprobieren. Nicht jeder kann sich die Möglichkeiten eines leeren Raumes vorstellen, außerdem wirkt der Ort kalt und unpersönlich, wenn nichts drin ist. Selbst wenn jemand ein Büro daraus machen will: den Kamin mit einem Teppich und einer Sitzgruppe davor zu sehen, ein paar Bilder an der Wand ... Das wirkt Wunder für den Eindruck, den die Leute bekommen. Und ich wette, es wird die Angebote erhöhen, die du erhältst.«

Die hochgezogene Augenbraue senkte sich wieder, und wenn sie sich nicht täuschte, bildete sie zusammen mit der anderen eine Zornesfalte. »Hör zu, Prinzessin, so magst du das in deiner Welt machen, aber ich flippe schon seit Jahren Immobilien und weiß, was ich tue«, sagte er.

»Ich habe nicht gesagt, dass du es nicht weißt. Ich wollte nur helfen, aber du hast recht: Das ist dein Geschäft. Falls du es dir aber anders überlegst, könnte ich ein paar Stücke zusammenstellen, um zu helfen, wenn du so weit bist. Falls du Interesse hast, meine ich.«

Ja, sie schoss sich vielleicht selbst ins Knie, wenn sie nicht versuchte, die Stücke sofort zu verkaufen, aber sie konnte sich das Sideboard unter diesen Bleiglasfenstern genau vorstellen. Sie könnte ein Jagdmotiv darauf malen oder vielleicht nur herabfallendes Herbstlaub. Die Oberseite könnte sie im selben Hochglanz-Kirschton beizen wie den Boden, um den Raum optisch zu verbinden—

Nur dass es ja nicht im Raum bleiben würde. Trotzdem, der runde Pflanzenständer hatte dasselbe Klauenfuß-Design wie das Sideboard, und es gab einen Küchenschrank, den sie passend dazu gestalten konnte und der perfekt in diese Nische passen würde.

Sie durchquerte den Raum und schritt den Platz ab. Sie müsste es mit der Breite des Schranks abgleichen, aber wenn er passte, würde er hier perfekt aussehen. Sie würde Efeu in einem patinierten Messingtopf auf dem oberen Regal vorschlagen, der an der Seite herabrankte, mit einem passenden Übertopf auf dem Ständer zwischen einem Paar Queen-Anne-Ohrensesseln und einem passend gepolsterten Sofa, die den Kamin einrahmten—

»Was machst du da?« Liams Stimme durchschnitt ihre Vision.

»Abmessen.«

»Wofür?«

»Da ist ein Schrank, von dem ich glaube, dass er hierherpassen würde –«

»Cassidy, ich weiß den Vorschlag zu schätzen, aber ich betreibe kein Staging. Die Profis, die mein Makler hier durchführt, wissen bereits, was sie wollen. Es wird eine Frage des richtigen Preises pro Quadratmeter sein. Wenn ich Möbel mieten muss, schmälert das meinen Gewinn, den ich dann auf den Quadratmeterpreis aufschlagen müsste. Damit würde ich mich aus dem Markt drängen. Außerdem ist das unethisch. Oder zumindest manipulativ. Künstlich. Als ob man versuchen würde, die Leute übers Ohr zu hauen. Wenn ich einen Raum betreten würde, der so aufgemotzt ist, würde ich die Teppiche hochheben, um nach Termitenschäden oder so was zu suchen.«

Sie verkniff es sich darauf hinzuweisen, dass es in einer Immobilie von Davenport Properties *niemals* Termitenschäden geben würde. Dad legte größten Wert auf Markenpflege, und das Letzte, was er tun würde, wäre, ein Insekt sein Image beschädigen zu lassen.

Seine Tochter aber anscheinend schon.

»Na gut. Dann bin ich dir nicht weiter im Weg und fahre nach dem Laden direkt nach Hause. Ich habe eine Menge Arbeit vor mir.« Und sie musste nicht hierbleiben und sich ihre »kleinen Ideen« herablassend kommentieren lassen, so wie es ihr Vater jahrelang getan hatte. Genau davon versuchte sie ja wegzukommen.

Also würde sie zurückfahren, sich an die Arbeit machen und die Stücke für den Verkauf fertigstellen. Sie konnte das, und sie würde es schaffen.

Dann würden sie alle sehen, wer die wahre Cassidy Davenport war.

Kapitel Sechzehn

»Sag mir, dass du Bier mitgebracht hast.« Liam griff nach der Kühlbox, die Sean trug, und betete darum, dass seine Hand nicht zitterte.

Was zur Hölle war nur in ihn gefahren? Cassidy hatte ein paar harmlose Bemerkungen gemacht, und er war sofort auf sie losgegangen und hatte sein Geschäft verteidigt, als wäre sie eine Behörde, der er Rechenschaft schuldig war.

»Ja, irgendwo auf der Welt ist es sicher schon nach fünf.« Sean schnippte den Deckel auf, als Liam die Box auf dem Sägebock-Tisch abstellte, den er mitten im künftigen Eingangsbereich eines neuen Büros aufgebaut hatte. *Ohne* Anrichte, Sofa oder Sonstiges. »Einheimisches oder Import?«

Liam schnappte sich die erste Flasche, die er fand. »Ganz egal. Ich muss nur meinen Durst löschen.« Und seine rasenden Gedanken beruhigen. Er konnte nicht entscheiden, ob er wütend auf Cassidy war, weil sie angedeutet hatte, er verstehe sein Handwerk nicht, oder ob es an der Tatsache lag, dass sie so verdammt anziehend ausgesehen hatte – und er *nicht* wollte, dass sie anziehend aussah. Was auch immer es war, das Letzte, was er gebrauchen konnte, war, dass Sean dahinterkam. Gott sei Dank war sie fünfzehn Minuten vor seinem Bruder verschwunden, der nun unangemeldet und unerwartet aufgetaucht war. Wenn Liam gewusst hätte, dass er vorbeikommen würde, während Cassidy noch hier war ... Er wollte gar nicht darüber nachdenken.

»Und, wie läuft's so mit Cassidy Davenport als Kundin?«

So viel dazu.

Liam drehte den Verschluss ab, ohne zu antworten. Er wusste nicht recht, *wie* er darauf antworten sollte.

»Was ist?« Sean nahm das Bier von den Lippen. »Ist das ein Staatsgeheimnis?«

»Dass ich in ihrer Wohnung arbeite? Nein.« Liam nahm einen vorsichtigen Schluck und wartete immer noch darauf, dass Sean ihn davor warnte, sich mit einer weiteren so teuren Nutznießerin einzulassen.

»Na, wenigstens müssen wir uns bei ihr keine Sorgen um dich machen.«

Liam verschluckte sich prompt. »Wegen mir *mit* ihr?«

»Ja, na du weißt schon. Dass du was für sie übrig hättest. Ich meine, man muss zugeben, die Frau ist heiß.«

Liam wurde allmählich heiß. Sean sollte gar nicht erst bemerken, wie heiß Cassidy war –

Oh. Verdammt. Gar nicht gut. Überhaupt nicht gut. Freunde vor Frauen. Und sie war ja noch nicht mal seine Frau –

Liam brach diesen Gedankengang sofort ab, denn das war *exakt* das, was er über Rachel gedacht hatte, als er herausgefunden hatte, dass sie von den Früchten seiner Arbeit – oder anscheinend der Arbeit irgendeines Typs – leben wollte, indem sie sich einfach nur bereitwillig gab, um alle Vorteile zu ernten. Die klassische Definition.

Aber auf Cassidy traf das nicht zu. Warum das so war, beunruhigte ihn zutiefst. Er musste hier ein wenig Distanz wahren.

»He, Lee?« Sean wedelte mit einem Bier vor seinem Gesicht herum. »Bist du noch da, Kumpel? Oder habe ich dir gerade erst die Augen dafür geöffnet, dass deine Kundin ein heißer Feger ist?«

»Könntest du bitte aufhören, das zu sagen? Du kennst sie nicht, sonst würdest du so einen Scheiß nicht labern.«

»*Scheiß*? Bist du blind? Oder warte mal. Hat sich am Ende herausgestellt, dass sie doch eine Seele hat? Eine, die noch nicht von den Millionen ihres Vaters leergesaugt wurde?«

»Lass es gut sein, Sean. Ich bin nicht in Stimmung.«

»Da protestiert aber jemand ganz schön heftig, was?« Sean konnte sich ein dreckiges Grinsen nicht verkneifen.

Liam fand das überhaupt nicht lustig. »Ich protestiere gegen gar nichts.

Du bist ein Vollidiot, wenn du glaubst, ich würde mich noch mal auf so was einlassen. Ende der Geschichte. Ich will diesen Laden hier nur auf Vordermann bringen, um ihn zum Verkauf anzubieten. Die Immobilienmakler liegen mir in den Ohren. Anscheinend steht eine Umwidmung bevor, die diese Gegend zu einem begehrten Markt machen wird.«

Sean sah sich um. »Äh, Lee? Ist dir klar, wie viel Arbeit das ist? Die Stufen draußen sind lebensgefährlich.«

Liam nickte und nahm einen weiteren großen Schluck Bier, froh darüber, vom Thema Cassidy weggekommen zu sein. »Die Fäulnis an der Außenwand. Das Wasser ist durch die minderwertige Stuckreparatur eingedrungen, die der Vorbesitzer dort vorgenommen hat.«

»Gut, dass du Mac's Hausmeister-Job nicht bekommen hast, den ich jetzt mache, sonst hättest du nie Zeit für das hier. Teufel auch, ich brauche einen ganzen Tag, um nur eine Suite zu putzen.«

»Ja, aber dafür bist du auf dem Anwesen, das ist also so, als würde man zwei Fliegen mit einer Klappe schlagen.«

Sean hatte Liam und Bryan davon überzeugt, zusammen mit ihm in ein prachtvolles Anwesen in den Pocono Mountains zu investieren, um dort ein Luxusresort zu errichten, das näher an Philly lag als die Catskills und erschwinglicher war als eine Reise nach New York City, DC oder Atlantic City. Ein großartiger Ort für gut verdienende Führungskräfte, um sich zu entspannen und dem Alltag zu entfliehen, inklusive eines erstklassigen Golfplatzes – sobald Sean das Anwesen aus dem Nachlass des verstorbenen Besitzers gekauft hätte. Sean arbeitete schon seit Jahren an diesem Deal und hatte sogar einige der umliegenden Grundstücke gekauft, um Privatsphäre und mögliche künftige Erweiterungsmöglichkeiten zu sichern. Es war Seans Chance, seine Träume zu verwirklichen, und sie hatten das nötige Kleingeld gehabt, um ihm den Rücken zu stärken, unter der Voraussetzung, dass Sean sie eines Tages auszahlen würde. Liam war es egal, wann das sein würde; er hatte immer noch seinen Cashflow und er mochte es, zusammen mit seinen Brüdern an einem Projekt zu arbeiten. Es war ein Glücksfall gewesen, dass Mac das Anwesen auf ihrer Kundenliste hatte. Es hatte Sean gehört, sobald sie die Wette verloren hatten.

»Ja, aber ich reiß mir den Arsch auf. Das Haus ist riesig. Mac wird noch ein paar Leute einstellen müssen, wenn wir fertig sind, denn ich werde definitiv Hilfe brauchen, wenn – ich meine, sobald ich es übernehme.«

Liam stellte das Bier ab. »Falls?«

»Ich meinte sobald.«

»Aber du hast ›falls‹ gesagt.«

»Ich meinte sobald.«

Liam sah ihn an. Sean hatte ein gutes Pokergesicht, aber er war nicht darauf vorbereitet gewesen, dass Liam ihn hinterfragte. »Raus mit der Sprache.«

Sean seufzte. »Es gibt da vielleicht einen kleinen Haken.«

»Was für einen Haken?«

»Ich bin mir noch nicht sicher. Aber ich werde das klären. Ich *werde* dieses Grundstück bekommen.«

Liam bohrte nicht weiter nach. Wenn es einen »Haken« gab, war er größer, als Sean zugeben wollte, sonst wäre ihm dieser Versprecher nicht passiert. Sean hatte eine Menge um die Ohren. Es hatte keinen Sinn, das noch zu verschlimmern, indem er ihn bedrängte. Wenn er so weit war, würde er es ihnen schon erzählen.

Das Gute daran, seinen Brüdern so nahezustehen, war, dass sie wussten, wann sie sich zurückzuziehen hatten. Genau wie Sean es bei Cassidy getan hatte.

»Warum bist du dann überhaupt hier, wenn du auf deinem Anwesen so viel zu tun hast?« Liam nahm den Schaber zur Hand und ging zurück zu den Regalen. Es *gab* viel zu tun in diesem Laden, und für einmal war er dankbar dafür. Es hielt ihn aus seinem Haus und von Cassidy fern.

»Ich brauchte eine Pause. Ich fange schon an, in diesen ewig langen leeren Fluren Selbstgespräche zu führen, verstehst du? Ich hätte nichts gegen eine Abwechslung. Hast du Lust auf eine weitere Pokerrunde? Wir könnten Bryan anrufen.«

»Was, die letzte Pokerrunde ist so gut gelaufen, dass du eine Wiederholung willst?«

»Mac laden wir diesmal nicht ein.«

»Nie wieder.«

Er lachte mit Sean und war halb versucht, seine Theorie mit ihm zu teilen, aber ... wozu? Man konnte jetzt ohnehin nichts machen, außer die Zähne zusammenzubeißen und die nächsten drei Wochen durchzuziehen.

Oder länger, falls Cassidy nicht genug von ihren Möbeln verkaufen konnte, um auszuziehen.

Die Auswirkungen der Wette nahmen einfach kein Ende.

Gott steh ihm bei.

Cassidy schob sich ihre Schutzbrille zurück ins Haar, als ein weiteres Paar Scheinwerfer an Liams Haus vorbeifuhr. Ein weiteres Auto, das nicht seines war.

Sie schüttelte den Kopf und zuckte zusammen, als die Brille mit einem *Klack* auf ihren Nasenrücken rutschte. Schief. Das schien in letzter Zeit ihr natürlicher Zustand in Liams Nähe zu sein. In einem Moment war er total nett und bedankte sich wegen seiner Großmutter bei ihr, doch im nächsten hieß es, sie solle sich raushalten, nur weil sie ihm kostenlos ihr Fachwissen anbot.

Cassidy richtete die Brille – ihr mit Strasssteinen besetztes Modell, das sie so süß gefunden hatte, als sie noch allein gemalt hatte, das sich in Liams Haus aber einfach deplatziert anfühlte – und beendete das Abschleifen der Holzplatte der Kredenz. Ein paar Schichten Decklack, ein paar Runden Polieren, und das Teil würde aussehen, als hätte es eine Marmorplatte. Imitationsmalerei war ihr Spezialgebiet gewesen, besonders *Trompe-l'œil*.

Sie hatte auf einer Haushaltsauflösung eine antike Spiegeleinfassung gefunden, bei der sie diese Technik anwenden wollte. Ein Zauberspiegel, dachte sie. Perfekt für ein kleines Mädchenzimmer. Er passte gut zu ihrer kreativen Ader und ihre geschäftstüchtige Seite mochte die Tatsache, dass Menschen für ihre Kinder normalerweise keine Kosten scheuten. Wenn man ein Stück gezielt für die Tochter von jemandem vermarktete, erhöhte das die Chancen, dass es verkauft wurde – und zwar gut. Marketing war ebenfalls eines ihrer Talente, eines, für das ihr Vater sie nie gewürdigt hatte, es sei denn, es ging darum, auf den Prospekten und Verkaufsunterlagen eine gute Figur zu machen.

Cassidy ließ ihre Fingerknöchel knacken; ihre Hand verkrampfte sich, weil sie den Pinsel und die Palette schon so lange hielt. Sie wollte nicht an all die Dinge denken, die sie in den Augen ihres Vaters nicht richtig machen konnte. Lag es daran, dass sie ihn jeden Tag an die Frau erinnerte, die ihn betrogen und verlassen hatte?

Sie glaubte nicht, dass es ihren Vater emotional sonderlich getroffen hatte – abgesehen von der offensichtlichen Peinlichkeit, dass die ganze schmutzige

Affäre öffentlich geworden war natürlich. Und wenn doch, dann hatte er so getan, als wäre es nicht so gewesen. Er hatte ihr gezeigt, wie man stark blieb, als Mama weggegangen war, aber das hatte sie nicht davon abgehalten, sich nachts in ihrem Bett zusammenzurollen, den Arm um ihr liebstes Stofftier geschlungen – ein Plüsch-Malteser-Welpe, den sie Tinkerbell getauft hatte – und sich zu fragen, warum Mama *sie* verlassen hatte.

Nun, sie konnte nichts dagegen tun, dass sie ein Ebenbild ihrer Mutter war –

Wo sie gerade daran dachte: Sie hatte das Foto und das Armband in der Wohnung gelassen.

Ach, die Ironie. Sie hatte diese Sachen jahrelang behalten, außer Sichtweite verstaut, und gegen jede Hoffnung gewartet, dass Mama zurückkäme, um sie zu holen – und dann war sie nicht gekommen.

Sie brauchte das Foto nicht mehr, und das Armband fiel auseinander. Erinnerungen an das letzte Mal, als sie und Mama eine schöne Zeit gehabt hatten. Die letzte schöne Zeit in ihrem Leben.

Nun, das würde sich ändern. *Das hier* würde die beste Zeit ihres Lebens werden.

Ein Scheppern drang aus der Garderobe.

Oder vielleicht würde auch erst *morgen* die beste Zeit ihres Lebens werden.

»Titania!« Cassidy stellte das Schleifgerät auf den Boden und eilte ins Haus, ohne darauf zu achten, dass sie über und über mit Sägemehl bedeckt war.

Ihr Hund war einfach nur mit einer Staubschicht bedeckt. Sie hatte es irgendwie geschafft, einen Handstaubsauger von der Wand zu stoßen, der beim Aufprall auseinandergebrochen war und eine Staubwolke im ganzen Raum verteilt hatte. Großartig. Da war sie dahin, ihre ganze harte Arbeit, den Laden sauber zu halten.

Zwei Stunden später war der Staub von jeder Oberfläche im Raum verschwunden, auch wenn sie sich ziemlich sicher war, dass er nun an jedem Zentimeter ihres Körpers klebte. Titania war in das provisorisch mit einem Hundegitter abgesperrte Badezimmer verbannt worden, wo sie sich ihre süße kleine staubbedeckte Seele aus dem Leib kläffte. Sie *war* im Moment wirklich ein Staubwedel auf Beinen; Cassidy musste über Liams Beschreibung lächeln, obwohl sie bezweifelte, dass er lächeln würde, wenn er sie beide so sehen könnte.

Er hatte sie überrascht. Er hatte eine völlig Fremde in sein Haus gelassen, ihr die Schlüssel für seinen Truck gegeben, etwas Geld und einen Job. Er hätte ihr keine Bleibe geben müssen. Er war ihr nichts schuldig. Er hatte sie gerade mal für – wie lange? Eine halbe Stunde gekannt? Wer *tat* so was?

Liam Manley. Irgendeine Frau würde eines Tages sehr viel Glück mit ihm haben.

Für einen Moment stellte sie sich vor, sie wäre diese Frau. Dass sie hier leben könnte, mit Liam, ein Teil seiner Familie sein könnte. Mrs. Manley »Oma« zu nennen, ein paar Schwäger zu haben, eine Schwägerin – ach, machen wir eine Schwester daraus. Sie hatte sich schon immer eine Schwester gewünscht.

Sie hatte sich schon immer eine Familie gewünscht.

Und Liam hatte eine wie für sie gemachte Familie, die nur darauf wartete, dass jemand ein Teil von ihr wurde.

War es so verkehrt, sich vorzustellen, dass dieser Jemand sie sein könnte?

Kapitel Siebzehn

»Okay, ich bin bereit für die Arbeit.«

Liam ließ den Hammer fallen. Auf seinen Fuß.

Er hüpfte fluchend herum und sah den Albtraum seiner schlaflosen Nächte im Türrahmen seines neuen Projekts stehen. Sie sah viel zu munter aus und ... und ... *strahlend* in ihren knallorangefarbenen Shorts und dem sonnengelben Oberteil. »Du bist was?«

»Ich bin hier, um zu arbeiten. Ich habe meine Malerklamotten angezogen, also spann mich ein.«

Denk nicht dran, denk nicht dran, denk nicht dran.

Zu spät. Zu sehen, wie untypisch sie sich für eine Rachel verhielt, hatte die Tür zu einem Bild geöffnet, das er niemals mit Cassidy in Verbindung gebracht hätte. Und nach den Träumen, die er in den letzten zwei Nächten von ihr und sich gehabt hatte – während er hier auf einem Haufen Abdeckplanen vor dem Kamin geschlafen hatte, nur um nicht nach Hause gehen zu müssen und von ihr in Versuchung geführt zu werden –, war *nicht daran zu denken* schlicht unmöglich. Er stellte es sich bereits in den lebhaftesten Farben vor – die anscheinend Orange und Gelb waren. »Wovon redest du eigentlich?«

Cassidy hielt einen Pinsel und ein Bündel hoch, von dem er annahm, dass es Lumpen waren, obwohl sie für ihn eher wie ungebügelte Taschentücher aussahen. »Streichen. Hier. Mit dir. Dieses Haus.«

Nein, nein, nein. Kommt nicht infrage. »Hast du nicht irgendwelche Möbel aufzumöbeln oder so was? Einen Hund, mit dem du Gassi gehen musst? Ohrringe, die du versteigern kannst?« Eine Wohnung, die sie finden, Möbel, die sie verkaufen musste ... irgendetwas, das sie früher oder später aus seinem Haus beförderte, damit er endlich aus diesem *War-sie-es-oder-war-sie-es-nicht*-Karussell aussteigen konnte. *Dieses* Haus zu streichen, würde dabei nicht helfen.

»Die Ohrringe sind eingestellt, das Haus ist sauber, und den Vormittag habe ich damit verbracht, die nächsten Stücke zu reparieren und abzuschleifen. Jetzt muss sich der Staub in der Garage erst mal legen, also habe ich gerade etwas Zeit. Und deshalb kann ich nichts Neues lackieren. Nicht, dass ich überhaupt Platz für etwas Neues hätte. Dort drin sieht es ohnehin schon aus wie bei einem Hindernislauf.«

Keine Überraschung, wenn man den Zustand ihrer Schränke in der Eigentumswohnung bedachte. »Also dachtest du, du kommst hierher und arbeitest?«

»Volltreffer.« Sie blendete ihn mit ihrem Lächeln, und Liam musste buchstäblich blinzeln, um die Lichtpunkte aus seinen Augen zu vertreiben.

»*Das* hast du gedacht?« Streichen war mit Sicherheit nicht das Erste, woran er dachte, wenn es um sie ging.

»Na ja, ja.« Zum ersten Mal, seit sie angekommen war, erlosch ihr Lächeln ein wenig. »Willst du die Hilfe etwa nicht? Wir werden mit dem Haus schneller fertig für den Verkauf. Mein Vater drängt die Leute auch immer dazu, unter dem Budget und vor der Frist fertig zu werden. Ich weiß, was ich tue, und wenn wir zu zweit arbeiten, schaffen wir das viel schneller.«

Das würde nicht passieren. Nicht mit ihr in diesen lächerlichen, knallorangefarbenen Shorts, die zwar nicht ganz so knapp wie die von Daisy Duke sein mochten, aber auf ihn gerade gut genug – *zu* gut – wirkten, und einem T-Shirt, das, du meine Güte, mit Strasssteinen übersät war.

»*Das* sind deine Malersachen?« Er blickte an sich selbst hinunter auf seine tristen khakifarbenen Malershorts und das schweißgebadete T-Shirt, das früher mal blau gewesen war. Oder vielleicht grün. Schwer zu sagen, da es durch das viele Waschen völlig verblichen war. Er besaß ein paar Maleroutfits;

es ergab keinen Sinn, neue Kleidung zu ruinieren, man wusch die alten Sachen einfach so lange, bis sie auseinanderfielen.

»Das ist alles, was ich hatte, weißt du noch?« Sie tippte sich mit dem Ende des Pinsels an die Lippen, und Liam versuchte mühsam, nicht hinzustarren. Oder sich zu fragen, wie sie wohl schmeckten. »Also, in welcher Farbe streichst du die Leisten?«

»Weiß.«

»Das bildet einen schönen Kontrast zu jägergrünen Wänden.«

»Die Wände werden nicht jägergrün.«

»Sollten sie aber.«

»Sie werden beige.«

»Beige Wände und weiße Leisten? Warum hüllst du nicht gleich alles in Plastik ein, wenn du schon dabei bist, dem Ort jegliche Persönlichkeit zu nehmen?«

»Er braucht keine Persönlichkeit; er muss neutral sein, damit jemand eintreten und ihn zu seinem eigenen machen kann. Mit *seiner* Persönlichkeit.«

»Aber wenn du ihn aufpeppst, weckst du mehr Interesse.«

»Wie viele Häuser hast du bitteschön schon verkauft?«

Ihre sexy Lippen verengten sich zu einem schmalen Strich, den sie etwas schief zog. Und selbst das sah verdammt gut an ihr aus.

»Ich lasse dich wissen, dass ich bei einigen der besten europäischen Designer gelernt habe, die in puncto Inneneinrichtung ganz vorne mitspielen. Leute, die für Architectural Digest arbeiten, die Hotels und Luxus-Penthouses entwerfen. Mein Vater hat ein ganzes Team, das jedes Zimmer in seinen Gebäuden bis hin zum kleinsten Nippes gestaltet.«

»Das sind Hotels. Die müssen schick hergerichtet sein. Die Leute wollen kein leeres Hotelzimmer.«

»Er hat auch Eigentumswohnungen, weißt du noch? In einer habe ich gewohnt.«

»Und war das nicht geradezu der gemütlichste Ort, den man sich vorstellen kann?«

»Er sollte nicht gemütlich sein. Er sollte beeindruckend sein. All das Weiß und das Glas ... Das Objekt präsentiert sich gut. Es wird sich verkaufen, und zwar für richtig viel Geld. Weil es eine Immobilie von Mitchell Davenport ist und alle Standards, die er für seine Objekte gesetzt hat, dort erfüllt werden; er bedient die Kundenerwartungen, die er selbst aufgebaut hat. Das solltest du auch tun. Sorge dafür, dass Liam-Manley-Projekte ein Statement setzen, einen gewissen Charme besitzen, damit die Leute wissen, was sie bekommen, wenn sie etwas kaufen, das du geschaffen hast. Bau eine Marke für deinen Namen auf, dann ist es völlig egal, welche Farbe du an die Wände klatschst, solange es *überhaupt* eine Farbe ist. Und *nicht* Beige.« Sie schauderte förmlich.

»Hast du neulich nicht Beige getragen?«

Sie legte den Kopf schief. »Habe ich?«

Herrgott, sie wusste es nicht mehr? Er bekam das Bild nicht aus dem Kopf. »Ja, dein ganzes Outfit war beige. Oberteil, Hose, Schuhe.« Der BH, den er gesehen hatte, als sie sich vor ihm gebückt hatte, und wahrscheinlich auch ihr verdammter Tanga. Und Gott wusste, ihre Haut hatte denselben Ton – jedes verlockende Stückchen, das er erhascht hatte.

Sie zuckte mit den Schultern. »Und wenn schon? Ich bin kein Haus, und wir reden hier sowieso nicht über mich. Ich entwerfe Möbel mit meiner Marke im Hinterkopf. Du solltest über deine nachdenken. Was hast du bei all den Häusern, die du renoviert und verkauft hast, getan, das für dich identifizierbar ist? Das dem Ort ansieht, dass er von Liam Manley gemacht wurde?«

»Mein Name auf dem Scheck des Käufers.«

Cassidy verdrehte die Augen, die selbst ohne Make-up wunderschön waren. »Willst du dein Leben lang körperlich schuften, bis du stirbst, Liam? Du musst das große Ganze sehen. Mach dir einen Namen, schaff eine Marke. Dann kannst du das System jemand anderem beibringen und dein Geschäft entweder verkaufen oder an die Familie weitergeben, wenn du in Rente gehen willst und trotzdem noch Einkommen daraus ziehen möchtest. Du musst ein Bedürfnis für deine Produkte wecken. Gib den Leuten einen Grund, nach dir zu suchen, anstatt einfach irgendeinen anderen Ort zu finden. Sorge dafür, dass jeder eine Immobilie von Liam Manley will, weil sie so wirtschaftlich oder funktional oder innovativ oder sonst was ist, dass es für sie ein echter Gewinn ist, sie zu besitzen. Erschaffe deine Nische, damit die Leute zu dir kommen, anstatt dass du jedes Mal losziehen und Kunden suchen musst, wenn du etwas zu verkaufen hast. Es ist immer besser, wenn die Leute Schlange stehen, als wenn man nur das Echo der Stille hört, wenn man morgens den Laden öffnet.«

»Klingt so, als hättest du gut aufgepasst, wenn dein Dad geredet hat.«

Sie legte den Kopf schief und stemmte eine Hand in die Hüfte. »Der Kerl mag ein Arschloch sein, aber er weiß, wovon er redet, und man lebt und arbeitet nicht mit ihm zusammen, ohne ein paar Dinge aufzuschnappen. Also behandle mich nicht so von oben herab.«

Liam zuckte zusammen. Das hatte er tatsächlich getan. Er hatte nicht vorgehabt, sie herablassend zu behandeln, aber das Gespräch mit Sean geisterte ihm immer noch im Kopf herum. Und ganz ehrlich: Er hätte niemals gedacht, dass Cassidy Davenport auch nur den Hauch einer Ahnung von Geschäften hätte.

Aber er schon, und er machte das hier bereits eine ganze Weile. »Ich weiß dein Angebot zu schätzen, Cassidy, aber das hier ist mein Haus. Ich mache das in meiner Zeit und auf meine Weise.«

Verdammt, wenn sich ihre Mundwinkel nicht nach unten zogen und er hätte schwören können, dass ihre Unterlippe bebte.

»Na gut dann.« Sie atmete tief ein und sah ihm in die Augen. »Wenn du meine Hilfe nicht willst ...«

»Das habe ich nicht gesagt.«

Was tust du da? Du willst *sie dazu einladen, hier herumzuhängen?* Er rieb sich die Nasenwurzel. Das war wahrscheinlich das Dümmste – okay, das zweit-dümmste –, was er je getan hatte. Aber sie *wollte* helfen. Wie oft hatte er sich gewünscht, dass Rachel sich auch nur ansatzweise für das interessierte, womit er seinen Lebensunterhalt verdiente? »Okay, gut. Du kannst helfen. Aber die Wände werden *nicht* grün.«

Sie öffnete den Mund, und Liam wappnete sich für einen Streit.

Stattdessen überraschte sie ihn. »Okay, Liam. Wie du meinst.«

Er blinzelte. Wirklich? Sie fügte sich? Kein Streit? Keine Tränen, um ihren Willen durchzusetzen?

Liams Augen verengten sich. Sie führte garantiert etwas im Schilde.

Und dann küsste sie ihn.

Kapitel Achtzehn

Sie hatte es nicht mit Absicht getan. Wirklich nicht.

Es war nur... einfach... nun ja...

Er gab ihr eine Chance. Aus welchen Gründen auch immer, Liam gab ihr die Gelegenheit, mit ihm an etwas zu arbeiten, das ihm wichtig war. Sie war es so gewohnt, dass ihre Ideen abgeschmettert wurden, dass sie fest damit gerechnet hatte, dass er ihr eine glatte Absage erteilen würde. Als er sagte, dass sie helfen könne, nun, da war sie so überrascht, so glücklich, dass sie nicht wirklich darüber nachdachte, wie sie reagieren sollte.

Ihm in die Arme zu springen und ihm einen dicken Kuss aufzudrücken, war wahrscheinlich nicht die klügste Wahl gewesen.

Dann fing er an, den Kuss zu erwidern, und, tja, vielleicht war es doch eine *gute* Wahl gewesen. Der Mann war *erste Sahne*.

Und Herrgott, küssen konnte er. Wenn Burton fähig gewesen wäre, ihre Sinne so in die Stratosphäre zu schicken wie Liam, wäre sie vielleicht nicht vor dem Ultimatum ihres Vaters geflohen.

Aber dann hätte sie das hier verpasst.

Sie hätte das Spiel von Liams Lippen auf ihren verpasst – fast schon zubeißend, aber viel sanfter. Verführerisch genug, um kleine Stromschläge durch sie zu jagen und ihre Knie weich werden zu lassen. Und dann war da die Art, wie seine großen, schwieligen Hände ihren Rücken umfassten, ihre Taille fest hielten und sogar zu ihrem Hintern hinunterwanderten.

Es war, als hätte jemand sie an eine Steckdose angeschlossen. Sie ging in Flammen auf, und plötzlich war es ihr völlig egal, dass sie ihm eigentlich danken sollte, anstatt ihn zu küssen. Es gab keine Chance, dass sie damit aufhörte.

Seine Lippen wanderten von ihren zu einer Stelle knapp unter ihrem Kiefer, nahe ihrem Ohr. »Cassidy.«

Ja, das war ihr Name, und oh Gott, er klang so gut aus seinem Mund.

»Cassidy«, sagte er etwas eindringlicher, während sein heißer Atem die Flammen noch ein wenig mehr schürte, als er ihre Haut liebkoste.

Ja, ja, wollte sie antworten, aber ihr war die Puste ausgegangen, also konnte sie nicht. Sie konnte einfach nicht. Außerdem, warum reden, wenn sie sich stattdessen küssen konnten –

»Cassidy.«

Warte mal. Er redete. Er küsste nicht mehr. Und er klang weder außer Atem, noch lag Staunen in seiner Stimme.

Die Elektrizität verwandelte sich in Eis, und Cassidy konnte sich nicht rühren. Sie hatte sich dem Typen an den Hals geworfen – wortwörtlich – und er wollte nichts von ihr wissen.

Nun ja, okay, seine Hände hatten ihren Hintern noch nicht verlassen, also gab es vielleicht ein paar Teile von ihr, die er wollte, aber er wollte nicht *sie*. Sein Tonfall sagte alles.

Demütigung kroch durch ihre Adern und ihre Knie wurden aus einem ganz anderen Grund schwach. Gott, wie peinlich.

Sie räusperte sich und löste ihre Finger aus dem Knoten, den sie in seinem Haar gebildet hatten, während sie ihr Bein von seiner Wade abwickelte – oh Gott, sie hatte sich wie eine Schlingpflanze um ihn gewunden – und trat einen schmerzhaften, wackligen Schritt nach dem anderen zurück. »Ich...« Sie strich sich die Haare aus dem Gesicht – Haare, die aus ihrem Pferdeschwanz entwischt und völlig zerzaust und verschwitzt waren, weil sie in der Hitze ihres Kusses gefangen gewesen waren. »Es tut mir leid. Ich weiß nicht, warum ich das getan habe. Ich –«

»Schwachsinn.«

»Ich – was?«

»Schwachsinn. Du weißt ganz genau, warum du das getan hast.«

Nun ja, eigentlich wusste sie es. Sie fand den Kerl unglaublich attraktiv und sie hatte nicht nachgedacht; sie hatte einfach reagiert. »Weiß ich das...?«

»Hör zu, ich bin keiner dieser hündischen Mitläufer, die dein Vater für dich als Ehemänner ausgesucht hat. Ich bin kein Kerl, den du an seinem Schwanz hinter dir herziehen kannst. Ich stehe nicht auf Frauen wie dich.«

»Frauen wie... wie mich?«

»Ja.« Er machte den letzten Schritt, der ihn außer Reichweite brachte, und fuhr sich mit beiden Händen durchs Haar. »Jesus. Ich reiche dir den kleinen Finger und du nimmst die ganze Hand. Wann lerne ich endlich meine verdammte Lektion?«

Irgendetwas ergab hier keinen Sinn, aber Cassidy versuchte immer noch, ihren Herzschlag zu beruhigen und herauszufinden, was zur Hölle er mit *Frauen wie dich* meinte. Was sollte das bedeuten?

»Das wird so nicht funktionieren, Cassidy. Du musst nach Hause gehen.«

Nach Hause. Das war das Problem; sie hatte keines.

»Warum? Hast du Angst, dass du meinem Charme nicht widerstehen kannst?« Sie ließ Sarkasmus ihre Demütigung überdecken. Sie hätte nie gedacht, dass er sich von ihr abgestoßen fühlen würde – was auch immer für ein Frauentyp sie war. Das war ihr noch nie passiert. Normalerweise war sie diejenige, die sich zurückzog, weil sie sich nie sicher war, was ein Mann von ihr wollte.

»Es ist kein Geheimnis, dass ich dich attraktiv finde.«

Das beantwortete diese Frage.

»Ein Mann müsste tot sein, um das nicht zu tun.«

Sie glaubte nicht, dass das ein Kompliment war.

»Aber ich suche keine Komplikationen in meinem Leben. Ich suche keine Frau.«

»Whoa. Ganz ruhig, Casanova. Wenn du glaubst, ich hätte das getan, um dich an die Angel zu kriegen oder so, dann hast du dich gewaltig geschnitten. Das war Dankbarkeit. Ein Dankeschön dafür, dass du mich hier mitarbeiten lässt. Spiel das jetzt nicht so auf.« Das war ihre Geschichte, und dabei blieb sie.

Allerdings kreuzte sie hinter ihrem Rücken die Finger.

Er zog eine Augenbraue hoch. »Tatsächlich.«

Sie hob das Kinn. Wenn er während ihres Kusses nicht außer Kontrolle geraten war, würde sie verdammt noch mal nicht zugeben, dass sie es war. Je weniger er von der Anziehung wusste, die er auf sie ausübte, desto besser.

»Na gut, schön«, sagte er. »Dann habe ich das Bein, das du um mich geschlungen hattest, und den Schraubstockgriff in meinen Haaren wohl falsch interpretiert, ganz zu schweigen von deiner Zunge, die buchstäblich jeden Winkel meines Mundes erkundet hat.«

Verdammt soll er sein. Ihre Wangen glühten, aber Cassidy hatte im Internat nicht umsonst den hochmütigen Töchtern von Botschaftern und anderen Würdenträgern Paroli geboten. »Ich *kann* mich beherrschen, weißt du. Es ist ja nicht so, als wärst du Gottes Geschenk an die Frauenwelt, Liam. Also habe ich dich geküsst. Okay... ich habe mich hinreißen lassen. Aber ich *kann* mich beherrschen.«

Sie log ihm ins Gesicht, aber sich selbst belog sie nicht. Der Mann war erste Wahl. Und perfekt. Und falls der Anblick nicht Beweis genug war, dann war es die Art, wie er ihre Hormone in die Umlaufbahn schickte. Aber sie würde weder seinem Ego schmeicheln, noch ihn glauben lassen, er wäre das Nonplusultra für sie.

Ist er das nicht?

Ach, um Himmels willen. Es war nur ein Kuss.

Wer's glaubt.

»Aber du hast mich auch nicht gerade weggestoßen. Ich habe deine Hände ganz deutlich an meinem Hintern gespürt.«

Er ballte die Fäuste und seine Lippen wurden schmal. Ja, er erinnerte sich.

»Also, ziehen wir das jetzt durch oder kriegst du die Krise und wirfst mich raus, weil du mir nicht widerstehen kannst?« Sie setzte auf Provokation und stemmte zur Unterstreichung die Hände in die Hüften – auch um ihre Beine daran zu erinnern, nicht nachzugeben.

War es Einbildung oder sah sie ein kurzes Aufblitzen von etwas – wagte sie es, an Bewunderung zu denken? – in seinem Blick?

»Schön. Du kannst bleiben. Aber es gibt Grundregeln. Du bleibst auf deiner Seite und ich bleibe auf meiner, und falls wir uns in der Mitte treffen, gibt es keinen Körperkontakt. Einverstanden?«

»Wow, bei dieser romantischen Ansage, wie erwartest du da von mir, dass ich mich fernhalte?«

Er seufzte. »Ja oder nein?«

»Ja. Natürlich. Es ist ja nicht so, als könnte ich nicht ohne einen weiteren Kuss von dir leben.« Obwohl dieser Gedanke ihr doch einen leichten Stich im Magen versetzte.

»Und das gilt auch für das Haus.«

»Bilde dir bloß nichts ein, Liam. Ich bleibe auf meiner Seite, besonders auf der Seite, auf der mein Schlafzimmer ist.« Sie warf den Kopf in den Nacken, um die feuchten Haare von ihrer Wange zu bekommen. Sie brauchte keine Erinnerungen daran, dass ihre Lippen vor einer Minute noch eins gewesen waren – und dass es das einzige Mal bleiben würde, dass sie das mit Liam erleben durfte. Was verdammt schade war.

»So.« Sie hob ihren Pinsel dort auf, wo sie ihn vor diesem Kuss-der-sich-nicht-wiederholen-würde fallen gelassen hatte, und klemmte ihn sich hinter das Ohr. »Soll ich mit den Leisten anfangen?«

Er musterte sie einen Moment lang und sah aus, als wollte er etwas sagen, biss sich dann aber stattdessen kurz auf die Innenseite seiner Wange. »Ich hatte vor, die Leisten erst nach den Regalen zu machen.«

»Okay. Ich kann bei diesen helfen.«

Er zog eine Augenbraue hoch. »Haben wir nicht gerade über entgegengesetzte Seiten gesprochen?«

»Na und? Gegenüberliegende Seiten des Regals.«

Wenn sie sich nicht täuschte, schluckte er ein Stöhnen hinunter. Aber bei dem schweren Seufzer, den er nicht einmal zu verbergen versuchte, täuschte sie sich definitiv nicht. »Cassidy.«

Sie hob abwehrend die Hände. »Ich habs begriffen. Abstand. Weil ich so unwiderstehlich bin, dass du dich nicht beherrschen kannst.«

»Oh, ich beherrsche mich gerade sehr. Und damit meine ich nicht das Küssen.«

Verdammt. Das tat tatsächlich weh.

Er fuhr sich mit der Hand durchs Haar und rieb sich den Nacken. Vielleicht war das doch keine gute Idee gewesen. Sie sollte besser gehen.

Aber das hieße, mehr als nur einen Dankbarkeitskuss zuzugeben. Trotz all ihrer großen Worte: Wenn sie jetzt ginge, wüsste er, dass es um mehr als nur Dankbarkeit gegangen war.

Sie nahm einen Farbeimer in die Hand. »Okay, Liam. Sieht so aus, als würden die Leisten früher fertig als gedacht. Ich fange hier drüben an. Auf der *gegenüberliegenden* Seite des Raumes.«

Wie ironisch war es eigentlich, dass der eine Mann, den sie *wirklich* wollte, der eine Mann war, der sie nicht wollte?

Ihr Vater würde es poetische Gerechtigkeit nennen.

Nun, sie hatte mehr verdient, als er für sie vorgesehen hatte, sei es nun Liam, ihre Kunst oder ihre Unabhängigkeit, und sie würde sich holen, was ihr zustand.

Kapitel Neunzehn

Zwei quälende Stunden später hatten er und Cassidy kaum Fortschritte gemacht.

Nun, *er* hatte kaum Fortschritte gemacht. Cassidy war viel weiter gekommen, weil sie seine Anordnung, auf *gegenüberliegenden Seiten* zu arbeiten, offensichtlich wörtlich nahm. Ihr Blick war nicht ein einziges Mal in seine Richtung gewandert.

Es war bescheuert, dass ihn das wurmte, aber jedes Mal, wenn er sich umdrehte, befand sie sich in irgendeiner Pose, die ihm wie ein Schlag in die Magengrube versetzte. Die letzte war ein echter Hammer gewesen: Sie hatte sich über das obere Ende der Leiter gebeugt, um Malerkrepp am Rand der Zierleiste anzubringen, was ihm die perfekte Aussicht auf ihren Hintern bescherte. Den Hintern, an dem er seine Hände gehabt hatte. Seine Handflächen spürten immer noch die Rundung und Weichheit. Wenn er auch nur noch eine Sekunde länger auf ihren Hintern starren musste, würde er wahnsinnig werden.

Was natürlich der Code des Universums für »Lass-Cassidy-sich-wieder-vor-ihm-auf-der-Leiter-bücken« war, wodurch sich ihr Hintern erneut auf Augenhöhe befand, als er sich einen weiteren Eimer Farbe holte.

Er blickte zum Himmel. *Im Ernst jetzt?*

»Liam? Kannst du mal kurz rüberkommen?«

Nicht um alles in der Welt. »Warum?«

Sie warf sich ihren Pferdeschwanz über die Schulter und sah zu ihm zurück. Eine entwischte Locke verfing sich an ihrer Nase, und sie pustete sie beiseite.

Diese Bewegung traf ihn ebenfalls direkt in die Magengrube, weil er sich lebhaft vorstellen konnte, wie sie dasselbe tat, nachdem sie sich so über ihn gebeugt hatte –

»Hallo? Weil ich Hilfe brauche?« Sie deutete demonstrativ auf das blaue Malerkrepp, das sich gelöst hatte, und die Spur weißer Farbe an der Wand darunter. »Ich könnte einen nassen Lappen gebrauchen, bevor die Farbe trocknet. Es sei denn, du willst da nur rumstehen und gaffen?«

Hier zu stehen und zu gaffen hatte definitiv einiges für sich. Genau das war der Grund, warum er sich in Bewegung setzte.

Zwölf Sekunden, sechs tiefe Atemzüge und einen nassen Lappen später versuchte Liam herauszufinden, wie er ihn ihr am sichersten übergeben konnte, ohne ihr dabei zu nahe kommen zu müssen.

»Liam?« Sie fixierte ihn mit ihren wunderschönen grünen Augen. »Wird's bald? Es sei denn, du willst, dass die Wand auch weiß wird.«

»Ich bin mir sicher, dass du an dieser Farbe ebenfalls etwas auszusetzen hättest.«

»Wie du in meiner Wohnung sehen konntest, ist Weiß genauso wenig eine Farbe wie Beige. Es ist eine Kulisse. Also, ja oder nein zur weißen Wand?«

»Warte kurz.« Sie war ein herrisches Ding. Und überraschenderweise gefiel ihm das an ihr. Besser, als eine heimliche Manipulatorin wie seine letzte Freundin zu sein.

Cassidy ist nicht *deine Freundin.*

»Hier.« Er warf ihr den Lappen praktisch zu.

»Ernsthaft?« Sie blickte dorthin, wo der Lappen auf der untersten Sprosse gelandet war, und klapperte mit der Farbwanne und dem Pinsel in ihrer Hand. »Mit welcher Hand sollte ich den bitte fangen? Ich meine, ich weiß, dass wir gegen das Gebot der gegenüberliegenden Zimmerseiten verstoßen, aber ich denke mal, tropfende Farbe geht vor.«

Verdammt. Sie hatte recht, und er hasste das fast genauso sehr wie die Tatsache, dass er sich hinter sie auf die Leiter stellen musste, um die Farbe abzuwischen.

Er stieg hinauf und versuchte, so viel Abstand wie möglich zwischen ihnen zu lassen. Das Problem war, dass ihr Duft diesen Raum ausfüllte. Etwas Blumiges und Weibliches; es war schon von der anderen Seite des Zimmers schwer gewesen, dem zu widerstehen, aber so nah und persönlich? Sie machte ihn fertig. Er hätte sie zu einem Hotel fahren, für einen Monat bezahlen und sie dort lassen sollen. Seit sie bei ihm eingezogen war, hatte er keinen Moment Frieden mehr gefunden.

»Halloooo, Liam ...«

Richtig. Er schüttelte geistig den Kopf, um wieder klar zu werden. Gott, er war doch kein Teenager mit seinem ersten Schwarm. Er fühlte sich eben zu ihr hingezogen. Das hieß noch lange nicht, dass daraus etwas werden musste. Er war ein erwachsener Mann; er konnte seine Triebe kontrollieren.

Aber der Impuls, den er verspürte, als er sich über sie lehnte, um den Tropfen wegzuwischen ...

Es brauchte zwei Züge mit dem Lappen, um die Farbe zu entfernen, dann war Liam die Leiter runter und außer Reichweite der Versuchung, bevor er den nächsten Atemzug tat.

»Danke«, sagte sie, und ihr Atem klang vollkommen normal.

Liam bemühte sich um dasselbe, als er erwiderte: »Kein Problem.«

Glatt gelogen. Ein *riesiges* Problem. Dieser Kuss stand immer noch zwischen ihnen, und er hatte dort weitermachen wollen, wo sie aufgehört hatten.

»Wenn du meinst«, murmelte sie. »Du bist also immer noch fest entschlossen, dieses Beige zu nehmen?«

Ja, konzentrier dich auf die Farbe. Auf das, was sie hier taten. Nicht auf das, was er gerne tun würde ... »Besser als Jägergrün, in Anbetracht deines kleinen Malheurs, Schätzchen.« Er ging zurück auf seine Seite des Zimmers, die nicht weit genug von ihr entfernt war, aber so weit weg, wie er eben kam, während ihm dieser *Schätzchen*-Kommentar im Kopf hängen blieb. Er war ihm viel zu leicht über die Lippen gerutscht.

»Und welche Farbe sollen die Regale bekommen? Auch Beige?«

Er lachte leise. Er konnte nicht anders. Besonders, als er das verschmitzte Funkeln in ihren Augen sah, das ihm verriet, dass sie ihn neckte.

Wenn sie nur wüsste, in wie vielerlei Hinsicht.

Er musste sich zusammenreißen. »Nein. Sie werden Mahagoni gebeizt, passend zum Boden.« Liam holte tief Luft. Fachsimpelei war der perfekte

Weg, um seinen Kopf wieder auf das Projekt zu lenken, wo er hingehörte, und weg von ihr.

»Ich finde immer noch, dass du Kirschholz nehmen solltest. Das passt viel besser zum Haus.«

»Mahagoni ist eine völlig akzeptable Farbe, Cassidy.«

»Okay, aber wenn du immer noch auf diesem ganzen Beigetrip feststeckst, würde Kirsche einen richtig schönen Kontrast zum schwarzen Mörtel am Kamin bilden. Viel besser als Mahagoni.«

»Ich nehme keinen schwarzen Mörtel.«

»Solltest du aber.« Sie tippte sich mit dem Ende ihres Pinsels gegen die Lippen. »Das würde großartig aussehen.«

Er blickte zum Kamin und konzentrierte sich darauf statt auf ihre Lippen. Die Lippen, die er geküsst hatte.

Schwarzer Mörtel. Die Frau hatte recht. Das würde gut aussehen.

Und bei einem so kleinen Objekt würden dunkle Mahagoniböden und -regale den Raum kleiner wirken lassen. Außerdem hatte er noch genug Kirschholzbeize von einem anderen Auftrag übrig, sodass die Kosten sogar niedriger wären.

Hm. Sie hatte gesagt, sie habe Design studiert; vielleicht wusste sie am Ende doch, wovon sie sprach.

»Also, Cassidy.« Er schob den Kuss beiseite und überlegte genau, was er als Nächstes sagen wollte. Körperlich mochte sie ihn wahnsinnig machen, aber geschäftlich ergab sie Sinn. Diese Diskussion über Markenbildung und darum, Kunden zu *ihm* zu bringen, anstatt das Rad jedes Mal neu erfinden zu müssen, war einleuchtend. »Wenn ich mich entscheide, den Kirschholzboden zu nehmen, was würdest du für diese Regale vorschlagen?«

»Nun ...« Cassidy stieg mit ihren gefühlt meterlangen Beinen von der Leiter, und Liam musste sich daran erinnern zu atmen, während sie herunterkletterte. »An deiner Stelle würde ich die Regale individuell lackieren. Vielleicht in Herbstlaubfarben oder in einer Polsterleder-Optik, die zum Haus passt. Spiel mit dem Charakter des Gebäudes.«

Und wieder war es eine gute Idee. Es war schließlich nur Farbe, nicht so eine endgültige Entscheidung wie eine Tapete, an der ein potenzieller Käufer Anstoß nehmen könnte.

»Also ... wenn wir das machen, tauschen wir Kost und Logis gegen dein

Design-Know-how? Ich habe kein Geld in meinem Budget für Extras wie Nippes oder so was und wir reden hier nicht von Möbeln. Wir reden von Design. Die Farbe an den Wänden, die Beize, die Leisten, die Regale. Geht das für dich in Ordnung?«

»Ob das für mich in Ordnung geht? Absolut.«

Ihr Lächeln allein war das Angebot schon wert.

Reiß dich zusammen, Manley. Sie ist nur eine Frau. Eine hübsche, aber trotzdem ... Vergessen wir Rachel nicht.

Gott, er klang voreingenommen. Das war ihm bisher nie bewusst gewesen. Er hatte Cassidy nach seinen Vorurteilen beurteilt, und wenn ihr Vater sie nicht vor die Tür gesetzt hätte, würde er immer noch so denken.

Das war kein Moment, auf den Liam stolz war.

Es war auch der Moment, in dem ihm klar wurde, dass er sie über denselben Kamm scherte, den Rachel wie ein Banner vor sich hergetragen hatte.

»Das Tauschgeschäft wird mir helfen, meine Schulden bei dir schneller abzuzahlen.«

Dieser Gedanke übte nicht mehr denselben Reiz aus wie zuvor. »Okay, also machen wir die Wände und Leisten fertig, dann kannst du dir überlegen, was du mit den Regalen machen willst, und dann sehen wir weiter. Einverstanden?«

Cassidy achtete darauf, diesmal nicht von der Leiter zu springen und sich in Liams Arme zu werfen. Sie hatten den Kuss hinter sich gelassen und waren an einem Punkt angelangt, an dem er ihr wirklich zuhörte. Das wollte sie nicht aufs Spiel setzen.

»Einverstanden.« Sie versuchte, die Emotionen aus ihrer Stimme herauszuhalten. Er gab ihr eine Chance und vertraute auf ihre Vision. Für andere mochte das keine große Sache sein, aber nach ihrem eigenen Verdienst, ihrer eigenen Idee beurteilt zu werden, war riesig. Ihr ganzes Leben lang waren ihr die Dinge zugefallen, weil sie die war, die sie war. Liam *musste* das nicht tun. Er hatte sich sogar dagegen gewehrt, bis er sich die Zeit genommen hatte, zuzuhören.

Niemand hatte *ihr* bisher wirklich zugehört.

Die Tatsache, dass Liam es getan hatte, dass er schätzte, was sie zu sagen hatte ... das öffnete eine ganz neue Baustelle.

Denn während der Rauswurf durch ihren Vater sie wütend gemacht und fest entschlossen hatte, ihm das Gegenteil zu beweisen, löste Liams Respekt in ihr die Sorge aus, dass sie ihm vielleicht nicht gerecht werden würde.

Kapitel Zwanzig

»Hallo, Liebes.« Mrs. Manley stand am nächsten Morgen mit einem aufrichtigen Lächeln im Gesicht und einem Teller Kekse in der Hand auf der Veranda. Liam war unterwegs, um sich um ein Problem mit einer Treppe zu kümmern, also ließ Cassidy sie herein.

»Guten Morgen, Mrs. Manley. Schön, dich wiederzusehen.« Abgesehen von der Tatsache, dass Cassidy eine abgeschnittene Shorts aus einer alten Jogginghose von Liam trug und eines der fadesten T-Shirts, die sie je gesehen hatte. Sie hatte es in der alten Kommode in seiner Garage gefunden, in der er Putzlappen und Abdeckplanen aufbewahrte. Es war immer noch besser als der Rest ihrer verbliebenen Garderobe, deren bestes Stück eine lächerliche, nietenbesetzte Jeans-Hotpants und ein Baumwollhemd war, das man unter den Brüsten knotete. Daisy Duke oder männlicher Grunge? Dass Letzteres die bessere Wahl war, sagte viel über ihren Kleiderschrank aus. Sie hätte ein paar ihrer echten Outfits mitnehmen sollen, Vaters Edikt hin oder her.

»Ich komme doch nicht ungelegen, oder?« Mrs. Manley sah bei der Frage beinahe hoffnungsvoll aus.

»Liam ist bei der Arbeit, aber du bist natürlich herzlich willkommen.« Cassidy schob Titania mit dem Fuß beiseite. Die Malteser-Hündin saß goldrichtig mitten im Foyer, als gehöre ihr das Haus. Cassidy hatte ihr schon mehr als einmal gesagt, sie solle es sich nicht zu gemütlich machen.

»Ich kann nur eine Minute bleiben.« Die Frau kam herein und steuerte die Küche an. Sie stellte die Kekse auf den Frühstückstisch und sah dabei ganz und gar nicht so aus, als würde sie nur eine Minute bleiben. »Ich war gerade in der Gegend und dachte, ich schaue mal nach, wie mein kleiner Tisch vorankommt. Ich will nicht drängeln, wohlgemerkt. Es ist nur so, dass ich so begeistert bin, dass ich es kaum erwarten kann. Ich habe schon die Haustechniker in meiner Seniorenwohnanlage gebeten, meinen Sessel an Ort und Stelle zu rücken, und ich habe die Lampe poliert, die Bryan mir gekauft hat. Morgens scheint die Sonne genau dorthin. Es wird perfekt sein, um beim Kaffee die Zeitung zu lesen.«

»Oh, möchtest du eine Tasse?« Cassidy war keine Kaffeetrinkerin, weshalb die Maschine nicht lief, aber Liam hatte eine dieser Einzelportionsmaschinen und eine Auswahl an Kaffeesorten in seiner Speisekammer.

»Sehr gerne. Liam hat extra für mich eine Kaffeemaschine hier. So ein rücksichtsvoller Mann. Er hat sogar verschiedene Sorten gekauft, damit ich eine Auswahl habe.«

»Na dann, lass mich dir eine Tasse kochen.« Cassidy holte eine Auswahl aus der Speisekammer, aus der sie wählen konnte, und betete, dass sie die Kaffeemaschine kapieren würde, da sie noch nie zuvor tatsächlich Kaffee *gekocht* hatte.

»Dein Hund ist schrecklich süß.« Mrs. Manley setzte sich an Liams Küchentisch und klopfte auf ihren Schoß, damit Titania darauf sprang.

»Danke. Titania ist ein toller Hund.«

»Ich hatte nie einen Hund, als die Kinder aufwuchsen. Ein Maul mehr zu stopfen. Noch etwas, hinter dem man herputzen musste. Vier kleine Kinder in meinem Alter, und dann noch den Verlust meines Sohnes ... Es war ein bisschen viel.«

»Ich kann mir gar nicht vorstellen, wie du das geschafft hast. Der Gedanke an ein einziges Kind macht mir schon Angst.« Aber nicht aus den Gründen, die Mrs. Manley vermuten würde. Die Hälfte des Grundes, warum sie Titania gekauft hatte, war gewesen, um zu sehen, ob sie überhaupt *fähig* war, sich um ein anderes Lebewesen zu kümmern. (Die andere Hälfte mag wohl gewesen sein, ihrem Vater Kopfzerbrechen zu bereiten.) Aber Hunde waren etwas anderes als Kinder, und obwohl Titania eine Erfolgsgeschichte war, hegte Cassidy keine Zweifel, dass ein Kind nicht annähernd so einfach wäre. Titania brauchte zwei Mahlzeiten am Tag, ein Stück Rasen und ein bisschen Zuneigung – nichts von der psychologischen, selbstwertaufbauenden Art von Fürsorge, die Kinder brauchten. Die Art von Fürsorge, an der es Cassidy bitterlich gemangelt hatte.

»Ach, es ist erstaunlich, was man aus Liebe alles tut.« Mrs. Manley tippte auf das Päckchen Hawaiian Kona. »Wir hatten nicht viel, aber diese Kinder wussten, dass sie geliebt wurden. Und sie haben mich zurückgeliebt. Ich hatte großes Glück, meine Enkelkinder so kennenzulernen, wie ich sie kennengelernt habe, und zu erleben, dass sie ein so großer Teil meines Lebens sind. Es gab nichts Schöneres, als sie all die Jahre bei mir zu haben.«

Cassidy musste sich auf dem Weg zur Kaffeemaschine räuspern. Entweder das, oder sie würde die Frau gleich in Grund und Boden heulen. Sie war das einzige Kind von *zwei* Elternteilen gewesen und hatte nicht einmal ein Zehntel der Liebe bekommen, die die einsame Mrs. Manley mit *vier* Kindern geteilt hatte. Liam und seine Geschwister hatten so ein Glück; und es zeigte nur, dass das, was Franklins Leben und Tod sie gelehrt hatten, wahr war: Dass all die *Dinge*, die sie besessen hatte, nicht das Wichtige im Leben waren. Man sah sie sich jetzt an: Sie hatte nicht einmal *eine* Person, an die sie sich um Hilfe wenden konnte, nur einen Fremden mit einem großen Herzen – das er offensichtlich von dieser Frau geerbt hatte.

»Und was ist mit dir, Cass? Wie ist deine Familie? Hast du Geschwister? Was machen deine Eltern? Oh, und drück mal den Knopf da oben.«

Es wäre vielleicht eine bessere Idee, sich einfach ein Küchenmesser zu schnappen und sich die Pulsadern aufzuschneiden, als dieses Gespräch zu führen. Obwohl sie alles gehabt hatte, hatte sie im Vergleich zu Liam und seiner Familie nichts besessen.

Sie drückte den Knopf und die Kaffeemaschine öffnete sich. »Ähm. Meine Eltern. Sie sind geschieden.« Ja, bleib beim Lügen so nah wie möglich an der Wahrheit. Nicht, dass sie lügen würde, sie ließ nur ein paar Dinge weg. Wie den Namen ihres Vaters. »Mama lebt im Ausland, deshalb sehe ich sie nicht oft, und mein Vater ist ein Workaholic. Ich bin ein Einzelkind. Unnötig zu sagen, dass meine Erziehung im Vergleich zu der von Liam und seinen Geschwistern eher zahm war.«

»Das kann ich mir vorstellen.« Mrs. Manley setzte Titania auf den Boden und nahm Platz am Tresen. »Gieß das Wasser in diesen durchsichtigen Plastikteil, Liebes. Der Deckel lässt sich anheben, glaube ich. Die Tasse kommt darunter und dann drück auf BRÜHEN.« Sie legte ihre Hände auf den

Tresen, die Finger ineinander verschränkt. »Mein Mann und ich hatten nur Neil. Liams Vater. Ich wollte mehr, aber es sollte nicht sein. Dass es dann vier wurden, war etwas gewöhnungsbedürftig, aber ich muss sagen, sie zu haben, hat den Trauerprozess definitiv erleichtert. Ich hatte keine Zeit. Außerdem litten sie so schrecklich. Meine arme kleine Mary-Alice Catherine ... Sie klammerte sich an mich, als ob *ich* die Nächste wäre, die sie verlässt. Tatsächlich bin ich erst vor ein paar Monaten aus dem Haus ausgezogen, das wir uns geteilt haben. Dieses Mädchen wollte mich nicht gehen lassen, selbst als sie erwachsen war, obwohl ich glaube, dass es aus einem fehlgeleiteten Schuldgefühl heraus geschah. Ich musste schließlich hinter ihrem Rücken die Papiere für meine neue Wohnung unterschreiben, um sie sozusagen aus dem Nest zu stoßen, obwohl ich diejenige war, die ging. Es ist Zeit für sie, auf eigenen Beinen zu stehen und ihr Leben zu leben. Sie ist zu jung – und ich auch –, als dass sie anfangen sollte, mich zu pflegen. Ich habe noch ein bisschen Leben vor mir, weißt du, und ich glaube nicht, dass meine Enkel mich als echten Menschen sehen. Als jemanden außer ihrer Großmutter.«

Sie zwinkerte Cassidy zu, und Cassidy konnte nur mit Mühe verhindern, dass ihr die Kinnlade herunterfiel. Meinte Mrs. Manley das, was Cassidy dachte? Gab es da etwa zufällig einen *besonderen Herrn* in ihrem Leben?

Sie betrachtete die Frau mit neuen Augen. Als Frau, nicht als Großmutter. Sie schien Ende sechzig, Anfang siebzig zu sein und war in großartiger Verfassung. Offensichtlich war ihr Verstand noch messerscharf, und sie war sehr hübsch. Warum sollte sie sich nicht verabreden? Jemanden finden, mit dem sie ihren Lebensabend verbringen konnte ...

Diese Vorstellung traf Cassidy mit der Wucht eines Pfeils direkt ins Herz. Warum? Warum dachte sie jetzt darüber nach? Es war nicht so, als hätte sie nie über den Rest ihres Lebens nachgedacht, aber es hatte sie noch nie mit einer solchen Wucht getroffen.

Und das Traurige war, dass sie sich allein in einem Penthouse sah, wie jenem, das sie gerade erst verlassen hatte. Sicher, sie hätte wahrscheinlich die Millionen ihres Vaters, aber was war mit Kindern und Enkelkindern um sie herum? Würde eine Ehe mit einem von Vaters Lakaien ihr die Familie schenken, die sie sich so verzweifelt wünschte?

Nein. Sie wusste es so sicher, wie sie hier in Liam Manleys Küche stand und sich mit seiner Großmutter unterhielt, und es bestärkte sie nur in ihrem Entschluss, nicht den zu heiraten, den ihr Vater aussuchte. Für ihn war es lediglich ein weiteres Geschäft, aber für sie ... war es ihre Chance, das zu bekommen, was sie wollte. Was sie brauchte.

Eine Familie.

»Cass? Geht es dir gut, Liebes?«

Cassidy atmete zittrig ein und setzte dieses breite Vorzeige-Lächeln auf ihr Gesicht. Sie war nicht fremd darin, vorzugeben, dass alles in Ordnung sei, die Zähne zusammenzubeißen und den Charme spielen zu lassen, wenn es nötig war, und Mrs. Manley hatte es nicht verdient, dass Cassidy ihren ganzen Ballast bei ihr ablud.

»Mir geht's gut. Ich habe mir nur gerade vorgestellt, wie es wohl gewesen sein muss, mit drei Geschwistern aufzuwachsen. Es muss laut gewesen sein.« Sie nahm die Tasse von der Maschine, schnappte sich einen Löffel und die Zuckerdose und stellte sie vor Mrs. Manley ab. »Milch oder Zucker?«

»Nur Zucker.« Sie nahm zwei Teelöffel voll. »Es war laut. Ich war ja nur den einen Jungen gewohnt, musst du wissen. Drei hätten mich fast um den Verstand gebracht. Und dann tat Mary-Alice Catherine alles, was ihre winzigen Beinchen zuließen, um mit ihnen Schritt zu halten. Es gab nie einen langweiligen – oder sauberen – Moment.«

»Liam hat mir erzählt, dass du ihnen beigebracht hast, zu putzen.«

»Entweder das, oder im Chaos ertrinken. Es waren zu viele von ihnen mit zu vielen Bedürfnissen und nur eine von mir. Sie mussten mithelfen, sonst wäre mein Haus für unbewohnbar erklärt worden.« Sie gluckste und nahm einen Schluck von ihrem Kaffee. »Ich hätte nur nie gedacht, dass sie das, was ich ihnen beigebracht habe, am Ende so nutzen würden. Ich würde Bryan zu gerne mal ein Badezimmer putzen sehen. Das hier ist übrigens wunderbar. Vielen Dank.«

»Gern geschehen.« Bryan. Manley. Bryan *Manley*. Oh, Wahnsinn. Cassidy hatte die Verbindung nicht hergestellt. Bryan Manley war ein Filmstar, der Lokalmatador dieser Stadt. Er war eigentlich eine größere Berühmtheit als ihr Vater – was ihren Vater unendlich wurmte. Der einzige Trost in Vaters Augen war, dass Bryan die meiste Zeit in Hollywood verbrachte, und wenn er hier war, hielt er sich bedeckt. Sie hatte ihn bei ein paar Wohltätigkeitsveranstaltungen gesehen, aber wegen der Menschenmassen um ihn herum keine Gelegenheit gehabt, ihn kennenzulernen. Dad fand es würdelos, Teil einer Menschenmasse zu sein, also hatten sie darauf gewartet, dass Bryan zu ihnen kam.

Das war er nicht.

Und sie, in ihren Vor-Franklin-Zeiten, in denen sich alles nur um sie drehte, war pikiert gewesen. Hatte beschlossen, dass er ihre Zeit oder Aufmerksamkeit nicht wert war.

Was für eine dämliche Idee. Wahrscheinlich war er ein genauso netter Kerl wie Liam.

Wobei Liam ihrer Meinung nach eigentlich besser aussah. Aber gut, sie war vielleicht ein bisschen voreingenommen.

»Darf ich nun meinen Tisch sehen?«, fragte Mrs. Manley, nachdem sie weitere Geschichten aus der Kindheit von Liam und seinen Geschwistern erzählt und ihren Kaffee ausgetrunken hatte. »Ich bin so aufgeregt. Ich habe noch nie etwas anfertigen lassen.«

»Nun, ich habe ihn erst abgeschliffen und die Schublade repariert. Mit dem Streichen habe ich noch nicht angefangen.«

»Ich würde ihn trotzdem gerne sehen, wenn es dir nichts ausmacht. Das Vorher-Stadium meines Meisterwerks.««

»Na ja, ob es ein Meisterwerk wird ...«

»Unsinn.« Mrs. Manley klopfte Cassidy auf den Arm. »Wenn du selbst nicht glaubst, dass deine Möbel künstlerische Meisterwerke sind, wird es auch kein anderer tun. Du musst Vertrauen in deine Arbeit haben. Selbstbewusstsein. Das merken die Leute. Wenn du so tust, als täten sie dir einen Gefallen, wertest du deine ganze harte Arbeit und Zeit ab.« Mrs. Manley hüpfte vom Hocker. »Lass uns meinen Rohdiamanten ansehen.«

Mrs. Manley war hier das Juwel. Das einzige Juwel, das im Leben wirklich zählte. Cassidy wollte das, was Liam und seine Geschwister hatten.

Wenn sie und er etwas anfingen, könnte sie es vielleicht bekommen.

Natürlich würde das voraussetzen, dass er auch etwas mit ihr anfangen *wollte*, und da war sie sich nicht sicher. Oh, er fühlte sich zu ihr hingezogen, aber ein Kuss macht noch keine Beziehung. Sie durfte sich keine Hoffnungen machen. Durfte nicht träumen. Sie könnte die Enttäuschung nicht ertragen, wenn es nicht klappte.

Dumm nur, dass ihr Herz nicht auf den Teil mit dem »Es könnte nicht klappen« hörte.

»Also, er sieht definitiv schon anders aus als neulich.« Mrs. Manley ließ ihre Fingerspitzen sanft über den fassförmigen Tisch gleiten, der zuvor ein fleckiges Etwas aus Lack und Beize gewesen war und nun als frisch geschliffene, helle Eiche dastand.

»Und in ein paar Tagen werden Sie ihn nicht wiedererkennen.«

»Ich bin sehr gespannt darauf. Das Dekor wird wunderbar neben dem blauen Sessel aussehen, den Mary-Alice Catherine mir gekauft hat.« Sie sah sich in der Garage um. »Meine Güte, du hast ja eine Menge Projekte am Laufen.«

»Und leider keinen Platz mehr, um an den restlichen Stücken zu arbeiten. Ich hatte mal eine Lagerfläche, aber, äh, der Mietvertrag lief fast ab und die Miete liegt nicht mehr in meinem Budget.«

Welches Budget?

»Da ist doch noch die andere Hälfte der Garage.« Mrs. Manley deutete auf den Truck.

»Da parkt Liam.«

»Es ist Sommer. Er kann draußen parken. Du solltest das hier zu deinem Atelier machen.«

»Ich möchte ihm nicht noch mehr zur Last fallen, als ich es ohnehin schon tue.« Liam hatte es nicht verdient, dass sie sein Leben so beanspruchte, aber nachdem sie seine Großmutter kennengelernt hatte, verstand sie genau, warum er ihr seine Hilfe angeboten hatte.

»Du bist so süß. So rücksichtsvoll.« Mrs. Manley tätschelte ihre Wange. »Weißt du was, ich kann dir und meinem Enkel helfen. Ich wüsste da einen Ort, den du als Atelier nutzen könntest. Der Vermieter braucht jemanden, der dort einzieht, damit die Nachbarn sich nicht bei der Stadt beschweren, dass es verlassen ist. Du könntest ihm einen Gefallen tun, indem du dort dein Atelier einrichtest. Ich bin sicher, er wird begeistert sein.«

»Oh, aber Mrs. Manley—«

»Untersteh dich, mir eine Absage zu erteilen, junge Dame. Glaubst du, ich merke nicht, dass du mir bei dem Tisch einen Spezialpreis machst? Ich bin nicht von gestern.« Sie hob beide Augenbrauen. »Und frag bloß nicht, von *wann* ich bin. Das werde ich dir nicht verraten. Eine Frau muss doch ein paar Geheimnisse haben, weißt du.«

Wie das mit ihrem besonderen Herrn, wenn Cassidy sie richtig verstanden hatte. War er der Eigentümer des Ortes, von dem sie sprach?

»Aber Mrs. Manley –«

»Ich sagte, kein *aber*. Ich akzeptiere kein Nein. Und mein, äh, Freund auch nicht.«

Freund. Ein einziges Wort sagte so viel. Wie konnte Cassidy da ablehnen?

»Aber ich habe nicht das Budget dafür.« So konnte sie ablehnen, und es war zum Kotzen, dass sie es tun musste. Das wäre die perfekte Gelegenheit, Liam aus dem Weg zu gehen, damit er ihre Hilfe nicht irgendwann bereute.

»Davon will er gar nichts hören, meine Liebe. Vertrau mir in dieser Sache. Wenn du wirklich das Bedürfnis hast, kannst du ihm einen passenden Tisch dazu bauen und ihr seid quitt.«

Cassidy hielt sich mühsam davon ab, den Blick zum Himmel zu richten, aber jemand da oben schien auf ihrer Seite zu sein. »Wenn Sie sicher sind, dass es ihm nichts ausmacht...«

»Ich weiß, dass es ihm nichts ausmacht. Tatsächlich—« Mrs. Manley kramte in ihrer Handtasche. »Ah. Hier ist er.« Sie hielt einen glänzenden Schlüssel hoch. »Er hat mir einen ganz eigenen Schlüssel für den Ort gegeben. Ich finde, wir sollten sofort rüberfahren und uns das ansehen. Wenn du ein paar kleinere Stücke hast, könnten wir sie sogar gleich mitnehmen, und du hättest bis heute Abend dein eigenes Atelier.«

Das Angebot war verlockend. Und Mrs. Manley sah aus, als wäre sie untröstlich, wenn Cassidy ablehnen würde.

»Okay, abgemacht. Lassen Sie uns nachsehen. Ich hoffe nur, dass es Ihrem, äh, Freund nichts ausmacht, wenn ich einziehe.«

»Keine Sorge, meine Liebe. Er mag ein sturer alter Knacker sein, aber er ist nicht dumm.«

Kapitel Einundzwanzig

Liam stieg in seiner Einfahrt aus dem Arbeitswagen und genoss für ein paar Minuten das Plätschern seines Teichs im Vorgarten. Er war schon eine Weile nicht mehr dazu gekommen, es zu genießen, da er ständig arbeitete und sofort ins Bett fiel, sobald er nach Hause kam – eher um der Versuchung zu widerstehen als aus reiner Erschöpfung.

Denn wenn Cassidy im Zimmer nebenan war, verflog seine Müdigkeit augenblicklich.

Es kostete ihn alles, was er hatte, nicht an ihre Tür zu klopfen. Dieser Kuss mochte als ein *Dankeschön* begonnen haben, aber er hätte so leicht in eine ganz andere Richtung gehen können, und er ertappte sich dabei, wie er immer neugieriger wurde, wohin das führen würde.

Vielleicht sollte er es sich noch einmal überlegen, heute Nacht zu Hause zu schlafen.

Seufzend rieb sich Liam den unteren Rücken. Er war keine zwanzig mehr, und ein paar Nächte auf einem Bett aus einem Haufen Abdeckplanen waren seine absolute Grenze.

Er klopfte gegen die Seite des Wagens und ging zur Tür der Garage. Hatte sie dort wieder einen Haufen Wäsche hinterlassen?

Und was würde er tun, wenn dem so wäre?

Was er jedoch vorfand, war nichts.

Gar nichts.

Jedenfalls nichts von ihr.

Liam machte ein paar Schritte hinein, wodurch das automatische Licht anging.

Sein Truck stand da, aber da war kein Wäscheberg, und was noch wichtiger war: Ihre Möbel waren weg.

Hieß das, dass sie auch weg war?

Liam öffnete die Tür zum Hausflur. Keine kleinen Pfotenabdrücke auf dem Boden und kein Haufen sägemehliger Kleidung, über den man stolpern konnte.

Das gefiel ihm nicht. Sie war ausgezogen? Wie? Mit was? Sein Truck stand doch noch hier –

Ihr Vater. Er musste sie abgeholt haben. Vielleicht hatte der Kerl seine Meinung geändert, nachdem er den Artikel in *The Herald* gesehen hatte, und plante nun, Cassidy wie seinen preisgekrönten Show-Hund herumzuführen, um der Welt zu zeigen, dass der Bericht falsch war. Das sah dem Mann ähnlich, seine Tochter für die Schadensbegrenzung zu benutzen.

Liam konnte nicht sagen, ob es der Gedanke an Cassidy war, die so benutzt wurde, oder die Tatsache, dass sie ohne Abschied gegangen war, was ihn härter traf.

Es war vorbei.

Von was für einem »es« redest du da eigentlich?

Er rieb sich den Nacken. Da gab es kein »es«. Da war gar nichts. Ein Kuss änderte nichts. Sie war immer noch Cassidy Davenport, Gesellschaftsdame par excellence.

Die sich, wie sich herausstellte, zufälligerweise als ein echter Mensch unter der schicken Verpackung entpuppte.

Hör auf, an die Verpackung zu denken, Manley. Der Zug ist abgefahren.

Außer ... dass er das gar nicht war.

Er schob ihre Zimmertür einen Spalt weit auf, und dort, im Mondlicht, das durch die Vorhänge fiel, lag Cassidy und schlief tief und fest in ihrem Bett.

Dort, wo sie hingehörte.

In ihr Bett, Manley. Nicht in deines. Denk daran und verschwinde von hier. Das ist keine gute Idee.

Das war es nicht. Das wusste er. Aber es hielt ihn nicht auf.

Doch als das Fellknäuel ihr verschlafenes kleines Köpfchen mit dem Haargummi und der Schleife hob und ihre kleine rosa Zunge herausstreckte, um sich die Nase zu lecken, hielt ihn das doch auf. Er brauchte keine Wiederholung der letzten Nacht, als Titania sie aufgeweckt hatte.

Eigentlich hätte er gegen eine Wiederholung der letzten Nacht nichts einzuwenden gehabt. Mit einem Schuss von diesem Kuss dazu.

Genau deshalb musste er hier raus. Wollte er wirklich etwas anfangen? Sicher, sie entpuppte sich als anders, als er gedacht hatte, aber sie war immer noch eine Davenport. Sie war in diesem Lebensstil erzogen worden. Wie lange würde es dauern, bis sie ihn vermisste? Bis sie ihn wiederhaben wollte? Und er würde ihr das nicht bieten können, denn er würde sicher nicht am Altar von Mitchell Davenport anbeten.

Er wich zurück.

Doch dann leckte der Hund ihren nackten Arm und Cassidy stieß ein langes, nach Hund riechenendes »Hmmmmmm« aus, woraufhin sich Liams gute Vorsätze in Luft auflösten. Er konnte sich vorstellen, wie sie so stöhnte, während er andere Teile von ihr leckte.

Beweg dich, Manley.

Er tat es nicht.

Jetzt sofort.

Er sollte, aber er tat es nicht, weil sich ihre Finger in das Fell des Hundes krallten und er diese Berührung spürte, als würde sie es bei ihm tun.

Gott, er wollte sie.

Er hatte Rachel auch gewollt, und das war nicht gut ausgegangen. War er von Sinnen? Er musste weg hier. Sofort.

Cassidy kuschelte sich in ihr Kissen und schob ihr Bein an den Bettrand, sodass ihre Zehen hervorlugten. Die blauen Zehen. Im Mondlicht konnte er die Farbe nicht sehen, aber er erinnerte sich daran. Er wusste nicht, warum ihn blauer Nagellack so faszinierte, aber an Cassidy schien er etwas auszusagen. Ein Statement zu setzen. Als hätte sie ihn sich als Trotzreaktion gegen das Image tätowieren lassen, das ihr Vater der Welt präsentieren wollte.

Er lächelte. Es war ein kleiner Akt des Widerstands, aber er vermutete, dass sie im Laufe der Jahre nicht viele Gelegenheiten dazu gehabt hatte. Oder wenn sie sie gehabt hatte, war sie nie mutig genug gewesen, sie zu nutzen.

Vielleicht konnte er ein Risiko mit ihr eingehen. Vielleicht, ganz vielleicht, war sie nicht wie Rachel.

Er widerstand dem Drang, ihre Zehen unter das Laken zu stecken, denn in dem Moment, in dem er sie berührte, wäre alles vorbei. Cassidy war wunderschön, aber es war nicht nur ihr Aussehen, das ihn gefangen nahm. Und genau diese anderen Dinge waren es, die ihm Sorgen machten.

Sie war nicht die, für die er sie gehalten hatte.

Sie war besser.

Und dagegen hatte er keine Verteidigung.

»Wuff.«

Liam hob die Hand, als wäre der kleine Hund klug genug, ihn zu verstehen. Natürlich war sie das nicht, also wand sie sich aus Cassidys Umarmung, sprang vom Bett und steuerte direkt auf ihn zu, wobei ihr kleiner Schwanz wie verrückt wedelte.

Er fing sie auf, als sie ihm in die Arme sprang.

Genau wie ihr Frauchen es getan hatte ...

Was wäre passiert, wenn er den Kuss nicht beendet hätte? Diese Möglichkeiten hatten ihn seither nicht mehr losgelassen.

»Titania?«

Diese Möglichkeiten meldeten sich zu Wort und nahmen die Gestalt von Cassidys zerzaustem Haar und ihrer schlaftrunkenen Stimme an. Und des pfirsichfarbenen Nachthemds, das ihr von einer Schulter hing.

Raus hier! Raus! Raus!

»Liam? Ist alles okay? Was machst du mit Titania?«

»Sie muss gehört haben, dass ich nach Hause gekommen bin, und wollte nachsehen.«

Lügner!

»Ich wollte sie gerade zurückbringen.«

Du fährst direkt zur Hölle, Junge. Direkt zur Hölle.

Er war bereits dort.

»Oh. Na dann danke.« Sie klopfte auf ihre Matratze. »Komm her, du kleines Heidenkind.«

Sie meint nicht dich, Manley.

Ja, das war ihm klar.

Titania zappelte in Liams Armen, und er überlegte, ob er sie zu Cassidy bringen oder sie absetzen sollte, damit sie von selbst zurückging.

»Könntest du sie aufs Bett setzen? Sie springt nicht gerne so hoch.«

Natürlich tat sie das nicht. Warum sollte sie auch? Warum sollte das Universum das *nicht* so einfädeln ...

Nicht das Universum. Das hast du ganz allein eingefädelt. Es sieht fast so aus, als hättest du es so gewollt.

Ja, das hatte er.

Da. Er war ehrlich zu sich selbst. Er hatte sich selbst verflucht, seit er vor diesem Kuss zurückgewichen war.

»Liam?«

»Tut mir leid. Hier.« Er setzte Titania an den Bettrand. Er mochte seinem Verlangen nachgeben wollen, aber letztendlich konnte das keine gute Idee sein. Es würde der Punkt kommen, an dem der Reiz des Neuen verflogen war, für sich selbst zu arbeiten, und sie würde den einfachen Weg zurück ins Luxusleben wählen. Er wusste nicht, ob er Gefühle in sie investieren konnte, nur um am Ende wieder zu verlieren. Schon wieder.

»Danke.« Cassidy strich sich die Haare aus der Stirn. »Und Liam?«

»Hm?« Gott, sie war hinreißend, wie das Mondlicht auf ihre Haut fiel, ihre Augen zum Funkeln brachte und ihre Lippen so voll aussehen ließ.

»Diese Sache mit den getrennten Seiten?«

Er wollte diese Lippen schmecken. »Hm-hm?«

»Du brichst sie.« Sie nickte in Richtung ihrer Tür. »Das hier ist meine Seite.«

»Oh. Richtig. Aber dein Hund –«

»Hat dich reinkommen hören. Das verstehe ich. Aber sie weiß auch, wo sie schläft. Sie wäre von allein zurückgekommen.« Cassidy setzte sich auf und hielt das Laken *nicht* fest, als es von ihrer Brust in ihren Schoß rutschte. »Du hättest sie nicht reinbringen müssen. Warum hast du es also getan?«

Heilige Scheiße. Sie war umwerfend und sexy, und er wurde hart, allein bei dem Gedanken an –

Verschwinde verdammt noch mal JETZT, Manley!

Ja, *das* hatte er verstanden.

Er drehte sich um. »Verzeih mir, dass ich etwas Nettes tun und dir deinen Hund zurückbringen wollte. Wird nicht wieder vorkommen. Gute Nacht.«

Er knallte die Tür nicht gerade zu, aber er zog sie verdammt fest hinter sich ins Schloss.

Dann lehnte er sich mit dem Rücken dagegen und holte ein halbes Dutzend Mal tief Luft. Jesus. Das war knapp gewesen. Einen Moment lang war er so versucht gewesen, zu ihr zu gehen, eine Hand unter ihren Nacken zu schieben und sie zu sich heranzuziehen und sie so zu küssen, dass sie nie wieder sinnlose Fragen gestellt hätte. Sie wussten beide, warum er den Hund zurückgebracht hatte, und was zur Hölle sollte das, ihn damit zu reizen? Sie musste wissen, dass er sie wollte.

Was also würde er jetzt tun?

Er wusste, was er tun wollte. Er musste nur entscheiden, wie viel er bereit war zu riskieren.

Kapitel Zweiundzwanzig

»Cassidy, wegen gestern Abend.« Liam kam am nächsten Morgen in die Küche und rubbelte sich die Haare mit einem Handtuch trocken.

Gott sei Dank hatte er sich nach dem Duschen etwas angezogen, statt nur ein Handtuch zu tragen. Nicht, dass das seine Wirkung auf sie irgendwie gemildert hätte, aber zumindest musste sie nicht auf dieses Achtpack starren.

Aber sie konnte ihn sich vorstellen. Wie sie es schon den Rest der Nacht getan hatte.

»Danke, dass du Titania zurückgebracht hast.« Cassidy wollte nicht über letzte Nacht reden. Er hatte Titania nicht »zurückgebracht«; der Hund war vom Bett gesprungen, weil er in ihrem Zimmer gewesen war. Die Frage war: *Warum?*

Und warum hatte er sich wieder abgewandt. Schon wieder.

»Gern geschehen, aber ich habe gegen unsere Regel verstoßen. Es war nur so, ich kam nach Hause und deine Möbel waren weg, und ich wusste nicht, ob du auch weg warst, also habe ich kurz reingeschaut. Titania hat mich gesehen und ist vom Bett gesprungen, und tja, so war das.«

»Oh.« Es war also nicht das brennende Verlangen nach ihr gewesen, das ihn in ihr Zimmer geführt hatte? Mann, da hatte *sie* die Zeichen wohl gründlich falsch gedeutet.

Immerhin nahm ihr das die Entscheidung ab. Den Gedanken an irgendeine Art von Beziehung mit Liam konnte sie ad acta legen. Er mochte sie vielleicht wollen, aber nicht genug, um etwas dagegen zu unternehmen. Und wenn es eine Sache gab, die sie über sich selbst wusste, eine Sache, der sie sich sicher war, dann war es die, dass sie niemals um jemandes Zuneigung betteln würde.

Sie stieß Titanias Futternapf mit dem Fuß an, in der Hoffnung, dass der kleine Hund aufhören würde, um Liams Beine herumzutanzen und ihr Frühstück beendete, damit sie lieber früher als später hier wegkamen.

Natürlich tat Titania das nicht. Der Hund hatte einen Narren an Liam gefressen, ganz anders als bei all den Männern, die Cassidy gedatet hatte. Und Dad hatte sie schlichtweg überhaupt nicht ausstehen können.

Liam kraulte Titania kurz hinter den Ohren und machte sich dann daran, sein Frühstück zuzubereiten. »Also, wo sind die ganzen Möbel hin?«

Cassidy aß den Rest ihres Toasts auf. »Weg.«

Liam streckte den Kopf aus dem Kühlschrank. »Wohin weg?«

Sie nahm ihren Teller und ihr Saftglas und ging zum Spülbecken. »Ich, hm, habe einen Raum gefunden und sie dorthin gebracht.«

»»Du hast das *alles* bewegt? Ganz allein? Wie?«

»»Mit der Hebebühne an deinem Truck und der Sackkarre. Ich hab im Internet nachgeschaut, wie man das bedient, und in der Schule habe ich aufgepasst, als wir Hebelgesetze durchgenommen haben. Es war nicht schwer.«

»Aber was ist mit der Miete? Wie bezahlst du das?«

Sie verzog das Gesicht. Das war der Teil, auf den sie nicht näher eingehen wollte, da sie keine Ahnung hatte, wie er dazu stand, dass seine Großmutter datete. Sie konnte ihn ja schlecht einfach fragen, wenn er keinen blassen Schimmer hatte, dass Mrs. Manley jemanden traf. Und es war nicht ihre Aufgabe, aus dem Nähkästchen zu plaudern. Also beschönigte sie die Sache ein wenig. »Ich mache ein Tauschgeschäft für den Platz.«

Er zog eine Augenbraue hoch. »Tauschgeschäft?«

»Du hast mich auf die Idee gebracht. Der Raum muss renoviert werden, also dachte ich mir, warum nicht? Den Besitzer stört es nicht.« Mrs. Manley hatte gesagt, es sei okay und der Besitzer würde kostenlose Dekorationsdienste nicht ablehnen, wo er doch gar keine Miete erwartete.

»Und wann willst du das alles machen, Cassidy? Du hast schon genug um die Ohren.«

»Der zusätzliche Platz ermöglicht es mir, effizienter und an mehreren

Stücken gleichzeitig zu arbeiten. Es ist einfacher, kontinuierlich zu schleifen, wenn ich alle Teile draußen und vorbereitet habe. Dann kann ich sie wie am Fließband streichen und fertigstellen. Auf diese Weise bin ich effizienter, produktiver und habe schneller mehr Ware zum Verkaufen, als wenn ich nach jedem Arbeitsschritt an den einzelnen Stücken aufräumen muss. Skaleneffekt nennt man das. Das bedeutet, dass ich hoffentlich viel verkaufe und dir das Geld schnell zurückzahlen kann.« Sie nahm Titanias halb leeren Napf, kippte den Inhalt in den Müll und spülte den Napf im Waschbecken ab. »Und natürlich werde ich hier drin trotzdem putzen und am Büro arbeiten. Das sollte nicht lange dauern. Und dann bin ich aus dem Weg, damit du dein gewohntes Leben weiterführen kannst.«

Er wollte nicht, dass sie aus dem Weg war. Er wollte ihre Hände in seinen Haaren spüren, wie sie sich festkrallten, während er sich in sie stieß –

Cassidy wollte aus seinem Leben verschwinden. Da war er nun, endlich bereit, ihr Vertrauen zu schenken und vielleicht, eventuell zu schauen, ob sich daraus etwas entwickeln könnte, und sie suchte bereits nach einem Weg, weiterzuziehen.

Das hatte er nicht kommen sehen.

Eigentlich sollte er dankbar dafür sein. Es ersparte ihm den Herzschmerz, es erst herauszufinden, wenn er schon emotional zu tief drinsteckte.

Zu spät.

Halt den Mund.

»Du wirst meinen Truck dann wohl öfter brauchen. Gut, dass ich Macs Van habe.«

»Oh. Daran hatte ich gar nicht gedacht. Ich schätze, wir können das auf meine Rechnung setzen?« Sie band ihre Haare zu einem Pferdeschwanz zusammen und wickelte das Gummiband darum, wobei sie ein paar Strähnen befreite, die sich in ihrem Ohrring verfangen hatten. »Oder ich versetze die hier einfach beim Pfandleiher. Im Internet hat sich niemand gemeldet, und an diesem Punkt hätte ich lieber das Geld.«

Sie versuchte wirklich, von ihm wegzukommen.

Er sollte sie lassen. Sie konnte nehmen, was Vito ihr gab, und ihr eigenes Ding machen, damit sein Leben wieder zur Normalität zurückkehren konnte.

Normalität war gut. Da gab es keine emotionale Achterbahnfahrt und kein nächtelanges Verlangen.

»Okay, machen wir es. Gehen wir zu Vito.«
Leider hielt Vito eine böse Überraschung für sie bereit.

Kapitel Dreiundzwanzig

»Die hier sind nicht echt, Schätzchen«, sagte Vito, während er die Lupe absetzte. »Da hat dich jemand ganz schön übers Ohr gehauen. Die sind bei Weitem nicht das wert, was du verlangst. Ich gebe dir zwei dafür und keinen Pfennig mehr.«

»Zweitausend?« Sie hatte auf mindestens fünf gehofft.

Vito schnaubte und ließ die Steine wie zwei Würfel in seiner Handfläche rollen. »Nein, Süße. Zwei*hundert*. Das ist Zirkonia und mir eigentlich nicht mal das wert, aber du siehst aus, als könntest du eine Glückssträhne gebrauchen.«

Cassidy starrte auf die Steine. Zweihundert Dollar? Zirkonia? Das waren *nicht* die Ohrringe, die Dad gekauft hatte. Oder falls doch, dann hatte er bei der *Flamme des Monats*, für die sie eigentlich bestimmt gewesen waren, ordentlich sparen wollen.

Es wäre fast lustig gewesen, wenn er sie nicht stattdessen *ihr* geschenkt hätte. Wie er sie ausgelacht haben musste, weil sie sich so über ein Paar wertlose Glassteine gefreut hatte.

Sie wusste nicht, ob sie entsetzt oder traurig sein sollte. Beleidigt war sie definitiv. Wer *war* ihr Vater eigentlich? Sie hatte geglaubt, ihn zu kennen. Hatte gedacht, er wäre nur nach außen hin ein Bastard und dass seine Kontrolle über ihr Leben in ihrer Jugend ihrem Wohlergehen gedient hätte und später seinem Image. Aber was brachte es ihm, ihr falsche Diamantohrringe zu schenken? Sie hätte sie nur zu einem Gutachter bringen müssen, und der Schwindel wäre aufgeflogen.

Aber das hatte sie nicht getan. Warum auch? Sie hatte keinen Grund zu der Annahme gehabt, dass sie nicht echt sein könnten.

Ein Glück, dass Vito nicht wusste, wer sie war, sonst würde der Name ihres werten Herrn Vaters morgen groß auf der Titelseite stehen.

Eigentlich sollte sie es tun. Sein Spiel mitspielen und die Geschichte durchsickern lassen. Aber so war sie nicht, und es würde ihn nur wissen lassen, dass es sie getroffen hatte. Außerdem würde es zu viel Zeit und Energie kosten – beides Dinge, die sie brauchte, um ihre Zukunft nun aus eigener Kraft aufzubauen.

Nachdem sie Liams Großzügigkeit noch einmal in Anspruch genommen hatte.

»Und?« Vito ließ die Ohrringe auf die Glastheke klackern. »Was meinst du? Ich kann sie sicher an irgendeinen Teenager für den Abschlussball verscherbeln, aber ansonsten gibt es dafür keine große Nachfrage. Leute, die sich Diamanten in dieser Größe leisten können, kaufen nicht hier, und die Kids, die es tun, zahlen keine Unsummen dafür. Mit viel Glück kriege ich im Verkauf zweihundertfünfzig dafür. Zweihundert ist das Höchste, was ich bieten kann. Tut mir leid, dass es nicht mehr ist, Schätzchen, aber ein Händler muss auch Profit machen. Vielleicht solltest du das mit deinem Sugar-Daddy klären.«

Sie war so aufgewühlt, dass sie sich nicht einmal die Mühe machte, die Sache mit dem Sugar-Daddy richtigzustellen. Was hätte es auch gebracht?

»Ich behalte sie. Zweihundert Dollar bringen mich nicht weit, und ich habe das Gefühl, dass es mich viel weiter bringen könnte, sie zu behalten. Trotzdem danke.« Sie steckte die Ohrringe in die Tasche, nickte Liam zu und schritt aus dem Laden, während sie mühsam versuchte, die Überreste ihrer Würde wieder zusammenzukratzen. Gott, sie musste die Online-Anzeige löschen, bevor tatsächlich jemand darauf bot. Ein weiterer Punkt auf ihrer To-do-Liste.

Liam schwieg dankenswerterweise den ganzen Weg bis zu seinem Truck. Auch als sie einstiegen. Auch als er den Motor anließ und aus der Parklücke fuhr, bis sie es schließlich nicht mehr aushielt.

»Schon gut, bring es hinter dich.«

Liam warf ihr einen Blick zu, aber sie konnte seinem Blick nicht standhalten.

»Was soll ich hinter mich bringen?«

»Die Schadenfreude. Das ›Ich hab's dir ja gesagt‹.«

Er lenkte den Truck in eine Parklücke und stellte den Motor ab. Dann drehte er sich zu ihr, wobei sein rechtes Knie auf dem Sitz ruhte und seine Hand die Ecke ihres Sitzes umklammerte. »Cassidy.«

Sie stieß einen langen Atemzug aus und versuchte verzweifelt, nicht zu weinen. Sie hasste es zu weinen, und ganz besonders hasste sie es, vor anderen zu weinen. Weinen war ein Zeichen von Schwäche. Ein Zeichen dafür, dass sie es nicht allein schaffte. Diese Lektion hatte sie früh im Internat gelernt und seither peinlich genau darauf geachtet, niemanden mehr ihre Tränen sehen zu lassen. Sie hatte nicht vor, ausgerechnet bei Liam damit anzufangen. »Was?«

»Sieh mich an.«

Sie wollte es absolut nicht.

Aber sie tat es. »Zufrieden?«

»Süße, ich werde nicht triumphieren. Es tut mir leid, dass dein Vater so ein Mistkerl ist, dass er dich belogen und dir Schrottschmuck geschenkt hat.«

Sie versuchte nicht einmal, Mitchell zu verteidigen. *Mistkerl* fasste es ziemlich gut zusammen.

»Ich werde nicht sagen, dass du nicht sauer sein oder es nicht persönlich nehmen sollst, denn ja, es war eine miese Aktion. Aber Tatsache ist: Es ist passiert. Du bist nicht ärmer als vor einer halben Stunde, aber du hast deine Arbeit, ein Dach über dem Kopf und Essen auf dem Tisch. Und mein Angebot steht, so lange du es brauchst.«

Verdammt. *Er* würde sie noch zum Weinen bringen.

»Warum bist du so nett zu mir, Liam?«

Sie spielte den Ball zurück zu ihm, weil sie Zeit brauchte, um ihre Fassung wiederzuerlangen. Sie hatte insgeheim auf Vorwürfe *gehofft*, damit sie all ihre Wut und Beschämung über ihren Vater an jemandem auslassen konnte, und Liam war gerade zur Hand gewesen.

Viel zu sehr zur Hand.

Liam rieb sich das Kinn. »Es ist keine große Sache, Cassidy. Ich habe den Platz, ich brauche die Hilfe, und du hast das Talent. Es bringt uns beide weiter und, ganz ehrlich, ich kann es nicht ausstehen, wenn Leute andere ausnutzen.

Dein Vater hat dir wirklich den Boden unter den Füßen weggezogen und das ist einfach zum Kotzen. Wenn ich also helfen kann, tue ich das gerne.«

Und da war sie, die Träne.

Cassidy versuchte sie wegzuschniefen und drehte den Kopf weg, damit er nicht sah, wie sie über ihre rechte Wange rollte. Sie musste es stoppen, bevor das Gleiche auf der linken Seite passierte. »Ich werde so viel arbeiten, dass du mich gar nicht mehr zu Gesicht bekommst, damit ich die Stücke verkaufsfertig kriege und aus deinem Leben verschwinden kann. Du warst mehr als großzügig.«

Er berührte ihre Schulter.

Echt jetzt? Sie hatte nicht die Kraft für diese ganze Freundlichkeit, während ihre Gefühle Achterbahn fuhren.

Küss ihn bloß nicht wieder.

Richtig. Würde sie nicht tun.

»Es wird schon alles gut werden, Cassidy. Bleib so lange, wie du musst. Überstürze nichts bei deinen Lackierungen; du willst schließlich deine beste Arbeit abliefern. Denk daran, was du mir gesagt hast: Es geht um deine Marke. Mach deine Cass-Marie-Möbel so gut wie möglich.«

»C. Marie.«

»Was?«

»C. Marie. Das ist der Name meiner Marke. In dem Moment, in dem ich Cassidy draufschreibe« – den Namen Cass würde sie nie verwenden – »weiß die ganze Welt, dass ich Cassidy Davenport bin. Ich werde nicht den Namen meines Vaters ausschlachten, für keinen Umsatz auf der Welt. Er wird zwar denken, ich täte es nicht, weil er es mir verboten hat, aber in Wahrheit ist es so, weil ich es aus eigener Kraft schaffen will. Und ich habe das Zeug dazu. Dieser erste Verkauf – verdammt, schon das Angebot, sie in der Galerie auszustellen – war der Beweis. Er wird mich nicht von meinem Traum abbringen.«

Liam drückte sanft ihre Schulter. »Das ist die richtige Einstellung. Du schaffst das.«

Sie setzte ihr Vorzeige-Lächeln auf und sah ihn an, die Tränen nun voll unter Kontrolle. »Ohne dich hätte ich das nicht geschafft. Und dafür bin ich dankbarer, als du jemals wissen wirst.«

. . .

Er wollte ihre Dankbarkeit nicht. Er wollte nicht die Tränen, die sie unterdrückte, und ganz besonders wollte er nicht, dass sie ihn so ansah.

Nimm die Hand weg, Manley.

Oh. Richtig.

Er drehte sich wieder nach vorne und hielt alle Körperteile strikt auf seiner Seite des Wagens. »Also, soll ich dich bei deiner neuen Bleibe absetzen oder dich mit zu mir nehmen?«

»Zu dir. Das ist näher, und ich muss den Truck holen, sonst fährst du heute Abend später einen Umweg, und ich weiß nicht, wann ich fertig sein werde. Ich war schon vorher motiviert, aber jetzt erst recht. Außerdem muss ich Titania holen. Ich nehme sie mit zu mir, damit du dich nicht um sie kümmern musst, wenn du heute Abend nach Hause kommst.«

Zwei Dinge trafen ihn gleichzeitig, als er den Wagen startete. Erstens nannte sie sein Haus *Zuhause* und zweitens würde er den kleinen Köter vermissen, wenn sie endgültig weg war.

Wenn sie weg war. Cassidy *würde* aus seinem Leben verschwinden, sobald sie den ersten anständigen Verkauf getätigt hatte, und dieser Realität musste er ins Auge sehen. Das war ein Grund, sich nicht auf sie einzulassen. Er brauchte nicht noch ein gebrochenes Herz.

Kapitel Vierundzwanzig

Als Cassidy gesagt hatte, sie würde so viel arbeiten, dass er sie nie zu Gesicht bekommen würde, hatte Liam nicht gedacht, dass sie das wörtlich meinte, aber wie sich herausstellte, tat sie es. Das Einzige, woran er merkte, dass sie ihren Teil der Reinigungsvereinbarung tatsächlich einhielt, war, dass er absichtlich Unordnung stiftete, damit sie etwas zum Putzen hatte. Aber sie war bereits auf den Beinen und aus dem Haus, bevor er aufstand, und kam erst nach Hause, wenn er schon im Bett lag. Er vermutete, dass sie tagsüber kurz vorbeikam, um aufzuräumen und den Timer am Ofen einzustellen, damit sein Abendessen warm war, wenn er nach Hause kam.

Er hatte sie gestern Abend spät reinkommen hören, war aber nicht aufgestanden. Es hatte keinen Sinn, das Schicksal herauszufordern. Er musste auf Distanz bleiben.

Leichter gesagt als getan.

Und zu seinem Ärger vermisste er sie. Und ihren kleinen Hund auch.

Sein Handy klingelte und er nahm ab, während er die Van-Tür zuschlug und den Motor startete. »Yo, Jared. Was gibt's?«

Jared, ein langjähriger Freund und Profi-Baseballspieler, wohnte im Haus seiner Großmutter – Mildred, der besten Freundin von Liams Oma –, um sich von einem Autounfall zu erholen. »Hey, Lee. Ich hab Karten für das Spiel heute Abend. Logenplätze. Hast du Lust?«

Perfekt. Das hielt ihn davon ab, nur die Wände anzustarren. »Cool. Ja, bin dabei.«

»Was ist mit deinen Brüdern?«

»Ich ruf sie mal an und sag dir Bescheid.«

Es würde guttun, mit den Jungs abzuhängen. Über Sport quatschen, ein paar Hotdogs essen, Bier zischen. Ein Männerabend ohne einen einzigen Gedanken an irgendetwas, das auch nur entfernt weiblich war.

Tja, daraus wurde nichts. Es gab kein Entrinnen vor Cassidy Davenport. Ihr Vater warb massiv im Stadion, und ihr wunderschönes Gesicht prangte auf Plakaten überall an diesem verdammten Ort.

Bryan stieß ihn an. »Ist sie das? Sie kommt mir bekannt vor.«

»Abgesehen von der Tatsache, dass ihr Gesicht hier überall hängt, warst du sicher schon auf denselben Partys.« Liam konnte sich den Sarkasmus nicht verkneifen. Rachel hatte ihm die Ohren blutig gequatscht, damit er Karten für dieselben Events besorgte, auf denen sein Bruder sein würde. Er war nicht eifersüchtig auf Bryan, aber er hatte ein Riesenproblem damit, dass seine Freundin ein Groupie war, also hatte er ihr erzählt, es gäbe keine Karten mehr, obwohl Bryan ihm so viele hätte besorgen können, wie er wollte.

Bryan rollte mit den Augen. »Ich hab dir doch gesagt, Lee, ich muss zu diesen Dingern gehen. Gut fürs Image und die PR. Und auch für die Finanzierung. Diese reichen Kerle suchen immer nach Anlagemöglichkeiten und ihnen gefällt die Vorstellung, Teil eines Films zu sein. Weißt du, was ich meine, Jare?«

Jared drehte sich in seinem Rollstuhl um. »Ja, und das Catering und die erstklassigen Drinks sind auch nicht ohne.«

»Hey, bist du nicht Bryan Manley?« Ein Junge rannte auf sie zu und zog ein kicherndes Teenie-Mädchen hinter sich her.

Liam stieß Bry mit der Schulter an. »Sieht aus, als wärst du dran, Brüderchen«, sagte Liam.

»Nenn mich nicht so«, murmelte Bryan, während er seine Essenstüten abgab und stehen blieb, um mit dem Jungen zu reden. »Ja, der bin ich. Möchtet ihr ein Autogramm?«

»Ja. Auf den Arm meiner Schwester. Sie sagt, sie wäscht ihn nie wieder, wenn du das tust, und ich will den Streit mit Mom miterleben.«

Liam reichte Bryans Essenstüten an Jared weiter. »Hier, mach dich nützlich. Diese vorgetäuschte Verletzung befreit dich nicht von der Arbeit.« Er fing an, den Rollstuhl zu schieben.

»Vorgetäuscht? Wenn ich aus diesem verdammten Ding rauskommen würde, würde ich dir zeigen, was hier vorgetäuscht ist.« Jared richtete die drei Tüten auf seinem Schoß aus und versuchte, die Biere aufrecht zu halten. »Und glaub mir, ich arbeite heutzutage hart. Deine Schwester...« Er schüttelte den Kopf.

Liam lächelte. Jared und Mac gerieten schon ewig aneinander. »Erzähl mir nicht, dass sie dich zur Arbeit eingespannt hat.«

Jared machte eine ausladende Geste über den Rollstuhl. »Sie versucht es, die verdammte Frau. Sorry, Lee, aber sie ist eine echte Nervensäge, auch wenn sie deine Schwester ist.«

»Hey, das musst du mir nicht sagen.« Vielleicht konnte er Jared ein wenig aushorchen, um herauszufinden, wie Mac das Spiel gewonnen hatte. Schließlich putzte Mac im Haus von Jareds Großmutter, wo Jared sich gerade erholte.

Liam musste unwillkürlich schmunzeln. Er würde Geld bezahlen, um das mitzuerleben. In der Bude bröckelte wahrscheinlich der Putz von den Wänden bei ihren Wortgefechten. Er wusste nicht, woran es lag, aber Jared und Mac waren sich vom ersten Tag an unsympathisch gewesen.

Bryan holte sie ein. »Danke, dass ihr mich im Stich gelassen habt, Jungs.«

»Ach, komm schon. Du liebst das doch. Bist du nicht deswegen in das Geschäft eingestiegen? Damit du all die Frauen abkriegst?«, knuffte Liam ihn mit dem Ellbogen.

Bryan schüttelte den Kopf. »Das ist einfach falsch. Das Kind war fünfzehn.«

»Eine lange Zeit, um sich den Arm nie wieder zu waschen.«

»Ich hab ihr T-Shirt unterschrieben – das, das sie gerade gekauft hat, nicht das, das sie anhatte. Für was für einen Perversen hältst du mich eigentlich?«

Jared zuckte mit den Achseln. »Nur für deinen durchschnittlichen 08/15-Perversen, schätze ich. Wo ist da der Unterschied?«

Bryan schlug gegen die Rückseite von Jareds Baseballkappe, sodass sie ihm ins Gesicht rutschte. »Pass bloß auf, du. Wenn ich deinen Namen nur ein bisschen lauter rufe, hast du auch sofort einen Schwarm an der Backe kleben.«

Jareds Kopf ruckte so schnell herum, dass die Kappe auf die andere Seite wirbelte. »Wage es ja nicht, Bry. Diesen Albtraum brauche ich nicht.«

Bryan hob abwehrend die Hände und wich einen Schritt zurück. »Ist ja gut, Jare. Musst nicht gleich psycho werden.«

Jared rückte seine Kappe gerade. »Dir geht's heutzutage nur noch um Publicity, das verstehe ich, aber ich? Mir geht's seit dem Unfall nur um meine Genesung. Ich brauche keine Kameras und Mikros im Gesicht, die mich fragen, wie es läuft oder wann ich zurückkomme. Wenn ich es wüsste, wüssten sie es auch, verstehst du? Ich hab die Nase so voll davon, dass ständig in meine Privatsphäre eingedrungen wird. Glauben die, mir *gefällt* es, wieder laufen lernen zu müssen? Dass ich *Lust* habe, in einem Rollstuhl in einem Stadion aufzukreuzen? Oder zu hören, was meine Ex-Freundin, die mir das eingebrockt hat, heutzutage so treibt? Warum zur Hölle ist das überhaupt eine Nachricht wert? Können die einen Kerl nicht einfach in Ruhe seinen Job machen lassen?«

Bryan sah Liam an. Liam sagte nichts. Er war nicht in diesem Publicity-Hamsterrad wie die zwei, und wenn er ihren Mangel an Privatsphäre sah, wollte er das auch gar nicht.

Cassidy war ein genauso großer Publicity-Magnet wie diese beiden. Ein weiterer Grund, sich von der Frau fernzuhalten.

Nicht, dass er es gekonnt hätte, denn sie starrte ihn von einem *weiteren* Plakat aus an, während sie zu ihren Plätzen gingen. Herrgott, hatte ihr Vater sein gesamtes Werbebudget in diesem Stadion verballert? Ernsthaft, wie viele Typen, die zu einem Spiel kamen, suchten bitteschön nach Luxusapartments?

Dann saß er schließlich auf seinem Platz, und sie starrte ihn *schon wieder* an. Diesmal von einer riesigen Werbetafel neben der Anzeigentafel, aufgestylt bis zum Gehtnichtmehr in einem glitzernden, hautfarbenen (mein Gott, warum nur?) Outfit. Selbst wenn er *versuchte*, ihr zu entkommen, schaffte er es nicht.

»Verdammt, das ist mal eine traumhafte Frau.« Jared kam lange genug aus seiner miesen Laune heraus, um sie zu würdigen.

Ja, diesen Effekt konnte Cassidy auf Männer haben.

Und verdammt, es machte Liam stocksauer, dass Jared sie bemerkt hatte. Jared war nicht gerade der monogamste Typ – nicht, dass er einen Harem hätte, aber er hatte ständig eine Neue. Berufsrisiko, vermutete Liam, aber Cassidy würde garantiert keine weitere Kerbe in Jareds Bettpfosten werden.

Und in deinem auch nicht, Loverboy.

»Halte dich fern, Jare«, sagte Bryan und half Jared dabei, aus dem Rollstuhl auf einen Sitz umzusteigen. »Eine Frau wie die... Ich weiß nicht, ob dein Konto prall genug gefüllt ist, um sie glücklich zu machen. Und wenn doch, ist sie nur darauf aus. Kein Material zum Heiraten.«

»Wer sagt denn, dass ich vorhabe zu heiraten?« Jared hob sein Bein auf einen anderen Stuhl. »Aber sie wäre vielleicht der perfekte Ansporn, um wieder auf die Beine zu kommen.«

»Auf den Beinen willst du mit der sicher nicht landen.« Bryan nahm einen Becher in die Hand. »Lee? Hier ist dein Bier. Du siehst aus, als könntest du es gebrauchen. Ich wette, es ist die Hölle, für sie zu arbeiten, oder?«

Liam nahm das Bier und ließ sie in dem Glauben, dass es so war. Er würde ihnen nichts davon erzählen, dass sie rausgeworfen worden war, und er würde erst recht nicht verraten, dass sie bei ihm wohnte. Und diesen kleinen Kuss würde er definitiv für sich behalten.

Und dessen verdammt große Wirkung.

»Ich bedaure den Kerl, der bei ihr landet.« Bry reichte Jared sein Bier. »Wir haben gelernt, uns von Papas Töchterchen fernzuhalten, stimmt's, Lee?«

Liam kippte das halbe Bier auf ex weg. Warum zur Hölle konnte Bry es nicht einfach gut sein lassen? Er hatte wirklich keine Lust auf diese Diskussion, also ließ er das Biertrinken für sich sprechen.

»Siehst du, was das für eine Belastung ist?«, fragte Bry. »Er muss erst mal ein paar wegpumpen, nachdem er den ganzen Tag lang ihren Schnickschnack geputzt hat. Ich wette, da drin ist alles rosa und mit Spitze, habe ich recht?«

Liam wischte sich mit dem Ärmel über den Mund. Normalerweise war er ganz auf der Wellenlänge der Jungs, machte Männersachen und grenzte gelegentlich an ein Arschloch. Heute Abend eher weniger. Er wollte nicht über Cassidy reden und er wollte nicht über Rachel reden. »Was ist mit dem Haus, in dem du arbeitest, Bry? Wie läuft's da?«

»Wie? Tja, fangen wir mal damit an: Beth ist eine Witwe. Und Mutter. Von fünf Kindern«, sagte er, als wäre es ein Mantra.

»*Fünf*?« Jared verschluckte sich an seinem Bier. »Wer hat heutzutage noch fünf Kinder? Wer *will* bitteschön fünf Kinder?«

»Magst du keine Kinder?«, fragte Bryan ihn.

Jared zuckte die Achseln. »Ich mag Kinder eigentlich ganz gern, schätze ich. Aber fünf? Das ist ein bisschen viel.«

»Das ist eine komplette Basketballmannschaft.«

Jared nahm einen Hotdog und klatschte ordentlich Ketchup drauf. »Für ein Baseballteam reicht es nicht, also was soll's?«

»Moment mal. Du willst *neun* Kinder?«

»Nein. Ich sag ja nur. Wenn man schon bei fünf ist, was machen da noch vier weitere aus?« Er verdrückte den halben Hotdog.

»Äh, eine ganze Menge mehr Mäuler zu stopfen. Windeln zu kaufen. Studiengebühren zu bezahlen. Und an Imbissständen bei Baseballspielen pleitezugehen. Ich kann mir nicht mal eines vorstellen.«

Jared grinste und aß den Rest des Hotdogs auf. »Ja, aber sobald man mehr als zwei hat, sind es nur noch Zahlen.«

Liam sah Bryan mit völlig neuen Augen an. Bryan sagte immer, er würde nie heiraten, weil es unmöglich sei, jemanden zu finden, der mit seinem Lebensstil klarkommt. Anscheinend bedeutete das auch, dass er nie Kinder haben wollte. Liam hatte ihre Kindheit nicht als *so* schlimm empfunden, daher war er überrascht zu hören, dass sein Bruder nicht wiederholen wollte, was sie gehabt hatten. Nicht die Sache mit den Eltern, die bei einem Autounfall ums Leben gekommen waren, aber sie vier standen sich nahe. Und sie wurden von Gran sehr geliebt. Er wollte definitiv irgendwann eine Familie. Schade, dass Bryan das anders sah.

»Aber eine Witwe, was?«, fragte Jared und griff sich den nächsten Hotdog. Liam hatte sich schon gefragt, wie lange er brauchen würde, um dieses Detail aufzugreifen. »Wie lange ist sie schon solo?«

»Ernsthaft jetzt?« Bryans Augenbrauen berührten fast den Haaransatz. »Hast du mir nicht zugehört? Ich hab gesagt *fünf* Kinder. Muss ich noch mehr sagen?«

Solange er das nicht über Cassidy sagte, war es Liam recht, das Gespräch zu beenden, bevor er es tat. »Und, wie ist die Prognose, Jared? Wann bist du wieder im Spiel?«

Jared zog die Innenseite seiner Wange ein und verzog das Gesicht. »Schwere Schäden. Ich muss diese verdammte Schiene noch eine Weile tragen und einen Riesenhaufen Reha machen. Der Doc sagt neun Monate. Ich plane, dass es schneller geht.«

Bryan schaltete sich ein und meinte, er solle auf den Doc hören, was in eine Geschichte über eine Verletzung überging, die er sich bei einem Stunt in

Sri Lanka zugezogen hatte, und die mangelnde medizinische Versorgung dort, und ziemlich bald war Cassidy vergessen.

Tja, von allen außer Liam.

Liam hörte Bryan immer noch im Geist »fünf Kinder« sagen und fragte sich, ob Cassidy Kinder wollte. Sie müsste welche haben, um die Davenport-Dynastie am Leben zu erhalten – er konnte sich bildlich vorstellen, wie ihr Vater seinem Schwiegersohn für jeden männlichen Erben Geld zahlte. Diesen Erben zu zeugen, wäre sicher keine lästige Pflicht für den glücklichen Bastard, der Cassidy heiraten durfte.

Er fragte sich, wie es wohl wäre, dieser Typ zu sein.

Kapitel Fünfundzwanzig

Cassidy befand sich in seinem Schlafzimmer. In seinem Kleiderschrank, um genau zu sein. Auf allen vieren, um es ganz präzise zu sagen, mit dem Hintern in dehnbaren Nylon-Shorts, die über die Rundung ihrer Wangen hochgerutscht waren und wackelten, während sie rückwärts herauskroch.

Liam schüttelte den Kopf und blickte gen Himmel. Im Ernst? Er war ein guter Mensch. Nett zu alten Damen und kleinen Kindern. Half Prinzessinnen in Not. Führte gelegentlich Handtaschen-Hündchen aus. Warum wurde er dieser Folter unterzogen? Was zum Teufel tat sie in seinem Schlafzimmer, in seinem Schrank? Ehrlich gesagt hätte er den Staub sogar ertragen, wenn es bedeutet hätte, sie hier herauszubekommen.

»Komm schon, Titania! Du kannst nicht hier drin bleiben. Gott weiß, was du hier alles anstellen könntest.« Cassidy schob sich auf ihren Knien zentimeterweise rückwärts und zerrte den kleinen Wuschelkopf an den Hüften hinter sich her, während das Ding sich an... einem seiner Stiefel festbiss. Da war er also abgeblieben.

Der Hund versuchte, seine Beine freizuziehen, während er seine rosa Krallen – ja, Cassidy hatte sie rosa lackiert – in den Teppich stemmte, offenbar auf der Suche nach Halt, um seine Beute nicht aufgeben zu müssen. Kleine, gedämpfte Knurrlaute begleiteten jedes Schütteln des Kopfes, während der Stiefel hin- und herflog.

»Titania, nein! Das gehört dir nicht. Gib mir das her.« Cassidy setzte sich auf die Beine zurück und ließ eines der Beine des Hundes los, aber Titania ergriff die Chance, stürmte los und schaffte es, den Fortschritt – oder Rückschritt? – der letzten Sekunden zunichtezumachen.

Cassidy schnaufte, stützte sich wieder auf alle vieren und kroch zurück in den Schrank.

Er sollte jetzt verschwinden. Solange er noch konnte.

Aber er brauchte seinen Truck, also musste er mit ihr reden. »Cassidy.«

Ihr Hintern erstarrte. »Liam?«

»Außer, du hast einen anderen Typen erwartet?«

Sie kroch wesentlich schneller rückwärts heraus, diesmal ohne den Hund. »Ich habe niemanden erwartet.«

»Ich wohne hier.«

Wenn ihr Vater sie jetzt sehen könnte. Wenn der Möchtegern-Verlobte sie sehen könnte —

Liam wollte nicht an den Kerl denken, den ihr Vater für sie als Ehemann ausgesucht hatte.

Sie stand auf. »Es tut mir leid, dass ich hier drin bin, aber Titania ist zurückgerannt, als ich sie aus ihrem Gehege gelassen habe, und ich habe nur versucht, sie rauszuholen. Ich weiß, das ist ein Verstoß gegen die Seitenwahl-Regel.«

Er zog eine Augenbraue hoch. »Mein T-Shirt zu tragen übrigens auch.«

»Ähm...« Sie warf sich die Haare aus dem Nacken – eine sexy Bewegung, von der er das Gefühl hatte, sie solle ihn absichtlich von der Frage ablenken. Aber bei ihm würde das nicht funktionieren. Und der Clou war, dass er glaubte, sie merkte nicht einmal, was sie tat. Bisher hatte er nichts von der verlogenen Cassidy gesehen, die er erwartet hatte, als er zum ersten Mal ihre Eigentumswohnung betreten hatte.

Tatsächlich hatte er überhaupt nichts von der Cassidy gesehen, die er erwartet hatte. »Es tut mir leid. Es lag auf dem Regal im Waschraum und ich habe nur noch ein vernünftiges Outfit übrig. Wenn man es überhaupt so nennen kann.«

»Du *kannst* Wäsche waschen, weißt du. Ich habe eine tadellose Waschmaschine und einen Trockner.«

Sie zuckte zusammen und sah zu Titania, die wedelnd mit ihrem kleinen

Schwanz dasaß, ein Stück Leder aus dem Mundwinkel hängen hatte und zu den beiden hochsah, als hätte sie ein Geheimnis.

Liam wurde plötzlich klar, was dieses Geheimnis war. »Du weißt nicht, wie man Wäsche wäscht, oder?«

»Nein.«

Er sollte nicht überrascht sein. Die Davenports dieser Welt hatten jemanden, der ihre Wäsche wusch. »Komm schon. Hol dein Zeug. Ich zeig's dir.«

»Das musst du nicht.«

»Warum? Weil du sie dem Butler deines Vaters geben willst?«

»Valet.«

»Wie bitte?«

»Sein Valet. Hendricks. Er kümmert sich um die Kleidung und die Wäsche.«

»Natürlich tut er das.« Liam bemühte sich gar nicht erst, seinen Sarkasmus zu verbergen.

Cassidy seufzte. »Das klang überheblich, oder?«

Liam verließ sein Zimmer – den letzten Ort, an dem er sie gebrauchen konnte – und betete, dass sie ihm folgte. »Überheblich? Nein. Realitätsfern für einen durchschnittlichen arbeitenden Mann – der ich zufällig bin? Ja. Die Leute haben nun mal keine Butler und Kammerdiener.«

»Du wärst überrascht, wie viele welche haben.«

»Schätzchen, heutzutage überrascht mich gar nichts mehr.«

Er log natürlich. Sie überraschte ihn. Jedes Mal, wenn er sich umdrehte.

Wie jetzt zum Beispiel. Er drehte sich um und sie stand direkt hinter ihm. So nah, dass sein schnelles Umdrehen ihren Vorwärtsdrang nicht gestoppt hatte, und im nächsten Moment klebte Cassidy Davenport direkt an ihm.

Ihre Hände umklammerten seinen Bizeps, ihre Haare kitzelten seine Nase, ihr Duft raubte ihm fast den Verstand und der Rest von ihr stellte seine innere Welt völlig auf den Kopf.

»Liam —«

Er schob sie praktisch in ihr Zimmer. »Bleib mir vom Leib, Cassidy.« Zugegeben, das war ein wenig hart, aber er konnte gegen seine Reaktion nichts tun. Er wollte sie so sehr, dass er ihre Berührung nicht ertragen konnte, ohne den Verstand zu verlieren. Es ging nur das eine oder das andere, und er hing irgendwie an seinem Verstand.

»Du bist derjenige, der stehen geblieben ist. Ich wollte nur meine Wäsche holen. Wozu *du* mich verdonnert hast, falls du dich erinnerst.«

»Ich habe dich nicht verdonnert.«

»›Komm schon. Hol dein Zeug. Ich zeig's dir.‹ Ist das etwa kein Befehl?«

Er atmete aus. »Okay, vielleicht war ich ein bisschen schroff. Die Sache ist die: Du löst etwas in mir aus. Und das will ich nicht. Das gefällt mir nicht.«

»Bullshit.«

»Ich — was?«

»Bullshit. Hast du das nicht auch zu mir gesagt, als ich dich geküsst habe? Du hast gesagt, ich wüsste genau, warum ich es getan hätte – nun, ich sage dasselbe. Du *willst* es. Es *gefällt* dir. Aber aus irgendeinem Grund willst du dem nicht nachgeben.«

»Wir fangen nicht damit an.«

»Das habe ich mir gedacht.«

Er verschränkte die Arme und lehnte sich gegen den Türrahmen. »Hör zu, ich werde nicht dein Spielzeug sein. Dein Typ aus der Unterstadt, den du deinem Vater unter die Nase reiben kannst.«

»Mein —?« Sie starrte ihn ein paar Herzschläge zu lang an, und er wäre beinahe eingeknickt. »Mein *Typ aus der Unterstadt*? Hast du das gerade wirklich gesagt?«

»Du kannst es nicht leugnen.«

»Das kann ich sehr wohl. Ich bin *nicht* an dir interessiert.«

»Ich war bei diesem Kuss dabei.«

»Schön, du bist heiß.« Sie zuckte mit den Schultern, während sie sich abwandte, und Liam wollte ihr diesen gleichgültigen Blick am liebsten aus dem Gesicht küssen. »Das ist nichts Neues. Ich bin sicher, du hast schon etliche Frauen geküsst.«

In diesem Moment fiel ihm beim besten Willen keine einzige ein. Cassidy war sichtlich gereizt, und das stand ihr verdammt gut.

Sie hob das T-Shirt auf, das sie gestern getragen hatte, und warf es auf ihr Bett. »Ich habe dir gesagt, es war eine spontane Sache. Und gerade eben? Der einzige Grund, warum ich dich berührt habe, der einzige Grund, warum ich dir überhaupt *nah* genug war, um dich zu berühren, war, dass du stehen geblieben bist. Ich war auf dem Weg, meine Wäsche für diesen kleinen improvisierten Hauswirtschaftskurs von dir zu holen, und du hast angehalten.« Sie griff nach den Jeans-Shorts vom Stuhl, an die er sich nur zu gut erinnerte.

»Vielleicht *wolltest* du es ja und hast nur eine bequeme Ausrede gebraucht, damit du nicht die Schuld dafür tragen musst, es dir zu nehmen.«

»Du bist verrückt.«

»Das muss ich wohl sein, um hier zu bleiben.« Sie knüllte die Shorts zusammen.

»Du musst nicht bleiben.«

»Da hast du recht.« Sie hob den Arm, um die Shorts aufs Bett zu werfen. »Muss ich nicht.«

Er zog eine Augenbraue hoch.

Sie warf die Shorts mit einem lässigen Unterhandwurf aufs Bett und strich sich dann das Haar aus der Stirn. »Hör zu, Liam. Die Bude ist groß, aber so groß nun auch wieder nicht. Selbst mit der Regel der getrennten Seiten werden wir uns über den Weg laufen. Können wir also einen Pakt schließen, nicht automatisch davon auszugehen, dass der andere einen Annäherungsversuch startet? Dass es ein Versehen war und nichts bedeutet? Bitte? Unabhängig davon, was du denkst, dieser Kuss war ein Ausdruck der Dankbarkeit. Ich habe mich nicht an dich rangemacht. Es ist einfach passiert.«

Seinem Ego gefiel die logische Erklärung nicht, aber um des Zusammenlebens willen würde er sie akzeptieren. »In Ordnung. Bereit für deine Lektion?«

Es kam darauf an, welche Lektion er ihr geben wollte...

Cassidy atmete aus. So viel zum Thema Pakt. »Sicher.«

Sie seufzte, als sie sich den Wäschekorb auf die Hüfte hievte und ihm zum Waschraum folgte. Es *gab* schon Vorteile daran, in Papas Welt zu leben, aber hey, wenn sie schon Toiletten putzte, konnte sie sich wohl kaum über das Reinigen von Kleidung beschweren.

Nachdem Liam mit seinen Erklärungen über das Trennen der Wäsche, die verschiedenen Wassertemperaturen, Vorbehandlungen, Bleichmittel, Trocknertemperaturen und -geschwindigkeiten fertig war, wurde ihr klar – doch, sie konnte sich darüber beschweren. Sie hätte ihrer Reinigung zu den Feiertagen ein größeres Trinkgeld geben sollen.

»Also, irgendwelche Fragen?«, fragte Liam und schloss den Deckel der Waschmaschine, woraufhin das Gerät ansprang.

»Nicht zur Wäsche, nein. Danke, dass du mir gezeigt hast, wie man das macht. Aber ich frage mich schon, was du hier machst. Ich dachte, du arbeitest heute in meiner alten Wohnung.«

»Tu ich auch. Aber ich habe einen Anruf bekommen, dass der Werkzeugkasten, den ich für meine Ladefläche bestellt habe, da ist, und ich will ihn einbauen lassen. Also dachte ich, ich setze dich vorher dort ab, wo du heute hinmusst, da du Macs Van nicht fahren kannst.«

»Ich weiß, wie man einen Van fährt. Nur weil ich noch nie eine Waschmaschine bedient habe, heißt das nicht, dass ich andere Dinge nicht kann. Ich bin überrascht, dass du mir deinen Truck anvertraut hast, wenn du glaubst, ich könnte keinen Van —«

Er legte einen Finger auf ihre Lippen. »Ich meinte damit, dass du für Macs Van nicht versichert bist, also darfst du dich nicht hinter das Steuer setzen. Ich bin sicher, du bist absolut fähig, ihn zu fahren.« Er nahm den Finger weg. »Also, wo musst du hin?«

»Eigentlich nirgendwohin. Ich hatte vor, hierzubleiben und zu putzen.«

»In Ordnung. Wenn du irgendwas brauchst, ruf mich an. Ich bin den ganzen Tag unterwegs, kann aber bei Bedarf kurz vorbeikommen. Und ich bin heute Abend zum Essen verabredet, ich komme also erst spät zurück.«

Sie wollte fragen, mit wem, aber es ging sie nichts an. »Alles klar. Ich werde den Tisch deiner Großmutter streichen. Ich habe ihn hergebracht, um in meiner Freizeit daran zu arbeiten. Du weißt schon, zwischen den Waschladungen?« Sie versuchte es mit einem neckenden Ton, und nach ein paar Sekunden verstand Liam den Wink.

Um seine Augen bildeten sich Lachfältchen, als er lächelte. Sein Blick funkelte und dieses Lächeln haute sie förmlich aus den Socken. Nun, wenn sie welche getragen hätte.

Sich an diese kontaktlose Sache zu gewöhnen, würde schwieriger werden, als aus der eigenen Wohnung geworfen zu werden.

Kapitel Sechsundzwanzig

Liam stand oben auf einer vier Meter hohen Leiter und reinigte das gläserne Oberlicht über den Flügeltüren in Cassidys altem Schlafzimmer, als er hörte, wie Mitchell Davenport das Penthouse betrat.

Mist. Er konnte sich nicht daran erinnern, dass er heute nicht hier sein müsste. Liam kramte sein Handy hervor und rief die Kalender-App auf. Nichts zu finden. Er überprüfte seine Nachrichten. Auch dort nichts. Hoffentlich hatte Davenport nicht vor, die Wohnung zu besichtigen, denn die Reinigungsmittel waren über den gesamten Esszimmertisch verteilt.

Liam beendete schnell das Oberlicht, an dem er gerade arbeitete – das letzte musste warten. Er kletterte von der Leiter, klappte sie zusammen, sodass sie vor den Türen lehnte, und machte sich dann auf den Weg zum Esszimmer, um seine Sachen einzusammeln.

»Burton, beruhigen Sie sich«, sagte Davenport, während er an der Schnur zog, um die Vorhänge vor der millionenschweren Aussicht zu öffnen, für die der Kerl bekannt war. Er stand da, als wäre er der König von allem, was er überblickte. »Cassidy kann ihren kleinen Wutanfall haben, so lange sie will, aber sie wird zurückkommen.«

Liam presste sich an die Wand. Entweder hatte Davenport die Reinigungsmittel nicht gesehen, oder es war ihm egal, dass Liam ihn hören konnte. Und angesichts der Tatsache, dass der Staubsauger mitten im Wohnzimmer stand, dort, wo früher Titanias Gehege gewesen war, tippte Liam auf Letzteres. Davenport war die Sorte Typ, die Butler, Kammerdiener und Reinigungskräfte hatte und vielleicht sogar jemanden, der ihm die Nase putzte, also hatte er sich wahrscheinlich daran gewöhnt, vor dem »Personal« zu reden. Bezahlte ihnen sicher auch gutes Geld dafür, Gespräche *nicht* mitanzuhören.

Aber dieses hier wollte Liam hören.

»Ja, ich weiß, dass es über eine Woche her ist. Sie muss irgendeinen Freund gefunden haben, der bereit ist, sie aufzunehmen, und die beiden haben sich irgendwo verkrochen. Ich hätte gedacht, ich würde von ihr hören, nachdem *The Herald* die Geschichte gebracht hatte, und dieses ganze kindische Abenteuer wäre inzwischen vorbei. Sie bringt meine Pläne wirklich durcheinander.«

Wahrscheinlich war er es gewesen, der die Geschichte überhaupt erst durchgestochen hatte. Was für eine miese Nummer gegen seine eigene Tochter; zu versuchen, sie vor allen, die sie kannte, wie eine verwöhnte, egozentrische, hohlköpfige Göre aussehen zu lassen. Und zwar landesweit, denn Liam hatte gestern Abend kurz einen Ausschnitt davon in einer dieser Promi-News-Sendungen gesehen, bevor er den Fernseher in seinem Schlafzimmer ausgeschaltet hatte.

»Nein, sie ist nicht außer Landes. Ich habe ihren Reisepass.« Davenport fuhr mit einem Finger über den Tisch hinter dem Sofa und betrachtete ihn. Liam war überrascht, dass kein Diener mit weißem Handschuh zur Stelle war. »Sie wird zum Abendessen erscheinen, Burton. Sie wird mich nicht enttäuschen.«

Aber er durfte sie enttäuschen? Jesus. Dieser Typ war echt ein ganz besonderes Kaliber.

»Ich habe bereits all ihre Karten und ihr Telefon gesperrt. Ihr Schmuck liegt in meinem Tresor, und meine Banker wissen alle, dass sie mich kontaktieren sollen, falls sie auftaucht. Sie kennen Cassidy, sie hält es keine Woche ohne ihre Kreditkarten aus. Sie wird bald angekrochen kommen. Vielleicht sogar schon heute.« Davenport umging den Staubsauger, als wäre er eine Bombe. »Ich kenne meine Tochter, Burton. Und du solltest besser lernen, wie ihr Verstand funktioniert, wenn du sie heiraten willst. Sie ist nicht dumm, nur emotional. Ganz die Mutter.«

Niemand außer Liam würde jemals erfahren, dass der Ausdruck, der bei der Erwähnung seiner Ex-Frau über Davenports Gesicht huschte, nicht Wut war, sondern ... Schmerz. »Du musst sie auf Kurs halten. Ich habe Medikamente vorgeschlagen, aber sie weigert sich, sie zu nehmen. Sagt, ihr Kopf würde davon schwammig.« Davenport schnaubte. »Ich hätte das Kindermädchen anweisen sollen, sie ihr jeden Morgen ins Frühstück zu mischen. Verdammt, das hätte ich schon bei meiner Frau tun sollen.«

Liam hätte dem Mann am liebsten den Verstand zurechtgeschüttelt. Seine Frau und sein Kind unter Drogen setzen? Der Mann hatte mehr als nur zwanghafte Gier und Selbstverherrlichung gegen sich. Den Titel ›Vater des Jahres‹ hatte er definitiv nicht verdient. Kein Wunder, dass Cassidy nichts von ihm wollte. Liam wollte nicht einmal seine Aufträge, aber das lag nicht in seiner Entscheidungsgewalt. Und da Mac das Einkommen aus diesem Vertrag brauchte, würde er den Mund halten und den Service bieten, den Davenport – und Mac – von ihm erwarteten. Aber Gott, er würde dem Kerl liebend gerne die Lichter ausschießen.

»Nein, wenn sie auftaucht, lassen Sie sie zappeln. Kein Grund, ihr sofort einen Antrag zu machen. Sie wird lernen müssen, zu schätzen, was mein Geld für sie tun kann.« Davenport nahm ein Kristallfigürchen vom Beistelltisch und betrachtete es. Er hauchte es an, polierte es an seinem Jackenrevers und stellte es wieder ab.

Eingebildeter Mistkerl. Liam hatte jede Facette dieses Teils poliert, weil er wusste, dass der Typ in dieser Hinsicht pingelig war. Da war kein einziger Schmierer zu finden; da war er sich sicher. Es schien, als wäre nichts gut genug für Mitchell Davenport.

Arme Cassidy. Liam hatte gewusst, dass der Typ hartgesotten war, wenn es ums Geschäft ging, aber wie musste es wohl gewesen sein, mit ihm als Vater aufzuwachsen? Und ohne eine Mutter, die den emotionalen Schaden milderte.

Liam blickte zurück zum Schlafzimmer. Zum Bettgestell, wo er das Armband und das Foto gefunden hatte. Er musste sie ihr geben. Vielleicht bedeuteten sie ihr ja doch etwas, und angesichts dessen, wie herablassend Davenport mit ihren Gefühlen umging, konnte Liam verstehen, warum sie sie versteckt gehalten hatte.

»Ja, ja, Burton. Natürlich bekommen Sie Ihren Bonus, egal wann sie auftaucht. Mein zukünftiger Schwiegersohn kann nicht mehr lange mit einer Mittelklasse-Limousine herumfahren. Sie müssen die Rolle auch verkörpern. Nun, haben meine Anwälte Sie wegen der Namensänderung kontaktiert?

Davenport Properties kann nicht ohne einen Davenport existieren, oder?« Er inspizierte auch den Kaminsims. Liam knirschte mit den Zähnen.

»Wir werden es an dem Tag offiziell machen, an dem du sie heiratest.« Davenport nestelte am Knoten seiner Krawatte. »Ich bin sicher, Cassidy wird begeistert sein, ihren Namen nicht ändern zu müssen. Schließlich öffnet der Name Davenport Türen.«

Liam wollte sich bei der Anspielung auf den Firmenslogan fast übergeben. »Ein Davenport-Objekt öffnet Türen.« Es ging alles nur um den Lebensstil. Diesem Typen ging es nur um den Schein. Alles. Einschließlich seines eigenen Kindes. Der Bastard wusste gar nicht, was für ein Glück er hatte, überhaupt noch eine Tochter zu *haben*. Was hätten Liam und seine Geschwister nicht alles dafür *getan*, all diese Jahre mit ihren Eltern zu haben, und dieser Mistkerl spielte mit seiner Familie, als wäre sie Teil einer Vertragsverhandlung.

»Ich sage Ihnen, Burton, ich kenne meine Tochter. Sie wird zurückkommen. Sie ist nicht dumm, nur stur.«

Nein, Davenport war der Dumme. Der Kerl hatte keine Ahnung, was es bedeutete, seine Tochter nicht mehr in seinem Leben zu haben. Er dachte immer noch, es ginge um Geld.

Liam verstand es jetzt. So wie er es vorher nicht verstanden hatte. Sie *war* nicht wie Rachel. Cassidy wollte die Liebe und Akzeptanz ihres Vaters, und all sein Geld konnte sie ihr nicht kaufen.

»Sie hatte einen Wutanfall. Das macht sie alle paar Jahre mal durch. Ein bisschen nervös wie ihre Mutter. Aber man kann seine Tochter nicht einfach so freikaufen, wie man es bei einer Ex-Frau kann, also muss ich diese Launen von ihr ertragen.«

Liam biss sich auf die Zunge. Wortwörtlich, denn ihn nur im übertragenen Sinne zu zügeln, würde ihn nicht davon abhalten, das zu sagen, was er sagen wollte. Dem Kerl fehlte das Vater-Gen komplett, und auch beim Thema Menschlichkeit stand ein großes Fragezeichen.

»Sie wird zurückkommen, Burton. Das tut sie immer. Ihr *Schlag* tut das immer.«

Wäre es nicht exakt dasselbe gewesen, was Liam selbst über sie gesagt hatte, hätte er sich über die herablassende Selbstgefälligkeit des Mannes aufgeregt.

Jetzt fand er seine eigenen Rückschlüsse über Cassidy bloß noch herablassend. Und falsch.

»Cassidy ist an das Beste gewöhnt, was diese Welt zu bieten hat.« Davenport rückte einen Bilderrahmen oben auf dem Flügel zurecht. »Sie kennt es nicht anders. Ihre Freunde können nicht hoffen, mit dem zu konkurrieren, was ich ihr bieten kann. Nicht viele Leute können das.«

Der Kerl hielt einfach nicht den Mund. Mein Gott, was für eine Hybris. Was würde wohl nötig sein, um Davenport um ein paar hundert Stufen herabzusetzen? Wo würde er dann stehen?

Was Liam nicht alles tun würde, um die Chance dazu zu bekommen.

Aber... warum? Warum war er so wütend für Cassidy, wenn er doch dasselbe über sie gedacht hatte?

Vielleicht war es genau das. Vielleicht war er sauer auf sich selbst. Weil er falschgelegen hatte. Weil er sie verurteilt hatte. Weil er sie nicht so genommen hatte, wie sie war. Er gab den Leuten immer eine Chance, aber er hatte das Hochhaus gesehen, hatte die ganze Presseberichterstattung über sie gehört, und, verdammt noch mal, er hatte *Rachel* als Vorlage für diese Art von Beziehungen ... Es war kein Wunder, dass er zu diesen Schlüssen gekommen war, aber das hieß nicht, dass er das an sich selbst mögen musste. Er war immer stolz darauf gewesen, den Leuten diese Chance zu geben. Ihnen eine faire Chance zu geben, aber er hatte sie vorverurteilt. Zu Unrecht, wie es schien.

»Oh, sie hat vor etwa einem Jahr mit diesen kleinen Anfällen angefangen, und sie sind inzwischen eine ziemliche Last. Diesmal wird sie lernen, wer die Trümpfe in der Hand hält. Und wenn sie weiterhin die teure Designerkleidung und die Schuhe tragen will, die sie so liebt, wenn sie Urlaub in den schönsten Resorts der Welt machen, in den berühmtesten Restaurants essen, die besten Plätze haben und berühmte Leute treffen will, dann wird sie sich zusammenreißen und nach Hause kommen. Oder sie muss lernen, wie die andere Hälfte lebt.«

Als Vertreter der sogenannten *anderen Hälfte* wollte Liam dort hineinspazieren und diesem aufgeblasenen Arsch sagen, dass es der anderen Hälfte gar nicht so schlecht ging. Würde der Kerl sich nicht in die Hosen machen, wenn er wüsste, dass Cassidy in genau diesem Moment wie die sogenannte andere Hälfte lebte und sich verdammt gut dabei schlug.

Aber es war nicht an Liam, ihn aufzuklären, also schlich er ins Esszimmer, verstaute alles wieder in der Manley-Maids-Werkzeugtasche, stülpte sich eine Baseballkappe auf den Kopf, klemmte sich den Mopp, den Staubmopp, den Jalousiereiniger und die Teleskopstange unter den Arm, nahm den Werkzeugkasten in die andere Hand und drehte sich um –

Und rammte Davenport direkt in die Magengrube.

Scheiße.

»Es tut mir leid. Geht es Ihnen gut? Ich habe Sie dort nicht stehen sehen –«

Davenport hob die Hand. »Einen Moment, Burton.« Er drückte die Stummschalttaste an seinem Telefon. »Was machst du hier?«

»Putzen.«

»Warst du nicht erst letzte Woche hier?«

»Ja, aber Staub kommt wieder. Da die Wohnung verkauft wird, dachte ich, sie soll in Schuss bleiben.«

Davenport zog eine Augenbraue hoch und musterte ihn mit geschürzten Lippen. »Wie viel von meinem Gespräch hast du mitgehört?«

»Wie bitte? Ich? Lauschen? Verzeihen Sie, Sir, aber das wäre höchst unprofessionell.« Um sich fest in der Kategorie des kleinen *Angestellten* in Davenports Augen zu verankern, fügte Liam dieses ›Sir‹ hinzu. Gran sagte immer, mit Honig fange man mehr Fliegen; Liam war sich sicher, dass das Gleiche für Ratten galt. Außerdem war es Cassidys gutes Recht, dem Typen zu sagen, wo er sich seine Herablassung hinstecken konnte.

»Hmmm.« Davenport schnalzte mit der Zunge, griff dann in seine Innentasche am Jackett und holte etwas heraus –

Sein Portemonnaie.

Oh, das war ja herrlich.

»Burton, ich rufe dich gleich zurück.« Er schob das Telefon in seine Hosentasche, klappte dann die Brieftasche auf und zog einen Hunderter heraus. »Ich wäre dir dankbar, wenn du niemandem etwas sagen würdest.« Er machte eine lockere Handbewegung und präsentierte das Geld in einer flie-ßenden Geste, als hätte er das schon dutzendfach getan. »Vielleicht ein schönes Abendessen, um dich von meinem kleinen Problem abzulenken?«

Liam hätte Cassidys Kleiderschränke ausräumen sollen. Alles mitnehmen. Dieser Arsch mit seiner scheinheiligen Herablassung, der seiner Tochter eine Lektion erteilen wollte, hätte es verdient, um ein paar tausend Dollar erleich-tert zu werden, indem er ihre Garderobe verliert. Der Hunderter war gar nichts für ihn.

Aber Liam nahm ihn trotzdem, wenn auch nicht aus dem Grund, den Davenport vermuten würde. Cassidy konnte das gebrauchen. Es war ja nicht so, als hätte er irgendeine Absicht, den Leuten zu erzählen, was er gerade gehört hatte; *er* versuchte selbst schon zu vergessen, dass er es gehört hatte.

Zum ersten Mal in seinem Leben empfand er *Mitleid* für ein verwöhntes reiches Mädchen – das vielleicht gar nicht so verwöhnt war und definitiv bei weitem nicht so reich wie er und seine Geschwister, wenn es um das ging, was im Leben wichtig war: jemanden zu haben, der einen genug liebte, um einen aufzunehmen.

Und nicht vor die Tür zu setzen.

Kapitel Siebenundzwanzig

Es war ein Gedanke, der Liam den ganzen Abend über beim Essen mit Gran und seinen Brüdern begleitete. Sean und Bryan gingen sich gegenseitig an die Gurgel – rein im übertragenen Sinne, versteht sich. Die drei standen sich so nah, wie man sich nur stehen konnte, aber keiner von ihnen konnte es lassen, den anderen wegen jeder Kleinigkeit aufzuziehen.

Witzigerweise wussten sie jedoch genau, wo die Grenze verlief, sobald die Rede auf Cassidy kam.

»Wie geht's Cassidy?«, fragte Gran und würgte damit die Unterhaltung über die Probleme mit Seans Projekt ab, um den Fokus auf ihn zu lenken. Sie hätte genauso gut Rachel sagen können, die Reaktion wäre dieselbe gewesen. Seine Brüder waren sein Fels in der Brandung gewesen, als diese Beziehung den Bach runtergegangen war, und er wusste, dass sie auch für ihn da wären, wenn er rückfällig würde und in Cassidys Bett landete.

Aber es war schade, dass sie die Cassidy, die er kannte, nicht kannten.

Er war jedoch noch nicht bereit, diese Cassidy mit ihnen zu teilen. Er wollte sichergehen, dass sie wirklich die war, für die er sie allmählich hielt, bevor er sie den Jungs präsentierte. Sie wären von Natur aus vorsichtig, und er hatte schon genug um die Ohren, ohne dass sie ihm ständig über die Schulter schauten. »Sie ist eben Cassidy«, sagte er sich. Er hoffte nur, dass Gran nicht zur Sprache brachte, dass sie bei ihm wohnte. Andererseits hatte Cassidy ihr nicht ihren richtigen Namen genannt, also sollte Gran eigentlich gar nicht wissen, wer sein Hausgast wirklich war.

»Nun, Liam, verurteile sie nicht nach dem, was alle über sie sagen. Ich meine, schau dir Bryan an. Glaubst du wirklich, dass alles stimmt, was sie über ihn drucken? Er ist nicht mit all diesen Frauen ausgegangen.«

Es war nicht an ihm, seine Großmutter über Bryans angeblichen Mangel an Standhaftigkeit aufzuklären. Denn Bryan mangelte es an gar nichts, und die Klatschblätter wussten das weidlich auszunutzen.

»Keine Sorge, Gran. Ich gebe Cassidy eine Chance, sich zu beweisen.«

Und was für eine Überraschung sie doch zu werden versprach.

»Gut. Das freut mich zu hören.« Gran schwenkte ihr Glas für ein wenig mehr Wein, und Liam erkannte die Geste als das, was sie war: ein Themawechsel. Gran trank normalerweise nie zwei Gläser Wein.

Ihre Taktik ging auf, und der Rest des Abendessens drehte sich um Sean und die Erbin, Bryan und die Witwe und Liams neuestes Projekt. Und um Racquetball. Genauer gesagt, forderte Sean ihn für morgen Abend zu einem Spiel heraus.

Auf dem Court ein wenig Dampf abzulassen und Sean dabei ordentlich den Hintern zu versohlen, klang genau nach dem Richtigen, um wieder runterzukommen. Er würde sich einfach Davenports Gesicht auf dem Ball vorstellen. In seinen Augen eine klassische Win-win-Situation.

»Weißt du, Liam«, sagte Gran, nachdem sie den Nachtisch serviert hatte, ihren selbstgebackenen Apfelkuchen. Er weckte allerlei Kindheitserinnerungen – Gran gehörte zu denen, die ihre Kuchen zum Abkühlen auf die Fensterbank stellten. Er und Jared hatten nur ein einziges Mal einen Kuchen gestohlen. Die Standpauke, die sie ihnen gehalten hatte – rein verbal, nicht körperlich –, hatte ausgereicht, dass sie das nie wieder tun wollten. Nun ja, das und die Drohung, dass sie ihm für den Rest seines Lebens nie wieder ein Stück geben würde. Die Sache war die: Gran hatte es ernst gemeint, also hatte er gelernt, ihre Anweisungen zu respektieren.

Hatte jemals jemand für Cassidy einen Kuchen gebacken? Ihr heimlich ein Stück zugesteckt, wenn sie vom Fahrrad gefallen war oder beim großen Spiel umgetackelt wurde – oder was auch immer die Debütantinnen-Version eines Sturzes während eines entscheidenden Spiels im Internat war?

Er hatte das Gefühl, dass dem nicht so war. Ihr Vater hatte, wie das Telefonat mit dem Mann, den er für sie als Ehemann ausgesucht hatte, bewies, keinerlei Vorstellung davon, wie man ein Kind großzog. Keinerlei Vorstellung von Familie.

Kein Wunder, dass sie das Leben geführt hatte, das sie nun mal geführt hatte. Wenn ein so oberflächlicher Mann wie Davenport sie großzog – oder es anderen überließ –, was für eine Chance hatte sie da schon gehabt?

Und die Tatsache, dass sie versuchte, sich zu ändern ... Zusammen mit dieser ganzen Sache mit der Anziehung wurde die Situation immer komplizierter.

Gran machte die Sache nicht einfacher. »Ich habe deinen Hausgast getroffen, Liam«, sagte sie, nachdem Bry und Sean gegangen waren.

Er war nur noch zwei Schritte davon entfernt gewesen, sich ungeschoren davonzumachen. »Sie hat es erwähnt.«

»Sie scheint nett zu sein.« Gran würde es in die Länge ziehen.

»Ja.«

»Sie streicht ein Möbelstück für mich.«

»Das hat sie mir erzählt.«

»Es wäre schön, wenn du ihr beim Liefern helfen könntest. Ich bin sicher, es ist zu schwer, als dass sie es allein tragen könnte.«

Botschaft angekommen. Dennoch ... »Oh, sie ist ziemlich gut darin, Dinge allein zu erledigen, Gran. Sie besteht eigentlich fast darauf.«

Gran tätschelte ihm den Arm. »Nur weil jemand es kann, heißt das nicht, dass er es auch sollte, Liam. Sie ist ein liebes Mädchen und sollte nach ihren eigenen Vorzügen beurteilt werden. Denk daran.«

Das war etwas, das er wohl kaum vergessen würde.

Kapitel Achtundzwanzig

»Du hast *Cassidy* mitgebracht?«, flüsterte Sean, während Liam seinen Schläger für ihr Spiel aus der Tasche holte.

»Es war ja nicht so, als hätte ich viel Zeit gehabt, mir jemand anderen einfallen zu lassen, und sie hat es zufällig mitbekommen.«

Liam warf einen Blick zu den Frauen auf der anderen Seite des Spielfelds, die mit all dem beschäftigt waren, was Frauen eben taten, wenn sie sich das erste Mal trafen. Und für die beiden musste es das erste Treffen sein; Seans Hippie-Braut würde niemals in denselben Kreisen verkehren wie Cassidy.

»Sie trägt Pink«, flüsterte Sean theatralisch. »Strasssteine.«

»Erzähl mir was Neues.« Sie hatten losziehen und ihr ein Paar Turnschuhe kaufen müssen – gesponsert von Davenports Schweigegeld –, aber sie hatte sich geweigert, zusätzliches Geld für ein Outfit auszugeben. Sie wollte nicht noch tiefer in seiner Schuld stehen, als sie es ohnehin schon tat. Dabei war Liam kurz davor gewesen, ihr das Geld einfach zu *schenken*, weil er dachte, dass nichts unpassender für eine Runde Racquetball sein konnte als Strasssteine. Aber dann erblickte er Livvy, Seans Partnerin, in ihrem Perlenrock und dem bauchfreien Top und erkannte, dass er sich geirrt hatte. Das Rennen um das unmöglichste Outfit gewann die Hippie-Braut.

Doch trotz allem hatte Sean die Eier, zu fragen: »Sie weiß aber schon, dass das hier Sport ist, oder? Dass einem heiß wird, man schwitzt und einem das Make-up aus dem Gesicht rutscht?«

»Wenn nicht, wird sie es bald merken. Das könnte die ganze Sache lohnenswert machen.« Er meinte den Teil mit dem Heißwerden und Schwitzen. Es würde ihm nichts ausmachen, Cassidy so zu sehen –

Verdammt, seine Shorts wurden plötzlich eng. Er verschränkte die Arme und ließ den Schläger nach unten hängen, in der Hoffnung, das Beweisstück zu verbergen. »Irgendwelche Fortschritte mit der Hippie-Braut?«

Sean verdrehte die Augen. »Wir folgen Hinweisen. Morgen jagen wir Babywiegen hinterher.«

Ein Schlag traf Liam direkt in die Magengrube. Babys. Das schien in letzter Zeit ein Dauerthema zu sein. Seine Assistentin war im Mutterschutz, seine Haushälterin war im Mutterschutz, Cassidys Vater verkaufte sie wie eine Zuchtstute ... »Dir ist klar, dass das bei jeder Frau ein gefährliches Thema ist, oder?«

»Glaub mir«, sagte Sean. »Das ist kein Thema.«

»Berühmte letzte Worte.« Damit meinte er nicht Sean.

Er stieß seinem Bruder vor die Brust. »Komm schon. Lass uns anfangen.« Er musste sich auf etwas anderes konzentrieren als auf Cassidy in diesen kurzen Shorts, die ihren Hintern auf eine Weise betonten, dass es ihm in den Handflächen kribbelte.

Er umklammerte seinen Schläger. Wenigstens konnte er sich ordentlich verausgaben, damit die Gedanken an sie, die direkt auf der anderen Seite des Flurs wohnte, ihm nicht den Schlaf raubten.

Fünf Minuten nach Spielbeginn war das bereits ein aussichtsloses Unterfangen. Verdammt, schon nach *zwei* Minuten, als Cassidys schlanker, athletischer Körper über den Platz fegte, ihr Haar in alle Richtungen flog und sie bei jedem Volley entschlossen aufstöhnte ... Liam würde alle möglichen Träume haben und wahrscheinlich die ganze Nacht wach liegen. In jeder Hinsicht. Gott, selbst mit dieser verrückten, strassbesetzten Schutzbrille, die sie sonst zum Malen benutzte, machte diese Frau ihn wahnsinnig.

»Woo-hoo! Punkt für mich!« Die Hippie-Braut, äh, Livvy, klatschte mit Sean ab, was Liam wieder zurück ins Spiel brachte. Auf keinen Fall würde er das hier verlieren. Das letzte Spiel, das er verloren hatte, war die Pokerrunde gewesen, und man sah ja, wohin ihn das geführt hatte.

»Glaubt bloß nicht, dass ihr mit einem Punkt Vorsprung sicher seid. Cassidy und ich werden euch ordentlich einheizen.« Er sah zu ihr hinüber, während er Sean den Ball zuwarf.

Sie warf ihren Pferdeschwanz über die Schulter. »Cass-i-dy, Liam. Ich mag Cass nicht.«

Ihm gefiel der Name allerdings. Er passte zu ihr: tough, direkt, bereit, es mit der Welt aufzunehmen und als Siegerin hervorzugehen.

So etwas mochte er an einer Frau.

Konzentrier dich, Manley.

»Aufschlag, Sean.«

Tatsächlich blieb er eine Weile konzentriert. Cassidy war eine ebenso gute Spielerin wie er. Und auch Livvy war nicht ohne. Beide Frauen hätten zwar in Sachen Sportbekleidung Hilfe gebrauchen können, aber sie waren mit vollem Ernst bei der Sache. Das Match war so ausgeglichen, als stünden sich nur er und Sean gegenüber.

»Brauchst du schon eine Pause, Cass?«

Sie funkelte ihn böse an, antwortete aber nicht.

Er verbarg ein Lächeln. Er liebte es, sie zu necken.

Er fing an, viele Dinge an ihr zu mögen.

Hey, Manley, ganz ruhig. Nur weil sie anders als Rachel zu sein scheint, *heißt das noch lange nicht, dass sie es auch ist. Es sind erst was, zwei Wochen? Nicht gerade eine lange Referenzzeit. Langsam, Kumpel.*

Sein Gewissen hatte recht. Rachel hatte ihr wahres Gesicht auch nicht sofort gezeigt, oder vielleicht hatte er einfach nicht genau genug hingesehen.

Cassidy hingegen sah er sich sehr genau an.

»Sean, willst du aufschlagen oder den Ball anstarren? Ich habe nicht die ganze Nacht Zeit.« Er machte Ausfallschritte von einer Seite zur anderen und ließ seinen Schläger in der Handfläche kreisen; seine Nerven waren zum Zerreißen gespannt. Es wurde Zeit, dieses Spiel zu beenden und zurück in sein Haus zu fahren, wo sie ihre Seite hatte und er seine, damit er die Dinge in Ruhe durchdenken konnte, bevor er etwas tat, das er bereuen würde.

»Komm schon, Sean«, sagte Livvy und lächelte ihn an. »Ich bin bereit.«

Oha. Wenn diese Frau lächelte ... Sean müsste tot sein, um das nicht zu bemerken.

Und so wie sein Aufschlag verunglückte ... hatte er es bemerkt.

Ha. Sein Bruder hatte eine Schwachstelle. Gut. Solange er nur nicht herausfand, dass Liam ebenfalls eine hatte. *Und* dass es ihre Investition nicht gefährdete.

»Noch einen, Sean«, spottete er. »Wenn du den Aufschlag verlierst, kannst du den Sieg vergessen.«

»So viel Glück hast du nicht, Lee.« Sean schmetterte den Aufschlag übers Netz, und er und Livvy schafften es verdammt noch mal, mit zwei Punkten in Führung zu gehen, bevor der Aufschlag wieder wechselte.

»Damen zuerst.« Liam ließ den Ball zu Cassidy rüberhüpfen. »Zeigen wir den beiden mal, wie man's macht, Cass.«

Und dann konnte er *ihr* zeigen, wie man's machte –

Verdammt, fast hätte er Seans Rückschlag verpasst. Er musste den Kopf beim Spiel behalten, sonst würden sie das Match verlieren. Sean würde ihn das niemals vergessen lassen.

Zum Glück gab Livvy den fünften Punkt in Folge ab, und danach kamen sie und Sean nicht mehr an ihn und Cassidy heran. Der Aufschlag wechselte zwar hin und her, aber Cassidy schaffte es, ebenso viele Punkte zu holen wie Liam. Sie waren ein eingespieltes Team.

Ganz ruhig, Manley. Ganz ruhig.

Er gab sich Mühe, aber ihr dabei zuzusehen, wie sie über den Platz flitzte ... Dieses enge T-Shirt und die kurzen Shorts überließen seiner Fantasie rein gar nichts, und er musste sich wirklich anstrengen und sich voll auf jeden Punkt konzentrieren. Sonst würde Sean den körperlichen Beweis für den fragenden Blick bekommen, den er Liam immer wieder zuwarf. Einen Blick, den Liam keinesfalls beantworten wollte.

Er biss die Zähne zusammen, hob die Hand über den Kopf und bereitete sich auf den Aufschlag vor. Sean hatte eine Schwäche auf der linken Seite und Livvy war zu weit weg, um dort auszuhelfen.

Cassidy sah ihn an, nickte in die Ecke, in die er aufzuschlagen gedachte, und wandte sich dann der Wand zu. Sie wechselte den Schläger zwischen den Händen, während sie von einem Fuß auf den anderen tänzelte; das Adrenalin hielt sie förmlich auf den Zehenspitzen.

Er sah zu Sean, um ihn im Unklaren darüber zu lassen, wohin der Aufschlag gehen würde. Dann blickte er zu Livvy, behielt aber Seans Schwachstelle aus dem Augenwinkel im Visier und schlug auf.

Der Ball traf den Boden, dann die Wand und prallte genau so ab, wie er es gewollt hatte – völlig unerreichbar für Sean oder Livvy.

»Punkt!« Liam riss die Arme zu einem V hoch. »Du gehst unter, Sean«, sagte er und erlaubte sich einen kleinen Triumphschrei, nachdem er mit Cassidy abgeklatscht hatte. »Bereit, wie ein Baby zu heulen?«

»Versuchs doch, Bruder.« Sean war ganz Profi, stand bereit und wartete.

Cassidy bescherte ihnen mit einem weiteren fiesen Aufschlag einen Punkt, dann war wieder Liam an der Reihe. Er hämmerte den Ball übers Netz, jagte Sean über den ganzen Platz und zwang Livvy zu einem Hechtsprung, um den Schlag noch zu retten.

Liam hatte genau auf dieses dumpfe Geräusch gewartet, als ihre Schulter auf den Boden knallte, um sie abzulenken. Er knallte den Ball so hart weg, dass er ihn pfeifen hörte.

Unglücklicherweise hörte Sean es auch und schaffte einen soliden Rückschlag.

Cassidy ging mit einem kraftvollen Schlag hinterher, der Livvy fast entgangen wäre, aber wieder gab die Hippie-Braut alles für den Ball und klatschte bei der Landung mit den Händen auf den Boden. Ihr Outfit war definitiv nicht für Hechtsprünge gemacht.

Liam nahm den Schlag an und schmetterte ihn an Sean vorbei, sodass der Abpraller ihn treffen würde, wenn er sich nicht bewegte –

Verdammt. Sean machte eine halbe Drehung und erwischte den Ball gerade noch so, dass er für Cassidy zurück an die Wand prallte.

Cassidy, die auf einen harten Schmetterball gefasst war, musste schnell reagieren, um den Ball vor dem zweiten Aufkommen zu erreichen, und spielte einen wunderschönen Lob. Ein Lob brachte ihnen zwar nicht direkt den Punkt, aber ihre Haltung bei dem Schlag war fantastisch.

Verdammt, ihre Figur bei *allem* war fantastisch.

Livvy gab den Volley zurück und Liam verfolgte die Flugbahn, während er im Laufen die Flugkurve berechnete und auf die rechte Ecke zustürmte. Nur noch ein Punkt bis zum Sieg. Sean war hinter seiner linken Schulter; er konnte den einfachen Schlag in die vordere Mitte machen, um den Ball im Spiel zu halten, oder ihn über die Seitenwand abprallen lassen und den Sieg erzwingen.

Er riskierte es, schmetterte den Ball gegen die Seite und – ja! Sean verfehlte ihn!

»Sieg!« Liam warf seinen Schläger auf den Boden, hob Cassidy in seine Arme und wirbelte sie im Kreis herum.

»Wir haben gewonnen!« Sie warf ihr Haar zurück und lachte, während sie ihre Arme um seinen Hals schlang und –

Der Jubel wurde in Sekundenschnelle ernst. Tatsächlich konnte er seinen Herzschlag *hören*. Oder vielleicht war es ihrer.

Er hörte auf, sie zu wirbeln.

Sie hörte auf zu lachen.

Er ließ nicht los.

Sie auch nicht.

Allerdings setzte er sie wieder auf ihre Füße ab.

In einem langen, langsamen Gleiten an seiner Körpervorderseite hinunter.

Da blieb seiner Fantasie kein winziges Detail mehr übrig. Ihrer wohl auch nicht, falls sie darauf achtete.

Der dunkle Blick in ihren Augen verriet, dass sie es tat.

Das kurze Lecken über ihre Lippen verriet, dass sie es tat.

Das Spannen ihrer Brüste gegen seine Brust verriet, dass sie es tat.

»Also, Lee. Du und Cassidy, wollt ihr vielleicht –«

Ja, er und Cassidy wollten, und Seans abgebrochener Satz machte klar, dass es für niemanden ein Geheimnis war.

Liam räusperte sich und trat zurück, während Cassidy zur gleichen Zeit fast von ihm wegstolperte.

»Wollt ihr mitgehen, was essen?« Sean funkelte ihn an, wahrscheinlich in der Hoffnung, er würde sagen, dass nichts los sei, dass das, was Sean gerade beobachtet hatte, nicht wahr sei; dass er und Cassidy sich nicht fast hier mitten auf dem Racquetball-Platz geküsst hätten, wo jeder Vorbeigehende es hätte sehen können.

Nicht, dass Liam irgendetwas hätte sagen können. Sogar ein Toter hätte gewusst, was ihm vor ein paar Sekunden durch den Kopf gegangen war, und Sean war nicht tot. Er war zudem ein ziemlich schlaues Kerlchen und war nach der Sache mit Rachel für ihn da gewesen.

»Danke, aber ich muss nach Hause.« Er brauchte weder die Standpauke noch die vielsagenden Blicke. »Die Buchhaltung bleibt liegen, weil meine Assistentin im Mutterschutz ist, und wenn die Rechnungen nicht rausgehen, kommt kein Geld rein.« Er wagte es nicht, Cassidy anzusehen. Ein Blick, und

Sean würde wissen, dass er schamlos log. Geld war nicht das, was ihn gerade beschäftigte.

Sean starrte ihn ein paar Sekunden zu lange an. »Wenn du meinst ...« Er warf ihm seinen Schläger zu. »Ruf mich an, wenn du mal Zeit hast. Ich muss dich an ein paar Dinge erinnern.«

»Ja, klar. Kein Problem.« Er wollte Seans *Dinge* nicht hören. Er wusste genau, was sie waren, aber er war nicht bereit, diese Situation mit seinem Bruder zu besprechen, bevor er selbst wusste, was er tun wollte.

Er schnappte sich seine Sporttasche und sah zu Cassidy – die wie eine Million Dollar aussah, und das nicht wegen des Geldes ihres Vaters. Ein echtes, schweißtreibendes Workout brachte sie zum Strahlen. Kein Make-up, Schweißperlen auf ihrer Haut, zerzaustes Haar, durch das er am liebsten mit den Fingern fahren würde, und Lippen, so verdammt geschwollen und küssbar, dass er das Gefühl hatte, eine Nacht mit ihr würde niemals ausreichen.

Aber ... vielleicht ... vielleicht würde er sie so aus seinem Kopf kriegen.

Kapitel Neunundzwanzig

»Tolles Spiel.«

Cassidy hielt den Blick fest auf die Straße gerichtet. »Ja.«

»Du bist wirklich gut.«

»Danke.«

»Hattest du Spaß?«

»Ja.«

»Bekomme ich auch mal mehr als nur Ein-Wort-Antworten aus dir raus?«

»Sicher.«

Liam warf ihr einen Seitenblick zu und Cassidy wurde klar, was sie gerade gesagt hatte.

»Oh. Ich meine, ja. Wirst du. Wie ist das? Besser?« Sie plapperte einfach drauflos. Aber zumindest war sie noch halbwegs bei Verstand. Das überraschte sie eigentlich, denn, du meine Güte ... Was war da gerade eben passiert?

In der einen Sekunde war sie noch vor Freude hochgesprungen, völlig aus dem Häuschen über ihren hart erkämpften Sieg, und in der nächsten ... In der nächsten hatte sie in seinen Armen gelegen, gegen seinen heißen, verschwitzten Körper gepresst, während sein Duft sie wie der Gesang einer Sirene lockte, und sie hatte völlig vergessen, wo sie waren. Dass sie in einer öffentlichen Turnhalle standen, wo jeder sie sehen konnte und sein Bruder keine zwei Meter entfernt war. Aber in dem Moment, als sie ihm in die Augen gesehen und gespürt hatte, wie er seine Arme um sie legte, hatte sie alles um sich herum ausgeblendet – außer dem, was zwischen ihnen geschah. Es war anders gewesen als bei den Küssen davor. Intensiver.

Gegenseitig.

Das hatte sie schon gewusst, noch bevor er seine Erektion gegen sie gedrückt hatte. Oder vielleicht hatte sie sich gegen ihn gedrückt, aber das war ganz egal – diesmal würde Liam es nicht als Unsinn abtun können.

Er wollte sie und sie wollte ihn.

Die Frage war: Was machten sie jetzt daraus?

»Willst du noch was essen gehen?«

Sie schüttelte den Kopf. »Nicht so, wie ich aussehe. Ich muss unter die Dusche.«

Oh Gott. Die Bilder schossen ihr durch den Kopf und sie wurde sie nicht mehr los. Sie, nackt und nass unter dem Wasserstrahl, und Liam, der den Vorhang beiseiteschob, ebenso nackt, aber noch lange nicht so nass ... bis er zu ihr in die Kabine stieg. sie gegen die kühlen Fliesen presste und anfing, an ihrem Hals zu knabbern.

Sie umklammerte den Türgriff des Trucks und drückte zu. Fest. Sie musste irgendetwas zusammendrücken, und sie konnte ja schlecht ihre Beine zusammenpressen, während er sie beobachtete.

Was das Ziehen zwischen ihren Schenkeln nur noch verstärkte. Und in ihr den Wunsch weckte, dass diese Fantasie wahr wurde.

»Ich glaube nicht, dass das eine Rolle spielt, Cass. Wir sind beide ziemlich verschwitzt.«

»Hey, das verbitte ich mir. Ich schwitze nicht. Ich schimmere.«

Er zog eine Augenbraue hoch und, Mann, das war sexy. »Schimmern? Netter Versuch, Schätzchen, aber das ist Schweiß. Ehrlich verdienter, hart erarbeiteter Schweiß.«

Die Worte an sich waren nicht sexy, aber die Bilder, die sie heraufbeschworen ...

Also, was sollte sie tun? Ihr Bauchgefühl riet ihr, es darauf ankommen zu lassen; ihr Verstand sagte: *Halt dich zurück.* Sie wohnte in seinem Haus und hatte sonst keinen Ort, an den sie gehen konnte. Wenn sie etwas anfingen und es kompliziert wurde, was dann? Sie hatten das Schicksal mit diesem einen Kuss schon einmal herausgefordert; war es nicht genau das, worum es bei dieser »Gegenseiten«-Sache ging? Es war keine gute Idee, die Versuchung noch weiter auszureizen.

Dieser Gedanke hielt genau so lange, bis Liam in die Garage fuhr und den Motor ausschaltete. Sie starrten die Rückwand an, bis das Licht im Inneren des Wagens langsam erlosch.

»Liam.«

»Cass.«

Jemand machte den ersten Schritt. Es hätte sie sein können. Es hätte er sein können. Es war eigentlich völlig egal, denn das Nächste, was sie wusste, war, dass sie auf Liams Schoß saß, ihre Hände in seinem Haar vergraben, seine Hände ihr Gesicht umschließend, und er bog sie nach hinten und küsste sie, bis sie keinen klaren Gedanken mehr fassen konnte.

Angesichts der Tatsache, dass sie die Augen geschlossen hatte und es in der Garage dunkel war, war das nicht gerade überraschend, aber wie ihr der Kopf schwirrte von seinem Geschmack, seiner Berührung und seinem Duft ... Farben und Lichter blitzten hinter ihren Augenlidern auf wie ein Feuerwerk.

Oh wow. Liam bescherte ihr ein Feuerwerk.

Dann presste er seine Handfläche gegen ihre Wange und zog ihr Haar zurück, während er ihren Kopf stützte und kleine Küsse entlang ihres Kiefers verteilte – und zu dem Feuerwerk gesellten sich Schmetterlinge. Millionen davon, die so sehr in ihrem Bauch flatterten, dass sie schwören konnte, sie summen zu hören.

Oh, das war sie selbst.

»Wir haben gesagt, dass wir das nicht tun werden.« Liam leckte über eine unglaublich empfindliche Stelle unter ihrem Ohr.

»Ich weiß.« Sie schnappte nach Luft, als Schauer von dieser Stelle ausgingen, und sie grub ihre Fingernägel in seine Schulter, weil sie wollte, dass er niemals aufhörte.

»Wir waren uns beide einig.« Er machte keine Anstalten aufzuhören.

Gut. »Ich weiß.«

Seine Zähne knabberten an ihrem Ohrläppchen und lösten eine ganz neue Welle von Schauern aus. »Das ist keine gute Idee.«

Sie packte seinen Hinterkopf, vergrub ihre Finger in seinem Haar und hielt ihn noch fester an sich gedrückt. »Ich weiß.«

»Wir sollten aufhören.« Er knabberte sich an ihrem Kiefer entlang in Richtung ihres Mundes.

Sie neigte seinen Kopf gerade so weit, dass sie ihm in die Augen sehen konnte. »Ich weiß.«

»Cassidy, ich —«

Sie küsste ihn. Saugte an seinen Lippen, schob ihre Zunge in seinen Mund und wollte nie wieder auftauchen, um Luft zu holen.

Sie stöhnte auf, als er es tat.

»Lass uns reingehen, Cass.«

»Mmmm hmmm«, war das Einzige, was sie herausbrachte. Wenigstens einer von ihnen war noch fähig, einen Satz zu formulieren.

Tatsächlich war Liam mehr als nur fähig; er war überraschend kompetent, wenn man bedachte, was gerade zwischen ihnen ausgebrochen war. Er schaffte es, die Tür zu öffnen, trug sie auf den Armen durch die Schmutz-schleuse in den Flur und hielt erst an, als Titania in ihrem Gehege völlig durchdrehte.

»Sag mir bitte nicht, dass der Hund raus muss«, stöhnte er.

Ach verdammt. Das Feuerwerk verpuffte. »Der Hund muss raus.«

»Und wie soll das jetzt bitteschön funktionieren?«

Cassidy biss ihm sanft in den Kiefer. »Lass mich runter. Ich mache die Tür auf, sie erledigt ihr Geschäft und kommt sofort wieder rein. Sie will in meiner Nähe sein.«

Er küsste ihren Hals, während er sie auf die Füße stellte. »Das Gefühl kenne ich.«

Titania bellte und hüpfte um sie herum, wobei sie Cassidy fast zu Fall brachte, als diese sie kurz rausließ.

Sie blieb im Türrahmen stehen, versuchte zu Atem zu kommen und die Sache logisch zu durchdenken. War das eine gute Idee? Oder beschwor sie damit nur eine Katastrophe herauf?

Liam schlang von hinten die Arme um sie und legte sein Kinn auf ihre Schulter. »Ich kann dich denken hören.«

Sie lehnte ihren Kopf gegen seinen. »Das ist gar nicht möglich.«

»Doch, ist es. Du hast gerade ziemlich schwere Seufzer von dir gegeben, die ich deutlich hören konnte.«

»Seufzer gibt es aus verschiedenen Gründen, nicht nur zum Nachdenken.«

»Ich weiß. Im Truck hast du aus ganz anderen Gründen geseufzt. Gestöhnt hast du auch.« Er schmiegte sein Gesicht an ihren Hals.

Und beides würde sie gleich wieder tun, wenn er so weitermachte.

Er machte weiter.

»Ich will dich, Cassidy«, flüsterte er an ihre Kehle, und die Vibration seiner Stimme durchströmte sie wie eine Welle. »Es ist kein Geheimnis und keine Überraschung, und ich habe es satt, dagegen anzukämpfen. Um die Folgen können wir uns später kümmern. Sag mir einfach, dass du das hier genauso willst wie ich.«

»Das will ich.«

Glücklicherweise kam Titania in diesem Moment wieder rein. Sie sperrten sie ein und Liam führte Cassidy in sein Zimmer.

Er streckte sich neben ihr auf seinem Bett aus. »Letzte Chance aufzuhören, falls du nicht willst, dass das noch weitergeht«, sagte er und küsste sich den Weg über die Mitte ihrer Brust hinunter, während sein Gesicht ihre Halslinie so weit wie möglich hinabsank.

»Hör ja nicht auf.« Sie wand sich unter ihm, um ihre Hände an den Saum ihres T-Shirts zu bekommen. Sie wollte das Ding loswerden. Sofort.

Die verdammten Strasssteinchen verfingen sich ständig in seinem Shirt und dann in ihren Haaren. »Reiß es auf.« Entweder das oder ihre Haare mussten dran glauben, und ein neues Shirt konnte sie sich immer kaufen.

»Du hast nicht gerade viele Klamotten, Cassidy.«

»Dann trage ich eben deine. Oder gar keine. Reiß es mir einfach vom Leib.«

»Gar keine, hm?« Liams Lächeln entfachte ein langsames Brennen in ihrem Inneren – das zu einem lodernden Feuer wurde, als er das Shirt tatsächlich zerriss.

Die Strasssteinchen, die nicht gerade durch die Gegend flogen, hingen immer noch in ihrem Haar fest, aber das war ihr egal, denn er senkte den Kopf zu ihrer Brustwarze und Strass war plötzlich das *Letzte*, woran sie dachte.

»Ahh, Gott, ja. Das fühlt sich so gut an.«

»Du bist wunderschön. Und du schmeckst so gut«, sagte er, ohne seine Lippen von ihrer Brustwarze zu nehmen, während seine Zunge sie umkreiste, bis sie so fest und hart war wie er selbst gegen sie.

Sie schob ihre Hand zwischen ihre Körper und strich seine Länge entlang.

»Ah, Cassidy«, stöhnte er gegen ihre Haut, und die Vibration löste erneut Schauer am ganzen Körper aus. »Vorsicht, Frau. Es scheint, als hätte ich in deiner Nähe keinerlei Selbstbeherrschung mehr.«

Sie lächelte und fuhr mit ihren Nägeln durch den seidigen Stoff der Basketballshorts an ihm hoch. »Gut. Umso besser, um dich zu quälen, mein Lieber.«

Er sah sie an, ihre Brustwarze noch immer zwischen seinen Lippen, und er saugte kurz daran, mit einem verruchten Glitzern in den Augen. »Und das hier ist besser, um dich zu kosten, meine Liebe.« Seine Zunge vollführte eine schnelle, zuckende Streichelbewegung und *ohmeinGott* ... Cassidy grub ihre Fersen in die Matratze und krallte sich in die Bettdecke, um nicht vom Bett abzuheben.

Es gab keinen Ort, an dem sie lieber wäre, und sie gedachte nicht, dieses Bett zu verlassen, bevor die Erde bebte.

Seine Finger glitten über ihren Bauch, über ihre Beckenknochen, genau dorthin, wo sie ihn brauchte.

Die Erde bebte.

Die Himmel sangen.

Vögel weinten, Löwen brüllten, und irgendwo in all ihren verstreuten Gedanken wusste Cassidy, dass sie absolut hilflos war und nichts tun konnte, als sich der Woge der Lust hinzugeben, die Liams Finger und Lippen ihr bereiteten.

»Liam.« Sie wimmerte es fast. Oder vielleicht hauchte sie es. Oder stöhnte es ... wahrscheinlich alles drei; Cassidy war sich nicht sicher. Alles, was sie wusste, war, dass Liam ihr das intensivste Vergnügen ihres Lebens bereitete und sie niemals wollte, dass es aufhörte.

Und dann steigerte es sich noch. Er umschloss ihre Brust mit seiner Hand, ließ sie sehnsüchtig, nass und pochend zwischen ihren Schenkeln zurück – ein Zustand, über den sie sich massiv beschwert hätte, wäre da nicht die Tatsache gewesen, dass in dem Moment, als er ihre Brust hielt, sein Daumen mit so quälender Lust über ihre Brustwarze glitt, dass jede Nervenendung in ihrem Körper zu diesem einen Punkt schrie; alle Energie, alles Verlangen war dort fokussiert – und verlagerte sich dann, als er die andere wieder mit seiner Zunge bearbeitete.

Sie packte seinen Kopf, hielt ihn dort fest, wölbte sich ihm entgegen, während stumme Bitten ihn anflehten, niemals aufzuhören, ihr dieses intensive Glück für den Rest ihres Lebens zu schenken ...

Er schob sich weiter, legte sich über sie und presste seine Erektion – danke, Gott – gegen ihre brennende Mitte, und sie wollte ihn einfach nur in sich hineinziehen und ihn lange genug dort behalten, um diese Leere zu füllen, die schon so lange da war, dass sie gar nicht mehr recht wusste, wie es war, sie *nicht* zu spüren. Aber Liam konnte diese Leere vertreiben. Sie für immer verschwinden lassen.

Sie hatte sich noch nie jemandem so an den Hals geworfen. Hatte nie diesen überwältigenden Drang verspürt, es zu tun. Sie hatte es nie nötig gehabt, denn Männer waren schon immer auf sie zugekommen und sie war diejenige gewesen, die Nein gesagt hatte. Gott sei Dank sagte Liam ja, denn es fühlte sich an, als hinge das Weiterleben allein davon ab, dass er sie berührte.

Es machte ihr Angst, die Tiefe dessen, was sie für ihn empfand. Jemandem so viel Macht zu geben ... Es war das genaue Gegenteil von dem, was sie sich für ihr jetziges Leben vorgenommen hatte.

Aber das hielt sie nicht davon ab, ihn zu wollen. Seine Hände am ganzen Körper zu spüren. Seine Lippen, seine Zähne, seine Zunge überall auf ihrer Haut. Also würde sie sich einfach darauf einlassen und den Rest später klären.

Sie gleitete mit ihren Händen seinen Rücken hinauf, genoss den Schweiß unter ihren Handflächen, die Art, wie er an ihm roch, wie er ihre Körper glitschig machte, sodass sie mit genau dem richtigen Maß an Reibung aneinandergleiten konnten —

»Gott, Cassidy. Ich will dich.«

Dem Herrn sei Dank. Cassidy zog sein Gesicht zu ihrem und küsste ihn mit allem, was sie hatte.

Seine Zunge tanzte über ihre, seine Zähne knabberten an ihren Lippen und seine Zunge ... Mein Gott, er hatte eine talentierte Zunge. Wie das wohl wäre, wenn er sich weiter nach unten bewegte ...

Sie griff nach seinen Shorts, wollte es herausfinden. Wollte wissen, wie es war, mit jemandem so innig eins zu sein – und damit meinte sie nicht nur körperlich. Sie hatte schon früher Sex gehabt, aber das hier, was Liam mit ihr anstellte ... so etwas hatte sie noch nie erlebt.

»Zieh deine Shorts aus«, murmelte sie, versuchte sie ihm über die Hüften zu schieben, gab dann aber auf und schob stattdessen ihre Hände unter den Bund, um sie über seinem Hintern zu schließen.

Gott, er hatte einen großartigen Hintern. So fest und straff und muskulös ... Perfekt, um sich daran festzuhalten oder ihn fest an sich zu ziehen, wenn er in sie stieß ...

»Ich will dich, Liam. In mir. Jetzt.«

»Bist ein bisschen herrisch, was?« Er klang nicht verärgert. »Gib mir eine Sekunde, Schätzchen.«

Er kroch noch ein Stück über sie, seine untere Hälfte befand sich nun in der Nähe ihrer Brust.

Cassidy knabberte an seiner Hüfte.

»Heilige —!« Liam ließ sich aufs Bett fallen. »Cassidy, Liebes. Gib mir hier eine Chance. Wenn du das machst, kriege ich so ein Ding nicht rechtzeitig drüber.«

Sie sah sich »diese Dinger« an. Ah. Kondome. Gut. »Nimm gleich einen ganzen Schwung.«

Er zog eine Augenbraue hoch. »Definiere einen Schwung.«

Sie lächelte ihn an. »So viele, wie du glaubst bewältigen zu können, Großer. Und dann noch drei dazu.«

Er lachte und schüttelte den Kopf, die fast verzweifelte Anspannung ließ ein wenig nach. Oh, sie wollte ihn immer noch, aber wenigstens konnte sie jetzt wieder klar denken.

Und dann stellte er sich neben das Bett und ließ seine Shorts fallen.

Mit dem Denken war es schlagartig vorbei.

»Mein Gott, Liam. Du bist wunderschön.«

»Das ist eigentlich mein Text.« Er rührte sich nicht, starrte sie nur an.

Cassidy sah an sich herab. Ihre Brustwarzen waren zwei harte Knospen, auf ihrer Brust zeichnete sich eine leichte Rötung vom Bartschatten ab, ihre Shorts hingen halb von ihren Hüften, und ihre Socken und Turnschuhe hatte sie noch an. Oh, und ihr Shirt war immer noch in ihrem Haar verheddert. Sie trug kein Make-up, hatte geschwitzt wie ein Schwein und ihre Lippen waren wahrscheinlich geschwollen von seinen Küssen. »Ich schätze, Schönheit liegt wirklich im Auge des Betrachters.« Sie wand sich aus ihren Shorts und kickte ihre Turnschuhe weg.

»Baby, du bist umwerfend. Seit dem ersten Moment, als ich dich sah, bist du nur noch schöner geworden.«

Hätte sie noch irgendetwas gebraucht, um sie völlig dahinschmelzen zu lassen, dann wäre es das gewesen, aber sie brauchte es gar nicht. Sie wollte Liam nicht wegen dem, was er zu ihr sagte, sondern wegen dem, wer er war. *Wie* er war. In den vergangenen zwei Wochen hatte sie gelernt, wer *er* war. Wie *er* dachte. Seine Großzügigkeit, sein Mitgefühl, sein Talent, seine Klugheit und sein Herz. Seine Liebe zu seiner Familie und seine Selbstlosigkeit, mit der er ihr half. Und dann war da noch diese Chemie, und es war fast so, als wäre Liam zu gut, um wahr zu sein.

»Bitte, Liam.« Sie streckte ihre Hand aus und lud ihn ein, zu ihr zu kommen. Eins mit ihr zu werden *mit* ihr. In diesem Moment ganz bei ihr zu sein.

»Ich bin direkt hier, Cass.«

Er schob sich neben sie, umfasste ihre Hüfte und rollte sie zu sich herum, und der Spitzname machte ihr nichts aus. Nicht von ihm. Ihn das sagen zu hören ... Es war anders, als wenn Mom sie so genannt hatte. Ganz anders. Ein Kosename. Etwas, das nur er zu ihr sagen durfte. Es gab ihr das Gefühl, gewollt zu sein, umsorgt und geliebt.

»Bist du sicher?« Liam strich mit den Fingerspitzen über ihre Wange.

Sie fing seine Hand auf und führte sie an ihre Lippen. Sie küsste seine Finger. Einmal. Dann sog sie seinen Zeigefinger in ihren Mund und ließ ihre Zunge darum kreisen. »Beantwortet das deine Frage?«

Seine Augen verdunkelten sich und dieses sexy Lächeln stahl sich auf seine Lippen. »Verdammt, ja, das tut es.«

Und dann rollte er sie auf den Rücken und lag über ihr, ohne einen Fetzen Kleidung – nun ja, abgesehen von dem Kondom – zwischen ihnen.

Liam nahm ihr Gesicht in seine Hände und strich ihr mit den Fingerspitzen ein paar Haare von der Stirn. »Du bist so unglaublich schön, Cassidy. Und ich meine nicht nur das Äußerliche. Gott hat dir diesen wunderschönen Körper geschenkt, aber in dir brennt ein Licht, das nach außen strahlt. Es stellt jeden um dich herum in den Schatten. Und du merkst es nicht einmal. Du hast keine Ahnung, wie du auf andere wirkst.«

Gott, die Worte waren wunderschön, und sie hasste es wirklich, ihn aus seiner Fantasie zu reißen, aber die Realität war ... Er erkannte nicht, was er da vor sich hatte, als er dieses vermeintliche Licht sah.

»Dieses Licht ist der Reiz, eine Davenport zu sein, Liam. Das hat nichts mit mir zu tun, sondern alles mit meinem Nachnamen.«

Liam schüttelte den Kopf. »Das glaubst du vielleicht, aber es stimmt nicht. Dasselbe Licht strahlt nicht von deinem Vater aus, und er trägt den Namen schon länger. Du bist es, Cassidy. Es ist das, was in dir steckt, die Güte deines Wesens, die durchscheint und die Menschen anzieht wie die Motten das Licht. Lass dich nicht so verbittern, dass du deinen eigenen Wert nicht mehr siehst. Ich weiß, dein Vater hat dich hinters Licht geführt, aber du bist immer noch du selbst. In diesem Condo, in meinem Haus, in deinem Atelier ... Das bist alles du, und mit dieser Person bin ich jetzt hier. Nicht mit einer Davenport, nicht mit einem It-Girl, nicht mit jemandem, der Leute getroffen hat, von denen ich nur in den Nachrichten höre, sondern mit Cassidy Marie Davenport. Möbelrestauratorin, Künstlerin und nach zwei Wochen im Job eine verdammt gute Haushälterin.« Er stupste ihre Nase mit seiner an. »Ich will *dich*, Cassidy. Dich. Sonst niemanden.«

Es klang fast so, als wollte er sich selbst überzeugen oder eine Art feierliche Erklärung abgeben, aber Cassidy beschloss, ihn beim Wort zu nehmen. Liam war einer der wenigen Menschen, denen sie begegnet war, die sie beim Wort nehmen *konnte*.

Sie presste ihre Handfläche an seine Wange. »Dann nimm mich, Liam. Lass den Rest der Welt verschwinden.«

Liam brauchte keine weitere Aufforderung mehr. Er hatte sich kaum noch beherrschen können, als er sie unter sich spürte, ihre weiche Haut an seinem harten, angespannten Körper, der vor Verlangen beinahe explodierte.

Eine Nacht. Das war alles, was er brauchte. Eine Nacht mit ihr.

Aber was ist mit all den schönen Dingen, die du ihr gerade gesagt hast? Waren die bloß dazu da, sie ins Bett zu kriegen?

Er schob diesen Gedanken in seinem Kopf beiseite. Er hatte das nicht gesagt, um sie flachzulegen. Verdammt, er war ja quasi schon dabei. Er hatte es gesagt, weil es wahr war.

Und er wollte es nicht weiter analysieren. Nicht hier. Nicht jetzt.

Er bewegte seine Hüften und sie öffnete sich, um ihn einzulassen. »Gott, Cass, du fühlst dich fantastisch an.« Er biss die Zähne zusammen, um nicht sofort in sie hineinzustoßen. Er wollte diesen Moment auskosten, jeden Zentimeter spüren, während sie ihn in ihrer feuchten, heißen Enge aufnahm, ihre Muskeln sich um ihn zusammenzogen, ihn kurz freigaben, nur um sich dann wieder fest um ihn zu schmiegen und ihn weiterzutreiben.

»Oh Gott, ja«, keuchte sie und legte den Kopf in den Nacken, als er in sie glitt.

Liam konnte nicht anders; er saugte an ihrer entblößten Haut. Gott, sie schmeckte so gut. Fühlte sich so gut an.

Er zog sich fast ganz zurück, lächelte über ihr Keuchen und stieß dann wieder zu, tiefer als zuvor.

»Ja, Liam, genau so.«

Ihre Nägel krallten sich in seinen Rücken, sie schlang ihre Knöchel über seinen Hintern und machte diese unglaubliche Bewegung mit ihrem Becken, die ihn fast wie eine Rakete hätte hochgehen lassen.

Er knabberte an der Haut ihres Halses. »Heiliger Strohsack, Cass. Du bringst mich noch zum Kommen, bevor wir überhaupt richtig angefangen haben.«

Sie ließ ihre Hände seinen Rücken hinuntergleiten, wobei ihre Fingerspitzen überall wohlige Schauer auslösten, und griff nach ihren Knöcheln. »Es gibt noch jede Menge mehr Spaß, wo das herkam.«

Sie bog den Rücken durch, und Liam hätte nicht geglaubt, dass es möglich war, noch tiefer einzudringen. Noch mehr zu spüren, aber wie sie ihn in sich aufnahm ...

Er stieß in sie hinein. Sein Körper ließ ihm keine andere Wahl. Er konnte dem Drang nicht widerstehen und tat es wieder. Und wieder. Noch einmal. Ein zweites Mal, und er spürte, wie es begann. Spürte das Ziehen in seinen Hoden und konnte es nicht aufhalten. Sie bewegte sich weiter unter ihm, wiegte ihn vorwärts, umschloss ihn fest, und Liam, der sonst immer so stolz auf seine berühmte Selbstbeherrschung war, verlor sie. Komplett. Er wurde zu einem reinen fühlenden, bebenden, hämmernden Wesen, das alles nehmen wollte, was sie ihm gab, und noch mehr.

»Gott, Cass ... ich kann nicht ... ich ...«

»Komm für mich, Liam«, flüsterte sie an seinem Kiefer. »Ich will spüren, wie du kommst.«

»Aber du ...« Er versuchte Luft zu holen, aber es gelang ihm nicht. Schweiß rann ihm über die Stirn, zwischen den Schulterblättern hinunter und bis zu seinem Kreuz, wo ihre Fersen ihn immer tiefer in sie hineintrieben.

»Komm einfach. Wir haben die ganze Nacht Zeit. Du kannst dich danach um mich kümmern.«

Es war absolut egoistisch von ihm, aber Liam glaubte ehrlich gesagt nicht – sofern er überhaupt noch einen klaren Gedanken fassen konnte –, dass er aufhören konnte. Es war einfach etwas an Cassidy –

Sein Orgasmus riss diesen Gedanken und jeden anderen in einem blendenden Lichtblitz aus seinem Gehirn. Er bog den Rücken durch, schrie vielleicht sogar auf und ließ die Lust durch sich hindurchrollen, fast zu intensiv, um es zu ertragen.

Aber er ertrug es. Und nahm noch mehr. Kostete jeden letzten Tropfen aus, wobei er sich sogar ein wenig bewegte, um es hinauszuzögern.

Und dann ließ sie ihre Fingerspitzen seine Brust hinaufwandern, krallte sie in die Härchen über seinem Brustbein und zog leicht daran.

Er sank auf sie herab, während er aus ihr herausglitt, und dachte im letzten Moment gerade noch daran, sein Gewicht auf den Ellbogen abzufangen.

»Hat dir das gefallen, was?«, flüsterte sie mit einem Lächeln an seinem Ohr.

Er lachte leise. Nun ja, wenn man ein kurzes Ausatmen und ein flüchtiges Lächeln als Lachen bezeichnen konnte. Angesichts der Tatsache, dass er überhaupt fähig war, an diese Bewegung zu *denken*, war die Handlung selbst schon ein Ereignis. »Ja. Das kann man so sagen.«

Und vier Wörter am Stück. Er hätte nicht gedacht, dass er dazu noch in der Lage wäre. Nicht nach diesem Erlebnis. Nicht nach Cassidy.

»Ich bin zu schwer für dich.« Er versuchte seine Gliedmaßen zur Bewegung zu zwingen, aber die Erschöpfung kroch durch seinen Körper.

»Nein, bist du nicht. Du fühlst dich genau dort, wo du bist, wunderbar an.« Sie streichelte seine Flanken, und wieder liefen Schauer über seinen Rücken – was einen anderen Teil von ihm sofort wieder ins Spiel brachte.

»Mmmmm.« Er war wieder bei unartikulierten Lauten angelangt. Na ja. Wortlosigkeit hatte auch ihre Vorzüge.

Besonders, als sie mit ihren Fingerspitzen Kreise über seine Schulterblätter zog und sie dann in seinem Haar vergrub.

»Küss mich, Liam.«

Dafür gehorchten seine Muskeln sofort. Dafür verflog die Trägheit, und die Energie kehrte mit voller Wucht zurück; er stemmte sich auf die Ellbogen hoch und küsste sie.

Es war mehr als nur ein Kuss. Es war eine Begegnung zweier Seelen. Ein Moment, in dem die Körperlichkeit ihrer Berührung von der Bedeutung und den Gefühlen dahinter in den Schatten gestellt wurde. In dem alles in seinem Leben auf diesen einen Berührungspunkt hinauszulaufen schien und er niemals genug davon bekommen konnte. Von ihr.

Er legte den Kopf schräg und stieß mit der Zunge in ihren Mund, so wie er vorhin in sie gestoßen war. Waren es wirklich erst Augenblicke her? Es fühlte sich an wie ein ganzes Leben.

Äh, Alter? Hörst du dir eigentlich selbst zu?

Liam verdrängte die nörgelnde Stimme aus seinem Kopf. Ja, er hörte sich zu. Genau so, wie er schon die ganze Zeit hätte hinhören sollen.

Cassidy war nicht Rachel. Sie war Rachel nicht einmal *ähnlich*. Und er war ein Narr gewesen, weil er versucht hatte, sie in dasselbe Schema zu pressen, wo sie das hier doch schon die ganze Zeit hätten haben können, wenn er nur über seine Vergangenheit hinweggekommen wäre.

Er löste seine Lippen von ihren und knabberte erst an ihrem Kiefer, dann wieder an dieser süßen Stelle hinter ihrem Ohr, um zu sehen, ob er ihren ganzen Körper so zum Erbeben bringen konnte, wie sie es bei ihm getan hatte.

»Liam –«

»Schon gut.« Er nahm ihr Ohrläppchen in den Mund. »Vertrau mir, Cass. Ich werde dafür sorgen, dass es sich für dich gut anfühlt.«

»Mmm, ja«, stöhnte sie, als er mit der Zunge über ihre Ohrmuschel fuhr.

Da waren sie, die Schauer.

Er küsste sich ihren Hals hinunter und über ihre Brüste, wobei er sich unendlich viel Zeit ließ und sie unter sich stöhnen und sich winden ließ.

»Liam ... ich will ...« Ihr Kopf warf sich auf dem Kissen hin und her, ihre Hände krallten sich in sein Haar und hielten ihn fest.

Das ging so nicht.

»Halt dich am Kopfteil fest, Süße.«

»Mmmmm ... wa ... was?« Ihre Augen öffneten sich einen Spaltbreit, und ihre Unterlippe, feucht und prall, wurde zwischen ihre Zähne gesogen.

Er lächelte. »Nimm deine Hände über den Kopf und greif nach dem Kopfteil.« Er leckte über ihre Brustwarze. »Ich verspreche dir, es wird dir gefallen.«

Ihr Lächeln gab ihm fast den Rest – es war sexy, wissend und sehr erregt.

»So?« Sie strich mit den Händen an ihrem Körper entlang nach oben, bog den Rücken durch, während sie die Arme hob und das Holzgestell umfasste.

Oh ja, das gefiel ihm.

»Gott, Cassidy, du bist wunderschön.« Er musste erst mal tief durchatmen. »Von innen und von außen.«

Der Gedanke sollte ihm eigentlich Angst machen; sie hatte die Macht, all die Schutzmauern einzureißen, die er seit Rachel errichtet hatte – aber es war das Risiko wert. *Sie* war das Risiko wert.

»Liebe mich, Liam.«

Liebe *machen* ... Die Worte, die Bedeutung dahinter, drohten ihn völlig aus der Fassung zu bringen – deshalb war es wohl ganz gut, dass er gerade nicht auf seinen eigenen Beinen stehen musste.

Noch nicht.

»Das habe ich vor.«

Er küsste sie hart auf den Mund. Schob seine Zunge zwischen ihre Lippen, um mit der ihren zu spielen, sog nur ganz kurz daran und zog sich dann von ihr zurück.

»Hey –!« Sie streckte die Hand nach ihm aus, aber Liam fing sie ab.

»Na na na. Die hier –« er tippte gegen ihre Hand »– soll genau dort bleiben, wo sie war. Und das hier ...« Er fuhr mit einer feuchten Fingerspitze ihr Schlüsselbein entlang und dann hinunter zu einer dieser perfekten Brüste, die er gerade noch geküsst hatte. »Soll genau hier sein.«

Er umkreiste ihre Brustwarze und wurde noch härter, als er spürte, wie sie sich versteifte, und ihr Keuchen hörte.

Sie legte ihre Hand zurück ans Kopfteil.

»Hat dir wohl gefallen, was?« Er gab ihr ihre eigenen Worte zurück.

»Ja.« Sie stieß einen langen Atemzug aus, als er dasselbe bei ihrer anderen Brust wiederholte.

Er fuhr mit den Nägeln über ihre Haut, wohl wissend, wie sich das anfühlte, wie diese Schauer wirkten.

Er strich tiefer, striff sanft über ihren Rippenbogen; es gefiel ihm, dass er das mit ihr machen konnte. Er wollte der Einzige sein, der das durfte.

Er schob sich auf den Knien rückwärts, ließ seine Fingerspitzen über ihren Bauch kreisen und lächelte, als dieser zuckte und sie scharf die Luft einsaugte.

Dann bewegten sich ihre Hüften unter ihm.

Er biss sich auf die Lippe, konnte sich ein Grinsen aber nicht verkneifen. Oh ja, ihre Hüften würden sich noch ordentlich bewegen.

Er rutschte noch weiter zurück, bis er zwischen ihren Oberschenkeln kniete.

Sie war bereit für ihn. Sie wollte ihn.

Er zog einen Finger von ihrem Bauchnabel hinunter, genau zu dem Teil von ihr, den er jetzt ganz genau kennenlernen wollte.

»Ja, Liam«, keuchte sie. »Bitte.«

»Bitte was?« Er umkreiste sie mit seinem Finger.

»Das!«, presste sie hervor, während ihre Hüften zuckten.

»Bist du sicher?« Er ließ seinen Finger spielen.

»Ja.« Ihre Stimme war heiser, ihr Atem beschleunigte sich.

»Oder wäre dir das hier lieber?« Er schob einen Finger in sie hinein, dann einen zweiten, und spürte, wie sie ihn umschloss. Oh nein, so leicht sollte sie es nicht haben.

Er zog die Finger wieder heraus, lächelte über ihr leises Wimmern und glitt hinunter zu ihren Füßen.

Dann auf den Boden.

Sie hob den Kopf, ihre grünen Augen waren halb geschlossen, ihre Lippen geschwollen und feucht.

Er zog sanft an ihren Knöcheln und holte sie weiter zum Fußende des Bettes herunter. »Bist du bereit?«

Sie stöhnte auf und ließ den Kopf wieder zurückfallen. Ihre Hände waren nun zu weit vom Kopfteil entfernt, aber sie nahm sie nicht nach unten, sondern vergrub sie stattdessen in der Bettdecke über ihrem Kopf.

Gott, er konnte es kaum erwarten, ihr dieselbe Lust zu bereiten, die sie ihm geschenkt hatte.

Er ließ sich Zeit, genoss jede Bewegung ihres Körpers, lernte, was ihr gefiel, was ihren Atem stocken ließ, was sie zum Keuchen brachte.

Was sie zum Stöhnen brachte.

Er streichelte und saugte, glitt in sie hinein, und seine Zunge und seine Finger brachten sie zu eben jener bebenden Ekstase, die auch ihn fast um den Verstand gebracht hatte. Er wollte sie genau dort haben. Wollte, dass sie alles vergaß, jeden, alles außer ihm.

»Ja, Liam, ja!« Ihr Kopf warf sich hin und her, ihre Hände krallten sich in alles, was sie finden konnten, und ihr ganzer Körper war von einer Röte des Verlangens überzogen, die so erotisch wirkte, während sie zuckte und bebte, an der Schwelle bebte, bis sie ihn schließlich anflehte, sodass er sie endlich erlösen musste.

Sie schrie seinen Namen. Sie schrie ihn förmlich heraus, und er war froh, dass er weit genug von seinen Nachbarn entfernt wohnte, damit niemand die Polizei rief, denn er dachte nicht im Traum daran, für irgendwen aufzuhören.

Sie kam erneut, ihre Schenkel versuchten sich gegen die Lust zu schließen, aber er ließ es nicht zu. Er hielt ihre Beine gespreizt und schenkte ihr jedes Gramm Lust, das er geben konnte, kostete sie, bis auch das letzte Zittern nachließ.

Er küsste ihren Oberschenkel, dann die Stelle knapp unter ihrem Bauchnabel und krabbelte an ihrem Körper hoch, während sie im Nachglühen zitterte; jeder Kuss löste einen neuen Schauer aus.

Er küsste sich hoch zu ihren Brüsten und widmete sich ihnen noch einmal ausgiebig. Sie waren echt und perfekt.

Sie öffnete die Augen, als er die zweite Brustwarze in den Mund nahm und mit der Zunge träge Kreise darum zog.

»Hat dir das gefallen, was?«, äffte sie ihn nach, ein sanftes Lächeln auf den Lippen.

»Werd mir bloß nicht zu entspannt, Baby. Die Nacht ist noch jung.« Er griff nach den Kondomen, die er nach ihrer Herausforderung aufs Bett geworfen hatte, und rollte sich auf die Seite, um ein neues überzuziehen. »Runde zwei geht gerade erst los.«

Sie hatte aufgehört zu zählen, wie viele Runden es gewesen waren, aber die Zahl spielte eigentlich keine Rolle. Was er sie hatte fühlen lassen, was er ihr gegeben hatte... Wie konnte es sein, dass einer der schlimmsten Momente ihres Lebens der Anfang von all dem hier gewesen war? Davon, Liam zu treffen und ihn so gut kennenzulernen, dass sie nicht nur in Erwägung gezogen hatte, mit ihm ins Bett zu gehen, sondern es auch getan hatte? Und dort bleiben wollte?

Es war fast schon komisch, dass die Zwangsräumung ihres Vaters ihr das hier beschert hatte. Diesen Moment, diesen Ort, diesen Mann. Ohne dieses eine Ereignis wären sie und Liam wie Schiffe geblieben, die im Flur aneinander vorbeiziehen – eine höfliche »Hallo, schönen Tag noch«-Beziehung.

Sie wollte *diese* Beziehung. Sie wollte ihn.

Sich selbst zu finden, war der Grund gewesen, warum sie das Haus ihres Vaters hatte verlassen wollen; Liam zu finden, war ein Geschenk, von dem sie nie zu träumen gewagt hätte.

Sie kuschelte sich enger an ihn und genoss das Gefühl, ihn neben sich zu haben. Er hatte sie nicht losgelassen; sein Arm lag unter ihren Schultern und er rieb ein paar ihrer Haarsträhnen zwischen Daumen und Zeigefinger. Das leichte Ziehen an ihrer Kopfhaut fühlte sich gut an. Gab ihr das Gefühl, gewollt zu sein. Begehrt.

»Du bist so still«, sagte er.

»Ich dachte, das hätte ich vor ein paar Minuten mehr als wettgemacht.«

Sie spürte sein leises Lachen. »Stimmt.«

»Warum? Gibt es etwas, worüber du reden willst?« Plötzlich war sie beunruhigt. Er hatte gesagt, sie würden sich später um das Danach kümmern. War das jetzt dieses Danach? Empfand er nicht dasselbe wie sie?

»Allerdings.« Liam verlagerte sein Gewicht, sodass er auf der Seite lag, behielt aber den Arm um sie und ihre Haare in der Hand.

Sie mochte es dort. Mochte es, dass er damit spielen wollte. Mochte es, dass er sie nicht loslassen wollte.

»Was hat dich zu dem Menschen gemacht, der du heute bist, Cassidy?«

Das war keine Frage, mit der sie gerechnet hatte. »Wie meinst du das? Ich bin einfach ich.«

Er atmete tief ein und kitzelte ihre Wange mit ihrem Haar. »Genau das meine ich. Dich. Wie bist du zu der Person geworden, die du bist, obwohl du mit ihm aufgewachsen bist?«

»Ah.« Jetzt verstand sie. Aber sie war sich nicht sicher, ob sie darauf antworten wollte. Zumindest nicht ehrlich.

Doch sie wollte keine Beziehung ohne Ehrlichkeit zwischen ihnen. Wenn ihm die Wahrheit nicht gefiel, war es besser, es jetzt zu wissen.

»Ich war nicht immer so. Früher war ich total in diesem High-Society-Leben gefangen. Ich ging gern auf Partys, kaufte teure Klamotten und machte Urlaub in exklusiven Resorts. Ich meine, wer würde das nicht, oder?«

»Das klingt nach einem ziemlich oberflächlichen Dasein.«

Wäre sie noch in dieser Welt, hätten seine Worte sie verletzt. Oder vielleicht auch nicht, da sie damals viel zu oberflächlich gewesen war, um sich darum zu scheren.

Die Tatsache, dass er so dachte, war jedoch ermutigend. Der erste Mann, der den ganzen Mist durchschaute und sie um ihrer selbst willen wollte, *nicht* wegen des Geldes ihres Vaters.

Bist du dir da sicher?

Cassidy schüttelte den Gedanken ab. Liam war nicht so. Er war ein anständiger Kerl. Er war ehrlich und fleißig, und sie wettete, er würde niemals Almosen von jemandem annehmen. Liam war der Typ, der es aus eigener Kraft schaffte.

Ganz anders als die Frau, die sie einmal gewesen war.

»Ich bin nicht stolz darauf, wer ich damals war, Liam. Aber so wurde ich erzogen und so funktionierte meine Welt. Dann traf ich Franklin.«

Liam versteifte sich an ihrer Seite. Und nicht auf die gute Art. »Franklin?«

Sie strich mit der Hand über seine Brust. Spürte sein Herz unter ihrer Handfläche schlagen und ließ die Hand dort liegen. Wenn er nur wüsste, wie symbolträchtig das für sie war.

»Franklin war ein dreizehnjähriger Junge mit einer Menge medizinischer Probleme. Probleme, die ihn hätten gemein und bitter und unausstehlich machen können. Ich saß bei einem der Benefiz-Dinner des Krankenhauses neben ihm.«

»Haben sie ihn rausgerollt, um Spenden einzutreiben?« Liams Kiefer spannte sich an.

»Nein. Nichts dergleichen. Es war einer von Franklins Lebenswünschen. So nennt die Stiftung, die ihn gesponsert hat, das, statt von letzten Wünschen oder Sterbewünschen zu sprechen. Sie konzentrieren sich lieber auf das, was vom Leben noch übrig ist, statt auf die herannahende Endgültigkeit.« Sie nahm die Hand von Liams Brust und hielt sie schützend an sich. Es fiel ihr schwer, über Franklin zu sprechen, ohne feuchte Augen zu bekommen.

»Franklin wollte unbedingt einmal einen Smoking tragen, bevor er stirbt, und zu einer schicken Veranstaltung gehen. Das Dinner fand genau zum richtigen Zeitpunkt statt und er kam als Gast. Saß an meinem Tisch. Ich kannte dort jeden außer ihm, und ich war inzwischen ziemlich abgestumpft. Für mich war es nur ein weiteres Event, bei dem ich unter großem Trara die Spende meines Vaters überreichte, lächelte und hübsch für die Kameras aussah. Ich hielt Smalltalk mit den Schergen meines Vaters und seinen Möchtegern-Geschäftspartnern.« Die übliche Gala an einem Dienstagabend, wie sie viel zu oft im Jahr vorkam. Und für jede hatte sie ein neues Kleid gehabt.

»Und dann kam Franklin, für den alles neu und glänzend und funkelnd und glücklich war. Er war wie Aschenputtel auf dem Ball, er sah Glanz in Dingen, gegenüber denen wir alle so gleichgültig geworden waren. Ihn in seinem Rollstuhl zu sehen, mit seinem Sauerstofftank und seinem kahlköpfigen Schädel, der so ein krasser Gegensatz zu seinem breiten Lächeln und seinen großen Augen war, mit seinem Interesse an jedem und allem... ich konnte gar nicht anders, als ihn kennenlernen zu wollen. Aber die anderen an unserem Tisch haben ihn keines Blickes gewürdigt. Er war ein Außenseiter und, was noch schlimmer war, unterprivilegiert und krank. Ich habe mich für sie geschämt. Aber die Sache war: Selbst wenn er es merkte, war es ihm egal. Er war einfach glücklich, dort zu sein und den Moment zu genießen. Und das war es, was mich berührt hat. Was mir die Augen geöffnet hat. Für mich war er kein Kuriosum wegen seines medizinischen Zustands, sondern wegen seines Optimismus und seiner Akzeptanz und seines reinen Glücks darüber, etwas zu tun, das ich längst als selbstverständlich angesehen und gegen das ich sogar Widerwillen empfunden hatte.«

Sie schniefte, als sie sich daran erinnerte, wie seine Augen groß geworden waren, als das Personal den Nachtisch brachte. Für sie war es nur ein Stück Schokoladenkuchen gewesen, der direkt auf ihre Hüften wandern würde, also hatte sie ihn weggeschoben. Für Franklin war es Ambrosia gewesen. Eine so süße und kostbare Gabe, dass er sich beherrschen musste, es nicht mit einem Bissen zu verschlingen, weil er den Geschmack nicht verpassen wollte.

Sie hatte ihm ihr Stück gegeben, und das hatte ihre Freundschaft besiegelt.

»Franklin hatte so eine unglaubliche Einstellung zum Leben. Und zum Tod. Er hatte keine Angst davor. Er wollte ihn offensichtlich nicht, aber als es schließlich so weit war, war er bereit, ihn anzunehmen.«

Sie hingegen war es nicht gewesen, und sie bekam immer noch einen Kloß im Hals, wenn sie daran dachte, wie er ihre Hand getätschelt und so gut gelächelt hatte, wie es seine schwindenden Kräfte noch zuließen. »Er hat in den Monaten, in denen ich ihn kannte, so viel Leben untergebracht, und er hat mir beigebracht, was im Leben wichtig ist. Nicht Geld, nicht Dinge, nicht die Bewunderung und die widerwillige Akzeptanz anderer Leute, nur wegen dem, was man hat oder wie der Nachname lautet oder wer der Vater ist. Selbst als seine Familie ihn im Stich ließ, damit er im Heim lebte und die Gesellschaft für seine Behandlung aufkam, war Franklin nicht bitter. Er entschied sich, auf das Positive zu schauen.«

»Sie haben ihn verlassen? Krank? Sterbend?«

Sie nickte. »Aber er hat nicht über sie geurteilt, und er hat mir beigebracht, es auch nicht zu tun.« Sie atmete aus. »Es war schwer, es nicht zu tun.«

»Wie damals, als deine Mutter dich verlassen hat.«

»Du weißt davon?«

»Es gibt nicht viel über dich, was im Laufe der Jahre nicht in den Nachrichten war.«

Sie war hin- und hergerissen zwischen dem Gefühl, es zu mögen, dass er genug Interesse gezeigt hatte, um aufzupassen und es sich zu merken, und der Traurigkeit darüber, dass er von ihrer schmutzigen Wäsche gehört hatte.

Er berührte ihre Wange. »Hey, lass die Taten deiner Eltern nicht definieren, wer du bist. Du bist deine eigene Person. Du stehst jetzt auf eigenen Füßen, oder? Du musst nicht so sein wie sie.«

Das war genau das Richtige, was er sagen konnte. »Danke.«

»Gern geschehen.«

Auch für sie war es so. Eines der Dinge, die sie sich geschworen hatte, als Franklin gestorben war, war, seine Botschaft von Akzeptanz und Liebe und dem Loslassen einer schlechten Vergangenheit weiterzutragen.

»Franklin war reich an Freunden, wenn auch nicht an Familie. Und sie wurden zu seiner Familie. Jeder liebte ihn, weil er jeden liebte. Er akzeptierte sie so, wie sie waren, sogar diejenigen, die ihn ignorierten. Er hatte nie ein böses Wort über jemanden zu sagen und hatte immer einen Witz oder ein Kompliment parat. Weil, wie er sagte, jeder, dem er begegnete, Teil seiner Reise war, und da seine Reise nicht lang sein würde, ergab es keinen Sinn, sich auf das Schlechte zu konzentrieren oder bei den Gemeinheiten zu verweilen. Das war seine einzige Chance, Glück zu erleben. Für wie viele Monate ihm auch noch blieben, er wollte jede Minute, jeden Menschen und alles genießen.«

Franklin ging es immer darum, etwas zurückzugeben, das Leben, das ihm geschenkt worden war, in vollen Zügen zu genießen, und er war ihre Inspiration gewesen. Ihr Katalysator für Veränderung. Ihre neue Sicht auf die Welt, wie wenig ihr Leben bedeutet hatte, bis sie ihn traf.

Sie schluckte, ihre Kehle war wie zugeschnürt von den Tränen, die sie sich mühsam unterdrückte. *Lächeln, keine Tränen.* So hatte er gewollt, dass sie ihn in Erinnerung behielt.

»Er war begeistert, als die Leute anfingen, ihm Pflanzen statt Blumen zu schenken.« Sie hatte Franklin nie gesagt, dass es ihre Idee gewesen war, weil Pflanzen länger hielten als Blumen. Auch nicht, dass *sie* den Geschenkeladen damit bestückt und die Hilfe des Personals in Anspruch genommen hatte, damit zufällige Besucher sie für Franklin abgaben. »Wir haben jede Pflanze online recherchiert, und er entschied, wo er sie auf dem Gelände einpflanzen wollte. Er wollte wissen, dass etwas nach ihm weiterleben würde.«

Bei ein paar Tränen verlor sie dann doch den Kampf, als sie sich daran erinnerte, wie feierlich er gewesen war, als er begriff, dass die Pflanzen weiter-wachsen würden, wenn er fort war.

»Moment mal.« Liam hob ihr Kinn an. »Krankenhäuser haben Garten-abteilungen und Vorstände. Er hätte dafür eine Genehmigung gebraucht, und das hätte Zeit gekostet. Man kann nicht einfach so pflanzen, was man will, auf einem Krankenhausgelände.«

Sie atmete aus. »Man kann es, wenn man eine Davenport-Spende im Rücken hat.«

»Du hast die Position und das Geld deines Vaters benutzt, um Franklin zu helfen? Man muss die Privilegien einfach lieben, die damit einhergehen, eine Davenport zu sein.«

Sie spannte sich an. Die Leute dachten das immer. Dachten immer, dass Geld Probleme verschwinden lässt. Das tat es nicht. Es gab nur andere Probleme. Bestes Beispiel: ihr Vater. Und Burton. Leute, die wollten, was sie von ihr kriegen konnten, die sie zu ihrem eigenen Vorteil benutzen wollten.

Das war das Schöne an ihrer Beziehung zu Franklin gewesen; sie basierte darauf, dass sie für ihn da war, in ihrem Wesen und ihrer Freundschaft, nicht für das, was ihr Geld ihm bringen konnte.

»Es hat mir erlaubt, Franklins Traum wahr werden zu lassen. Er durfte pflanzen, was er wollte und wo er wollte. Als er starb, habe ich für jeden Baum, jeden Strauch, jeden Busch und jede Blume Plaketten anfertigen lassen, damit es jeder erfährt. Damit er nie vergessen wird.«

Liam versuchte, an dem Kloß in seinem Hals vorbeizuatmen. Er hatte recht gehabt; sie konnte niemals wie Rachel sein. Er wettete, dass Cassidy schon vor Franklin ein Herz und eine Seele gehabt hatte, die sie nur nicht zugeben wollte. Vermutlich hatte es sich versteckt, um nicht von den oberflächlichen Leuten in ihrer Welt zerquetscht zu werden. »Was hat dein Vater dazu gesagt?«

»Er... ach...« Sie biss sich auf die Lippe und sah weg.

»Er weiß es nicht.«

»Oh, er weiß, dass ich Plaketten habe anfertigen lassen. Er glaubt sogar, dass die beträchtliche Spende, die ich dem Krankenhaus gemacht habe, vom Spendenkonto der Firma kam.«

»Kam sie nicht?«

Sie schüttelte den Kopf. »Es kam von meinem Bankkonto, nicht aus der Firmenkasse. Es war mir wichtig, dass *ich* es tue, nicht das Unternehmen, damit es nur um Franklin gehen konnte, nicht um die Spende. Deshalb steht auf den Plaketten nirgendwo Davenport. Dad wird wütend sein, wenn er sich irgendwann mal die Zeit nimmt, sie sich tatsächlich *anzusehen*.«

Ihr Geld. Deshalb hatte sie keins mehr. Nicht, weil sie es für Modenschauen oder Partys oder exotische Orte ausgegeben hatte.

War es möglich, dass Cassidy *die* Frau für ihn war? Dass sie – abgesehen von ihrem Vater – das hatte, was er suchte?

Aber es gab immer noch Unterschiede zwischen ihnen. Große Unterschiede. Unübersehbare. Millionen-Dollar-Unterschiede.

Im Moment mochte die Sache einfach sein, da es nur sie beide waren, aber sobald der alte Mitch wieder ins Spiel kam – und das würde er; die Presse würde sich darauf stürzen, wenn diese Entfremdung anhielt –, würde sich das Blatt wenden.

Er hob ihr Kinn an, und der Glanz ihrer Tränen rührte sein Herz. Er wollte nicht, dass es sich änderte. Er wollte sie genau so. »Wie machen wir das also, Cassidy? Du eine Davenport, ich ... nicht. Ich bin nicht aus deiner Welt. Wie geht es jetzt mit uns weiter?«

Die Veränderung, die über sie kam, schockierte ihn. In einem Moment war sie noch ganz weich und schmiegte sich an seine Seite, ihr Arm lag friedlich über seinem Bauch, ihre Finger strichen leicht über seine Flanke, und im nächsten... sprang sie förmlich von ihm weg und wich seinem Blick aus.

»Ich denke an eine Dusche und dann Frühstück.« Sie stieg auf der anderen Seite des Bettes aus. »Wir sehen uns in zwanzig Minuten.«

Sie rannte praktisch aus seinem Zimmer – in all ihrer nackten Pracht. Aber alles, was er sah, war, dass sie ihn verließ.

Was hatte er gesagt? Er hatte nur gefragt, was als Nächstes zwischen ihnen kam, und sie war aus seinem Bett geschossen, als könne sie gar nicht schnell genug von ihm wegkommen.

Scheiße. Waren ihr die Gegensätze in ihrem Leben erst jetzt klargeworden? War es das? Hatte sie begriffen, dass er ihr niemals das geben konnte, was Männer wie Burton und ihr Vater konnten, sodass heute Nacht nur eine einmalige Sache war?

Hatte er die Situation *schon wieder* völlig falsch eingeschätzt?

<h1 style="text-align:center">Kapitel Einunddreißig</h1>

Cassidy blinzelte die Tränen unter dem heißen Strahl der Dusche weg. Er hatte die Unterschiede zwischen ihren Lebensstilen unbedingt ansprechen müssen, nicht wahr? Er hatte es sehen müssen. Er hatte nach ihrem Vater fragen müssen, ihren Nachnamen erwähnen müssen. Und das ausgerechnet jetzt, wo sie geglaubt hatte, ihr Leben könnte anders sein ...

Aber sie war immer noch die Tochter ihres Vaters, was ihr den hässlichen Gedanken in den Kopf setzte: Hatte Liam sie aus reiner Herzensgüte aufgenommen oder wegen einer möglichen finanziellen Belohnung? Sprang für ihn am Ende eine Auszahlung dabei heraus? War er wie Burton, nur mit einer anderen Taktik? Hoffte er, sich bei ihrem Vater einzuschmeicheln, damit Dad seinem Unternehmen half? Und wie sollte sie jemals die Wahrheit erfahren?

Sie hasste das. Sie hasste es, ihn und seine Großzügigkeit infrage zu stellen, aber man musste kein Genie sein, um zu begreifen, dass jeder, der sie heiratete, eine Chance auf das große Los hätte, und sie war nicht dumm. Vielleicht war sie ein hübsches Accessoire an seiner Seite, aber sie hatte auch Verstand, und sobald Männer den Weg vom »Glücklich-bis-ans-Lebensende« direkt zum Bankkonto einschlugen, gab sie ihnen normalerweise den Laufpass. Sie hatte sicher noch nie einen von ihnen so nah an sich herangelassen, um mit ihm zu schlafen, ohne vorher ein paar Dinge klarzustellen. Oh, das würde sie jetzt verdammt noch mal nachholen. Wenn Liam wirklich wollte, dass das zwischen ihnen etwas Ernstes wurde, musste er ihr beweisen, dass es aus den richtigen Gründen geschah.

Und keiner davon durfte mit ihrem Nachnamen zu tun haben.

Liam stellte sie am Frühstückstisch zur Rede. Er würde nicht zulassen, dass sie seine Welt auf den Kopf stellte und sich dann mit Schweigen aus der Affäre zog. Nicht, wenn er wissen musste, was für eine Frau sie war.

Du weißt, was für eine Frau sie ist. Die Sorte, die die letzten Tage eines kranken kleinen Jungen zu allem macht, was er sich gewünscht hat. Und die nicht versucht, die Lorbeeren dafür einzustreichen. Eine Frau, die lieber ganz unten anfängt, als sich den Forderungen ihres Vaters zu beugen. Eine Frau, die so viel verloren hat, aber immer noch so viel zu geben hat. Er stellte einen Teller mit Rührei vor sie und legte eine kleine Portion für Titania hin, nachdem er sie aus ihrem Gehege gelassen hatte.

»Also, macht es dir was aus, mir zu sagen, was vorhin los war?« Er tippte mit der Gabel auf seinen Teller; die Eier reizten ihn im Moment nicht besonders.

Sie schaufelte sich eine Gabel voll in den Mund und sah dann zu ihm auf. »Ähm, wir hatten Sex?«

»Ich weiß, dass wir Sex hatten. Ich frage mich, warum du abgehauen bist, sobald ich erwähnt habe, dass wir das fortsetzen.«

»Oh. Nun, du weißt ja. Das kann unangenehm werden.«

»Unangenehm? Komm schon, Cassidy. Ich lag mit dir in diesem Bett. Das war *nicht* unangenehm, und du kannst mir nicht erzählen, dass diese eine Nacht alles gewesen sein soll.«

Sie blinzelte und bückte sich, um Titania zu streicheln. Er hörte sie noch einmal tief einatmen, dann sah sie mit diesem aufgesetzten Lächeln zu ihm auf, das er nie wieder an seinem Frühstückstisch sehen wollte.

»Okay, Liam, mal angenommen, wir lassen uns aufeinander ein. Wo genau siehst du die Reise hingehen?«

»Warum muss ich einen Masterplan haben? Warum können wir nicht einfach sehen, was passiert?«

»Weil jeder einen Masterplan hat, wenn es um mich geht. Aber mein Vater wird dich nicht dafür belohnen, dass du mit mir zusammen bist. Er akzeptiert nur jemanden, der auf einer Elite-Uni war und die gleichen Verbindungen hat wie er, oder eine Abstammung, die die Rockefellers alt aussehen lässt.«

»Willst du mich *veralbern*?« Liam ließ seine Gabel mit einem ohrenbetäubenden Scheppern auf den Teller fallen. Vielleicht hatte er sie ja doch falsch eingeschätzt. »Du glaubst, letzte Nacht war wegen deines Vaters? Von all den ver— äh, verkorksten —« Er biss sich auf die Innenseite seiner Wange. »Ich glaube, ich bin noch nie in meinem Leben so beleidigt worden.«

Oder verletzt, verdammt noch mal.

Und dieser Spruch über die Elite-Uni ... Verdammt, er hatte sich den *Arsch* aufgerissen, um sein Studium selbst zu finanzieren *und* sein Unternehmen aufzubauen. Wenn sie auch nur die Hälfte von dem wüsste, was er getan hatte, um dorthin zu kommen, wo er heute war, würde sie an ihrer Elite-Uni ersticken.

Er stand vom Tisch auf, ging zum Waschbecken und starrte aus dem Fenster, ohne etwas zu sehen. Herrgott noch mal. Da hatte er angefangen zu hoffen, hatte angefangen, an eine andere Frau zu glauben, und sie dachte, *er* würde *sie* ausnutzen. Ja, ja, es war ironisch. Er hatte sie anfangs falsch eingeschätzt, und jetzt tat sie dasselbe mit ihm.

Er holte tief Luft und drehte sich um. »Das habe ich nicht, weißt du.«

Sie kniff die Augen zusammen. »Du hast was nicht?«

»Ich habe keine Hintergedanken, was die Firma deines Vaters oder sein Geld oder dein Bankkonto angeht.«

»Das liegt daran, dass wir beide wissen, dass ich gar kein Bankkonto *habe*.«

»Du weißt, was ich meine.«

»Nein, eigentlich nicht.« Sie rutschte auf ihrem Stuhl hin und her und schob dann mit der Gabel ein bisschen Rührei herum.

Titania ließ ihren Hintern auf den Boden sinken und blickte abwechselnd zwischen ihm und Cassidy hin und her, als würden sie wieder Racquetball spielen.

Auf dem Spielfeld waren sie ein gutes Team gewesen. Und beim Streichen seines Büros. Und definitiv im Schlafzimmer. Das konnte sie nicht alles nur vorgespielt haben.

Dieser letzte Gedanke war es, der ihn zurück zum Tisch führte. Er setzte sich auf den Stuhl schräg gegenüber von ihr und nahm ihr die ständig in

Bewegung befindliche Gabel aus der Hand. Dann hob er mit seinem Finger ihr Kinn an.

In ihren Augen glitzerten unvergossene Tränen.

Oder — wie sein Daumen feststellte, als er über ihre Wange fuhr — bereits vergossene.

»Ich bin nicht wie die anderen, Cass.«

»Nenn mich nicht so.«

»Vorhin hat es dich nicht gestört.«

»Vorhin war ich auch nicht ganz bei Trost.«

»Vor Vergnügen.«

»Vor Wahnsinn.« Sie stand vom Stuhl auf und nahm ihren Teller, mit der Absicht, an ihm vorbei zum Waschbecken zu gehen.

Er hielt sie am Arm fest. »Lass das, Cassidy.«

Sie blickte auf seinen Arm. »Lass los, Liam. Ich gehöre dir nicht.« Sie räusperte sich und straffte die Schultern. »Ich gehöre niemandem. Und dabei wird es bleiben.«

Er ließ sie los, weil es ihr so wichtig war. Er sah das jetzt, ihren Stolz darauf, ihre eigene Herrin zu sein. Sie mochte es nicht, das kleine Vorzeige-Püppchen ihres Vaters zu sein.

Genau wie er es nicht mochte, mit den Speichelleckern ihres Vaters in einen Topf geworfen zu werden.

Er stand auf und ging auf sie zu. »Ich bin nicht wie diese anderen Männer, Cassidy. Ich bin nicht darauf aus, mir zu holen, was ich von dir kriegen kann. Oder von deinem Vater.«

»Gut so, denn im Moment bin ich für ihn nicht viel wert.«

Der Schmerz hinter ihren Worten berührte ihn. Sie stieß ihn nicht weg, weil sie ihn nicht wollte; sie stieß ihn weg, weil sie ihn wollte. Weil sie Angst davor hatte, verletzt zu werden. Verdammt, der eine Mann auf der Welt, der sie eigentlich nicht verletzen sollte, der Typ, auf den sie sich in jeder Lage hätte verlassen können müssen, hatte sie im Stich gelassen. Und zwar gewaltig. Es war kein Wunder, dass sie *seinen* Absichten gegenüber skeptisch war.

Er stützte jeweils eine Hand links und rechts von ihr auf die Arbeitsplatte. »Für mich bist du eine Menge wert.«

Eine weitere Träne rann ihr über die Wange, und sie wischte sie hastig weg. »Hör auf, solche Dinge zu sagen.«

Er strich die restliche Feuchtigkeit fort. »Was denn? Dass du mir wichtig bist? Dass ich es genieße, mit dir zusammen zu sein?« Er atmete tief durch und riskierte es einfach. »Dass ich nicht will, dass du gehst, nachdem du deine Kunstwerke verkauft hast?«

»Warum?« Cassidy wischte die nächste Träne weg, verschränkte dann die Arme und stemmte die Hüfte zur Seite, wodurch sie seinen Arm von der Platte stieß. »Guter Sex ist keine automatische Einladung zum Einziehen.«

»Es war großartiger Sex, und die Einladung hattest du sowieso schon.« Er strich ihr eine Haarsträhne hinter das Ohr.

Sie schob seine Hand weg. »Ich meine es ernst, Liam.«

»Glaubst du, ich nicht? Du begreifst es nicht, Cass. Glaub mir, ich bitte nicht jeden Beliebigen, hier einzuziehen.«

»Das stimmt nicht. Du hast mich gefragt, obwohl du mich gar nicht kanntest.«

»Das war aus einem ganz anderen Grund, und jetzt kenne ich dich.«

»Du *glaubst*, mich zu kennen. Das da —« sie nickte in Richtung seines Zimmers »— bin nicht ich.«

Gott. Er wünschte fast, sie *wäre* wie Rachel. Rachel hätte ihn beim Wort genommen und ihre Sachen eingeräumt, noch bevor er ein weiteres Wort hätte sagen können.

Aber er wollte niemanden wie Rachel. Daran hatte Sean ihn gestern Abend erinnern wollen —

Verdammt. Sean. Er hätte ihn anrufen sollen.

»Ich bin mehr als nur jemand zum Rumspielen, Liam.«

Um Sean würde er sich später kümmern. In diesem Moment brauchte ihn die Frau vor ihm mehr.

Er packte sie an den Oberarmen und war froh, dass sie ihn nicht abschüttelte. »Ich weiß, Cass. Aber das —« Er wiederholte ihr Kopfnicken in Richtung seines Schlafzimmers »— ist ein Teil dessen, was du bist. Ein Teil dessen, warum ich dich will. Das werde ich nicht leugnen. Ich will dich.« Gott, und wie er sie wollte. »Aber nicht nur sexuell. Ich mag dich. Ich will dich besser kennenlernen. Ich will das zwischen uns erkunden und sehen, wohin es führen kann. Es hat nichts damit zu tun, wer dein Vater ist, sondern alles damit, wer *du* bist.«

. . .

Da. Siehst du? Du musst bei dem Mann nicht gleich vom Schlimmsten ausgehen. Gib ihm eine Chance. Gib dem hier eine Chance. Bürde ihm um Himmels willen nicht deine Dämonen auf. Sonst wirst du mit niemandem jemals irgendwo ankommen.

Cassidy atmete tief durch und ließ das Prickeln, das seine Berührung auslöste, seine Wirkung entfalten. Vielleicht hatte sie voreilige Schlüsse gezogen. Die falschen. Liam hatte ein erfolgreiches Unternehmen; er *brauchte* weder ihr Geld noch ihren Namen.

Nicht, dass sie momentan eines von beidem besäße ...

Stimmt. Hatte sie nicht. Es gab keine Garantie, dass ihr Vater sie jemals wieder aufnehmen würde — und keine Garantie, dass sie darauf eingehen würde. Dad mochte es erwarten, aber er kannte sie eben nicht.

Liam schon. Oder zumindest wollte er es.

Sie war paranoid. Liam hatte ihr keinen einzigen Hinweis darauf gegeben, dass er danach strebte, der Schwiegersohn ihres Vaters zu werden. Er war ein guter Kerl. Er arbeitete hart, liebte seine Familie und seine Großmutter. Half Damen in Not. Ging mit kleinen Hunden spazieren, ohne um seine Männlichkeit zu fürchten.

Eine Gänsehaut lief über ihre Haut. Liam musste sich um seine Männlichkeit definitiv keine Sorgen machen.

»Können wir also bitte diesen Morgen hinter uns lassen und nach vorne schauen?«

Sie holte tief Luft und wagte den Sprung ins Ungewisse. »Ich will diesen Morgen nicht hinter uns lassen.«

Er ließ ihre Arme los und ließ seine Hände an die Seiten sinken. »Willst du nicht.«

Der enttäuschte Blick in seinem Gesicht sprach Bände — und *nicht* von Dollarzeichen.

Das war es, was sie sehen musste. »Nun ja, die letzten zwanzig Minuten vielleicht schon. Aber der Rest dieses Morgens war ziemlich spektakulär.«

Er zog eine Augenbraue hoch und legte den Kopf schräg. »Willst du damit sagen, dass du es versuchen willst?«

Sie nickte, ein wenig bang davor, es auszusprechen. So viele Menschen hatten sie in ihrem Leben schon enttäuscht ... Was, wenn sie sich gerade für den nächsten Sturz bereit machte? Was, wenn Liam ihr das Herz brach?

Denn er hatte die Macht dazu.

Er griff nach ihren Hüften und zog sie näher zu sich. »Gott, Cassidy. Ich kann nicht glauben, dass du dachtest —«

Sie legte einen Finger auf seine Lippen. »Ich lag falsch, okay? Hast du dich noch nie in jemandem geirrt?«

Er küsste ihre Fingerspitze. »Mehr als du glaubst.«

»Also, dann ...« Sie zeichnete seine Lippen nach. »*Können* wir darüber hinwegsehen?«

»Ja. Das können wir.« Er knabberte an ihrem Finger. »Solange das bedeutet, dass du nirgendwohin gehst.«

Sie legte ihre Handfläche an seine Wange. »Nicht, es sei denn, du willst es.«

Sie quiekte auf, als er sie in seine Arme hob.

»Der einzige Ort, an den ich will, dass du gehst, Schätzchen, ist zurück in mein Zimmer.«

Die arme Titania musste ihr Frühstück ganz allein zu Ende fressen.

Kapitel Zweiunddreißig

Cassidy und Liam verbrachten das Wochenende damit, an seinem Büroprojekt zu arbeiten – nun ja, tagsüber jedenfalls. Die Nächte verbrachten sie in seinem Haus. In seinem Bett. Und in seiner Dusche. Endlich hatte sie die Gelegenheit bekommen, diese Fantasie Wirklichkeit werden zu lassen, und ehrlich gesagt war die Fantasie nur ein schwacher Ersatz für die Realität gewesen.

»Und was machen wir heute?« Sie reckte sich neben ihm im Bett und genoss das Gefühl der Haare auf seinen Beinen und seiner Brust, die an ihrer Haut rieben.

Seine Hand umschloss ihre Brust. »Was hältst du davon, gar nichts zu tun? Einfach hierzubleiben und zu sehen, was sich so ergibt?«

Sie rollte sich auf die Seite und schob eine Hand unter die Decke. »Ich habe eine ziemlich gute Vorstellung davon, was sich da gleich ergeben wird, Liam.« Jap, tatsächlich, genau so war es.

»Gott, Cassidy. Ich glaube, ich werde nie genug von dir bekommen.«

Die Worte wärmten ihr Herz. Und noch ein paar andere Stellen. Stellen, die in den letzten sechsunddreißig Stunden ein ordentliches Training absolviert hatten.

Sie zog ihre Hand zurück. »So sehr ich dieses sehr beeindruckende Angebot auch annehmen möchte, wir haben heute beide viel zu tun.«

»Was das angeht.« Er stützte seinen Kopf mit einer Hand auf ein Kissen, ergriff mit der anderen ihre Hand und verflocht ihre Finger. »Ich habe darüber nachgedacht und, nun ja, du hast recht.«

Sie zog die Augenbrauen hoch. »Womit?«

Er zog an ihr, sodass sie neben ihn purzelte und sich auf ihrem Ellenbogen abfing. Er legte ihre ineinandergelegten Hände auf seine Brust, und sie konnte seinen Herzschlag spüren, stark und gleichmäßig. »Das Büro könnte etwas Farbe vertragen.«

Sie konnte sich ein Lächeln nicht verkneifen. Und auch nicht, es ihm unter die Nase zu reiben. »Ich habe recht.«

Er verdrehte die Augen. »Auf die Gefahr hin, ein Monster zu erschaffen, ja, das hast du.« Er ließ das Kissen los und bettete ihren Kopf in seine Hand. »Wirst du also die Wände streichen?«

Diesmal war sie an der Reihe, die Augen zu verdrehen. »Ist das nur ein Trick, um dich um das Streichen zu drücken?«

Er beugte sich vor und gab ihr einen flüchtigen Kuss. »Tut mir leid, Süße, aber ich habe es nur angeboten, weil dein Vorschlag gut war. Aber da ich noch nicht bereit bin, dich aus meinen Klauen zu lassen, gibt mir das die Chance, dich in der Nähe zu haben und trotzdem das Büro fertig zu kriegen. Außerdem siehst du auf einer Leiter verdammt süß aus.«

»Hast du etwa meinen Hintern angestarrt?«

»Na klar. Es ist ein schöner Hintern. Ver verklag mich doch.«

Sie drehte sich halb um und plumpste neben ihm auf den Rücken. Sie starrte an die Decke, und das Gefühl, dass Liam ihrem Urteil vertraute, machte sie ganz schwindelig. »Bist du sicher, dass du das nicht nur sagst, weil wir... du weißt schon?«

»Glaubst du, ich würde dich meine Bude in ein Ungetüm verwandeln lassen, nur wegen Sex? Cass, das hier ist toll, aber ich muss immer noch meine Rechnungen bezahlen.«

Ja, sie hatte nur gescherzt, aber nur nach außen hin. Tief im Inneren... Warum fiel es ihr so schwer zu akzeptieren, dass tatsächlich jemand glaubte, sie habe etwas beizutragen? »Tut mir leid, dass ich dich infrage gestellt habe, Liam. Ich bin es nur nicht gewohnt –«

»Du bist es nicht gewohnt, dass Leute dich um deiner selbst willen wollen.« Er rollte sich diesmal auf die Seite und strich ihr die Haare aus dem Gesicht. »Tja, gewöhn dich dran, Cassidy. Du hast eine Menge Potenzial und ich glaube an dich. Du kannst alles schaffen, was du dir vornimmst.«

Er beugte sich herab und küsste sie, und Cassidy hatte Mühe, wieder zu Atem zu kommen. Der Kuss war ein Teil des Grundes, aber der Rest... Seine Worte. Seine Bedeutung. Seine Absicht. Wenn sie nicht aufpasste, würde sie bereitwillig ihre Unabhängigkeit aufgeben, um den Rest ihres Lebens mit Liam Manley zu verbringen.

»Cass, kannst du mir mal bitte den Lappen rüberwerfen?« Liam stand oben auf der Leiter und war dabei, das Regal fertig abzuschleifen, das in den letzten paar Tagen der Fluch seines Daseins gewesen war. Sie hatte ihm gesagt, er solle sich um die Oberseite keine Sorgen machen – die würde sowieso niemand sehen –, aber er hatte nur die Augenbraue hochgezogen und gesagt: »Markenpflege.«

Das hatte sie wieder zum Lächeln gebracht. Ihre Arbeit bei Davenport Properties hatte immer darauf basiert, dass sie Mitchells Tochter war – sie hätte vorschlagen können, die Wände schwarz zu streichen – und die Fenster gleich mit –, und niemand hätte etwas gegen sie gesagt. Die Sache wäre ganz sicher die Karriereleiter hoch bis zu ihrem Vater gewandert, und er hätte sie im Keim erstickt, aber niemand wäre ehrlich zu ihr gewesen.

Liam hingegen sagte ihr nur zu gern, wenn er nicht ihrer Meinung war. Wie heute beim Abendessen. Er wollte Burger vom Grill, sie wollte den Eintopf seiner Großmutter.

»Ich kann nicht das ganze Essen essen, das sie kocht, Cassidy. Am Ende schmeiße ich das meiste davon weg, weil es schlecht wird.«

»Liam Neil Manley, wage es *ja nicht*, jemals etwas von dem wegzuwerfen, was deine Großmutter für dich kocht. Die Kinder in Franklins Wohnheim würden sich *riesig* darüber freuen. Wenn du es nicht essen willst, musst du es dorthin bringen und die Leute daran teilhaben lassen, denen es nicht so gut geht wie dir.« Sie setzte den letzten Pinselstrich auf der letzten Wand und warf ihm dann den Lappen zu.

Er fing ihn gerade noch ab, bevor er ihn an der Nase traf, und lachte leise. »Sieht gut aus hier.«

Sie strich sich mit dem Oberarm eine Strähne aus der Stirn, die aus ihrem Pferdeschwanz entwischt war, und lächelte. »Ich hab's dir ja gesagt.«

»Das hast du wohl. Und wenn du jetzt fertig bist, habe ich beschlossen, dich doch das Sideboard und das Buffet machen zu lassen, von denen du gesprochen hast.«

»Du *lässt* mich?«

Er zuckte zusammen. »Sorry. Schlechte Wortwahl. Es wäre mir eine Ehre, wenn du das Sideboard und das Buffet so streichen würdest, wie du es vorgeschlagen hast. Aber natürlich nur leihweise.«

Sie legte ihren Pinsel in ihre Farbwanne. »Schon besser. Und ich mache das sehr gerne für dich. Leihweise, natürlich.«

»Gut. Danke.«

»Gern geschehen.«

»Oh, wirklich?« Er warf seinen Lappen auf den Sägebock-Tisch, und die Neckerei im Raum verflüchtigte sich im Nu, als ihr Herzschlag beim Anblick des Funkelns in seinen Augen plötzlich in den Dreiertakt überging. »Willst du mal herkommen?«

»Her... kommen?«

»Ja. Hierher.« Er stieg eine Stufe von der Leiter herab.

»Zu, ähm, welchem Zweck?«

»Du weißt genau, zu welchem Zweck.« Er stieg noch eine Stufe herab.

Mann, wenn er das sagte... *So* sagte...

»Liam, es ist helllichter Tag und hier gibt es weit und breit keine Vorhänge.«

»Vorhänge sind mir egal.« Er war von der Leiter runter – und wohl auch komplett übergeschnappt, wenn er dachte, sie würde... das... direkt vor einem Fenster machen, wo sie jeder sehen konnte. Besonders jeder mit einem Smartphone und Internetanschluss.

Trotzdem würde es ihr nichts ausmachen zu sehen, was er im Sinn hatte. Das hieß ja nicht, dass sie gleich etwas tun mussten, das in der Klatschpresse landen würde, aber sie könnte sich ja mal eine Kostprobe holen...

Sie atmete aus und zog ihren Pferdeschwanz fest, bevor sie von der Leiter stieg. Das machte Spaß, dieses Gekitzel. Einfach sie selbst sein zu können, egal ob albern oder sexy oder voller Farbe oder was auch immer. Liam mochte sie, egal wer sie gerade war.

Sie wollte gerade von der untersten Sprosse steigen, als die Vordertür aufflog.

»Liam!« Ein kleines Energiebündel stürmte durch die Öffnung. »Ich habe ein Problem. Ich muss mit dir reden.«

»Mac.« Liam warf Cassidy einen Blick zu, und das neckende Licht in seinen Augen wich dem Bedauern. »Äh, das ist Cassidy. Davenport. Cassidy, meine Schwester, Mac.«

Mac blieb sofort stehen. »Oh. Äh, hallo.« Innerhalb von Sekunden zauberte Mac sich ein Lächeln aufs Gesicht. Eine beeindruckende Leistung, zumal es kein aufgesetztes Show-Lächeln war, sondern, soweit Cassidy das beurteilen konnte, ein *echtes*. »Schön, dich kennenzulernen. Ich glaube, wir haben schon mal telefoniert.«

»Eigentlich war das Deborah. Die Assistentin meines Vaters.« Denn Deborah erledigte alles, was mit den »Angestellten« zu tun hatte. Gott, als Cassidy zum ersten Mal erlebt hatte, wie eine Freundin jemanden so nannte, nachdem sie Franklin kennengelernt hatte, war sie entsetzt gewesen. Menschen waren Menschen, egal was ihr Bankkonto sagte, und diesen offenen Spott zu hören...

Sie rieb sich die Hände ab und streckte eine aus. »Hallo. Ja, ich bin Cassidy. Freut mich, dich kennenzulernen.«

»Liam hat mir erzählt, was passiert ist, aber ich dachte nicht, dass er dich Zwangsarbeit verrichten lässt, um es ihm zurückzuzahlen.«

»Oh, ich bin nicht—«

»Mac, darum geht es hier nicht.« Er legte eine Hand auf den Rücken seiner Schwester. »Komm schon. Lass uns in die Küche gehen, dann kannst du mir sagen, was du brauchst. Cassidy muss eigentlich an ihren eigenen Projekten weiterarbeiten.« Er sah sie an, während er in den anderen Raum ging. »Ist das okay für dich, Cass?«

»Ja. Du hast recht. Ich habe wirklich Arbeit zu tun.« Und sie würde ihm die Zeit mit seiner Schwester nicht missgönnen.

Bis sie hörte, was Mac sagte.

»Ich habe einen Anruf von Davenport bekommen, Lee. Von dieser Deborah-Frau, die Cassidy erwähnt hat. Davenport ist daran interessiert, mich unter Vertrag zu nehmen, damit ich mich um all seine Gebäude im gesamten Dreistaateneck kümmere.«

»Hey, das ist ja großartig! Glückwunsch!«

Cassidy hatte das Gefühl, dass es nicht so großartig war, wie Liam dachte.

Wenn es um ihren Vater ging, glaubte sie nicht an Zufälle. Er führte etwas im Schilde.

»Nein, Lee, du verstehst das nicht. Ich kann den Vertrag nicht unterschreiben, wenn ich weiß, dass Cassidy bei dir wohnt.«

»Warum zum Teufel nicht? Was spielt es für eine Rolle, was dein Bruder mit seinem Leben anfängt, wenn es darum geht, dass Davenport dich einstellt?«

»Du bist doch nicht so naiv, Lee. Er hält mir diese Karotte vor die Nase, weil er weiß, wo sie ist.«

»Und? Cassidy ist eine erwachsene Frau; sie kann wohnen, wo sie will. Er wird ja wohl kaum etwas über seine Tochter in den Vertrag schreiben.«

Oh, das würde er sehr wohl tun. Dad bekam im Geschäft immer, was er wollte. Er wusste, wie man eine Schwäche ausnutzte, und die Davenport-Immobilien zu betreuen, würde Macs Firma in eine ganz andere Liga katapultieren, und das wusste Dad. Eine kluge Geschäftsfrau würde das nicht ablehnen.

Mac atmete tief aus. »Wenn ich es mir recht überlege, bist du vielleicht *doch* so naiv. Er *muss* gar nichts über sie in den Vertrag schreiben; wenn er sie zurückhaben will, muss er nur drohen, meine Firma schlechtzumachen. Der Kerl hat Einfluss. Ich kann keine schlechte PR für mein Unternehmen gebrauchen, und ich muss ganz sicher nicht haben, dass meine Kunden meine Moral infrage stellen. Ich kann für diesen einen Vertrag nicht alles riskieren.«

»Und natürlich willst du ihn.«

»Würdest du das nicht auch wollen?«

Liam seufzte laut. »Du willst also, dass ich sie rauswerfe.«

Cassidys Magen zog sich zusammen. Liam musste sich zwischen ihr und seiner Schwester entscheiden, und obwohl sie gerne gewonnen hätte, konnte sie es ihm nicht verübeln, wenn er seine Familie an erste Stelle setzte. Vor allem, wenn es ein Kräftemessen gegen ihren Vater war.

»Nun ja, nein. Offensichtlich will ich nicht, dass du das tun musst, aber wie lange wird sie noch bei dir bleiben? Ich möchte nicht ständig so tun müssen, als wüsste ich von nichts. Das ist eine wirklich große Chance für mich, Lee. Das könnte meine Firma ganz nach oben katapultieren.«

Doch Cassidy stand im Weg.

Ihr Vater war wirklich ein manipulatives, kontrollsüchtiges Schwein, ihr das anzutun. Seinem eigenen Fleisch und Blut. Sie verstand nicht, wie oder warum ihre Eltern sie einfach im Stich gelassen hatten. *Beide.* Sie erinnerte sich kaum daran, wie ihre Mom gegangen war, abgesehen von den Tränen und dem unglaublichen Gefühl von Verlassenheit und Einsamkeit. Danach war Dad eigentlich gut zu ihr gewesen, hatte ihr Ponys gekauft und war mit ihr nach Disneyworld und auf Kreuzfahrten gefahren, hatte jede Menge Zeit mit ihr verbracht, damit sie Mom nicht ganz so sehr vermisste. Sie hatte dieses verdammte Foto so lange mit sich herumgetragen. Das von ihr und ihrer Mom am Strand. Und das Armband, das sie zusammen gebastelt hatten. Sie hatte gedacht, ihre Mom hätte es zurückgelassen, damit Cassidy sie nicht vergaß, aber als sie nicht einmal anrief – kein einziges Mal –, hatte Cassidy begriffen, dass ihre Mutter sie zurückgelassen hatte, weil sie ihr egal war. Und sie, dumm wie sie war, hatte die Sachen behalten.

Na gut. Jetzt war sie froh, dass sie sie im Penthouse gelassen hatte. Alles mit einem Schlag beenden. Zeit, weiterzuziehen.

Mit Liam?

Offensichtlich nicht. Es war eine Sache, wenn sie sich gegen ihren Vater auflehnte und auszug, aber sie konnte Macs Geschäft nicht gefährden.

Sie brauchte ihr »Kauf-dich-frei«-Geld, und zwar sofort. Und es gab nur einen Weg, wie sie das anstellen konnte.

Sie stahl sich davon und schloss die Tür leise hinter sich.

Das Märchen war vorbei. Liam mochte zwar Märchenprinz-Material sein, aber es lag an *ihr*, ihn vor dem bösen Vater zu retten.

Kapitel Dreiunddreißig

Das wurde langsam lächerlich. Liam legte die Notiz weg, die Cassidy *schon wieder* auf der Küchenanrichte hinterlassen hatte. Den fünften Tag in Folge. Es war, als würden sie nicht zusammenwohnen, als hätten sie nicht gerade etwas gemeinsam angefangen.

Sie hatte in seinem Bett geschlafen; so viel wusste er, weil ihr Duft am Kissen haftete, und er bildete sich vielleicht ein oder zwei Küsse ein, aber das war auch schon alles. Sie nahm sogar Titania mit, wenn sie ging.

Sie hatte Macs Problem mitbekommen und arbeitete so viel wie möglich, um sich selbst als Druckmittel vom Verhandlungstisch ihres Vaters zu entfernen.

Das mochte er an ihr. Aber die kurzen Gespräche – »Ich arbeite.«, »Die Farbe trocknet gerade.«, »Muss los.« – reichten ihm einfach nicht mehr.

Er zerknüllte den Zettel und lachte über sich selbst. Er konnte ihr sicher nicht vorwerfen, dass sie ihn ausnutzte.

Trotzdem rief er ihre Nummer auf seinem Handy auf, nur um ihre Stimme zu hören, und wollte gerade auf ANRUFEN drücken, als ein anderer Anruf reinkam. »Liam Manley.«

»Manley, Mitchell Davenport. Ich habe heute Nachmittag zwei potenzielle Käufer, die vorbeikommen, und auf diesem ganzen Penthouse liegt eine Staubschicht. Sei in zehn Minuten hier.«

Das Gespräch wurde beendet, bevor Liam die Chance hatte zu antworten.

Was auch gut so war, denn das, was Liam dem Mann am liebsten gesagt hätte, hätte Macs Vertrag mit zwei nicht gerade netten Wörtern zunichtegemacht.

Cassidy hörte das Handy, konnte aber nicht rangehen. Sie war gerade dabei, die Ranken von einer Tür zur anderen zu verbinden, und brauchte eine ruhige Hand, um den Pinselstrich zu vollenden – und mit Liam zu sprechen machte ihre Hand alles andere als ruhig. Es war eine Qual gewesen, jede Nacht neben ihm einzuschlafen und ihn nicht zu wecken. Aber zwei Uhr morgens war eine fiese Zeit, um jemanden aus dem Schlaf zu reißen, besonders wenn sie drei Stunden später sowieso wieder aufstand. Sie wusste nicht, wie lange sie dieses Tempo noch durchhalten konnte, aber zumindest hatte sie ein paar der Stücke fertiggestellt.

Aber noch nicht genug.

Sie hatte schließlich allen Mut – oder besser gesagt: alle Verzweiflung – zusammengenommen, um Jean-Pierre anzurufen, und glücklicherweise war er bereit, ihr noch eine Chance zu geben – *wenn* sie ihm die Stücke bis Dienstag liefern konnte.

Da ihm gerade ein Künstler für eine Ausstellung abgesprungen war – der Typ würde in dieser Stadt nie wieder einen Auftrag bekommen –, hatte sie sich schon gedacht, dass Jean-Pierre verzweifelt war. Sie war es auch, und obwohl die Zeitspanne wahnsinnig kurz war, würde sie sich diese Gelegenheit nicht entgehen lassen. Liam würde auch nach der Ausstellung noch da sein.

Sie lächelte. Ja, das würde er. Das wusste sie so sicher, wie sie wusste, dass sie ihn an ihrer Seite haben wollte.

Also arbeitete sie fünfzehn, achtzehn, zwanzig Stunden am Tag, um alles fertigzubekommen. Die Trocknungszeit war eine Qual, weil es das Einzige war, das sie nicht kontrollieren konnte. Sie hatte in jemandes Müll einen Ventilator gefunden – ihr Vater würde es sicher lieben, *das* zu hören –, um den Trocknungsprozess zu beschleunigen, aber er war nur ein kläglicher Ersatz für ein Industriegerät. Dennoch: In der Not frisst der Teufel Fliegen. Und eine Bettlerin würde sie sein, wenn das hier nicht gutging.

Es *musste* gutgehen. Nicht nur für sie, sondern auch für Liam. Und Mac. Cassidy musste es allein schaffen, damit sie aus ihrem Leben verschwinden konnte, um ihre Geschäfte vor ihrem Vater zu schützen.

Titania knurrte, als die Hintertür aufging.

»Titania, ganz ruhig!« Cassidy wischte den Fleck weg, den ihr Pinsel hinterlassen hatte, als sie durch das Geräusch aufgeschreckt war, dann rieb sie sich die Hände ab und stand auf. »Hallo?«

»*Bonjour, ma chérie.*« Jean-Pierre betrat das Atelier, und sein Gesichtsausdruck sprach Bände, während er sich umsah.

Es war nicht gerade der schönste Ort, aber zumindest war er nicht unordentlich. Sie war organisierter geworden, seit sie auf sich allein gestellt war. »Ich weiß, es ist nicht die beste Bude, aber das Licht ist gut und der Platz reicht auch.« Ganz zu schweigen vom Preis.

»Das ist das Stück, von dem Sie mir erzählt haben?« Jean-Pierre legte den Kopf schief, ging um die Anrichte herum und tippte sich nachdenklich an den Mundwinkel. »Die Komposition gefällt mir. Das Design ist eklektisch genug, um ein breites Publikum anzusprechen, und das handwerkliche Geschick ist tadellos.« Er gab ihr links und rechts ein Küsschen auf die Wange. »Sie haben Talent, *ma belle*. Schade, dass Ihr Vater seinen Kopf nicht lange genug aus seinem Arsch ziehen kann, um das zu erkennen.«

Wie bitte? Cassidy stutzte. Jean-Pierre dachte so über ihren Vater? Es gab nicht viele Leute, die ihre Abneigung gegen Mitchell Davenport offen aussprachen. Wenn sie gewusst hätte, dass er so dachte, hätte sie ihn schon vor Wochen angerufen.

»Und wo ist der Rest? Ich habe noch die Stücke von früher, aber das reicht bei Weitem nicht für eine Ausstellung. Sie haben doch noch mehr, *oui?*«

Sie führte ihn hinter den japanischen Paravent, den jemand an den Bordstein gestellt hatte. So viele Leute warfen hochwertige Stücke weg, dabei hätten sie nur eine Zinkenverbindung, einen Beschlag oder ein Scharnier ersetzen und ein paar Ausbesserungen vornehmen müssen. Aber Cassidy hatte nicht vor, dieses Geheimnis mit der Welt zu teilen; es bescherte ihr günstige – kostenlose – »Leinwände«.

»*Excellent!* Dieser Spiegel, *c'est merveilleux.*« Jean-Pierre ließ seine Finger einen Millimeter über den »Zauberspiegel« gleiten, den sie erschaffen hatte. »Der wird sich verkaufen. Ich weiß schon, wen ich anrufe. Sie sucht schon länger nach einem besonderen Stück für das Zimmer ihrer Tochter. *C'est parfait.*« Er machte diese typisch französische Geste und küsste seine Fingerspitzen. Cassidy fand, dass Jean-Pierre seine Nationalität manchmal nur für den dramatischen Effekt übertrieb.

»Und dieser Armoire gefällt mir. Ich habe da ein paar Leute im Kopf. Genau wie für die Bombé-Kommode, die dein Vater unbedingt zurückkaufen wollte.« Das Wort, das folgte, war eines der unflätigsten in der französischen Sprache.

Aber dann atmete er aus, packte sie bei den Armen und deutete zwei Küsse auf ihre Wangen an. »Die Ausstellung, sie wird *magnifique*, Cassidy. Ich werde bis Dienstagabend alles perfekt arrangieren. Wir werden jedes Stück verkaufen, das du anfertigst, und vielleicht...« Er sah sich im Atelier um und entdeckte ein paar Stücke, an denen sie noch nicht gearbeitet hatte. »*Oui*. Die bringst du so mit, wie sie sind. Unvollendet. Wir werden eine stille Auktion für die Personalisierung durch den Meistbietenden veranstalten. Du wirst eine Sensation sein.«

Und sie hätte ihr Startkapital, um unabhängig zu sein.

»Klingt gut, Jean-Pierre. Ich werde zwei Stücke für die Auktion vorbereiten.«

»*Magnifique!*« Wieder deutete er Küsse auf ihre Wangen an. »Dann lasse ich dich mal weiter malen. So viele wie möglich bis Dienstagmorgen. Das lässt mir kaum Zeit für die Inszenierung, aber im letzten Moment werden wir unser Bestes geben. Gott sei Dank warst du verfügbar. Das hat sich gut gefügt.«

»Ja, das hat es.« Fast *zu* gut, aber vielleicht hatte Franklin beim heiligen Petrus oder so ein gutes Wort für sie eingelegt.

Das würde ihr Moment werden. Ihr großer Durchbruch. Sie würde es ihrem Vater zeigen.

Nicht, dass er auftauchen würde. Er besuchte solche Veranstaltungen nie; das war immer ihre Aufgabe gewesen. Dass es am Dienstagabend stattfand, würde ihr zum Vorteil gereichen. Ihre Kunst würde aufgrund ihres Talents verkauft werden, nicht wegen ihres Namens, und ihr Vater würde nichts dagegen tun können, ohne dass es – sehr öffentlich – auf ihn zurückfallen und ihm in den Hintern beißen würde.

Es wurde auch Zeit, dass ihm mal was passierte.

· · ·

Jean-Pierre bürstete sich etwas Staub von dem verlassenen Gebäude von seinem Ärmel aus hundertprozentiger Seide und unterdrückte ein Schaudern, während er zu seinem Aston Martin zurückging. Mitchell Davenport konnte sich bei den Boulevardblättern über die Veranstaltung am Dienstag ausweinen, so viel er wollte, aber *niemand* kaufte ein Stück zurück, das Jean-Pierre verkauft hatte, egal für *wie* viel Geld. Jean-Pierre hatte geschuftet und Opfer gebracht, um sich einen Namen und seine Galerie aufzubauen, und ein primitiver Neureicher wie Davenport würde das *nicht* beschmutzen. Sollte er seiner Tochter doch öffentlich Probleme bereiten – er wäre derjenige, der am Ende wie ein Idiot dastünde. Das Mädchen hatte Talent, wie die Welt bald erfahren würde.

Er lächelte beim Summen seines geliebten Wagens. Ein Auto, bezahlt durch die harte Arbeit der Künstler, denen er zum Durchbruch verholfen hatte. Mitchell Davenport hatte keine Ahnung, mit wem er sich da angelegt hatte, aber er würde es noch herausfinden.

Jean-Pierre nahm sein Handy und wählte eine Nummer, die er auswendig kannte. C. Marie würde in der Kunstwelt einen größeren Namen haben als ihr Vater in seiner. Jean-Pierre würde dafür sorgen.

Kapitel Vierunddreißig

Jemand leckte ihm die Zehen.

Liam wand sich in diesem Moment zwischen Schlaf und Erwachen, wobei er das Gefühl der Zunge auf seiner Haut sofort wahrnahm.

Genau wie der Ständer unter seiner Bettdecke.

Dann knabberten kleine Zähnchen an seinem Zeh, und er fuhr im Bett hoch, riss den Fuß weg und war verdammt froh, dass seine Erektion in sich zusammenschrumpfte, als er sah, dass es Titania war, die an seinen Zehen geleckt hatte.

»Was machst du hier, Köter?«

»Titania?«

Der Hund tauchte unter seinem Kissen ab, als Cassidys heiseres Flüstern vom Flur herüberhallte.

»Sie ist hier drin.« Liam ordnete die Decke über seinem Schoß und fragte sich dann, warum eigentlich. Cassidy hatte ihn bereits so gesehen. Wenn auch viel zu lange her.

Sie steckte den Kopf um den Türrahmen, weiche braune Wellen kaskadierten über ihre Schulter, und er wollte sie am liebsten in seine Arme nehmen und sie wieder damit vertraut machen, was sich unter der Decke befand.

Außer, dass er zur Arbeit musste.

Für ihren Vater.

»Tut mir leid. Ich wollte nicht, dass sie dich aufweckt.«

Er schnappte sich sein Handy und sah nach der Uhrzeit. »Es ist sieben und du bist immer noch hier? Nimmst du dir heute frei?«

»Schön wär's, aber nein. Jean-Pierre zählt auf mich.«

»Verkauft er wieder deine Arbeiten?«

»Besser als das.« Sie ließ sich neben ihn auf die Bettkante sinken, und oh, was er alles mit ihr anstellen würde, wenn sie die Zeit hätten. »Ich habe morgen Abend eine Ausstellung.«

»Eine Ausstellung! Das ist fantastisch! Ich freue mich wahnsinnig für dich.«

Und für ihn. Cassidy zog es durch; sie ließ ihren Worten Taten folgen – oder genauer gesagt, ließ sie ihren Handlungen Erfolg folgen.

Cassidy schaffte es aus eigener Kraft.

Komisch, dass er, wenn er einmal eine Frau fand, die dazu fähig war, gar nicht wollte, dass sie es musste. Er wollte die Lasten mit ihr teilen. und ihre Triumphe. Und noch vieles mehr.

»Danke. Deshalb habe ich auch ohne Pause gearbeitet. Ich muss jetzt auch wieder zurück; ich bin fast fertig. Aber die kleine Miss Houdini hier« – sie tastete unter den Kissen nach dem Köter, der rückwärts in Richtung Kopfteil flüchtete – »hat es geschafft, sich aus ihrem Halsband zu winden und ist zurückgerannt, um nach dir zu sehen.«

Gott sei Dank für den Köter. »Es macht mir nichts aus, wenn es uns ein paar Minuten zum Reden verschafft.« Er ließ seine Finger über ihren Arm gleiten. »Ich habe dich vermisst.«

Sie warf ihr Haar über die Schulter, und der Blick, den sie ihm zuwarf, war nur wenige Grade davon entfernt, seine Laken in Brand zu setzen. »Ich vermisse dich auch.«

Ein Knistern lag in der Luft, und Liam wollte sich gerade vorbeugen und sagen: Pfeif auf den Job, wenn er stattdessen Cassidy haben konnte, als Titania ihre kalte Nase unter dem Kissen hervorstreckte, direkt in seine Lendenwirbelgegend.

»Heiliger Strohsack!« Liam wand sich so schnell an den Bettrand, als hätte er einen Schlag aus der Steckdose bekommen. »Jesus. Die Nase des Hundes ist *eiskalt*!«

Cassidy hob den kleinen Schrecken auf. »Tja, du weißt ja, was man über kalte Nasen und warme Herzen sagt.«

»Das heißt kalte *Hände*, warmes Herz.«

Cassidy berührte seine Hand. »Hm, ich hoffe inständig, dass dieses Sprichwort nicht stimmt, oder ich bei dir wohl Pech habe.«

Er streichelte ihre Wange. »Auf keinen Fall, Baby. Bei mir wirst du in dieser Hinsicht niemals Pech haben.«

»Gut. Behalt diesen Gedanken im Hinterkopf. Wenn der morgige Abend vorbei ist, werden wir sehen, wie weit mein Glück reicht.«

Das war das Ding mit dem Glück; manchmal konnte man ein bisschen nachhelfen.

Liam stellte den Eimer mit den Putzmitteln ab, um die Tür zu Cassidys altem Penthouse aufzuschließen. Die Bude musste seit Davenports kleinem Befehlshaber-Anruf nicht mehr geputzt werden, aber für den Fall, dass ihn hier jemand sah, musste er seriös wirken.

Während er sich weitere von Cassidys Kleidern schnappte.

Sie brauchte für morgen Abend etwas zum Anziehen, und nach ihrem arbeitsfokussierten Gehirn heute Morgen zu urteilen, war sie noch nicht so weit gekommen. Ihr Mistkerl von einem Vater hatte dieses Schlamassel verursacht; dann konnte er auch verdammt noch mal ein Kleid und ein Paar Schuhe für den großen Abend seiner Tochter springen lassen.

Solange er nicht auftauchte, um alles zu ruinieren.

Die Tür öffnete sich und Liam griff nach dem Eimer. Er machte den ersten Schritt hinein, als sein Tag plötzlich komplett den Bach runterging.

»Meine Tochter ist tabu für dich, und ich will sie bis Ende der Woche aus deinem Haus haben.« Mitchell Davenport stand am Kamin, einen Arm auf dem Kaminsims abgestützt, als wäre er Gottvater persönlich. »Und denk keine Sekunde lang, dass du auch nur einen Cent von meinem Geld in die Finger bekommst.«

»Na, Ihnen auch einen schönen Montag.« Liam hob den Putzeimer an und hielt auf die rechte Seite zu. »Dann fange ich wohl im Badezimmer an.« Da er ohnehin schon mit Scheiße zu tun hatte.

»Ich bin noch nicht fertig mit dir.«

Liam zog eine Augenbraue hoch. »Ich bin als Reinigungskraft angestellt, nicht als Zuhörer. Und da ich im Dienst bin, sollte ich wohl besser an die Arbeit gehen.«

»Geh nicht weg, wenn ich rede. Was ich will, bekomme ich. Und ich will dich aus Cassidys Leben haben.«

»Was kümmert Sie das?«

Das Arschloch nahm den Arm vom Sims und ging mit zusammengekniffenen Augen auf Liam zu. »Meine Tochter ist meine Angelegenheit, nicht deine, und wenn du nicht willst, dass die Firma deiner Schwester in einem Hagel aus schlechter Publicity untergeht, rate ich dir, meine Befehle zu befolgen. Ich bekomme immer, was ich will. Merk dir das.«

Ja, nun, nach dem morgigen Abend würde er bekommen, was er verdiente: Cassidy, die es allein schafft, ganz ohne die Hilfe dieses Typen.

Aber er musste Mac beschützen und Cassidy die Zeit geben, damit alles zusammenpasste.

»Okay. Schön. Ich hab's verstanden. Cassidy fliegt raus. Sind wir fertig?«

Davenport lächelte, und Liam hätte am liebsten angewidert das Gesicht verzogen. Da war keine Wärme, keine Belustigung, nichts als kalte Berechnung in diesem Lächeln.

»Wenn sie bis Freitag nicht weg ist, sind *Sie* erledigt. Verstanden? Und Ihre Schwester auch. Ich will meine Tochter wieder dort haben, wo sie hingehört.«

Es lag Liam auf der Zunge, dem Kerl zu sagen, er solle zur Hölle fahren – dorthin, wo *er* hingehörte –, aber das würde ihn nur für ein paar Sekunden befriedigen. Zu sehen, wie Cassidy morgen Abend den Durchbruch schaffte und genug Geld hätte, um es ihrem Vater vor die Füße zu werfen? Diese Genugtuung würde ewig anhalten.

Weil er plante, ein Teil von diesem »Ewig« zu sein.

Kapitel Fünfunddreißig

»Sehe ich okay aus?« Cassidy nestelte zum fünften Mal an den falschen Diamantohrringen, seit sie in seinen Truck gestiegen war.

»Du siehst wunderschön aus, Cassidy. Das Kleid steht dir fantastisch.« Er hatte ein halbes Dutzend aus ihrem Schrank geholt, samt passender Schuhe, und sie in einen Müllsack gestopft, wobei er über sich selbst hatte lachen müssen. Besonders, als er beim Wegfahren gesehen hatte, dass Davenports Wagen immer noch auf seinem reservierten Platz stand. Die Ware direkt unter der Nase des Kerls wegzuschaffen. Davenport würde sie nie vermissen, und falls doch, würde er in der Öffentlichkeit keine Szene machen. Aber Cassidy würde wie eine Million Dollar wirken – und hoffentlich dabei eine Million Dollar *verdienen*.

Er wollte ihr sagen, dass sie das Geld nicht brauchte. Dass er genug hatte, damit sie gemeinsam neu anfangen konnten, und dass sie mehr verdienen würde, sobald sich ihre Arbeiten regelmäßig verkauften. Er würde sie nicht bitten, ihm das Geld für den Aufenthalt bei ihm zurückzuzahlen – er wollte sie bitten, dauerhaft zu bleiben. Aber nicht heute Abend. Heute war ihr Abend. Ihre Chance, es allein zu schaffen, zu beweisen, dass sie es konnte. Er hatte so lange gewartet; er konnte noch ein wenig länger warten.

»Komm schon, Schätzchen. Wir wollen nicht zu spät zu deinem großen Abend kommen.« Er öffnete ihre Tür und zog dann die Ärmel seines

Smoking-Sakkos zurecht. Es war eine Weile her, dass er sich so schick hatte machen müssen. Die letzte Gala, die er besucht hatte, war mit Rachel gewesen.

Mit Cassidy an seiner Seite fühlte es sich viel besser an.

»Okay, ich bin bereit.« Sie holte ein paar Mal tief Luft und zupfte den Ausschnitt der mitternachtsblauen Robe ein Stück nach oben.

Verdammt. Ihm gefiel er tiefer besser. Andererseits wollte er nicht, dass jemand anderem der tiefe Ausschnitt gefiel.

»Aber denk dran«, sagte sie, während sie ihre Hand in seine Armbeuge schob, »das hier ist nicht *mein* großer Abend. Es ist der von C. Marie, und sie ist nicht hier. Anscheinend ein ziemlich introvertierter Mensch. Aber ich habe gehört, dass sie wunderschöne Arbeiten macht.«

Er schloss die Trucktür und legte seine Hand auf ihre. »Das habe ich auch gehört. Vielleicht sollten wir ein Stück kaufen, um den Stein ins Rollen zu bringen.«

Er hatte gescherzt, aber als sie ihre Hand auf seine Brust legte und ihn ansah, war kein Körnchen Scherz mehr dabei.

Wenn sie nicht gerade auf der gegenüberliegenden Straßenseite der Galerie stünden und sie nicht gerade eine Stunde lang mit Haaren und Make-up verbracht hätte – was sie gar nicht nötig gehabt hätte –, würde er sie jetzt besinnungslos küssen.

»Danke, Liam, aber nein. Du darfst nichts kaufen. Ich brauche andere Leute, die das tun, damit sie die Sachen in ihren Häusern haben und darüber sprechen, wenn Freunde zu Besuch kommen. Mundpropaganda und das tatsächliche Sehen meiner Arbeiten, das ist es, was das Interesse der Leute wecken wird. Ich hoffe nur, dass ich *überhaupt* etwas verkaufe.«

»Nicht Omas Stück.«

»Nein. Ich habe Jean-Pierre angewiesen, es als VERKAUFT zu markieren.«

»Was ist mit dem Küchenschrank und der Anrichte? Ich weiß, dass du das Geld brauchst, also falls sie nicht verkauft werden, miete ich sie dir ab.«

»Du wirst mir dafür gar nichts bezahlen. Du hast schon mehr als genug getan.«

Er wollte noch so viel mehr tun.

Er musste über sich selbst schmunzeln. Er hätte sie fast durch seine Finger gleiten lassen, aber wann genau hatte sich Cassidy Davenport unter seine Haut geschlichen und seine Seele berührt? Wann war aus dieser Frau, von der er das

Schlimmste gedacht hatte, eine geworden, in der er nur das Beste sah? Wann hatte er sich in sie verliebt?

»Liam? Bist du bereit?«

»Das bin ich.« Für so viel mehr, als sie ahnte.

Cassidy holte tief Luft, umklammerte Liams Arm ein wenig fester und betrat die Galerie.

Es war brechend voll. Cassidy war nicht klar gewesen, dass der andere Künstler, der heute Abend ebenfalls ausstellen sollte, so eine große Fangemeinde hatte. Wenn all diese Leute gekommen wären, um *ihre* Arbeiten zu sehen, hätte sie die Veranstaltung auf keinen Fall sausen lassen, künstlerisches Temperament hin oder her.

»Cass, etwas Champagner?« Liam schwenkte das Glas vor ihrer Nase. »Könnte helfen, dich zu beruhigen«, flüsterte er, während sein Atem auf ihrer Haut *rein gar nichts* dazu beitrug, sie zu beruhigen.

Sie nahm das Glas und trank etwa ein Drittel davon, weil Champagnerschalen einfach zu klein waren und sie völlig *unter Strom* stand. Dieser Wahnsinn, alles fertigzustellen und dabei die Qualität zu wahren...

Zwei Stücke hatte sie sich geweigert auszustellen. Sie hatten nicht ihren Standards entsprochen, und wie sie Liam gesagt hatte, ging es beim Branding darum, den Leuten ein bestimmtes Erlebnis zu bieten. Wenn ihre Arbeit nicht den von ihr gesetzten C.-Marie-Standards entsprach, kam sie nicht in Jean-Pierres Umzugswagen.

»Cassidy? Du bist es *tatsächlich*. Was machst du denn hier? Ich dachte nicht, dass du noch... nun ja, dass du noch Davenport Properties repräsentierst.«

Carolina Hutchinson gehörte zu ihrem »Zirkel«; jemand, der dieselben Veranstaltungen besucht, in denselben Läden eingekauft und dasselbe Internat besucht hatte. Cassidy würde sie nicht gerade als Freundin bezeichnen, und angesichts des spekulativen Blicks in Carolinas Augen bezüglich des Artikels im *Herald*, würde Cassidy ihre Beziehung eher als *Frenemies* beschreiben.

Aber sie setzte dieses Vorzeige-Lächeln auf, reichte ihr Champagnerglas einem vorbeigehenden Kellner und beherrschte den Moment wie in alten Zeiten. »Ach, du kennst doch die Gerüchteküche, Carolina.« Sie zog Liam an ihre Seite. Nichts konnte Carolinas Fokus schneller umlenken als ein attraktiver Mann. »Carolina, darf ich dir meine Begleitung vorstellen, Liam Manley? Liam, das ist Carolina Hutchinson. Wir waren zusammen auf der Schule.«

Liams Unterlippe zuckte, und sie betete, dass er nicht lachen würde. Er hatte ihre Beziehung zu Carolina sofort durchschaut.

Wie vorhergesagt, stürzte sich Carolina auf Liam und das Thema von Cassidys Leben war vergessen, während Cassidy im übertragenen Sinne versuchen musste, die Frau wieder von ihm wegzuzerren. Carolina hatte viel zu viele Etikette-Stunden hinter sich, um sich so eine Blöße zu geben, aber Liam war heiß und Carolina nicht blind. Sie war jedoch eine Opportunistin, und Cassidy konnte sich nur mit Mühe beherrschen, ihr nicht zu sagen, was Liam beruflich machte. Während es ihr selbst herzlich egal war, würde Carolina einen Schlagfall bekommen, wenn man sie dabei sähe, wie sie mit einem Bauunternehmer sprach. In ihrer Welt *engagierte* man Bauunternehmer, man *datete* sie nicht.

Cassidy sah sich um. Es gab viele bekannte Gesichter. Leute aus ihrem früheren Leben, die davon besessen waren, auszugehen und gesehen zu werden. Ein typisches Getümmel an einem Dienstagabend, wie sie es hassen gelernt hatte.

Interessant, dass es gar nicht so verabscheuungswürdig war, auf der anderen Seite zu stehen. Nein, es war eigentlich nervenaufreibend. Es machte Spaß. Es war aufregend. Würden die Leute ihre Arbeit genießen? Würden sie sie so sehr mögen, dass sie sie kauften? Würde dies ihre einzige Ausstellung bleiben, oder würde sie sich einen Namen machen – also, C. Marie –, damit ihr Traum, auf eigenen Beinen zu stehen und sich so durchzuschlagen, tatsächlich wahr wurde?

Sie lächelte, sie unterhielt sich, sie kommentierte die Arbeiten von C. Marie, und war sich dabei stets bewusst, dass sie nicht mehr dieselbe Person war wie bei der letzten Kunstausstellung hier. Ihr Begleiter war es ebenfalls nicht.

Liam wich ihr die ganze Zeit nicht von der Seite. Vielleicht lag es daran, dass er niemanden kannte, aber Burton war immer unterwegs gewesen, um zu netzwerken und Kontakte zu knüpfen, die in das Bild ihres Vaters passten, wer er sein sollte. Es war schön, einen Mann an ihrer Seite zu haben, der mit sich selbst im Reinen war und nicht versuchte, jemand zu sein, den andere in ihm sehen wollten.

Jean-Pierre hielt seine Begrüßungsrede, sprach über die Künstlerin und schmeichelte sich dann auf seine übliche Weise durch den Raum, bevor er sich zu ihr gesellte und ihr ein weiteres Glas Champagner in die Hand drückte, wobei er für alle Anwesenden so tat, als wäre sie nur ein weiterer Gast.

Das Flüstern in ihrem Ohr erzählte eine andere Geschichte.

»Du bist ein Erfolg, *ma belle*. Die Stücke verkaufen sich. Die Gebote bei der Auktion sind höher, als ich gedacht hätte, und der Abend ist noch jung. Du bist eine Sensation. Es wird jahrelang eine Nachfrage nach Möbeln von C. Marie geben. Herzlichen Glückwunsch.« Er küsste sie auf die Wange. »Und ich darf dir sagen: Ich hab's dir ja gesagt.«

Sie blinzelte die Tränen weg. Kein Grund für eine Szene. Cassidy Davenport sollte bei diesem Event keine Tränen vergießen. »Danke, Jean-Pierre. Das habe ich alles dir zu verdanken.«

»*Non, ma chérie*. Das verdankst du deinem Talent und deiner harten Arbeit. Ich bin nur das Gefäß, durch das deine Botschaft an deine Bewunderer übermittelt wird. Auf viele weitere gemeinsame Ausstellungen.«

Er stieß mit seinem Glas gegen ihres, und für einen Moment erlaubte sie sich, die Freude und die Genugtuung zu spüren. Es würde alles gut werden.

Doch dann kam ihr Vater herein.

»Was macht er hier?« Sie griff nach Liam, aber er war ein paar Meter entfernt und versuchte gerade, sich erneut aus Carolinas Klauen zu befreien.

»Wer?« Jean-Pierre hob sein Glas und sah sich in der Galerie um. »Dein Vater? Er war eingeladen, natürlich. Wie immer.«

»Aber er kommt nie zu diesen Dingen.« Er konnte nicht gewusst haben, dass sie hier sein würde.

Sie versuchte, keine Hyperventilation zu bekommen. Es war eine Sache, ihrem Vater zu sagen, dass er Unrecht hatte, und den Moment zu genießen, in dem sie ihm Verkaufszahlen um die Ohren hauen und ihm sagen konnte, dass sie auf eigenen Beinen stand – aber eine ganz andere, das in einer überfüllten Galerie zu tun, wo jeder sie belauschen konnte.

Sie gab sich alle Mühe, dieses verfluchte Lächeln aufzusetzen, aber zum ersten Mal in ihrem Leben war sie sich nicht sicher, ob sie es schaffte. Warum musste er ausgerechnet heute Abend kommen? Warum entschied er sich ausgerechnet bei dieser einen von all Jean-Pierres Ausstellungen aufzukreuzen? War es, weil es ihre war? Und wenn ja, wie hatte er es erfahren?

»Cassidy.« Ihr Vater schritt auf sie zu, den armen Burton im Schlepptau, und Cassidy hätte schwören können, dass der Lärmpegel im Raum um einige tausend Dezibel sank.

»Dad. Burton.«

»Cassid–«

»Wie konntest du nur, Cassidy?« Ihr Vater schnitt Burton das Wort ab. Burton sollte sich besser daran gewöhnen, wenn er eine Zukunft bei Davenport Properties plante – und das wäre die einzige Zukunft, die er mit dem Namen Davenport verbunden bekäme. »Ich habe dir ausdrücklich gesagt, du sollst es nicht tun.«

Cassidy hakte sich bei ihrem Vater unter, um die Meute der Klatschwölfe abzulenken, und versuchte, ihn von der Menge wegzuschieben. Sie würde dieses Gespräch nicht vor versammelter Mannschaft führen. »Vielleicht könnten wir das woanders besprechen?«

Er rührte sich nicht vom Fleck. »Warum? Hast du etwas zu verbergen?«

Sie wusste nicht, was sie sagen sollte. Das war das erste Mal, an das sie sich erinnern konnte, dass er nicht nur sie, sondern *irgendjemanden* öffentlich bloßstellte. Normalerweise tat er das mit so viel Finesse, dass die Person, die sein Zorn traf, es erst merkte, wenn es zu spät war.

War es zu spät? War dies das Ende ihres Neuanfangs? Würde Dad eine solche Szene machen, dass die Leute ihre Käufe überdenken würden? Dass sie zu viel Angst vor Mitchell Davenports Einfluss hätten, als dass sie ihre Arbeiten kauften, nur um ihn bei Laune zu halten?

Oh nein. Nicht dieses Mal. Er durfte ihr das jetzt nicht antun. Sie hatte keine Wahl gehabt, als er sie aus dem Design-Team entfernt hatte, weil es seine Firma war, aber das hier, heute Abend... das war *ihres*.

»Nein, ich habe nichts zu verbergen. Einschließlich der Tatsache, dass C. Marie und ich—«

Ihr Vater packte sie am Arm, wirbelte sie um hundertachtzig Grad herum und stürmte mit ihr in Richtung von Jean-Pierres Büro – Burton im Schlepptau. Schon wieder. »Kein Wort.«

»Aber du hast mir eine Frage gestellt, und ich habe sie beantwortet.«

Ihr Vater schob sie förmlich in das Büro. »Burton, schließ die Tür.«

Keine zwei Sekunden später wurde sie aufgerissen, und Liam stürmte herein. »Lassen Sie sie in Ruhe, Davenport.«

»Ach, gütiger Himmel.« Ihr Vater rollte mit den Augen. »Du hast dir also ein neues Schoßhündchen zugelegt und wirfst dafür einen unendlich akzeptableren Mann auf die Straße. Was ist bloß los mit dir, Cassidy?«

Er sprach davon, dass *sie* Schoßhündchen sammelte? Von allen lächerlichen Anschuldigungen...

»Hören Sie mal zu, Sie arroganter Bastard.« Liam schob seine Jackenärmel zurück. »Sie haben nicht das Recht, so mit ihr zu reden. Nicht mehr. Nicht nach der Nummer, die Sie mit dem *Herald* abgezogen haben. Ist wohl nach hinten losgegangen, was?«

»Der *Herald*? Wovon redet er, Dad?«

Ihr Vater antwortete ihr nicht, aber er schob seine Ärmel ebenfalls nach oben. »Sie haben keine Ahnung, wovon Sie sprechen.«

Cassidy musste zwischen sie treten. Ihr Vater würde Anzeige erstatten, wenn Liam ihn auch nur streifte, und Liam würde gegen Dads Anwälte nicht ankommen – und sie sich auch nicht leisten können.

»Habe ich nicht?« Liam trat einen Schritt näher.

»Dad, Liam, hört auf.« Sie drückte gegen die Brust beider Männer, um sie zu trennen. Liams Brust hob und senkte sich heftig, aber Dad war die Ruhe selbst. Es hatte sie schon immer wahnsinnig gemacht, dass sie ihn nicht aus der Reserve locken konnte, selbst wenn sie absichtlich etwas falsch gemacht hatte. Nein, Mr. Analytisch hatte sie ihren Wutanfall haben lassen und sprach erst wieder mit ihr, wenn sie es »aus ihrem System raushatte«. Es gab kein Gewinnen gegen ihn, wenn man emotional wurde.

»Liam, ich weiß es zu schätzen, dass du mich verteidigst, aber ich komme damit klar. Er ist schließlich mein Vater.« Sie straffte die Schultern und sah ihrem Vater direkt in die Augen. »Woher wusstest du von heute Abend? Ich kann nicht glauben, dass du plötzlich beschlossen hast, ausgerechnet heute Abend die Künste zu fördern.«

»Er hat dich wahrscheinlich beschatten lassen.« Liam trat einen Schritt näher an sie heran, und Mann, es war schön, jemanden zu haben, der ihr den Rücken stärkte.

Ihr Vater rückte sein Sakko zurecht, der Inbegriff des vermeintlichen Stils.

Stil gab es in vielen Formen, und seiner ließ schwer zu wünschen übrig.

»Das würdest du wohl gern glauben, was? Aber die Wahrheit ist, Cassidy, dass dein Kumpel Manley hier sich verraten hat, als er mit einem Sack voller deiner Abendkleider aus dem Condo spaziert ist.« Er funkelte Liam wütend an. »Dachtest du wirklich, ich würde nicht merken, dass du sie gestohlen hast? Oder *wolltest* du, dass ich hinter dir herkomme, damit ich sie dir abnehme?« Dad setzte dieses kleine Grinsen auf, das sie schon immer so irritierend gefunden hatte. »Unglaublich. Du hättest das große Los ziehen können, und jetzt gibst du sie einfach her.«

»Das große Los?« Liam fand es offensichtlich ebenso irritierend. »Das große *Los?* Sind Sie völlig von Sinnen? Sie ist keine Trophäe, die man gewinnen kann. Kein Preis, den man an den Höchstbietenden versteigert. Oder in diesem Fall an den am leichtesten Formbaren.«

Burton sah aus, als wollte er etwas sagen, besann sich aber glücklicherweise eines Besseren. Ihr Vater hatte Burton aus einem bestimmten Grund ausgewählt, und Rückgrat gehörte nicht dazu.

»Sie meinen so wie die billige PR-Nummer da draußen? Wo ihre Dienste versteigert werden wie eine... nun ja, ich muss es nicht aussprechen.« Ihr Vater sah sie an, als wäre sie genau das, was er andeutete. »Wann planst du eigentlich, Cassidy, zu enthüllen, wer C. Marie ist? Ich würde empfehlen, es zu tun, bevor die Auktion endet. Der Name Davenport wird die Gebote beträchtlich in die Höhe treiben.«

»Sie ist gut genug, um diese Ausstellung aufgrund ihres eigenen Talents zu haben, Davenport.« Cassidy musste Liam am Arm packen, bevor er ausholte und ihren Vater niederstreckte. Nicht, dass sie nicht Beifall geklatscht hätte, aber keiner von ihnen brauchte den Albtraum, den das nach sich ziehen würde. »Sie braucht Ihren Namen nicht, um sich selbst einen zu machen.«

»Ach, wirklich?« Dad verschränkte die Arme und sah so verdammt überheblich aus, dass *Cassidy* am liebsten ausgeholt und ihn niedergestreckt hätte. »Dann erklär mir doch mal die Einladung, die ich heute erhalten habe. Diejenige, in der stand, dass du hier deine Waren wie eine gewöhnliche Straßenverkäuferin verhökern würdest.«

»Einladung?« Das nahm ihr den Wind aus den Segeln. Jemand hatte ihrem Vater absichtlich erzählt, was sie tat? *Mit einer Einladung?* »Was für eine Einladung? Ich habe dir keine Einladung geschickt.«

»Nun, Deborah hat mir eine in die Hand gedrückt.«

»Woher hatte sie die?«

»Ich habe nicht gefragt. Ich nehme an, vom Manager hier.«

»Aber das ist nicht möglich. Jean-Pierre hat keine Einladungen mit meinem Namen darauf verschickt. Das war eine kurzfristige Show.«

»Ich wusste, dass es nicht lange dauern würde, bis dieser opportunistische Einwanderer versuchen würde, Kapital aus deinem Namen zu schlagen. Er erwartet wahrscheinlich, dass ich jedes Stück, das du heute Abend verkaufst, zu dem horrenden Preis zurückkaufe, den ich für das letzte bezahlt habe.«

»Wag es ja nicht.« Cassidy trat ihm direkt gegenüber und wich nicht zurück. Nicht in dieser Sache. Sie musste vor ihm nicht mehr buckeln. »Ich möchte, dass du gehst, Dad. Du wirst nur eine Szene machen, und das will keiner von uns.«

»Glaubst du, die Leute da draußen zerreißen sich nicht eh schon das Maul? *The Herald* hat schon vor Wochen dafür gesorgt.«

»Und du feuerst den Klatsch nur noch an. Warum, Dad? Ist das alles den Aufriss wert, den du machen musst, *falls* ich tun würde, was du willst?«

Liam legte seine Hand auf ihre Taille und sie drückte sie. Auf keinen Fall würde sie tun, was ihr Vater wollte. Und *nicht* nur, weil sie Liam hatte. Aber er war ein weiterer Grund, es nicht zu tun.

»Du musst gehen, Dad. Ohne eine Szene zu machen. Lass es einfach gut sein. Ich werde Burton nicht heiraten.« Sie sah zu Burton. »Es tut mir leid, Burton. Du bist ein netter Kerl, aber ich liebe dich nicht.«

Sie war jedoch in Liam verliebt.

Der Gedanke blitzte in ihrem Gehirn auf, und in diesem Moment wusste Cassidy, dass es richtig war. Es gab keinen großen Tusch, nur ein warmes, kribbelndes Gefühl der Akzeptanz. Sie war in Liam verliebt, und ihr Vater konnte ihr das niemals nehmen.

»Überleg dir sehr gut, was du da tust, Cassidy. Wenn ich durch diese Tür gehe, gebe ich dir keine weitere Chance. Burton wird weg sein.«

Oh, sie überlegte sehr sorgfältig. Von einer Zukunft mit Liam. Eine Zukunft, in der sie die sein konnte, die sie geworden war.

»Dad, mach es nicht so. Akzeptiere, dass ich Burton nicht heiraten werde, und lass es gut sein. Du musst sowieso Schadensbegrenzung betreiben, da da draußen jeder darüber spricht, dass du mich rausgeworfen hast. Ich kann nicht glauben, dass du das nicht hast kommen sehen.«

»Du hättest nicht gehen dürfen. Und du hättest definitiv nicht wegbleiben dürfen. Du hättest zurückkommen sollen. Jede vernünftige, rationale Frau wäre zurückgekommen.«

»Mitchell, was ist hier los? Was tust du meiner Tochter an?«

Alle drehten sich zur Hintertür um, wo eine Frau im Abendkleid stand.

Eine Frau, die wie eine ältere Version von Cassidy aussah.

»*Mom?*« Cassidy tastete nach einem Stuhl, um sich zu setzen, bevor ihre Knie nachgaben.

Es gab keinen, aber Liam war der nächstbeste Ersatz. Er legte beide Hände an ihre Taille und lehnte sie gegen sich. »Bleib stark, Süße«, flüsterte er ihr ins Ohr. »Du schaffst das.«

Sie war sich da nicht so sicher. Sie hatte gemischte Gefühle ihrer Mutter gegenüber. Als sie von Deborah erfahren hatte, dass ihre Mutter tatsächlich am Leben – und gesund – war, hatte sie sich gefragt, warum es keinen Kontakt gegeben hatte. Warum die Frau nichts mit ihr zu tun haben wollte.

Sie jetzt zu sehen... Es war zu viel. Dieser ganze Abend war zu viel. Was als ihr Triumph begonnen hatte, entwickelte sich schnell zu einem Albtraum epischen Ausmaßes.

»Ich bin so schnell gekommen, wie ich konnte, Cass.« Ihre Mutter ging auf sie zu, mit Tränen in den Augen. »Als ich erfuhr, dass du endlich aus seinem Haus raus und auf dich allein gestellt bist, bin ich so schnell gekommen, wie es mir möglich war. Er kann dir nichts mehr anhaben, Schätzchen. Er kann uns nicht mehr trennen.«

Ihr Vater machte einen Schritt näher. »Elizabeth –«

Liam spannte sich hinter ihr an, und Mom hob die Hand. »Nein, Mitchell. Es ist vorbei. Meine Tochter hat ihre Entscheidung getroffen. Sie ist gegangen. Du hast keine Handhabe mehr gegen mich.«

»Handhabe?« Cassidy musste sich wirklich setzen. Alles geschah zu schnell. Es war, als würden all ihre Welten gleichzeitig aufeinanderprallen. »Wovon sprecht ihr eigentlich?«

»Er –«

»Tu das nicht, Elizabeth.« Ihr Vater schlug die Absätze zusammen und richtete sich auf, dieser fordernde Tonfall, den Cassidy jahrelang gehört hatte, war jetzt noch schärfer. Tödlicher.

Ihre Mutter hob das Kinn. »Deine Drohungen ziehen nicht mehr, Mitchell. Du kannst mir jetzt nichts mehr anhaben.«

»Sei dir da mal nicht so sicher.«

»Wird mir bitte einer von euch sagen, wovon ihr sprecht? Was ist vorgefallen, das so gravierend war, dass meine Mutter auf eine andere Halbkugel geflüchtet ist, um von mir wegzukommen?«

Mom räusperte sich und funkelte Dad an. »Es ist vorbei, Mitchell. Ich erzähle es ihr. Ich schlage vor, du schickst deinen kleinen Speichellecker aus dem Zimmer, wenn du nicht willst, dass die ganze Welt es erfährt.«

Zum ersten Mal überhaupt gab ihr Vater tatsächlich nach. »Burton, wenn es dir nichts ausmacht.«

»Kein Problem, Sir.«

Cassidy rollte mit den Augen, als er ging. *Sir.*

»Und Sie auch, Manley. Dieses Gespräch ist privat.«

Liam drückte ihre Taille. »Cass?«

Sie dachte darüber nach. Sie sollte ihnen allein gegenübertreten. Dies war schließlich ihr Leben, und sie hatten Liams Platz darin noch nicht definiert. Aber sie wollte nicht, dass er ging. Sie wollte, dass er hier war. So einfach war das.

»Liam bleibt.« Er konnte genauso gut das Schlechte wie das Gute erfahren.

Mom klatschte tatsächlich in die Hände. »Brava, Cass. Biete ihm die Stirn. Sei deine eigene Person.«

Cassidy sah ihre Mutter an. Ein bisschen älter, aber immer noch genau so, wie Cassidy sie in Erinnerung hatte. Cassidy hatte im Laufe der Jahre online nach ihr gesucht, aber nach der Scheidung nie wieder eine Erwähnung von ihr gefunden. Es war gewesen, als wäre sie spurlos verschwunden. Cassidy hatte nicht gewusst, ob sie gestorben war, eine andere Familie hatte oder jemals versucht hatte, sie zu kontaktieren.

Nun, offensichtlich hatte sie das nicht. Bei all der Publizität, die ihr Vater über die Jahre bekommen hatte, und der Tatsache, dass seine Firma immer noch im selben Gebäude war, wäre Cassidy leicht zu finden gewesen. Dennoch hatte ihre Mom nie gesucht.

»Mein Name ist Cassidy. Du hast kein Recht, mich anders zu nennen. Warum bist du gegangen? Was ist passiert, dass du deine vierjährige Tochter verlassen hast?«

Ihre Mutter holte tief Luft und stieß sie wieder aus. »Ich wollte das nicht. Ich wollte dich mitnehmen. Aber Mitchell hat gedroht, mich zu vernichten, wenn ich es täte.«

Cassidy verschränkte die Arme und sah ihren Vater an. »Ach, was für eine Überraschung.«

Dad blickte finster drein und war zum ersten Mal nicht der arrogante, tonangebende Alpha-Typ, den sie immer gekannt hatte. »Tu das nicht, Elizabeth.« Er flehte fast schon.

Cassidy wurde flau im Magen. Vielleicht wollte sie doch *nicht* wissen, worüber sie sprachen.

Gott, was würde sie für ihren früheren oberflächlichen, hedonistischen Lebensstil geben. Vielleicht war jene Welt deshalb so, damit sich niemand mit Emotionen auseinandersetzen musste.

»Ich hatte eine Affäre, und zur Strafe weigerte sich dein Vater, mich dich sehen zu lassen.«

Emotionen wie Verrat. Wer hielt ein Kind von seiner Mutter fern?

»Verdammt noch mal, Elizabeth! Ich habe dich gewarnt, wenn du jemals zurückkommst, würde ich –«

»Was, Mitchell? Mich finanziell ruinieren? Das hast du sowieso getan. Mich von dem Einzigen getrennt, das mir jemals etwas bedeutet hat. Meine Tochter.«

»Du warst nur zu bereitwillig, mit einem fetten Scheckbuch zu verschwinden, wenn ich mich recht entsinne.«

»Ich hatte keine Wahl.«

»Du hattest jede Wahl. Du hättest die Wahl gehabt, nicht mit diesem, diesem… diesem Mann zu schlafen.«

Sie stritten sich, aber Cassidy kam nicht über die Tatsache hinweg, dass ihr Vater sie als *Strafe* von ihrer Mutter ferngehalten hatte. Und nicht nur als Strafe für ihre Mutter, sondern auch für sie.

»Ich brauchte eine Mutter, Mitchell.« Sie konnte ihn nicht Dad nennen. Nicht jetzt. Sie war sich nicht sicher, ob sie es jemals wieder können würde. Nicht nach dem Rauswurf und nicht nach dem, was er ihr angetan hatte, als sie vier gewesen war. Und fünf. Und sechs. Und all die anderen Male, in denen ein Mädchen seine Mutter braucht. Alles nur für seinen verdammten Stolz.

»Hört zu, ich verstehe, dass ihr euch scheiden lassen habt, aber bitte erklärt mir jemand, warum *ich* den Preis dafür zahlen musste. War die Scheidung nicht genug?«

Mitchell wedelte mit der Hand, als wäre sie eine lästige Mücke – ein

Gefühl, das sie im Laufe der Jahre allzu oft gehabt hatte. »Du würdest das nicht verstehen, Cassidy –«

»Erzähl mir nicht, ich würde es nicht verstehen. Ich war ein Kind. Ein *Kind*. Und du hast mir meine Mutter weggenommen. Genau wie du versuchst, mir den Rest meines Lebens wegzunehmen, indem du mich zwingst, jemanden zu heiraten, den ich nicht liebe. Wer *bist* du eigentlich? Was für ein Kontrollfreak tut einem Menschen so was an? Ich war unschuldig. Und verängstigt. Und allein. Und du hast mich an Kindermädchen abgeschoben, nur weil dein Ego gekränkt war, weil sie jemand anderen über dich gestellt hat.«

»Und du.« Sie wandte sich ihrer Mutter zu. Diese kam nicht glimpflicher davon. »Du hast es zugelassen. Mit deiner fetten Abfindung hättest du es dir sicher leisten können, mich zu besuchen. Es ist ja nicht so, als hätte er dich mittellos in eine Strafkolonie verschifft. Wo warst du also all die Jahre?«

Sie war kurz davor zusammenzubrechen. Wut konnte sie nur bis zu einem gewissen Punkt aufrechterhalten, aber oh mein Gott, all die verschwendeten Jahre, in denen sie nach ihrer Mutter verlangt hatte und ignoriert worden war.

Nun, verdammt noch mal, sie würde sich Gehör verschaffen. Zum ersten Mal in seinem Leben würde Mitchell Davenport ihr zuhören.

Liam tat es offensichtlich, denn er zog sie wieder an sich und schlang die Arme um ihre Taille, um ihr Kraft zu geben.

Mom zog den Stuhl hinter Jean-Pierres Schreibtisch hervor und setzte sich. »Mitchell und ich hätten nie heiraten dürfen. Ich wollte eine Familie; er wollte ein Imperium. Rat mal, wer diesen Kampf gewonnen hat?«

Mitchell sagte nichts.

»Er bekam sein Imperium und ich wurde einsam. Ich bin nicht stolz darauf, aber ja, ich hatte eine Affäre.«

»Mit meinem Sicherheitschef.« Herablassung troff aus Mitchells Worten. »Er war ein guter Mann, Mitchell.«

»Erzähl mir nicht so einen Scheiß, Elizabeth. Ich habe an unserer Zukunft gebaut und du hast sie weggeworfen.«

»Du hast an deinem Imperium gebaut, Mitchell, und ich war das hübsche kleine Frauchen, das deine Partys ausrichten sollte. Ich sollte deinen Haushalt führen und zu Gartenpartys und Wohltätigkeitsveranstaltungen gehen und Loblieder auf dich singen.«

Das klang alles traurig vertraut. Cassidy schlang die Arme um sich selbst.

Er hatte sie zu ihrer Mutter gemacht – und dann seinen Zorn auf ihre Mom an ihr ausgelassen.

»Ich habe dich dafür gehasst, Mitchell. Ich habe deine Kälte gehasst, deine Art, mir das Gefühl zu geben, unzulänglich zu sein. Das Gefühl, dass du dein Potenzial ausgeschöpft hättest und ich immer noch das kleine Mädchen aus der Kleinstadt wäre, das du geheiratet hattest. Du hast auf mich herabgesehen und ich wusste es.« Mom räusperte sich und ihre Stimme wurde weicher. »Jim... Er hat nicht auf mich herabgesehen. Er mochte mich. Und dann hat er mich geliebt.«

»Das entschuldigt nicht, was du getan hast, Elizabeth. Warum du diese Familie zerrissen hast.«

»Ich –«

»Genug.« Cassidy verließ den sicheren Hafen von Liams Armen. Sie wollte auf ihren eigenen Füßen stehen, und bei Gott, das würde sie jetzt tun. »Ihr zwei hättet dieses Gespräch vor fünfundzwanzig Jahren führen und mir die Familie geben sollen, die ich verdient hätte. Also bitte, sagt mir jemand, warum zum Teufel ich ohne Mutter aufwachsen musste?«

»Ich wollte dich sehen, Cassidy, aber –«

»Aber wenn sie es täte, würde ich ihr den Geldhahn zudrehen.« Mitchell nickte Mom zu und ließ sie nicht aus den Augen. »Elizabeth ist sich sehr wohl bewusst, wie du aufgewachsen bist. Von den Dingen und Möglichkeiten, die ich dir geben konnte und sie niemals geben konnte. Sie wollte dich dessen nicht berauben.«

»Dafür hast du mich bei ihm gelassen? Für *Sachen*?« Wenn Cassidy nicht schon die Erkenntnis mit Franklin gehabt hätte, hätte diese Aussage allein gereicht. Was für Leute hatten sie bitteschön in die Welt gesetzt?

»Das ist nicht der Grund, warum ich dich nicht mitgenommen habe, Cass. Wenn du mich ausreden lässt –«

Mitchell knöpfte sein Sakko auf und stemmte die Hände in die Hüften. »Schluss mit den Nettigkeiten, Elizabeth. Reden wir Tacheles. Du hattest eine Affäre und wolltest den Fünfer und das Weggli. Aber da habe ich nicht mitgespielt. Du hast mir meine Familie genommen; ich habe dir deine genommen.«

»Hast du jemals daran gedacht, dass du mir meine genommen hast?« Cassidy war zum Kotzen zumute. Er sprach von ihr, als wäre sie ein Vermögenswert wie sein Auto oder sein Haus. »Ich habe nicht nur meine Mutter verloren, sondern auch meinen Vater.«

Ihr Vater sah tatsächlich so aus, als hätte er keine Ahnung, wovon sie sprach. Was nur unterstrich, dass sie recht hatte.

»Ich habe dir ein Leben ermöglicht, von dem andere nur träumen, Cassidy. Ich habe dir alles gegeben, was man für Geld kaufen kann.«

Sein Traum war ihr Albtraum gewesen. »Genau. Alles, was man für Geld kaufen kann. Aber keine Liebe. Keine Familie. Nicht das Gefühl, jemals gut genug zu sein. Schau sie dir an. Jedes Mal, wenn du mich angesehen hast, hast du sie gesehen. Kein Wunder, dass du mich in Internate abgeschoben hast, sobald ich alt genug war. Und all diese Sommercamps. Es überrascht mich, dass du mich in der Firma behalten hast, aber dann wiederum hatte ich ihren Job, nicht wahr? Die Party-Gastgeberin.«

»Und du.« Sie sah ihre Mutter an und verabscheute es, den Begriff in Verbindung mit der Frau zu verwenden, die sie über alles hätte lieben sollen. »Du hast mich für Geld weggegeben? Du hast mich *verkauft*?«

»Nein, Schatz. So war das nicht. Ich konnte dir allein nicht das bieten, was Mitchell konnte. Ich musste mich auch um meine Mutter kümmern, und er verlangte, dass ich wegblieb, oder er würde aufhören, für das Pflegeheim meiner Mutter zu bezahlen und meine Unterhaltszahlungen einstellen. Ich konnte mich nicht um sie kümmern, einen Job suchen und dich großziehen. Ich wollte dir so ein Leben nicht zumuten. Nicht, wenn du die Chance hattest, so zu leben wie hier.«

Als ob *das* ein toller Hauptgewinn wäre. »Ich muss hier raus.«

»Cass, Schätzchen –«

»Nein.« Sie hob die Hand. »Du hast mich im Stich gelassen; die Gründe sind mir egal. Sie mögen für dich damals Sinn ergeben haben und vielleicht werden sie das für mich auch irgendwann, aber im Moment muss ich weg von euch beiden. Ich muss nachdenken.« Sie griff nach Liams Hand. »Können wir gehen?«

»Natürlich, Süße. Lass uns nach Hause gehen.«

Kapitel Sechsunddreißig

Zuhause.

Liam hatte sie nach *Hause* gebracht. Nicht in sein *Haus*, nicht in *sein* Zuhause, sondern nach *Hause*.

Und das war es auch. Dies war einem echten Zuhause näher als alles, was sie je bewohnt hatte. Und das bei jemandem, den sie seit weniger als einem Monat kannte. Wie traurig war das eigentlich?

»Willst du reden?«, fragte Liam schließlich, als sie in seiner Küche standen und er zwei Weingläser aus dem Schrank holte.

Sie schnaubte. »Was gibt es da noch zu sagen? Ich habe die egoistischsten, ahnungslosesten Eltern der Welt und trauere tatsächlich um ihren Verlust.«

Er stellte die Gläser auf die Frühstückstheke vor ihr ab. »Das ist verständlich, Cass. Ich habe meine Eltern verloren, also weiß ich, wie weh das tut.«

»Aber deine haben sich nicht dazu entschieden, dich zu verlassen. Und du hattest deine Großmutter.«

»Ich weiß. Gott sei Dank. Ich kann mir nicht vorstellen, wie es gewesen wäre, ohne sie aufzuwachsen.«

»Einsam. Traurig. Kalt.« Sie drehte den Stiel des Weinglases zwischen ihren Handflächen. Schade, dass nichts drin war. Ein, zwei ordentliche Schlucke könnte sie jetzt wahrlich gebrauchen. »Und so war es schon, als sie noch *da* waren. Also, als mein Vater da war. An meine Mom erinnere ich mich kaum.«

Liam setzte sich ihr gegenüber. »Zumindest haben sie versucht, dir ein besseres Leben zu ermöglichen.«

»Haben sie das?« Cassidy stellte das Glas ab, ein wenig besorgt, sie könnte bei diesem Gespräch den Stiel abbrechen. »Das waren zwei Menschen, die zuerst an sich selbst gedacht haben. Mom hatte die Affäre, weil sie sich nicht geliebt fühlte. Im Ernst? Hat sie mich jemals im Arm gehalten? Jemals die Freude in den Augen ihres Kindes gesehen? Babys sehen keine Dollarzeichen; sie sehen Liebe. Wie kann man dem den Rücken kehren? Und mein Vater ... Es überrascht nicht, dass er zuerst an sein Ego dachte. Dass er versuchte, sie zu bestrafen, indem er ihr das vorenthielt, was sie angeblich so sehr liebte. Gott bewahre, dass er darüber nachgedacht hätte, was ich gewollt hätte. Was ich gebraucht hätte.« Sie stellte das Glas fest hin. »Egoistisch, beide.«

»Und was wirst du jetzt tun? Sie sind immer noch deine Eltern.«

Sie seufzte. »Ich weiß nicht. Ich werde einige Zeit brauchen, um darüber nachzudenken.«

»Nun.« Er holte etwas aus seiner Gesäßtasche und legte es auf die Theke. Ein Umschlag.

»Es sieht so aus, als würdest du diese Zeit haben.«

»Was ist das?«

Er schob ihn zu ihr herüber. »Jean-Pierre hat mir das gegeben, als wir gegangen sind.«

Cassidy öffnete die Lasche, holte einen Scheck heraus – und fing an zu weinen. »Oh mein Gott.«

»Hübsch, oder?«

Sie sah Liam an. »Weißt du, wie viel?«

Er schüttelte den Kopf und holte eine Flasche Champagner aus dem Weinkühlschrank. »Jean-Pierre wollte es mir nicht sagen. Meinte, es ginge mich nichts an, was technisch gesehen wohl stimmt, obwohl ein Teil davon mir gehört, aber ich dachte mir, ich streite nicht mit ihm, wenn er schon sagt, dass es dich zum Weinen bringen wird.« Er zwinkerte ihr zu. »Ich schätze, ich schulde dir also ein Abendessen wegen unserer Wette mit der Kredenz.«

Cassidy holte zittrig Luft, unsicher, was sie in diesem Moment fühlen sollte. Der heutige Tag war ein Wechselbad der Gefühle gewesen, und sie war immer noch völlig durch den Wind. Und nun auch noch dieser Scheck ...

»Ich bezahle das Essen, Liam. Und ich kann dir das Geld zurückgeben. Mit Zinsen.«

»Stimmt.« Liam ließ den Korken knallen und füllte ihr Glas. »Aber ich will deine Zinsen nicht.« Er füllte seins und prostete ihr zu. »Zumindest nicht die monetären.«

Sie nahm ihr Glas und stieß mit ihm an, während sie darauf wartete, dass er den letzten Teil präzisierte.

Er nahm einen Schluck Champagner.

»Von welcher anderen Art redest du dann?« Sie hatte keine Geduld für Rätsel. Nicht nach all dem, was sie heute Abend durchgemacht hatte.

Das Glas war gerade für einen weiteren Schluck an seinen Lippen, als er innehielt. Seine blauen Augen starrten sie über den Rand hinweg an und entfachten tausend kleine Feuer überall auf ihrem Körper.

Wie schaffte er das nur mit einem einzigen Blick?

»Das weißt du nicht, Cass?«

Ihr Mund wurde trocken und ihr Herzschlag beschleunigte sich rasant. Ah. Sie verstand. Aber sie wollte es aus seinem Mund hören.

Sie nahm einen kurzen Schluck Champagner und fing die verbliebenen Tropfen mit der Zunge von ihren Lippen auf. »Warum sagst du es mir nicht einfach?«

Liam nahm ihr das Glas ab und stellte es zusammen mit seinem auf die Arbeitsplatte daneben. Dann ging er um die Kochinsel herum und setzte sich auf den Barstuhl neben sie. Er drehte ihn zu ihr hin und drehte ihren so weit, dass sie ihm gegenüber saß.

Und dann legte er seine Hand an ihre Wange und zog sie für einen federleichten, kaum spürbaren Kuss zu sich heran. »Diese Art«, flüsterte er. »Das sind die Zinsen, die ich von dir will. Für immer.«

Er setzte zu einem weiteren Kuss an, aber seine Worte hatten ihr bereits den Atem geraubt.

»Für immer?«, flüsterte sie, als seine Lippen die ihren fast berührten.

Er lächelte, und Gott, es war das schönste Lächeln. »Ja, Cass. Für immer. Ich dachte mir, da dein Vater dich verstoßen hat, kannst du mir nicht vorwerfen, dass ich dich nur wegen deines Geldes will. Vielleicht merkst du jetzt, dass dein Geld nie der Grund war. Dich will ich, Babe. Nur dich. Cassidy Marie, Cass, C. Marie ... es ist mir egal, wie dein Vorname lautet, aber ich würde dieser Liste liebend gern meinen Nachnamen hinzufügen.«

»Ich glaube nicht, dass ich wie eine Liam aussehe, Liam.« Sie gab sich große Mühe, das Lächeln zu unterdrücken. Sie wusste, worauf das hinauslief, und sie würde den Moment voll und ganz genießen.

Er verzog das Gesicht und rieb sich die Schläfen. »Ich schätze, ich stelle mich dabei nicht besonders geschickt an.«

Sie legte ihre Hand auf seine. »Ich finde, du machst das ganz hervorragend.«

»Findest du?«

Da lächelte sie. »Gibt es etwas, das du mich fragen willst, Liam?«

Er lächelte zurück, und dieses Lächeln – der Blick in seinen Augen – machte jedes albtraumhafte Ereignis der Nacht ungeschehen.

Er nahm ihr Gesicht in beide Hände. »Ja, Cassidy, da gibt es etwas, das ich dich fragen möchte. Würdest du meinen Nachnamen annehmen? Um ihn zu tragen, in guten wie in schlechten Zeiten. Und in Momenten extremer emotionaler Erschütterung wie bei Kunstgalerie-Ausstellungen, Wohnungs- reinigungen und Büroumbauten?«

»Liam, meinst du ernsthaft …«

»Ja, Frau, ja. Ich frage dich, ob du mich heiraten willst.«

»Das habe ich mir zusammengereimt. Aber ich will sichergehen, dass du dir sicher bist. Du kennst mich noch nicht sehr lange.«

»Ich kenne dich, Cass. Ich kenne *dich*. Genau hier steht alles.« Er berührte ihr Herz. »Da stand es schon immer. *Du* bist genau dort. Und ich liebe dich.« Seine Finger glitten in ihr Haar und hielten sie fest.

Gut. Sie wollte niemals, dass er sie wieder losließ.

»Sag ja, Cass. Sag, dass du mich heiraten wirst.«

»Natürlich werde ich das, Liam, denn ich liebe dich auch.«

Erst ein wenig später, als sie wieder auftauchten – auf dem Sofa, beob- achtet von einem sehr verärgerten kleinen Malteser, der sie vom Hocker am anderen Ende des Raums aus anstarrte –, streichelte Cassidy Liams Wange, ihr Lächeln spiegelte das seine wider.

»Wie konnte ich nur so ein Glück haben?«

»Glück hat damit nichts zu tun, Cass. Du bekommst einen Mann, der dir die Familie schenkt, die du dir wünschst, und der dich für den Rest deines Lebens lieben wird – und genau das ist es, was du verdienst.«

Epilog

Im Gemeindezentrum herrschte am letzten Samstag des folgenden Monats reges Treiben. Im Veranstaltungssaal im Inneren war ein Buffet aufgebaut, das sich über die gesamte Länge der Bühne erstreckte, und der Sitzbereich war bis auf den letzten Platz gefüllt. Lokale Unternehmen hatten Getränke und Papierprodukte gespendet; alle anderen hatten ein mitgebrachtes Gericht oder einen Nachtisch beigesteuert – oder Grans aufgetaute und wieder aufgewärmte Gourmet-Mahlzeiten zum Teilen mitgebracht. Es gab einen Streichelzoo – dank Livvy, Seans ehemaliger Klientin und jetziger Freundin – und Ponyreiten auf dem rechten Rasenstück, während eine örtliche Molkerei hausgemachtes Eis verteilte. Auf dem linken Rasenstück wurden Mannschaftssportwettbewerbe ausgetragen, rund um den Poolbereich auf der Rückseite fand eine verkleinerte Sommerolympiade statt, und auf dem Rasen vor dem Gebäude thronte ein Jahrmarkt mit Fahrgeschäften, Imbisswagen und Budenspielen.

Der Stand mit dem Ballondart war die Hauptattraktion für die Manleys und ihre Freunde, da die Pokerrunde am Vorabend ausgefallen war. Um ihren Ehrgeiz zu stillen – und die bei Mac nun vakanten Stellen als »männliche« Zimmermädchen zu besetzen –, hatten Liam, Sean und Jared ein paar Kumpels für ein paar knallharte Runden Ballondart eingespannt, Wetten inklusive.

Cooper Wexford legte seine fünf Dollar hin und nahm seine sechs Pfeile auf. »Letzte Runde. Liam hat vierzehn, Sean zwanzig, Jared elf, Kellan zehn, Kirk neun und ich stehe bei zehn. Der Verlierer zahlt heute Abend die Runden im O'Grady's.«

Liam hielt die Hand vor Coop, bevor der Kerl einen Wurf machen konnte. »Lasst uns die Sache ein bisschen interessanter machen, Jungs.«

Sean schnaubte. »Jetzt geht's los.« Er rückte seine neue offizielle Manley-Maids-Basecap zurecht und salutierte ihnen. »Ich stoße später zu euch, wenn das hier vorbei ist, da ich sowieso auf keinen Fall Letzter werde. Livvy braucht Hilfe. Rhett versucht, in das Gehege von Scarlett zu kommen, und das Lama lässt sich nicht gern mit einem *Nein* abspeisen. Nicht unbedingt etwas, bei dem die Kinder zusehen sollten, wisst ihr?«

»Geiler Bock«, murmelte Jared und zog Mac an seine Seite.

»Du hast gerade noch gefehlt.« Sean stieß Jared die Kappe vom Kopf und knuffte seine Schwester im Vorbeigehen an.

Liam zwinkerte Cassidy zu und formte lautlos das Wort: »Später.« Sie zwinkerte zurück. Zwischen ihnen war alles nur noch besser geworden. Er hätte nicht gedacht, dass es überhaupt noch *besser* werden könnte, aber das Leben war gut.

Die Hochzeitspläne für das Wochenende vor Weihnachten liefen auf Hochtouren, für sein Bürogebäude lagen drei Angebote über dem geforderten Preis vor und Cassidy hängte sich voll in die Arbeit in ihrem neuen Atelier. Das half dank Gran auch ihm weiter, denn es war *sein* Eigentum, zu dem sie den Schlüssel gehabt hatte. Und die Nachfrage nach Cassidys Arbeiten war nach dem Vorfall bei der Ausstellung förmlich explodiert.

Cassidy versuchte immer noch, das Verhalten ihrer Eltern zu verarbeiten. Er hatte ihr eines Abends das Foto und das Armband gegeben, als sie darüber gesprochen hatten, was sie tun sollte. Das Foto war ein paar Tage später in einem Rahmen neben ihrem Bett aufgetaucht, was Liam hoffen ließ, dass sie und ihre Mutter die Sache klären würden. Sie hatten Hilfe von Deborah, Davenports nun ehemaliger Assistentin, die – ohne Mitchells Wissen – große Probleme damit gehabt hatte, dass er eine Mutter aus dem Leben ihrer Tochter verbannte. Sie hatte es sich zur Aufgabe gemacht, Elizabeth all die Jahre über das Leben ihrer Tochter auf dem Laufenden zu halten, einschließlich einer Einladung zur Kunstausstellung. Als er es herausgefunden hatte, nun ja, Cassidy hatte ihm erzählt, sie sei überrascht gewesen, wie sehr ihr Vater sich betrogen gefühlt hatte. Das hatte für sie etwas von ausgleichender Gerechtigkeit, aber es würde noch eine Weile dauern, bis ihre Wunden verheilt waren.

Das war okay; Liam würde sie bei jedem Schritt begleiten.

Er hatte herausgefunden, dass Jean-Pierre die Einladung an Davenport geschickt hatte, um ihm Cassidys Erfolg unter die Nase zu reiben. Auch wenn der Abend nicht wie geplant verlaufen war, hatte Liam ihm trotzdem eine Flasche Champagner geschickt. Es gehörte viel Mut dazu, sich Mitchell Davenport entgegenzustellen, und diejenigen, die es taten, mussten zusammenhalten.

»Also, was ist der interessante Teil, Lee?« Cooper legte seine Pfeile beiseite und ließ seine Fingerknöchel knacken.

»Nun, es ist—«

»Es ist so.« Mac befreite sich aus Jareds Umarmung. Bei Mac kam das Geschäftliche zuerst. Immer. Es würde interessant sein zu sehen, wie sich das mit Jared entwickelte. »Der Verlierer schuldet mir einen Monat lang Reinigungsdienste.«

»Bist du wahnsinnig geworden?«, fragte Cooper. »Ich arbeite Vollzeit, Knirps.«

Mac funkelte ihn böse an. Cooper kannte sie ihr ganzes Leben lang und wusste, dass sie diesen Spitznamen hasste. Was vermutlich der Grund war, warum er sie so nannte. »Ich habe nicht gesagt, dass es Vollzeit sein muss, Coop, aber ein Kunde für einen Monat.«

»Ich sehe *dich* gar nicht mitspielen«, sagte Kellan. »Warum sollten wir etwas zu deinem Vorteil wetten?«

»Ich spiele für sie.« Jared straffte sich ein wenig auf seinem verletzten Bein.

Liam musste nicken. Jared war nicht derjenige, den er für seine Schwester ausgewählt hätte – er kannte ihn zu gut –, aber wenn der Kerl sich zusammenriss, Mac gut behandelte und Mac voll dafür war, konnte Liam nichts sagen. Trotzdem... interessant. Er würde diese Geschichte zu gern hören.

»Okay«, sagte Kirk. »Und was bekommen wir, wenn wir gewinnen?«

»Einen Monat kostenlosen Reinigungsservice«, antworteten Liam, Cassidy, Jared und Mac wie aus einem Mund.

Coop reichte seine Pfeile an Kellan weiter. »Tut mir leid, Leute, aber ein Monat Reinigungsservice ist das Risiko zu verlieren nicht wert.«

Kellan schnaubte. »Das sagt er nur, weil er sowieso nur jeden zweiten Monat putzt.«

»Arsch.« Coop zeigte ihm den Mittelfinger.

»Feigling.« Kellan hielt ihm die Pfeile hin.

Cooper schüttelte den Kopf. »Idiot.«

»Loser.« Kirk, Kellans Zwilling, schaltete sich ein. Die Jungs hielten sich immer gegenseitig den Rücken frei.

Cooper sah sie alle an. »Schon gut. Na schön.« Er riss Kellan die Pfeile aus der Hand. »Ich bin ein guter Schütze, und *wenn* ich gewinne, will ich euch in ordentlichen Zimmermädchenkostümen sehen.«

Liam klopfte ihm auf den Rücken. »Ach, keine Sorge, Coop, wir haben welche. Und sie sind wirklich schick.«

Wie Cooper am eigenen Leib erfahren würde, da er den allerletzten Platz belegte.

Ende und vielen Dank fürs Lesen

Ende. Danke fürs Lesen! Bitte helfen Sie anderen Lesern, meine Bücher zu finden, indem Sie dort eine Rezension hinterlassen, wo Sie es gekauft haben. Und wenn Sie mehr von meinen Geschichten sehen möchten, blättern Sie einfach um!

WAS FÜR EINE FRAU
JUDI FENNELL

Was für eine Frau

Was passiert, wenn drei unwiderstehlich sexy Brüder eine Pokerwette gegen ihre geschäftstüchtige Schwester verlieren? Sie werden für deren Reinigungsunternehmen vermietet. Jetzt stehen Ihnen die Manley Maids zu Diensten. Zufriedenheit garantiert.

Nachdem sie ihre Reinigungsfirma Manley Maids gegründet hat, ist eine Frau fest entschlossen, es allein zu schaffen. Und was für eine Frau sie ist …

Jetzt, wo Mary-Alice Catherine Manley – Mac – ihre attraktiven Brüder für sich arbeiten lässt, kann sie sich zurücklehnen und zusehen, wie das Geschäft floriert. Doch ihr neuester Auftrag macht diesen Plan schnell zunichte. Mildred, die beste Freundin ihrer Großmutter, braucht jemanden zum Hausputz, und die Oma hat Mac für den Job zwangsrekrutiert. Das Problem ist Mildreds arroganter Enkel. Er glaubt, Mac stünde ihm zur freien Verfügung, aber sie hat ihm ein paar Takte zu sagen … abgesehen davon, wie heiß er ist.

Jared Nolan hält sich momentan bedeckt, um ein paar Knochenbrüche auszukurieren – und ein verletztes Ego. Der verletzte Profi-Baseballspieler hat sich einmal von einer Frau ausnutzen lassen, und jetzt könnte ihn das seine

Karriere kosten. Nie wieder wird eine Frau das Sagen haben, weshalb er der herrischen Mac, als sie auftaucht, zeigen wird, wer hier wirklich der Chef ist. Er ist nur nicht auf die unleugbare Anziehungskraft zwischen ihnen vorbereitet. Und wenn die beiden in einem Haus sind, kann niemand sagen, wer am Ende den Sieg davonträgt ...

Männerabend … plus eins

Drei attraktive Kerle in Schürzen waren die beste Werbung der Welt für einen Reinigungsservice. Wenn einer von ihnen auch noch ein Hollywood-Filmstar war, stand dem Erfolg von Mary-Alice Catherine Manleys jungem Unternehmen und der nötigen Publicity nichts mehr im Weg.

Wenn alle drei auch noch ihre Brüder waren, wurde das Ganze nur noch besser.

»Du hast wirklich gewonnen?« Gran klammerte sich an die mit Deckchen überzogenen Armlehnen und lehnte sich vor, als Mac von der alles entscheidenden Pokerrunde mit ihren Brüdern zurückkehrte. »Oh, Mary-Alice Catherine! Ich wünschte, ich wäre dabei gewesen.«

»Ich auch, Gran.« Aber es war schon ein Riesenerfolg gewesen, von den dreien überhaupt ein »Du darfst mitspielen« zu bekommen; es gab keinen Grund, auch noch eine Einladung für Gran zu erzwingen. Das hätte zu viel Misstrauen erregt und ihren Plan vielleicht verraten. »Du hättest ihre Gesichter sehen sollen, als ich ihnen sagte, dass sie alle für die Uniformen von Manley Maids Maß nehmen lassen müssen. Ich wünschte, ich hätte eine Kamera dabei gehabt.«

Sie würde dafür sorgen, dass am Montag reichlich Kameras in der Nähe waren, wenn ihre Brüder die Arbeit aufnahmen.

»Und mit wem wirst du sie zusammentun?«, fragte Gran, die den Plan unterstützte, in der Hoffnung, die Brüder unter die Haube zu bringen. Was auch immer funktionierte – Mac wollte einfach nur die Publicity. »Wir müssen vorsichtig planen. Du weißt ja, wie das Chaos Bryan immer verfolgt.«

Bryan war der Hollywood-Filmstar, und Mac glaubte nicht, dass ihn das Chaos störte. Er hatte sich an diesen Lebensstil gewöhnt wie eine Ente ans Wasser. Natürlich musste man einer Ente das Schwimmen erst beibringen, so seltsam das auch klingen mochte, also konnten sie und Gran Bry vielleicht das eine oder andere über Frauen beibringen, da seine jüngste Auswahl an Damen in etwa so viel im Kopf hatte wie eine Ente.

Mac ließ sich auf das Sofa fallen, das schon seit sechsundzwanzig Jahren an derselben Stelle stand, seit sie nach dem Autounfall ihrer Eltern zu Gran gezogen war. Die durchgesessene Kuhle schmiegte sich wie gewohnt an ihren Hintern. »Ich dachte, ich sage es ihnen erst, wenn sie ihre Uniformen abholen. Das gibt dir noch etwas mehr Zeit, dir zu überlegen, wo du sie haben willst. Obwohl Sean sich schon das Martinson-Anwesen reserviert hat. Ich sah keinen Grund, etwas dagegen zu haben.«

Gran tippte sich an die bogenförmigen Lippen. »Das Martinson-Anwesen? Aber das steht doch leer. So wird er niemanden kennenlernen, Mary-Alice Catherine.«

Mac ignorierte ihren vollen Namen. Gran war die Einzige, die ihn benutzte, seit sie sich selbst Mac getauft hatte – damals, als sie noch alles tat, um wie ihre Brüder zu sein, inklusive eines männlichen Namens. Wenn man bedachte, dass die heutige Pokerrunde ihr Versuch war, ihre Firma zu dem Erfolg zu katapultieren, den ihre Brüder bereits erreicht hatten, dann hatte sie diesen Kampfgeist immer noch nicht abgelegt, oder?

Aber heute Abend hatte sie gewonnen, klipp und klar. Na ja, vielleicht nicht ganz so klar. Sie *hatte* tatsächlich viele Stunden damit verbracht, online Poker zu lernen und Karten zu zählen, um ihre Chancen zu verbessern, aber ihre Brüder spielten jeden Monat zusammen. Sie hatte die Gewinnchancen einfach ausgleichen müssen.

Heute Abend hatte sie sie in ihrem eigenen Spiel geschlagen, und sie würde jede Minute ihres Sieges und der damit verbundenen Möglichkeiten genießen.

Und Bry hatte behauptet, sie hätte nichts Gleichwertiges, das sie gegen seinen, Seans und Liams Einsatz setzen könnte? Er hatte ja keine Ahnung. Oh ja, sie würde diesen Sieg definitiv genießen.

»Eigentlich, Gran, wird das Martinson-Haus nicht leer stehen. Merriweathers Enkelin zieht dort ein. Außerdem hat Sean dieses Haus ausdrücklich verlangt. Es hätte seltsam gewirkt, wenn ich Nein gesagt hätte. Vielleicht verliebt er sich ja in die Enkelin.« Und vielleicht konnten Schweine fliegen, aber solange es Grans Laune hob und für ausreichend Mundpropaganda sorgte, war es jede Mühe wert.

»Die Enkelin, hm?« Gran tippte die Zeigefinger aneinander. »Das könnte klappen. Aber was ist mit Bryan? Wir können ihn nicht einfach irgendwohin schicken. Es muss jemand sein, dem es nichts ausmacht, Mr. Filmstar im Haus zu haben.«

Gran sagte das mit mehr Liebe, als der Rest von ihnen es tat, wenn sie Bryan wegen seines Ruhms aufzogen. Seit er eine Rolle an der Seite einer der größten Hauptdarstellerinnen der Branche ergattert hatte, konnten sie nicht anders, als ihn zu necken, und Bryan hatte nicht aufgehört zu lächeln. Bis heute Abend.

»Ich denke wirklich, er sollte dieser Witwe helfen, wegen der du gerade einen Anruf bekommen hast. Die mit all den Kindern.«

»Du willst, dass ich Bryan in ein Haus mit fünf Kindern schicke? Gran, das wird ihn wahnsinnig machen.«

»Oder es lehrt ihn Toleranz. Wir wollen doch nicht, dass er übermütig wird, oder?«

Gran hatte recht. Und Mac würde tatsächlich gerne sehen, wie Bryan versuchte, ein Haus voller Kinder zu putzen. Keiner ihrer Brüder gab so leicht auf, aber das hier würde Bryans Kampfgeist ordentlich auf die Probe stellen. Sie war ihm nach all den Streichen, die er ihr über die Jahre gespielt hatte, noch einiges schuldig.

»Okay, und was ist mit Lee, Gran?«

»Oh, für Liam kenne ich den perfekten Ort. Dieses nette Mädchen, Cassidy. Sie wird einsam sein, wenn Sharon geht, um ihr Baby zu bekommen. Liam kann ihr Gesellschaft leisten.«

»Was hast du gegen Liam?« Cassidy Davenport war so verwöhnt und anstrengend, wie man es sich nur vorstellen konnte. Eher Brys Typ, aber wenn Bryan dort hinginge, wäre das Einzige, was er am Ende putzen würde, Cassidys Laken. Und die Duschkabine. Und die Tischplatte...

»Nun hör mal, Mary-Alice Catherine Manley.«

Mac zuckte zusammen. Als Gran das erste Mal alle vier ihrer Namen in diesem Tonfall ausgesprochen hatte, hatte sie erst eine Stunde später gemerkt, wie tief das gesessen hatte. Die Wirkung hatte über die Jahre nicht nachgelassen.

»Dieses Mädchen, Cassidy, braucht einfach jemanden, der ihr Aufmerksamkeit schenkt. Und unser Liam muss mal wieder aus seinem – nun ja, aus seinem Schneckenhaus raus und unter Leute kommen. Hast du gemerkt, wie geistesabwesend er ist, seit er mit Rachel Schluss gemacht hat? Das ist nicht gut, und wenn jemand Liam da herausholen kann, dann ist es Cassidy.«

Das Problem war: Cassidy war genau wie Rachel, nur in einem viel größeren Ausmaß: nur Designer-dies und Promi-Event-das. Rachel hatte Liam durch die Hölle gehen lassen, und Mac war sich nicht sicher, ob es besonders nett war, ihm eine noch extremere Version davon vor die Nase zu setzen. Andererseits würde er sich garantiert nicht in Cassidy verlieben, also tat sie Liam vielleicht sogar einen Gefallen, indem sie Grans Verkupplungsversuche durchkreuzte.

Er tat ihr leid. Er war der Einzige ihrer Brüder, der kurz vor dem Traualtar gestanden hatte, und das Ende mitzuerleben, war hart gewesen.

»Schon gut, aber wenn er mir den Kopf abreißen will, musst du ihn bändigen.«

»Keine Sorge, Schätzchen. Dein Bruder wird es lieben.«

Mac war sich da nicht so sicher, aber sie wollte nicht mit Gran streiten. Ihre Großmutter hatte vier Enkelkinder mit mageren Ersparnissen, viel Liebe und nicht viel mehr großgezogen. Die Frau war hart im Nehmen.

»Oh. Ich habe vergessen, noch etwas zu erwähnen.«

»Was denn, Gran?« Mac verbarg ihre Besorgnis. Gran hatte in letzter Zeit vieles vergessen. Das war ein Grund, warum sie Grans verrücktem Plan zugestimmt hatte, ihre Brüder zu verkuppeln, während sie für Manley Maids arbeiteten, auch wenn die Chancen gleich null standen... nun ja, fast so gering wie die Wahrscheinlichkeit, dass Mac heute Abend den Sieg davontragen würde. Und der Blitz schlug selten zweimal an der gleichen Stelle ein. Trotzdem gab es Gran etwas, das sie beschäftigte.

»Mildreds Enkel ist diese Woche wieder nach Hause gezogen.« Mildred war die Jugendfreundin ihrer Großmutter, deren kürzlicher Umzug in eine betreute Wohneinrichtung Gran dazu angespornt hatte, dasselbe zu tun. »Erinnerst du dich an Jared? Derjenige, der bei diesem Autounfall verletzt wurde?«

»Ja, Gran. Ich erinnere mich an Jared.« Als ob sie ihn vergessen könnte. Er war nicht nur ein Profi-Baseballspieler, der sich bei einem schlimmen Unfall schwere Verletzungen zugezogen hatte und damit seine Karriere beenden musste, sondern auch seit Ewigkeiten der beste Freund ihres ältesten Bruders – und Jared war ihr allererster Schwarm gewesen. Und ihr längster. Und ihr peinlichster. Sie war ihm wie ein verknallter Teenager überallhin gefolgt. Und das war *bevor* sie überhaupt ein Teenager gewesen war. Gott, sie war einmal aus dem Baumhaus gefallen, als sie ihn ausspioniert hatte, und war genau *auf* ihm und seinem Date gelandet. Nun ja, das war nicht ihr glanzvollster Moment gewesen.

Aber traurigerweise war es auch nicht ihr schlimmster.

»Nun, Mildred und ich haben geplaudert, und es kam zur Sprache, dass Jared jetzt, wo er wieder zurück ist, Hilfe gebrauchen könnte, da das Haus so alt ist und er wegen seiner Verletzungen eingeschränkt ist. Es war schwer für sie, alles in Schuss zu halten, und tja, eins führte zum anderen, und sie möchte dich engagieren, das Haus zu putzen. Ist das nicht wunderbar? Ich habe dir einen Kunden verschafft, und du kannst Jared auch noch helfen.«

Das war typisch für ihre Großmutter: das gütigste Herz weit und breit. Schade nur, dass es sie ausgerechnet mit ihrem größten Albtraum zusammenbrachte.

Mac biss die Zähne zusammen. Eine Ablehnung wäre kindisch und kleinlich – und es würde Gran dazu bringen, zu viele Fragen zu stellen. Außerdem war es ja nicht so, als ob *sie* selbst putzen müsste. Sie müsste Jared nicht einmal sehen. »Ja, Gran, das ist es wirklich. Wann möchte sie jemanden haben?«

»Nicht *irgendwen*, Liebes. Dich. Ich habe ihr gesagt, dass du kommst. Mildred möchte nicht irgendjemanden in ihrem Haus haben.«

Großartig. So viel zu diesem Plan.

Sie konnte das nicht. Sie konnte einfach nicht. Jared gegenübertreten... all diese Demütigungen würden sie wieder mit voller Wucht treffen...

Aber mit Gran zu streiten war zwecklos; am Ende würde sie sowieso gewinnen. Das hatte Mac schon in ihren frühen Teenagerjahren gelernt, was ihnen beiden eine Menge Ärger erspart hatte.

Sie hoffte einfach nur, dass sie genug Glück hatte, dass Jared sich nicht an jene Nacht erinnerte, die sie niemals vergessen würde.

Andererseits hatte sie ihr gesamtes Glück vielleicht schon beim Pokern aufgebraucht.

Sie seufzte. »Wann soll ich dort sein, Gran?«

»Dienstag, Schätzchen. Diesen Dienstag.«

Das gab ihr drei Tage Zeit, um sich innerlich darauf vorzubereiten, ihn wiederzusehen.

Es würde nicht reichen.

Aber sie war eine erwachsene Frau; sie würde das schaffen. Schließlich war sie nicht mehr dasselbe Mädchen, das dachte, Jared sei der einzige Mann auf Erden. Und wenn man bedachte, dass seine Liebschaften mit seinen Home Runs mithalten konnten, war sie nicht die Einzige gewesen, die so gedacht hatte. Und wenn es eines gab, das Mac Manley nicht ausstehen konnte, dann war es, nur eine von vielen zu sein. Jared übte keinen Reiz mehr auf sie aus.

»Okay, Gran. Dann eben am Dienstag. Ich werde pünktlich zur Stelle sein.«

Bücher von Judi Fennell

Royally Sunk

Bis über beide Ohren

Reel ist ein Meermann ohne Schwanzflosse, und Erica hat panische Angst vor dem Ozean. Nur eine Sache könnte sie ins Wasser bringen: eine Pistole. Und nur eine Sache könnte sie dort halten: der sexy Meermann, der ihr das Leben rettet, nur um sein eigenes aufs Spiel zu setzen.

Ins tiefe Blaue

Valerie ist eine Meeresprinzessin, die mitten auf dem trockenen Land festsitzt. Rod ist der Prinz, der sich aufmacht, sie zu retten. Aber können sie den Komplott eines Usurpators vereiteln und rechtzeitig zum Meer zurückkehren, bevor seine Flosse – und sein Thronanspruch – für immer verschwinden?

Der Fang des Lebens

Logan ist vom Zirkus *weggelaufen*; alles, was er will, ist ein ganz normales Leben. Die nackte Frau, die plötzlich auf seinem Boot auftaucht, ist alles *außer* normal. Besonders als sich herausstellt, dass Angel eine Meerjungfrau ist – und ein wütendes Seeungeheuer hinter ihr her ist.

Liebe auf Klippenkurs

Prinzessin Mariana ist keine Hochstaplerin; sie ist wirklich eine Künstlerin, was sie mit der Statue beweisen will, die sie auf einer einsamen Insel meißelt. Das Problem ist, dass Jace sich genau dort versteckt. Die eine Sache, die Mariana aus ihrem königlichen Gefängnis befreien wird, ist also genau die Sache, die Jace umbringen wird. Romanzen sind schon schwer genug, aber wenn ein Tsunami im Wetterbericht steht, landet die Liebe schnell auf den Felsen.

Wellen schlagen

Lesen Sie mehr über „Den Vorfall", der Erica Todesangst vor dem Ozean einjagte, den Grund, warum Valerie, die verlorene Prinzessin, gefunden wurde, und wie Logans kleiner Sohn Michael eine Meerjungfrau entdeckte. Die Geschichten *vor* den Geschichten.

Bottled Magic

Ich träume von Dschinnis

Matts Glück wendet sich endlich, als der Dschinn Eden aus ihrer Flasche entkommt und direkt in seinem Schoß landet. Buchstäblich. Und sie schwört, niemals wieder dorthin zurückzukehren. Zu ihrem beiderseitigen Unglück will der Typ, der sie dort eingesperrt hat, sie zurückhaben, und er wird vor nichts zurückschrecken, um sie zu bekommen.

Der Dschinni weiß es besser

Samantha erbt das Anwesen ihres Vaters, mitsamt einem Dschinn, der noch einem letzten Herrn dienen muss, bevor seine Leibeigenschaft endet.

Sam ist mehr als bereit, Kal die Freiheit zu schenken – bis ihr gieriger Ex beschließt, dass niemand Sam haben darf, wenn er sie nicht haben kann.

Mein bezaubernder Dschinni

Zane hat das Herrenhaus der Familie geerbt, das er gar nicht schnell genug loswerden kann, um die Gerüchte über die verrückte Vergangenheit seiner Familie endlich zum Schweigen zu bringen. Schade nur, dass der Dschinn, der die Ursache für diese Gerüchte war, befreit wurde und erneut sein Unwesen treibt. Nur legt sie es dieses Mal auf sein Herz an.

Dein Wunsch ist ihm Befehl

Erfahren Sie, wie Kal in seiner Laterne gefangen wurde und warum er 1001 Herren dienen muss. Die Geschichte vor der Geschichte.

<u>Once-Upon-A-Romance Series</u>

Die Schöne und der Beste

Jolie ist tagsüber Privatköchin und nachts Liebesromanautorin. Als sie einen Job bei dem attraktiven, zurückgezogenen Künstler Todd ergattert, hat sie den perfekten Helden für ihr Buch gefunden. Bis Todd dahinterkommt und sie aus seiner Küche, seinem Haus *und* seinem Herzen wirft.

Wenn der Schuh passt

Es war einmal vor langer, langer Zeit in einem fernen Land, da lebte ein Mädchen namens Aschenputtel. Dies ist nicht ihre Geschichte. *Dies* ist die Geschichte von Lucinda Isabella Casteleoni, die, genau wie ihre Namensvetterin, eine böse Stiefmutter, zwei geschmacklose Stiefschwestern und unzählige Stunden knallharter Arbeit (nicht) vor sich hat. Doch im Gegensatz zu der Märchenprinzessin ist von Bellas Traumprinzen weit und breit nichts zu sehen. Bis ein kleiner alter Mann mit funkelnden grünen Augen ein Schuhgeschäft am Ende der Straße eröffnet. Dann beginnt der Zauber...

. . .

Hinter dem bleigefassten Glas

Eine versehentliche Reise ins mittelalterliche England lässt Werbefachfrau Kate händeringend nach einem Heimweg suchen... Aber kann sie den attraktiven Ritter in glänzender Rüstung, in den sie sich verliebt hat, mit zurücknehmen?

BeefCake, Inc.

Auch Hingucker mögen Süßes

Lara will, dass ihre Cupcakes ein Erfolg werden. Der Exotic Dancer Gage hätte nichts dagegen, sie mal zu probieren, aber sein Arbeitsplan, um die Krankenhausrechnungen seines Neffen abzubezahlen, lässt ihm keine Zeit dafür. Bis zu einer Party, bei der Muskelpakete auf Cupcakes treffen, und *oh ja*, das ist verdammt lecker!

Auch Hingucker machen Fehler

Als Bryan Jenna fälschlicherweise für eine Prostituierte hält und sie erkennt, dass er der Vater ihres Adoptivsohns ist, nehmen die Fehler und Missverständnisse ihren Lauf. Aber da wächst noch etwas anderes zwischen ihnen. Manchmal kann ein falscher Abzweig genau der richtige Weg sein...

Auch Hingucker verdienen eine dritte Chance

Tanner will seine Ex-Frau für immer aus seinem Leben haben, aber als deren Großmutter einen Schlaganfall erleidet und er so tun muss, als wäre er immer noch in Juliet verliebt, wagt er da eine zweite Chance bei der einen Frau, die ihn nie aufgehört hat zu lieben?

Auch Hingucker bringen Herzen zum Schmelzen

Wenn das hier Verlieren war, dann war er ja total bekloppt, dass er sich überhaupt drauf eingelassen hat.

Gina ist schon ewig in Darien verknallt – bis zu dem Tag, an dem er sie in der Schule gedemütigt hat. Fünfzehn Jahre später lässt er sie völlig kalt. Der Exotic Dancer Darien ist in die Stadt zurückgekehrt, um einiges wiedergutzumachen. Unter anderem das Schlamassel, das er Gina vor Jahren eingebrockt hat... und *vielleicht* die Flamme von einst neu zu entfachen. Aber der einzige Weg, das Eis um Ginas Herz zu schmelzen, besteht darin, die Hitze aufzudrehen, sowohl bei der Arbeit... als auch privat.

<u>Manley Maids</u>

Was passiert, wenn drei unwiderstehlich sexy Brüder eine Pokerwette gegen ihre geschäftstüchtige Schwester verlieren? Sie werden für deren Putzunternehmen zwangsverpflichtet. Ab sofort stehen Ihnen die Manley Maids zu Diensten. Zufriedenheit garantiert.

Was eine Frau will

Resort-Besitzer Sean plant, ein historisches Anwesen zu kaufen, um sich einen Namen zu machen und Millionen zu scheffeln. Er zieht unter dem Vorwand ein, den Laden zu putzen, um eine Bedingung des Erbes zu umgehen. Aber die Erbin Olivia und ihre Menagerie gehen ihm unter die Haut, und er stellt fest, dass die Pokerwette, die ihn in dieses Schlamassel gebracht hat, nicht die einzige Spielwende für ihn bereithält.

Was eine Frau braucht

Filmstar Bryan will Ruhm und Reichtum, keine Wiederholung seiner knausrigen „normalen" Kindheit. Nach dem Medienrummel um den Tod ihres Mannes braucht Beth nichts mehr als ein normales Leben für sich und ihre Kinder – und der Filmstar, der eine Wette verloren hat und nun ihr Haus putzen muss – samt Paparazzi im Schlepptau – passt da so gar nicht rein. Doch als aus Flirts Verführung wird, muss Bryan Beth davon überzeugen, dass er mehr ist als nur eine Putzhilfe. Oder ein Schauspieler. Denn er spielt die Hauptrolle in einer umgekehrten Aschenputtel-Geschichte, und es könnte die Rolle seines Lebens sein.

Was eine Frau verdient

Liam hat keine Geduld für Frauen, die das Geld eines Mannes ausgeben, ohne einen Gedanken an echte Arbeit zu verschwenden. Aber um seinen Wetteinsatz einzulösen, muss Liam das It-Girl Cassidy nicht nur ertragen, sondern ihr auch noch hinterherputzen, nachdem ihr Vater ihr den Geldhahn zugedreht hat. Ohne Geld und ohne ein Zuhause, das Liam putzen könnte, bleibt Cassidy keine Wahl, als ein Jobangebot anzunehmen – als Liams neues Dienstmädchen. Wenn zwischen ihnen die Funken fliegen, wird es dann die wahre Liebe oder nur eine weitere schmutzige Affäre?

Was für eine Frau

MaryAlice Catherine ist bereit, das Haus der Freundin ihrer Großmutter zu putzen, nur um festzustellen, dass deren arroganter Enkel, in den sie als Mädchen verknallt war – was er die ganze Zeit wusste –, dort wohnt. Sie ist zu Tode blamiert. Jared erinnert sich anders daran; Mac war schon immer eine rechthaberische kleine Person, aber er wird sie jetzt nicht das Sagen haben lassen. Doch wenn die beiden zusammen in einem Haus leben, ist nicht abzusehen, wer am Ende den Sieg davonträgt.

Was ein Kerl will

Beckett ist bereit, seine verlorene Pokerwette zu begleichen. Er ahnte nur nicht, dass er mit seinem Herzen bezahlen müsste. Jennifer ist diejenige, die ihm einst entwischt ist, und jetzt steht sie direkt vor ihm. In ihrem Haus. Das er putzen soll. Jennifer kann es nicht fassen, dass der Bad Boy aus der Highschool, in den sie wahnsinnig verliebt war, in ihrem Haus ist. Aber wenn ihr Ex-Mann ihr eines beigebracht hat, dann, dass man sich auf einen Bad Boy nicht verlassen kann. Bis Beckett alle Karten auf den Tisch legt und sich als jemand entpuppt, auf den Jennifer am Ende doch wetten kann.

Über Judi Fennell

Judi Fennell, Amazon-Bestsellerautorin und preisgekrönte Autorin, liebt die Liebe und liebt das Lachen, daher findet in jedem ihrer Bücher etwas davon. Schau dir ihre unbeschwerten, augenzwinkernden paranormalen und romantischen Komödien unter an wwwJudiFennell.com. Von Wassermännern über Flaschengeister bis hin zu Männern in Dienstmädchenuniformen und männlichen Strippern – es gibt immer etwas zu lachen und zu lieben. In ihrer „Frei"-Zeit hilft sie Autoren beim Schreiben und Indie-Publishern mit ihrer Formatierung, Cover-/Promo-Design, Redaktion, Firma, www.formatting4U.com. Judis Familie hat viele vierbeinige Mitglieder, und in dem Moment, in der diese anfangen A) zu singen, B) Kleidung zu nähen oder C) das Haus zu putzen, wird der Moment sein, an dem Judi aufhört zu schreiben ...